HEYNE <

Das Buch

Was da im exklusivsten Spielcasino von Mardock City als ganz gemütliche *Black Jack*-Runde anfängt, entwickelt sich schon bald zum rasantesten und spannendsten Spiel, das je in diesem Casino gespielt wurde: Rune Balot und ihre beiden Helfer – die spieltechnische Koryphäe Doc Easter als ihr angeblicher Onkel sowie Œufcocque Penteano, äußerst verwandlungsfähiger goldfarbener Mäuserich, der für andere unsichtbar in Balots Ohr sitzt und ihr die richtigen Tipps gibt – räumen ab, was nur irgendwie abzuräumen geht. Obwohl die Stapel der Jetons vor ihnen auf dem Tisch immer höher werden, geht es ihnen aber letztlich gar nicht ums Geld: Ziel ist es, in den Besitz von vier 1-Million-Dollar-Chips zu gelangen, denn diese enthalten die elektronisch verschlüsselt aufgezeichneten Erinnerungen von Shell Septinos – mit so ziemlich allen Wassern gewaschener Spieler und Balots Todfeind. Er hat immer noch vor, Balot umzubringen! Als der erste Chip eingetauscht werden kann, glaubt sich das coole Trio kraft seiner ausgelüfteten Strategie schon so gut wie am Ziel. Doch da wird der Croupier ganz plötzlich abgelöst – und dessen neuer »Kollege« ist niemand anderer als der offensichtlich zu allem entschlossene Schurke Septinos höchstselbst …

»Implosion« ist der atemberaubende dritte Band in der japanischen Science-Fiction-Bestsellerserie MARDOCK.

Der Autor

To Ubukata, 1977 in der japanischen Präfektur Gifu geboren, schrieb bereits während seines Studiums an der Waseda-Universität in Tokyo zahlreiche preisgekrönte Romane und Mangas. 2003 wurde die MARDOCK-Serie mit dem japanischen Science-Fiction-Preis ausgezeichnet. Derzeit laufen die Arbeiten zu einem MARDOCK-Anime, für den Ubukata das Drehbuch verfasst hat.

TO UBUKATA

IMPLOSION

Roman

MARDOCK

Aus dem Japanischen von Cora Hartwig
und Hirofumi Yamada

Deutsche Erstausgabe

WILHELM HEYNE VERLAG
MÜNCHEN

Titel der japanischen Originalausgabe
マルドゥック・スクランベル
排気
沖方 丁

FSC
Mix
Produktgruppe aus vorbildlich bewirtschafteten Wäldern und anderen kontrollierten Herkünften
Zert.-Nr. SGS-COC-1940
www.fsc.org
© 1996 Forest Stewardship Council

Verlagsgruppe Random House FSC-DEU-0100
Das für dieses Buch verwendete FSC-zertifizierte Papier *München Super* liefert Mochenwangen.

Redaktion: Werner Bauer

Deutsche Erstausgabe 06/2007

Printed in Germany 2007
Umschlaggestaltung: Animagic, Bielefeld
Umschlagbild: Dirk Schulz
Satz: C. Schaber Datentechnik, Wels
Druck und Bindung: GGP Media GmbH, Pößneck

ISBN 978-3-453-52179-7

www.heyne.de

Charaktere

Rune Balot:	Eine junge Prostituierte
Œufcoque Penteano:	Rechtsverdreher
Dr. Easter:	Rechtsverdreher
Shell Septinos:	Spieler
Dimsdale Boiled:	Rechtsverdreher
Bell Wing:	Croupière
Marlowe John Fever:	Dealer
Ashley Harvest:	Dealer
Cleanwill John October:	Vorstandsvorsitzender

Mardock City

Eine Industriehafenstadt. Die »Treppe in den Himmel«, ein Monument in Form einer Wendeltreppe im Regierungsviertel, gab der Stadt ihren Namen.

Mardock Scramble

Eines der Gesetze des Gerichtshofs von Mardock City. Die allgemeine Bezeichnung des Notstandsgesetzes zur Rettung von Leben.

Mardock Scramble-09

Notstandsgesetz. Im Ausnahmezustand ist der Einsatz der gesetzlich verbotenen Technologie erlaubt.

Erster Teil 曲軸
Kurbelwelle

1

Sie wollte überleben.

Das war das Einzige, woran Balot dachte, als sie sich ihre Karten ansah.

Nur das.

Nie wieder würde sie zulassen, einfach so umgebracht zu werden, ohne sich dagegen zu wehren. Ganz im Gegenteil: Dieses Mal wollte sie mit ihren eigenen Händen nach dem Herz des Gegners greifen. Und deshalb musste sie jetzt dieses Spiel überleben, koste es, was es wolle.

Sie musste in dem Spiel überleben, das Shell angefangen hatte, sie musste es zu ihrem eigenen Spiel machen.

Black Jack. Das letzte Spiel, das sie in diesem Casino machen würden.

Der Dealer teilte die Karten auf dem Tisch aus, von rechts nach links. Balots erste Karte war eine ♣ Dame. Zehn Punkte, eine gute Karte.

[Du bist irgendwie karmisch mit Kreuz verbunden. Beim Poker hast du damit gewonnen.]

Œufcoque ließ die Worte in ihrem Handschuh erscheinen, auch wenn die Kartenfarbe in diesem Spiel ohne jede Bedeutung war.

– Meinst du, das Schicksal meint es gut mit mir?

[Jedenfalls nicht schlecht.]

Sagte er eigentlich nur, um sie zu beruhigen, denn Balot war ziemlich nervös. Sie schloss seine Worte ganz fest in ihrer Faust. Dann sah sie sich die Face Card des Dealers an.

♣ Ass.

– Von wegen Schicksal.

Murrte sie unwillkürlich. Ihr Handschuh fühlte sich irgendwie so an, als würde Œufcoque auf dem Handrücken unbekümmert mit den Schultern zucken.

Dann wurde Balot die zweite Karte zugeteilt.

Wieder ♣. Aber eine 6. Insgesamt 16 Punkte.

Unbewusst starrte sie die Karten des Dealers an. Die verdeckte Karte neben dem Ass.

Der Mann mit dem Monokel rechts am Tisch war mutig und nahm noch eine Karte.

Balot sah ihm dabei zu, bis Œufcoque sie hastig davon abhielt.

[Die Karten der anderen sollten dir im Moment noch egal sein.]

Balot senkte den Blick und starrte ihre eigenen Karten an.

Ihre Karten waren nicht das Problem, *sie* war das Problem. Urplötzlich fühlte sie sich schrecklich fehl am Platz und ihr Herz schlug viel zu schnell. Zum ersten Mal, seit sie das Casino betreten hatte, war sie wirklich aufgeregt. Was für eine Zahl war die Sechzehn noch mal? Sie konnte sich nicht mehr erinnern. Was hatte der Doc ihr erklärt? War es eine gute oder eher eine schlechte Zahl?

Sie hörte den Mann mit dem Monokel »Stay« sagen. Der alte Mann schloss sich an.

Die Dame verlangte eine weitere Karte, schwieg kurz und blieb dann ebenfalls dabei.

»Hit«, sagte der Doc genau neben ihr. Er hatte sie erschreckt. Es kostete sie ihre komplette Selbstbeherrschung, nicht zu seinen Karten rüberzuschielen. Der Rhythmus ihres Pulses raste durch ihren ganzen Körper, hämmerte in ihrem Herzen. Wie ein Erdbeben.

»Stay«, sagte Doc Easter. Er hatte bei dieser Partie ziemlich lange mitgehalten.

Balot sah hoch. Direkt in die lächelnden Augen des Dealers. Und in nur einer Sekunde hatte er sie erwischt.

#Hit.#

Mit einer mechanischen Bewegung schob der Dealer Balot eine Karte zu, ihre dritte. ♠ Bube. Sie fühlte sich, als bohrte sich die schwarze Pike direkt in ihr Herz.

»Bust«, verkündete der Dealer pflichtbewusst und ließ alles sehr schnell wieder verschwinden. Ihre Karten und ihre Chips. Und auch das Spiel. Er legte die Karten wieder an ihre vorherbestimmte Position und drehte seine verdeckte Karte um. 7. Den Spielregeln nach hatte ein Ass elf Punkte, zusammen also Hard 18. Balot hätte in jedem Fall verloren. Ganz gleich, ob sie etwas dagegen getan hätte oder nicht. War es dann richtig, dass sie etwas getan hatte?

Nicht unbedingt. Jemand in ihrer Nähe brummte. Der Mann mit dem Monokel. Wenn Balot keine weitere Karte genommen hätte, dann wäre der ♠ Bube, der One-Eyed Jack, zu ihm gekommen. Gefiel ihm alles nicht besonders.

Beim Black Jack ist es wichtig, wo man neben wem sitzt.

Wenn einer am Tisch nicht clever genug ist und eine Karte zu viel zieht, geht das zu Lasten aller anderen. Balot erinnerte sich, dass der Doc das mal gesagt hatte. Das war einer der Vorteile des Dealers.

Vorhin hatte sie sich kurzzeitig an gar nichts mehr erinnern können, was der Doc ihr beigebracht hatte.

Das tat ihr mittlerweile ziemlich leid.

Der Dealer teilte den Tisch in Gewinner und Verlierer auf, so wie man Dinge aussortiert, die man nicht mehr in seiner Tasche brauchen kann.

Doc Easter und der alte Mann waren die Gewinner. Einfache Gewinnausschüttung.

[Gut, beginnen wir mit der ersten Phase des Plans.]

Sagte Œufcoque, als hätte es das Spiel gerade gar nicht gegeben.

– Was hätte ich vorhin denn machen sollen?

[Genau das sollst du in Phase 1 verstehen lernen.]

Knallhart und direkt. Balot sagte nichts und legte ihre Chips auf den Tisch. Sie ärgerte sich maßlos über sich selbst. Ihre erste Karte war eine 2. Dieses Mal beachtete sie die Farbe gar nicht. Danach eine 5. 7 insgesamt.

Die Face Card des Dealers war ein Bube. 10 Punkte. Mit dieser Karte und den eigenen Karten begann die nächste Partie.

[Ich zeige dir jetzt das Kapital an.]

Erklärte Œufcoque. Um ihr Einverständnis zu signalisieren, ballte sie ganz leicht ihre rechte Faust. Sofort erschienen Zahlenreihen in der Innenseite ihres rechten Handschuhs.

Zuerst ihr gesamtes Kapital. Dann das Ganze gleichmäßig aufgeteilt in zehn handliche Pakete.

Dazu noch der Maximal- und Minimal-Einsatz in einem Spiel sowie ihre Ausgaben bis jetzt.

Eine Buchführungstabelle, basierend auf ihrem Gesamtkapital und den Paketen.

Die grundlegendste Strategie im Casino war nicht das Zählen der Karten oder geschickte psychologische Kriegsführung. Am wichtigsten war die richtige Methode, das Kapital systematisch zu verwalten. Der Wahrscheinlichkeitsrechnung nach gab es keine Strategie, die Spielregeln, die dem Casino jeden Vorteil sichern, zum Nutzen des Spielers einzusetzen. Das galt allerdings nur, wenn man die Wahrscheinlichkeit sehr langfristig berechnete. In einem kurzen Zeitraum war es für den Spieler durchaus möglich, mehrmals nacheinander zu gewinnen. Wichtig war dabei nur, wie viel Kapital man hatte, wenn man auf der Welle des Sieges von Gewinn zu Gewinn reiten wollte – oder wie man sein Kapital erhält, bis man diese Welle endlich mal erwischte.

Balot legte Chips im Wert von 300 Dollar auf den Tisch. Im Spiel davor hatte sie den gleichen Betrag gesetzt. Mit ihrem Bauchgefühl hatte das nichts zu tun, es war eine taktisch kluge Summe.

Balots Gesamtkapital belief sich zu diesem Zeitpunkt auf 630.000 Dollar. Ein Zehntel dieser Summe war ihre Minibank, eine Einheit ihres beweglichen Kapitals.

Jetzt betrug eine Einheit etwas mehr als 63.000 Dollar. Ein Abschnitt ging so lange, bis sie diesen Betrag verspielt hatte.

Ihr maximaler Einsatz in diesem Spiel bildete ein Zwanzigstel der Minibank, ein Zehntel davon war das Minimum. Die Einheit für ein Spiel.

Und darum war die Einheit, die Balot jetzt setzte, nur 300 Dollar.

Wenn die obere Maximum-Grenze eines Spiels ein Zehntel des Minikapitals beträgt, so liegt die Wahrscheinlichkeit für den Verlust des gesamten Kapitals bei etwa einem Prozent.

Statistisch war es möglich, diese Wahrscheinlichkeit auf 0,01 Prozent zu senken, wenn man jede Veränderung des Kapitals kontinuierlich weiter genau berechnete.

[Fang mit dem an, was du machen kannst.]

Erschien gleich nach der Zahlentabelle rechts auf dem linken Handschuh und verlosch dann schnell wieder.

Und dann endlich verstand Balot, warum sie so schrecklich nervös war.

Es gab einfach viel zu wenig, was sie tun konnte. Eigentlich waren die Chips das Einzige, was die Spieler in diesem Spiel aktiv kontrollieren konnten. Die Spieler berühren schließlich nicht einmal ihre Karten, um einen möglichen Betrug zu verhindern.

Weder psychologische Kriegsführung wie beim Poker noch ihre körperliche Wahrnehmung, die ihr beim Roulette den Sieg gebracht hatte, hatten hier irgendeine Bedeutung.

Sie hatte gar keine andere Wahl, als auf diesem Hochseil einen zielstrebigen und unsicheren Schritt nach dem anderen zu machen. Darum war sie so ungewöhnlich nervös, darum hatte sie sich so einfach von der Atmosphäre mitreißen lassen.

Allerdings war das Glück allein auch nicht der einzige Schlüssel zum Erfolg bei diesem unsicheren Tanz auf dem Seil. Diese Nummer bekam erst eine richtige Bedeutung, wenn sie alles tat, was sie tun konnte, abgesehen von dem, was außerhalb ihrer Kontrolle lag. Und genau das war die Strategie, die Œufcoque und der Doc sie gelehrt hatten.

Sie konnte das Echo des Unterrichts wieder hören, es klang warm und angenehm.

Dann war Balot an der Reihe. Sie warf erneut einen Blick auf ihre Karten. Eine 2 und eine 5, 7 insgesamt.

#Hit.#

Für diesen Fall gab es keine etablierte Taktik. Es war völlig unmöglich, dass sie die 21 überschreiten würde, ganz egal, welche Karte kommen würde.

Eigentlich war das jetzt ja sozusagen ihre zweite Karte. Es war eine 8, insgesamt also 15 Punkte.

Die Face Card war ein Bube, zehn Punkte. Den Regeln nach musste der Dealer jetzt Karten ziehen, bis er 17 oder mehr erreicht hat. Mit ihren fünfzehn Punkten konnte sie nicht gewinnen, wenn der Dealer sich nicht überkaufte. Sollte sie dann nicht eine weitere Karte nehmen? Balot vertraute einfach darauf, ganz unabhängig von der komplexen Wahrscheinlichkeitsrechnung.

#Hit.#

Ihr Herz hüpfte ein bisschen, als sie das sagte. Aber anders als letztes Mal hatte sie sich nicht von der Atmosphäre verführen lassen, noch eine weitere Karte zu nehmen. Es war ihre bewusste Entscheidung.

Vor ihren Augen legte sich die vierte Karte mit einer gleitenden Bewegung in eine Reihe mit den anderen.

7. 22 insgesamt.

»Bust.«

Ihre Chips verschwanden einfach, so wie beim letzten Mal. Alle sahen sie an, als wäre das völlig normal. Ein kleines Mädchen wie Balot konnte schließlich nicht einfach so in diesem so geheimnisvollen und tiefsinnigen Spiel gewinnen. Fast war es, als ob das ganz nach dem Willen des Dealers und der anderen Spieler geschah.

Schließlich wäre das ganz in ihrem Sinne. Und das stimmte auch. Es schien ihr, dass plötzlich ein anderes Ich aufgetaucht war, das all das ganz brav und gehorsam glaubte und mit dem Ich davor den Platz gewechselt hatte.

Die verdeckte Karte des Dealers war eine 6. 16 Punkte insgesamt. Den Spielregeln entsprechend zog er noch eine Karte. 5. 21. Hier und da konnte sie einen Seufzer hören.

Hätte Balot keine weitere Karte verlangt, hätte der Dealer die Summe überkauft und alle hätten gewonnen.

So hatten alle verloren.

Aber Balot war das egal. Wenn ich gewinnen will, muss ich gewinnen, indem ich erkenne, wie ich die Karten ziehe, dachte sie selbstsicher.

Alle Chips wurden eingezogen. Wieder fing ein neues Spiel

an. Balot verlor zweimal und gewann einmal. Nach einer Weile wechselten sich Sieg und Niederlage ab.

Wenn man beim Black Jack verliert, dann verliert man, ganz egal, wie viel Mühe man sich gibt. So ist Black Jack eben.

Man kann verlieren, nur weil man eine Karte genommen hat. Und man kann verlieren, weil man *keine* Karte genommen hat. Wenn man mit zwölf Punkten eine Karte nimmt – Bust. Zieht man bei 16 Punkten keine, kann man trotzdem verlieren. Das passiert eben. Und oft. Bei manchen Partien ist es völlig egal, wie man sich entscheidet, ob man eine Karte nimmt oder nicht, sie sind von Anfang an als Niederlage eingeplant, und manchmal gibt es nicht nur ein oder zwei davon, sondern es passiert fünf- oder sechsmal hintereinander.

Und schon im nächsten Moment kann alles ganz anders sein, das Blatt wird gewendet und man gewinnt die ganze Zeit, egal, was man macht.

Was auch immer man macht, egal, was die anderen Spieler machen – man gewinnt. Natürlich könnte man meinen, dass es eben nur Glück oder Schicksal wäre. Viele warteten geduldig auf dieses Glück, entwickelten Strategien, kämpften harte Kämpfe.

Balot kämpfte den Kampf gegen sich selbst, gegen ihr Bauchgefühl. Gewinnen oder Verlieren bedeutete ihr gar nichts, wenn es sie nur nervös machte und aufregte.

[Tief atmen.]

Œufcoques Worte blinkten mehrmals.

Balot hatte mittlerweile gelernt, dass sie sich auf diese Art gut wieder in den Griff bekam.

Das Erste, was sie beim Schießen gelernt hatte, war die richtige Atmung gewesen. Der Doc hatte es ihr gezeigt, nachdem sie ins erste Versteck gebracht worden war oder als sie nach der

Gerichtsverhandlung solche Kopfschmerzen hatte. Sie erinnerte sich daran, wie sie atmete, wenn sie ganz in sich ruhte, und gab sich Mühe, genauso ein- und wieder auszuatmen. Bisher hatte sie immer gedacht, dass ihr Atem von selbst schneller oder ruhiger würde. Als sie ihn allerdings bewusst wahrnahm, merkte sie, wie sehr sich ihre Stimmung und Verfassung allein durch Atmen erstaunlich verändern konnte.

Sie fühlte die Ruhe und Sicherheit, wenn sie in den Bauch atmete, und Hoffnung, wenn sie in die Brust atmete. Atmete sie in ihre Schultern, beschleunigte das ihren Herzschlag, passte sie ihren Atem dem Puls ihres Körpers an, dann fühlte sie sich unerschütterlich, fühlte ihren festen Platz im Leben.

Ob sie Chips bekam oder verlor, sie versuchte, dabei immer gleichmäßig und ruhig zu atmen.

Das reichte völlig, um ihr klarzumachen, wie nervös sie gewesen war, als sie das erste Mal gesetzt hatte.

Die Menge der Chips schien seltsamerweise nichts mit ihrer Nervosität zu tun zu haben.

600.000 Dollar – sie hätte nie gedacht, dass sie einmal so viel Geld haben würde, eine unvorstellbare Summe.

Ohne Zweifel würde jeder verstehen, wenn sie jetzt das Geld nähme und den ganzen Fall komplett vergessen würde, so wie der Doc es gesagt hatte.

Aber gleichzeitig fühlte sie einen tiefen Hass in sich. Und dieser Hass würde es ihr nicht erlauben, nur wegen Geld aufzugeben. Der Hass auf das Geld, Hass auf die Menschen, die das Geld bewegten. Jeder an diesem Tisch, in diesem Casino und Balot auch – so gut wie jeder hatte des Geldes wegen schon richtig leiden müssen.

Je mehr man litt, umso mehr klammerte man sich an der Kohle fest. Nichts war wichtiger als das Geld, und wenn man erst so dachte, wurde man leicht ausgenutzt, und wer einen ausnutzte, wurde von einem anderen ganz genauso benutzt.

Und darum war das Geld jetzt nicht ihr Problem. Balot, die für ein paar Dollar elend und endlos hatte leiden müssen, kontrollierte ihr Geld und benutzte es wie eine Spielfigur, um damit zu gewinnen.

Davon wurde ihr ziemlich heiß. Na, wer sagt's denn: Dieses Fieber war gar nicht schlecht für ihr Spiel.

Sie integrierte es vollkommen in ihre Atmung, sie konzentrierte sich vollkommen darauf, in dieser Situation die bestmögliche Entscheidung zu treffen. Sie war weit davon entfernt zu gewinnen, und ihr Minikapital schmolz von Sekunde zu Sekunde mehr dahin. Doch mit jedem Schritt, den sie vorwärts machte, wurde ihr immer klarer, dass es für sie kein Zurück mehr gab. Das ließ sie völlig kalt. Sie war nicht allein, sie hatte Hilfe – und damit hatte sie auch eine Chance. Sie musste einfach daran glauben, dass es funktionierte, und weitermachen.

Während der zwanzigsten Partie fiel Balot plötzlich etwas auf. Die Art, wie der Dealer sich bewegt hatte ... da war irgendwas. Eine Weile überlegte sie, was es gewesen sein könnte.

Als sie schließlich dran war, wollte sie unbedingt ausprobieren, was sie gerade bemerkt hatte.

#Hit.#

Einen Moment lang kam der Dealer aus dem Rhythmus. Wegen Balots Karten. Eine Dame und eine 9. 19 Punkte. Eigentlich zog man bei diesem Punktestand keine weiteren Karten mehr. Der Dealer schob ihr eine Karte zu. Eine 2. Sie konnte fühlen, wie die Atmung der anderen Spieler durcheinanderkam, weil sie alle bei Balots waghalsiger Entscheidung die Luft angehalten hatten.

21 insgesamt – Balots erster Black Jack, seit sie sich an diesen Tisch gesetzt hatte.

Der Dealer drehte seine Karte um. 10 Punkte.

Insgesamt 20 – Balot hatte als Einzige am Tisch gewonnen. Als der Dealer ihr gleichgültig die anderthalbfache Gewinnausschüttung auszahlte, richtete sich die Aufmerksamkeit der anderen Spieler ganz auf Balot. Allerdings schienen sie bald zu der einhelligen Meinung zu kommen, dass das mit Sicherheit nur ein Zufall gewesen war, und wandten ihre Blicke wieder ab.

Balot war von dieser Entscheidung, die ihr den Gewinn gebracht hatte, selbst nicht überzeugt gewesen – was man ihr auch ansehen konnte.

Aber sie hatte der Entscheidung vertraut. Während sie ihre Chips bekam, dachte sie darüber nach, was das bedeutete.

Nicht, was es jetzt genau hieß, sondern ob es überhaupt eine Bedeutung hatte.

– Œufcoque, ich möchte dich was fragen.

[Was denn?]

– Wenn der Dealer die Karten austeilt, scheint er auf etwas zu warten.

[Warten?]

– Er wartet, bis wir ausgeatmet haben.

Wenn Œufcoque sie jetzt gefragt hätte, was sie damit meinte, hätte sie ihm vermutlich nichts Vernünftiges antworten können.

Dann überraschte er sie.

[Wie hast du das gemerkt?]

Fragte er nach wie ein Lehrer, der seinem Schüler das Ganze genau erklären wollte.

– Ich habe mit Absicht ganz lange ausgeatmet. Dann hat er so lange gewartet, bis ich vollkommen ausgeatmet hatte.

[Da du das bemerkt hast, haben wir alles abgeschlossen, was

wir in dieser Phase tun können. Du steuerst ganz von selbst die Zielgerade an.]

Einerseits freute sie sich darüber, dass Œufcoque das gesagt hatte, doch andererseits war sie plötzlich sehr unsicher.

– Aber das ist nicht wahr. Ich verliere die ganze Zeit und weiß gar nicht so richtig, was ich machen soll.

Antwortete sie verwirrt.

[Im Moment ist es noch nicht nötig, dass du gewinnst. Unser Ziel in dieser Phase ist es, dass du *sinnvoll* verlierst. Du bist schneller, als der Plan des Doc es vorgesehen hat. Du wirst gewinnen. Ich helfe dir dabei.]

Das Fieber kehrte zurück. Balot konnte fühlen, wie ihre Erleichterung wie ein Bambusstamm in ihr wuchs und sie stützte. Biegsam und elastisch. Sie würde unter dem Druck nicht zerbrechen.

[Nach dieser Partie ist das Spiel erst mal zu Ende.]

Als sie diese Worte sah, warf sie einen raschen Blick auf den Kartenschuh. Da war die transparente rote Karte, die Balot in den Stapel gesteckt hatte. Sie zeigte das Ende an.

[Wenn die Karten neu gemischt sind, machen wir mit unserem Plan weiter.]

Sie ballte beide Fäuste als Antwort.

Das Spiel war für den Moment abgeschlossen. Der Dealer sammelte alle Karten ein und fing an, sie mit geschmeidigen Bewegungen neu zu mischen. Nach der Tabelle in ihrer rechten Hand hatten sie insgesamt 28 Partien gespielt. Sie hatte nur sieben Spiele davon gewonnen.

Dreimal unentschieden, 18 Mal verloren. Insgesamt hatte sie 3300 Dollar verloren.

Am Tisch nahmen die Spieler zuvor abgebrochene Gespräche wieder auf.

Balot sah ruhig dabei zu, wie die Karten gemischt wurden. Sie konnte fühlen, warum der Dealer die Karten im Rhythmus der Atmung austeilte. Sie ahnte, dass sie das mit ihren Fähigkeiten irgendwie ausnutzen könnte, ganz egal, warum das jetzt so war, wie es war. Sie war nicht hier, um blind auf ihr Glück zu vertrauen. Als sie das dachte, fragte Doc Easter unvermittelt: »Na, hast du Spaß?«

Die Dame neben ihm lächelte sie an.

Balot nickte. Eine ruhige, besonnene Geste. Der Doc grinste sie zufrieden an und redete weiter mit der Dame. Darüber, dass selbst ein so junges Mädchen wie Balot dem Reiz des Glücksspieles nicht widerstehen konnte. So sorgte er dafür, dass Balot am Tisch weniger unnatürlich wirkte.

Schließlich waren die Karten fertig gemischt, der Dealer reichte dem Mann mit dem Monokel die rote Karte.

Der steckte sie in den Stapel, der Stapel wurde abgehoben und die zweite Runde konnte anfangen.

[Kommen wir zur zweiten Phase unseres Plans. Ich zeige dir jetzt die Basisstrategie.]

Während sie noch Œufcoques Worte auf der linken Hand fühlte, erschienen auf der Innenseite des Handschuhs dicht an dicht Symbole.

Eine Strategietabelle für den weiteren Verlauf, basierend auf der Face Card des Dealers und Balots Karte.

[Ich werde nach und nach mehr Informationen hinzufügen.]

Balot verglich ihre Karte mit der Tabelle.

In den waagerechten Reihen der Tabelle standen die Summen ihrer Karten, in den senkrechten Spalten die Punkte der Face Cards des Dealers, außerdem die Strategiesymbole für die jeweilige Situation.

Jetzt hatte sie eine 9 und eine 5, insgesamt 14.

Ein Punkt auf der Strategietabelle wies auf das gefettete aktuelle Strategiesymbol hin.

Bei 14 Punkten und 5 Punkten auf der Face Card des Dealers hieß es »S« – Stay. Balot selbst hätte sich für »Hit« entschieden, aber das wäre falsch gewesen. Auf den ersten Blick sah es wie eine gute Chance zum Angriff aus, doch in Wirklichkeit war zu Balots großer Überraschung hier die Defensive die bessere Wahl.

Sie zeigte Stay an, wie das Symbol in der Tabelle es empfahl.

Der Dealer warf ihr einen flüchtigen Blick zu und drehte seine verdeckte Karte um. Eine Dame, insgesamt 15.

Den Regeln entsprechend musste der Dealer so lange Karten ziehen, bis er mindestens 17 oder mehr Punkte erreicht hatte, also nahm er eine weitere Karte, einen Buben. Insgesamt 25 – Bust. Balot war ehrlich beeindruckt.

– Ich wäre für Hit gewesen.

[Das wäre falsch gewesen. In diesem Spiel sind die nächsten Karten mit großer Wahrscheinlichkeit aus den vier Gruppen der Zehn-Punkte-Karten; also die 10, Bube, Dame und König. Ganz egal, welche Karte wir haben, es ist ziemlich wahrscheinlich, dass der Dealer überschreiten wird. Die Wahrscheinlichkeit, eine dieser Karten zu ziehen, liegt bei 31 Prozent. Einfach durchgerechnet ist es viermal wahrscheinlicher, eine davon als eine andere Karte zu ziehen.]

– Ten Factor.

Antwortete sie ohne darüber nachzudenken. Sie hatten ihr das beigebracht, aber als sie die Karten vor sich sah, hatte sie es wieder vergessen. Balot setzte sich ganz gerade hin und fühlte neue Worte in ihrer Hand.

[Ist die Face Card des Dealers eine 5, so hat er eine Überschreitungswahrscheinlichkeit von 43 Prozent. Das heißt, in zwei von fünf Fällen wird er die 21 überschreiten. Die Wahrscheinlichkeit zu gewinnen ist höher, wenn man Stay nimmt und darauf wartet, dass er sich selbst zerstört.]

Nach der Auszahlung bekam sie in der nächsten Partie einen Buben und eine 6, insgesamt 16 Punkte.

Die Face Card des Dealers war eine 7.

Sofort erschien das Symbol fett in einer Ecke der Tabelle.

H. Hit.

Wieder völlig unerwartet. Ihrer Intuition nach wäre sie für Stay gewesen. Vermutlich nur ein weiterer Beweis dafür, dass ihr die Regeln, die sie gelernt hatte, noch nicht richtig in Fleisch und Blut übergegangen waren.

Œufcoque fing schon an, alles zu erklären, vermutlich war ihm Balots Selbstkritik irgendwie bewusst.

[Wenn wir zwischen 12 und 16 Punkten haben und die Face Card des Dealers ist höher als 7 oder mehr, ist die Wahrscheinlichkeit mit Stay zu verlieren bei 75 Prozent. Aber wenn wir 17 Punkte oder mehr haben und die Face Card des Dealers zwischen 2 und 6 Punkte hat, dann haben wir mit Stay eine extrem hohe Wahrscheinlichkeit zu gewinnen.]

– Seven Up. Der Spieler ist stärker mit 17 Punkten und mehr, der Dealer ist stärker mit 7 Punkten und mehr.

Sie erinnerte sich wieder daran, was sie gelernt hatte.

[Ganz richtig. Wenn wir 15 oder 16 Punkte haben, werden wir mit Sicherheit verlieren. Wenn wir auf Hit gehen, senken wir diese Wahrscheinlichkeit von 75 auf 63 Prozent. Also ist es besser, etwas zu tun als gar nichts zu machen.]

Balot folgte seinem Ratschlag und nahm eine dritte Karte.

Ein König, leider. Bust, ganz offensichtlich.

Der Dealer drehte seine Karte um, ein Bube. 17 Punkte insgesamt. Sie hätte in jedem Fall verloren, ganz egal, was sie gemacht hätte. Aber wenn sie hier ihr Bestes geben wollte, dann war es in dieser Situation besser gewesen zu ziehen und zu verlieren.

Black Jack ist ein Spiel, bei dem man *verliert*. Es ist unmöglich, jede Partie zu gewinnen. Die richtige, akkurate Strategie ist wichtig, damit man schließlich irgendwann eine Phase erreicht, in der die Wahrscheinlichkeit eines Gewinns höher ist.

Black Jack ist ein Marathon, man braucht starke Nerven und muss auch Durststrecken aushalten können.

Während der nächsten Partie kam wieder eine Chance zum Angriff. 10 und 5, 15, bei dieser Punktzahl war eine Niederlage schon selbstverständlich. Der Dealer hatte eine Dame. Sie ging nicht auf Stay.

Sie hätte auch Surrender signalisieren können, aber sie war noch nicht so sehr in der Defensive. Ihr Kapital war noch da und sie wusste, dass sie Surrender vermeiden sollte, wenn sie nicht einmal ihr Minikapital aufgebraucht hatte.

#Hit.#

Der Dealer sah Balot flüchtig an, als sie das sagte. Sie bekam eine 4.

#Stay.#

Sagte sie instinktiv. 19 Punkte insgesamt. Der Dealer drehte seine Karte um. 8.

Außer Balot und dem Monokel hatte niemand gewonnen.

Einen flüchtigen Moment lang war sie zufrieden und seufzte.

2

[Jetzt wird es langsam Zeit, dass du anfängst, deine Umgebung genau zu beobachten.]

Unterbrach Œufcoque ihre wohligen Gedanken. Ihm war aufgefallen, dass Balot begonnen hatte, sich für die Karten der anderen zu interessieren. In der Anfangsphase war ihr das noch verboten gewesen.

– Ich will nur wissen, wie die anderen ihre Karten ziehen.

Antwortete sie leichthin, es klang fast wie eine Entschuldigung.

[Du hast wirklich eine extrem schnelle Auffassungsgabe. Es ist etwas früh, aber damit treten wir in die dritte Phase ein.]

Kaum waren diese Worte erschienen, verschwand damit auch die Tabelle auf dem linken Arm und eine neue wurde eingeblendet. Sechsmal mehr Informationen. Die Strategietabellen aller Spieler am Tisch, Dealer eingeschlossen. Mit allen Ergebnissen. Der Mann mit dem Monokel hatte bisher am häufigsten gewonnen. Nach ihm kamen der alte Mann und der Doc, die ihm wie bei einem Wettrennen hinterherliefen. Die Dame und Balot hatten ungefähr gleich viel verloren. Außerdem wurde angezeigt, wie oft der Dealer wegen Bust verloren hatte. Fast alle fünf Spiele ein Bust. Besonders interessant war der Mann mit dem Monokel. Er hatte einen beeindruckenden Vorsprung.

Ganz offensichtlich ritt er auf der Welle des Erfolges. War das jetzt eher so etwas wie Zufall, oder hatte er es wirklich drauf?

Die Karten wurden wieder verteilt. Balot bekam einen Buben und eine 2.

Das Monokel bekam eine 4 und eine 6, also 10.

»Double Down«, erklärte er. Der Dealer hatte eine 4. Œufcoques Strategietabelle hätte ihm genau das empfohlen. Er stapelte seine Chips auf und bekam noch eine 9 dazu. Hatte man Double Down gesagt, musste man noch eine Karte ziehen, aber es konnte gar nicht besser für ihn laufen.

Das Spiel ging weiter, Balot nahm keine Karte mehr. Die verdeckte Karte des Dealers war eine 8. Er zog noch eine Karte – insgesamt 17.

Balot hatte verloren, wie auch die anderen Spieler am Tisch. Nur Monokel-san hatte gewonnen.

Die nächste Partie …

Er bekam eine 8 und eine 6.

»Double Down.«

Eine Sekunde lang glaubte Balot, sie hätte sich verhört. Allerdings legte er seine Chips ganz entschlossen auf dem Tisch.

Der Dealer hatte eine 3. Nach Œufcoques Tabelle war das eine Karte, bei der man sich am besten für Stay entschied. Monokel zog eine 7.

Insgesamt 21 – Black Jack.

Er strahlte über das ganze Gesicht. Wenn der Dealer nicht auch einen Black Jack hatte, würde er für seinen Black Jack und Double Down die dreifache Ausschüttung bekommen.

Und sein Wunsch sollte in Erfüllung gehen. Der Dealer verlor, Bust. Balot hatte zusammen mit den anderen gewonnen, doch der Gewinn von Monokel-san war eine Klasse für sich.

In der nächsten Partie zog er bei 16 noch eine Karte und gewann erneut, danach war dieses Spiel zu Ende. In der Zeit, in der die Karten wieder neu gemischt wurden, plauderte man am Tisch angeregt über seinen Gewinn.

– Der Monokel-Mann, einfach unglaublich.

[Der Dealer beobachtet ihn.]

– Weil er zu oft gewinnt?

[Nein. Er lässt ihn gewinnen.]

Einen Moment lang war das jenseits von allem, was sie verstehen konnte.

– Der Dealer beobachtet ihn nicht, weil er zu oft gewinnt?

[Der Dealer manipuliert ihn. Dass er gewinnt, das ist nur ein Zufall.]

Dann fiel Balot etwas an Monokel-san auf.

– Ich glaube, er quält sich. Seine Atmung ist die unruhigste am Tisch.

[Sehr scharfsinnig von dir.]

Sagte Œufcoque gelassen. Balot hatte es auf den Punkt gebracht.

– Das hat was mit seiner Atmung zu tun?

[Richtig.]

– Aber er gewinnt doch.

[Das hat aber nichts mit der Gewinnwahrscheinlichkeit zu tun.]

Etwas stimmte nicht. Und dann ganz plötzlich verstand sie, wo ihr Fehler gelegen hatte.

– Kannst du mir sagen, wie viel er bisher gesetzt und verloren hat?

Œufcoques Antwort kam prompt.

[Ich kann.]

Kaum waren seine Worte verloschen, erschien neben den Ergebnissen aller Spieler eine Bilanztabelle. Eine vorläufige Addierung aller Gewinne und Verluste am Tisch, seit Balot dazugekommen war.

Überraschenderweise hatte der Monokel-Mann ziemlich viel verloren. Der alte Herr hatte bisher am wenigsten verloren, der

Doc hielt sich auf einem ähnlichen Niveau. Balot hatte am Anfang sehr viel verloren, hatte ihre Verluste aber bereits auf die Hälfte reduziert. Die Differenz zwischen Verlust- und Gewinnsummen waren bei Monokel und der dicken Dame ähnlich weit im Minus. Irgendwie sah es aus, als verlören sie immer mehr, je häufiger sie gewannen.

– Ich hätte nie gedacht, dass Monokel so viel verliert.

[Hätte wohl auch sonst niemand, was?]

– Und der Dealer sorgt dafür?

Musste wohl so sein, eine andere Möglichkeit war einfach nicht denkbar. Irgendwie war es ihm gelungen, die Minikapital-Kalkulation von Monokel durcheinanderzubringen.

[Zu fünfzig Prozent liegt es am Spiel, den Rest macht sein Charakter. Außerdem kann ich riechen, was der Dealer vorhat, es ist total offensichtlich.]

– Was er vorhat? Aber wie?

[Geschickte Manipulation.]

Die Karten waren wieder gemischt, dieses Mal steckte der alte Gentleman die rote transparente Karte in den Stapel. Die Karten wurden abgehoben, Monokel-san setzte hoffnungsfroh und mit Schwung seine Chips. Fünfhundert Dollar. Allerdings sah er gar nicht danach aus, als hätte er mindestens eine Million in seinem Kapital.

Die ersten Karten wurden ausgeteilt, als Balot das Timing bemerkte.

Kurz nachdem Monokel-san ausgeatmet hatte. Als er seine Karte bekam, atmete er wieder ein. Er hatte eine 9. Danach bekamen auch die anderen ihre Karten. Balot bekam eine 7. Die Face Card des Dealers war eine 4. Ohne eine Pause teilte er dem Mann sofort die zweite Karte zu. Wie ein Messer, das wieder und wieder zusticht. Eine 6, er hielt den Atem an.

»Double Down«, hörte Balot ihn sagen, gleich nachdem sie ihre zweite Karte gesehen hatte.

Instinktiv sah sie nach, welche Karten er hatte. Insgesamt 15 Augen.

Das Blatt, mit dem man am häufigsten verliert. Auch die anderen am Tisch beobachteten aufmerksam seine Karten.

Er zog eine 8. Insgesamt 23 – Bust. Er verzog das Gesicht.

Balot warf einen hastigen Blick auf ihre eigenen Karten. 7 und ein Bube. Stay.

Anscheinend wurde der Eindruck, den die Karten auf sie machten, langsam schwächer. Wegen der stets korrekten Strategietabelle zweifelte sie nicht an der Richtigkeit ihrer Entscheidung, trotzdem musste sie unwillkürlich an Mr. Monokel denken.

– Liegt es auch am Dealer, dass ich auf ihn aufmerksam geworden bin?

Eine einfache Frage, damit sie seine Situation und ihr Mitgefühl für ihn trennen konnte.

[Richtig. Der Dealer hat auch dich ein bisschen manipuliert.]

Das erschreckte sie ziemlich.

[Der Dealer will uns alle durcheinanderbringen, damit wir etwas tun, was eigentlich völlig undenkbar ist. Darum inszeniert er alles im Atemrhythmus.]

– Im Atemrhythmus?

[Die Basis einer jeden Manipulation. Menschen sind in dem Moment direkt nach dem Ausatmen und kurz vor dem Einatmen am verletzlichsten. Er zielt genau auf diesen Moment ab, die Atempause. Er hat das schon auf ganz unterschiedliche Art eingesetzt.]

– Zum Beispiel?

[Es gibt ein paar Punkte in diesem Spiel, die wichtig sind.

Einer davon ist die Face Card. Unsere Entscheidung, ob wir noch eine Karte nehmen oder nicht, sollte auf der Face Card basieren und nicht darauf, welche Karten wir haben.

Die meisten Spieler vergessen das allerdings, weil ihre Karten einen so starken Eindruck auf sie machen.]

– Aber der Mann konzentriert sich doch sehr auf das Spiel?

[Der konzentriert sich nicht. Der ist einfach nur aufgeregt.]

Knallhart. Ohne es zu merken, setzte Balot sich wieder ganz gerade hin.

[Einer der Manipulationstricks des Dealers ist die Manipulation des Eindrucks. Er erkennt, welchen Eindruck die Spieler von etwas haben, und dann verschiebt er diesen Eindruck mit Absicht. Du bist auch darauf reingefallen.]

– Ich?

[Monokel-san ist ein Paradebeispiel für diese Manipulation. Je nachdem, ob die anderen Spieler ihn nachahmen oder nicht, hinterlässt er einen starken Eindruck im Unterbewusstsein. Der Dealer muss die Spieler mit den Eindrücken manipulieren, die er ihnen verschafft hat.]

– Was? Wie?

[Wollen wir ein Spiel spielen, nur wir zwei?]

Balot hob die Augenbrauen. Genau in diesem Moment war sie dran.

#Stay.#

Danach drehte der Dealer seine Karte um. 7. Insgesamt 11.

Der Dealer zog noch eine 7 und hatte damit 18 Punkte. Die Chips wurden schnell eingesammelt, Balot hatte bereits das Interesse daran verloren.

– Was für ein Spiel denn?

[Ab jetzt wird bei jedem Mischen ein Spieler den Tisch verlassen. Rate, wer gehen wird.]

– Einer geht? Woher weißt du das?

[In weniger als einer Stunde ist die Schicht des Dealers um. Er hat viel Zeit damit verbracht, die Spieler zu programmieren. Er wird sie bestimmt nicht einem anderen Dealer überlassen.]

Er sprach von den Menschen am Tisch, als wären sie nichts als Schlachtvieh, das bereits im Transporter steht.

Balot runzelte die Stirn.

– Und was, wenn andere Spieler dazukommen?

[Das wird nicht passieren. Und wenn doch, käme es für den Dealer unerwartet.]

– Warum?

[Seit wir uns an den Tisch gesetzt haben, hat der Dealer keinen Blick mehr auf den Rest des Casinos geworfen. Die anderen Gästen *bekommen so den Eindruck*, dass dieser Tisch nur für Bekannte ist und damit eher schwer zugänglich.]

Sie fragte nicht mehr nach, warum er das wusste. Ihre Hände wurde von magischen Handschuhen umhüllt, deren Wissen auch noch grenzenlos war. Balot war schwer beeindruckt.

– Aber warum immer nur ein Spieler?

[Jeder atmet in einem anderen Rhythmus. Wenn der Dealer ganz sicher sein will, wird er es so machen. Er will alle richtig ausnehmen, einen nach dem anderen.]

Sie hatte zwei Karten bekommen, ohne es zu merken. Ein Bube und ein König, 20. Bei dieser Kombination musste sie nicht mal mehr einen Blick auf die Face Card werfen.

Balot schenkte ihren Karten keine Beachtung und konzentrierte sich ganz auf die anderen Spieler.

– Die Frau.

Vermutete Balot. Sie hielt es für unwahrscheinlich, dass Monokel-san den Tisch so einfach aufgeben würde. Der alte Gentleman hatte fleißig ein Spiel nach dem anderen gemacht.

Vermutlich gehörte er zu den Männern, die sich ganz auf die Frau neben ihnen verlassen und den Tisch nur nach ihr verlassen würden. Die Dame setzte sehr großzügig in diesem Moment, als wolle sie Balots Argument unterstreichen. Sie hatte schon mehrere tausend Dollar verloren. Vermutlich hatte sie bald alle ihre Chips verloren, selbst wenn sie am Tisch bleiben wollte.

[Wenn sie also beim nächsten Mischen den Tisch verlässt, hast du gewonnen.]

– Und was glaubst du, wer aufsteht?

Dann war Balot dran. Der Dealer lächelte sie freundlich an. Aber Balot würde nicht mehr gegen etwas verlieren, das sich hinter einem Lächeln versteckte, also sagte sie kühl *Stay*.

Am Ende der Partie hatte nur Balot gewonnen. Monokel-san war knallrot angelaufen, rief nach dem Kellner und bestellte ein Glas Shochu, das er auf einmal runterkippte. Der Alkohol musste sein Spielfieber abkühlen.

[Der Mann mit dem Monokel ganz rechts.]

Erklärte Œufcoque.

[Dann hoffen wir mal, dass kein anderer den Tisch verlässt und schauen uns das Spiel an.]

Balot lächelte verschmitzt und setzte ihre Chips.

Alle machten ihren Einsatz, alle zogen ihre Karten. Balot sah ihre Karten so gut wie gar nicht mehr an. Stattdessen richtete sie ihre Aufmerksamkeit auf Monokel-san und die üppige Frau und ihren Einsatz.

Monokel hatte fünfhundert Dollar als seinen Mindesteinsatz festgelegt und machte seitdem bei jeder sich bietenden Gelegenheit Double Down.

Die Üppige setzte zwischen dreihundert und tausend Dollar, je nach Laune, und ging nur selten auf Double Down. Es sah nicht so aus, als wolle sie den Tisch verlassen, solange sie noch Geld hatte.

Nach dem Mischen vergingen etwa zehn Partien. Monokel-san verlangte bei 17 immer noch mutig eine weitere Karte. Eine 4. 21 – und er war der Einzige, der gewonnen hatte.

»Eine kluge Entscheidung«, sagte der Dealer sofort und legte die benutzten Karten in den Discard Holder. Er sammelte Monokel-sans Karten als Letztes ein, legte die Karten mit 21 Punkten auf den Rahmen des Discard Holders, als wären sie etwas Besonderes. Balot konnte es fühlen, wie einen Reiz auf der Haut. Unbewusst mischte sie sich in Œufcoque ein, während sie ihren Nacken massierte.

– Hat der Dealer das mit Absicht gesagt? Oder gehört so was zur Politik des Casinos?

[Die Politik des Casinos ist die Manipulation. Aber seine Reaktion war sehr übertrieben.]

– Klang irgendwie so, als wäre Monokel wirklich wichtig. Eine ganz billige Schleimerei.

[Man freut sich auch über billige Schmeicheleien. Genau da gibt er sich eine psychologische Blöße. Der Dealer weiß wirklich sehr gut, was er sagen muss, damit diese Blöße entsteht. Das macht er alles nur, damit Monokel sich gut fühlt, wenn er verliert.]

Balot fand, dass die Sache stank, und rümpfte die Nase. So viele gaben sich damit zufrieden, gut gelaunt zu verlieren. Die behaupteten dann, dass es das Wichtigste sei, sich dabei gut zu unterhalten. Sie machten es dem Casino unglaublich leicht, eiskalt zu gewinnen, ohne sich dabei die Hände schmutzig zu machen.

Nach dem höflichen Empfang, all dem Luxus, der angenehmen Atmosphäre und den kostenlosen Drinks wartete die

House Edge – das Casino war immer im Vorteil – nur darauf, den Gästen wieder die Chips abzunehmen. Wie ein Schwert mit einer scharfen Klinge, *Edge*.

Auf einmal dachte Balot darüber nach, was wohl passieren würde, wenn sie hier und jetzt ihr ganzes Geld verlöre.

Was, wenn sie noch einmal ganz von vorne anfangen müsste? Vor Gericht? Als Angeklagte wegen Verstoßes gegen ein Bundesgesetz? Sobald sie nur daran dachte, wieder in die Zeit zurückzukehren, in der sie jede Art von Gewalt aushalten konnte und musste, lief es ihr kalt den Rücken runter.

Beinahe hätte sie völlig das Interesse am Spiel verloren. Das war kein Spaß. Das war ein Kampf, in dem sie alles riskieren musste. Sie konnte nicht zulassen, dass der Dealer sie verwirrte.

[Lass dir damit noch Zeit.]

Erschien mahnend in ihrer linken Hand, während sie diesen Gedanken nachhing. Œufcoque klang ungewöhnlich streng, doch es zeigte ihr auch, wie sensibel er ihre Gefühle erspüren konnte.

[Erst musst du die Tricks deines Gegners lernen.]

Balot ballte als Antwort ihre linke Faust. Ganz fest. Dann richtete sie ihre ganze Aufmerksamkeit auf das Spiel. Den Dealer. Die Spieler. Die Karten. Sie überzeugte sich selbst davon, dass der Umweg hier der kürzeste Weg war.

Der Doc und Œufcoque hatten ihr allerdings bisher immer den kürzesten Weg gezeigt.

Mehr als alles andere prägten sich ihr Œufcoques Worte ein. Die Tricks des Gegners. Œufcoque hatte so viel mehr getan, als ihr nur zu helfen. Er hatte ihr beigebracht, wie sie ihrer Hilflosigkeit entkommen konnte.

Ich werde gewinnen. Ich bin nicht allein und ich habe eine Chance. Daran glaubte sie ganz fest.

Monokel-san fragte plötzlich: »Was meinst du, sollte ich bei diesem Blatt noch eine Karte nehmen?«

Balot konnte es nicht fassen, dass er den Dealer so was fragte. Der Dealer hatte eine 8. Bestimmt nicht einfach.

»Es kommt ganz auf die Situation an, aber nach einer etablierten Taktik würde ich ›ja‹ sagen.«

Ein erstklassiger Dealer wusste auf solche Fragen immer eine Antwort. Es gab etwa 290 etablierte Taktiken beim Black Jack. Wenn man nicht alle auswendig wusste, dann war man auch kein erstklassiger Dealer.

»Aber ob Sie Double Down machen, hängt ganz von Ihrer Intuition ab«, erklärte der Dealer trocken. In der Zwischenzeit war Double Down zu Monokel-sans Spezialität geworden.

»Wenn Sie auf der Welle des Erfolges reiten wollen, dann hat das eben seinen Preis.«

Monokel nickte und verlangte wagemutig eine weitere Karte. 15 und dazu noch ein Bube. Bust.

Doch er schloss einfach nur seine Augen und zuckte mit den Schultern, als ob das eben der erwähnte Preis gewesen wäre.

[Double-Bind. Doppelbindung.]

– Double-Bind?

[Eine der Voraussetzungen, um die Psyche seines Gesprächspartners zu manipulieren. Als er sagte: *›Aber ob Sie Double Down machen‹*, implizierte er damit schon, dass er eine weitere Karte nehmen würde.]

– Aber hier war das doch wirklich die richtige Entscheidung?

[Die Basisstrategie ist nur dann sinnvoll, wenn man sich nicht vom Dealer manipulieren lässt. Der Dealer wollte alle anderen Möglichkeiten außer Hit aus seinem Hirn tilgen.]

– Aha?

[Double Down war völlig übertrieben. Aber mit dieser übertriebenen Idee hat er die anderen Probleme zur Seite geschoben. *Seiner Intuition folgen,* das ist ziemlich vage. Er hat den Grund für diese Entscheidung im Unklaren versteckt. Er hat nur eine weitere Karte genommen, weil die Entscheidung so vage war und Double Down so absurd.]

– Was wäre richtig gewesen?

[Am Anfang war die Strategie kein Problem. Monokel sollte nur erfahren, dass er verlieren würde. Trotzdem glaubte er, dass er immer weiter gewinnen wird. *Verlieren ist der Preis,* pah, das ist glatt gelogen. In diesem Fall bedeutet verlieren einfach nur verlieren.]

Das Interesse von Monokel-san und der Üppigen an ihren Karten schien größer zu werden, je mehr Karten sie zogen. Sie beachteten die Face Card überhaupt nicht mehr.

»Double Down«, sagte der Mann nur wenige Spiele später. Zu seinen 13 kam eine 9, Bust.

Die Face Card des Dealers war eine 6. Nach jeder etablierten Taktik hätte er keine weitere Karte ziehen sollen.

Damit fing sein Untergang an. Bis dahin war sein Niedergang lautlos gewesen, doch jetzt ging er mit großem Donnerhall unter.

Vielleicht hatte er nach Geld gegriffen, das er nie hätte anfassen sollen. Seine Lebenshaltungskosten oder die Miete. Er war plötzlich so nervös und sprach sich selbst so viel Mut zu, dass einem solche Ideen kamen. Seine Aufregung war besonders auffällig, weil die Dame noch immer üppig, fröhlich und sorglos neben ihm saß.

Bei 15 oder 16 Punkten sagte er Double Down an und schaufelte sich so sein eigenes Grab. Als er einmal um einen hohen Einsatz spielte, verlor er die Fassung, weil der Dealer als Face Card ein Ass hatte. Irgendwann hatte der Dealer dann angefangen, ihm Ratschläge zu geben und Monokel verließ sich voll und ganz auf ihn.

»Double Down ist ein Angriff«, sagte der Dealer. »Während eines Spiels gibt es Situationen, in denen die Offensive die richtige Reaktion ist, manchmal ist aber auch die Defensive angebracht.«

Er sagte: »Unter allen Spielern, die ich bisher gesehen habe, gehören Sie zu denen, deren Offensive stets angemessen ist.«

Er sagte: »Lassen Sie sich ruhig Zeit, wenn Sie darüber nachdenken wollen, ob Sie angreifen sollten oder nicht.«

Er sagte: »Gewissensbisse behindern den Spielfluss. Folgen Sie ganz Ihrer Intuition, wenn Sie Gewissensbisse vermeiden wollen.«

Und so tanzte Monokel brav nach seiner Pfeife, gleichzeitig erhöhte die Üppige ihre Einsätze und ließ sich nach allen Regeln der Kunst beschwatzen. Œufcoque kommentierte bissig jeden seiner Sätze.

[Offensive und Defensive, das ist auch wieder so vage. *Angemessen* macht alles noch unklarer. So kann der Dealer einen ganz einfach manipulieren.]

Oder:

[Aussagen wie ›Lassen Sie sich ruhig Zeit‹ und ›Sollten Sie tun‹ oder ›Sollten Sie nicht‹ sind auch nur Teil der Double-Binds, der Doppelbindungen, um die Entscheidungsfindung zu verwirren. Im Kopf des Spielers dreht sich jetzt nur noch der Gedanke, ob er Double Down machen soll oder nicht.]

Und weiter:

[Bust heißt verlieren. Auch wenn er da von Gewissensbissen spricht, davon geht das nicht weg. Sogar wenn er danach noch einen Black Jack bekommt und viel gewinnt, ändert es nichts an der Tatsache, dass er weiter verlieren wird. Das Wort *Offen-*

sive ist der Kernpunkt der ersten Bindung, *Gewissensbisse* der Kern der zweiten.]

Œufcoque gab ihr damit konkrete Warnungen. Das half ihr mehr als komplizierte Tabellen und Diagramme.

Mittlerweile stiegen die Verluste von Monokel-san und der Dame ins Astronomische. Beide hatten bis jetzt mehr als 30.000 Dollar verloren.

– Was für ein Dealer ist das?

[Ein erfolgreicher Dealer. Seine Ergebnisse sind gut, seine Gewinne stimmig. Er beherrscht sein Spiel, und sein Benehmen gegenüber den Gästen ist erstklassig. Er ist das goldene Ei des Casinos und das weiß er auch.]

– Unangenehmer Kerl.

[Achte darauf, dass er nicht mitbekommt, was du von ihm hältst.]

– Wie mache ich das denn?

[Freu dich, wenn du gewinnst. Ärgere dich, wenn du verlierst.]

In der Zwischenzeit hatte der Kartenschuh sich wieder geleert.

Monokel-san hatte irgendwann angefangen, nur noch kleinere Beträge einzusetzen, hundert Dollar oder weniger.

[Ich habe gewonnen.]

Erklärte Œufcoque selbstgefällig.

Schließlich begann die letzte Partie. Die rote Karte zeigte bald das Ende der Spielrunde an. Und das war auch die letzte Spielrunde für Monokel. Bei 12 Punkten nahm er noch eine Karte und bekam eine 10. Dabei gingen ihm die Chips aus. Er hatte nur aus dem einen Grund zu kleineren Einsätzen gewechselt, weil ihm die Chips ausgegangen waren. Als die Karten neu gemischt wurden, stand er auf, verlangte nach Hut und Mantel und fragte ein letztes Mal den Dealer: »War wohl kein gutes Spiel für mich, was?«

»Um auf der Welle des Erfolges zu reiten, muss man einen Preis zahlen«, antwortete der Dealer ernst. Monokel nickte. Dann ging er.

3

Während des Mischens drehten sich alle Gespräche nur darum, aus welchem Grund Monokel verloren hatte. Der Doc hatte damit angefangen. Die dicke Dame fragte den Dealer nach seiner Meinung. Er blieb dabei, dass man eben einen Preis zahlen müsse für die Welle des Erfolges. Der alte Gentleman sagte, er sei wohl zu hitzig geworden und deswegen habe das Glück ihn verlassen.

[Eine unvermeidbare Niederlage.]

Sagte Œufcoque, und es klang so, als fasse er die Meinung aller am Tisch zusammen.

[Es fing damit an, dass seine eigenen Karten ihn zu sehr beeinflusst haben, dann ging es ständig weiter mit Hit, Double Down mit großen Gewinnen und Black Jack. Während er so sehr an den Tisch gefesselt war, saß er doch nur hier, um zu verlieren. Ganz schlimm wurde es allerdings, als er anfing, sich an die kleinen Karten zu klammern.]

– An was?

[Ganz gleich, wie man die Wahrscheinlichkeit berechnet, die kleinen Zahlen unter sechs bringen meistens nur dem Dealer einen Vorteil. Mit dem Wort *Offensive* hat der Dealer ihn dazu gebracht, wiederholt kleine Karten zu nehmen.]

Monokel war mittlerweile in der Menge verschwunden und nicht mehr zu sehen. Wie die Karten, die nach dem Bust in Sekundenschnelle verschwanden. Monokel sah nicht wie jemand aus, der sich nach einem Spiel in Selbstkritik übte, eher wie einer, der sich im Licht seiner vergangenen, spektakulären

Siege sonnte. Vergangene Siege, die ihn komplett pleite gemacht hatten.

Und nur das Gefühl, dass er sich wirklich amüsiert hatte, blieb, oder ein Nachhall davon. Vermutlich musste er sich keine großen Gedanken darum machen, was morgen sein würde. Ganz anders als ich. Es war nicht das Problem, dass der Mann verloren hatte, das Problem war, dass der Dealer ihn hatte *verlieren lassen*.

Es gab keine spektakulären Siege. Solche Illusionen ebneten einem nur den Weg in die Pleite. Sogar jeder gelegentliche Sieg war vom Dealer inszeniert und nur eine Illusion, die das Casino verkaufte.

Wenn man in dieser Illusion gefangen war, war selbst der Wunsch zu gewinnen nur ein weiterer Schritt abwärts auf der Treppe Richtung Niederlage. In die andere Richtung als die »Treppe in den Himmel«, dem Symbol von Mardock. Während sie darüber nachdachte, leuchteten Œufcoques nächste Worte auf.

[Unser erstes Spiel habe ich gewonnen.]

Sagte er ganz gelassen.

– Nächstes Mal gewinne ich.

Antwortete sie trotzig.

[Gut, dann noch ein Spiel. Der alte Mann oder die Frau? Wer von beiden verlässt zuerst den Tisch?]

– Die Frau, ganz sicher.

[Dann setze ich auf den Mann.]

– Weil ich sage, dass die Frau gehen wird?

[Nein. Ich wäre in jedem Fall für den alten Mann gewesen.]

Wieder war sie überrascht. Warum sollte der alte Mann, der bisher vorbildlich gespielt hatte, eher verlieren und gehen als die Frau, die ihr Geld so offensichtlich nur zum Spaß rauswarf?

Die Karten waren fertig gemischt. Dieses Mal steckte die Frau die rote Karte in den Stapel. Der Dealer hob den Stapel glatt ab. Es war Balots vierte Spielrunde an diesem Tisch.

Weil Monokel-san den Tisch verlassen hatte, saß nun der alte Mann am weitesten rechts. Also auf dem Platz, der zuerst die Karten bekommt. Der Dealer erfasste gekonnt die Atmung des alten Gentlemans und gab ihm die Karten in den Momenten zwischen Aus- und Einatmen, doch der Gentleman war durch nichts zu erschüttern.

Die dicke Dame verschwendete weiter ihr Geld, der Doc tat so, als würde er das auch tun, und so wurde die absolute Gelassenheit des Alten nur noch deutlicher.

Die Worte des Dealers klangen auch völlig harmlos und gar nicht manipulativ.

Er sagte: »Sie kennen sich wirklich gut mit Spielen aus. Bestimmt werden Sie oft um Rat gefragt.«

Er sagte: »Es gibt in diesem Saal nicht viele, die so gut wie Sie wissen, wie man sich mit Spielen amüsiert.«

Er sagte: »Je mehr Lebenserfahrung man hat, desto sinnreicher ist das Spiel. Aber Sie scheinen auch zu wissen, wie man sich zusammen mit anderen amüsiert.«

Und einmal: »Es war ganz selbstverständlich, dass sie bei diesem Einsatz noch eine Karte genommen haben.«

Der Gentleman antwortete: »Nein, eigentlich nicht. Ich will mein Spiel nicht von der Höhe des Einsatzes beeinflussen lassen.«

Der alte Gentleman korrigierte ihn so völlig ungerührt. Einmal entschuldigte sich der Dealer sogar und verbeugte sich dabei kurz.

Wie standfest er war, zeigte sich besonders in dem Moment, als er einen Black Jack hatte.

Nachdem er das Ass und den Buben gezogen hatte, sagte er nur zwei Worte.

»Even Money.«

Das hatte er gesagt. Diese Möglichkeit gibt es nur bei 21 Punkten. Bei Even Money steht der Sieg des Spielers fest, aber es gibt dafür auch nur eine einfache Auszahlung. Mit dieser Entscheidung verhinderte er jedoch zusätzlich, dass ein Gleichstand das Spiel ungültig machte, wenn der Dealer ebenfalls 21 haben sollte. Der Gentleman war nicht gierig. Er war extrem integer und solide und nur an einem sicheren Gewinn interessiert.

Der Dealer sprach auch nicht mehr viel. Es schien undenkbar, dass er ihn irgendwie manipulierte.

Aber wenn Balot weiter über Œufcoques Worte nachdachte, dann manipulierte er ihn bestimmt doch irgendwie. Damit er ganz sicher seine Chips los wurde. Aber wie? Balot wusste es einfach noch nicht.

Bevor sie darauf kam, fiel ihr eine andere Absurdität auf. Die Verluste der Dame stiegen immer mehr. Große Summen. Balot fragte sich, wie viel sie denn noch verlieren wollte. Nach 15 Spielen hatte sie mehr als siebentausend Dollar verloren.

Und trotzdem hatte sie immer mehr als genug Chips. Als säße sie direkt neben ihrem ordentlich gefüllten Geldschrank. Als ihr der Gedanke durch den Kopf schoss, sah sie es endlich und war völlig überrascht.

Tatsache. Sie saß wirklich neben einem Geldschrank. Der Geldschrank bewahrte ihre Chips auf und füllte sich manchmal von selbst nach.

Bei 13 zog die Frau eine 10. Bust. Einfach nur Pech.

Ihr Einsatz war allerdings außerordentlich hoch gewesen. Der Dealer sammelte mehr als tausend Dollar ein.

Dieses Spiel hatten Balot, der alte Gentleman und der Doc

gewonnen. Nur die Dame hatte ihren ganz persönlichen Börsencrash. Trotzdem schien sie das nicht weiter aus der Ruhe zu bringen.

»Ich glaube, schon bald kommt die Siegeswelle zu mir, ich kann es fühlen«, flüsterte sie, oder so etwas Ähnliches. Aber wem erzählte sie das? Dem Gentleman neben ihr.

»Dann versuch es doch noch mal, Liebes.« Er lächelte sie gönnerhaft an. Sie hatte, was sie wollte. Mit ihren dicken Fingern griff sie nach den Chips. Nach wessen Chips? Nach seinen natürlich.

– Jetzt habe ich es verstanden.

[Heißt das, du verstehst jetzt, wo ihr Kapital herkommt?]

– Du hast den alten Mann genommen, weil du das vorher schon wusstest, oder?

[Natürlich.]

– Voll gemein.

Beschwerte sie sich. Œufcoque kicherte in der Innenseite des Handschuhs.

Balot hatte einfach alles falsch verstanden. Es sah nur so aus, als hätte sie den alten Gentleman um ihre fetten Finger gewickelt. Letzten Endes schien es auch nur so, als würde er sie lieben und respektieren. In Wirklichkeit war sie vollkommen von ihm abhängig.

[Und das hast du ganz allein gemerkt, du kannst stolz auf dich sein. Gut gemacht.]

Erklärte Œufcoque. Also gut, die Üppige hatte eigentlich keine Chips. Sie bekam aber immer wieder welche. Balot folgerte daraus, dass wahrscheinlich auch die Manipulationen des Dealers auf dieser Erkenntnis beruhten. Ihr wurde die ganze Geschichte immer klarer. Zum Beispiel klagte die dicke Dame: »Ich kann die Welle spüren, aber ich gewinne nicht – warum?«

Der Dealer tröstete sie: »Vermutlich sind wir zwei noch nicht alt genug, um von den Karten geliebt zu werden.«

»Was kann ich nur tun, um mehr zu gewinnen?«

»Probieren Sie doch das ein oder andere aus, oder fragen Sie jemanden um Rat, der das Spiel gut beherrscht.«

An der Oberfläche sah es aus wie ein Kompliment für das Paar, darunter war es allerdings ziemlich ernst.

[Er packt den alten Mann bei seinem Stolz, der ist ihm nämlich am wichtigsten. Der alte Mann ist hier der gnädige Gönner, der sie aushält. Die beiden haben diese Rolle gemeinsam aufgebaut, indem sie die dicke Dame beide für ihre Zwecke benutzt haben.]

Erklärte ihr Œufcoque.

[Der Dealer musste gar nicht viel machen. Der Alte war von Anfang an in dieser Rolle drin und fühlt sich damit wohl, sie verlässt sich völlig auf ihn. Sie haben sie immer wieder in den giftigen Apfel beißen lassen.]

– Aber er widerspricht dem Dealer doch die ganze Zeit?

[Das ist ein Teil der Manipulation.]

– Was meinst du damit?

[Er erzählt ihm mit Absicht Dinge, die teilweise falsch sind und *lässt sich dann von ihm korrigieren*. So sorgt er dafür, dass der Gentleman sich quasi selbst die Antwort gibt und dann auch danach handelt. Sieh es einfach so, dass es alles nach der ersten Manipulation beschleunigt. Der alte Mann glaubt dann, er wäre von selbst drauf gekommen. Tatsächlich folgt er aber nur dem, was der Dealer ihm vorgibt.]

Ihr wurde schwindelig. Welche Sorte von Menschen warf so komplizierte Netze, nur um andere zu manipulieren? Dabei sah es nicht mal ansatzweise so aus, als wäre es so. Sehr clever.

[Und was meinst du, wie läuft unser Spiel?]

Er meinte nicht das Kartenspiel, sondern ihr persönliches kleines Spiel darum, wer als Nächster aufstehen würde.

– Sie, glaube ich.

Sie blieb dabei. Die Dame bekam zwar die Chips des alten Gentlemans, doch sie gingen ihr nie ganz aus. Wenn der alte Mann so leicht bei seinem Stolz zu packen war, dann würde sein Stolz schon dafür sorgen, dass sie immer genug Chips hatte.

Bald ging auch diese Runde zu Ende. Die rote Karte war plötzlich da, nach einem Bust des Dealers war die Partie vorbei. Der Gentleman hatte seine Chips behalten, wie erwartet.

»Leider konnte ich heute gar nicht so viel gewinnen, wie ich geplant hatte«, sagte der alte Mann plötzlich, rief nach Hut und Mantel und stand auf.

Balot gab sich große Mühe, ihre Überraschung zu verbergen.

Der Gentleman hatte den Tisch verlassen. Natürlich hatte er noch mehr als genug. Und er hatte der dicken Dame alle Chips gegeben. Sie nahm die Chips mit einem Lächeln an. Er schlenderte zur Bar und sah ganz so aus, als hätte er für heute genug gespielt.

[Er ist eben sehr stolz und er kennt seine Grenzen. Er ist zu müde, um sich weiter zu konzentrieren und noch mehr zu gewinnen. Für ihn war es die beste Lösung, ihr den Gewinn zu überlassen und sich zurückzuziehen, viel besser, als sich hier vollkommen erschöpft zu präsentieren.]

Balot war total überrascht. Nie im Leben hatte sie den alten Mann – oder irgendwen sonst – so gründlich analysiert. Aber sie glaubte zu verstehen, wie der alte Mann das Herz der Üppigen gewonnen hatte und was er von ihr erwartete.

[War das nicht ein interessantes kleines Spiel?]

– Ich lag beide Male daneben.

[Aber wir haben unser Ziel erreicht.]

– Unser Ziel?

[Während unseres Gesprächs hast du die Manipulation des Dealers aufgehoben. Ich habe mir Sorgen gemacht, dass du dich vom Dealer manipulieren lässt und dann unserem Ziel das vorziehst, was auch immer er dich denken lässt.]

So was hatte sie sich schon gedacht, aber jetzt, als er ihr das so direkt sagte, wusste sie nicht, wie sie reagieren sollte.

Dann sagte er noch scherzhaft:

[Schließlich habe ich die besseren Karten in diesem Spiel, wer dich am besten manipulieren kann. Der Dealer kann dir gar nicht so nahe sein, wie ich es bin.]

Bei seinen deutlichen Worten runzelte sich ihre Stirn.

– Das ist gemein, sag so was nicht.

[Wenn du den tatsächlichen Sachverhalt kennst, fällst du nicht mehr auf Illusionen herein und lässt dich nicht mehr manipulieren. Ganz im Gegenteil, es dient dazu, dass du lernst, deine Fähigkeiten zu schulen und die Absicht des Gesprächspartners zu durchschauen.]

Sagte Œufcoque leichthin und redete auch gleich weiter.

[Natürlich können der Doc und ich dich dann auch nicht mehr manipulieren.]

Es ging ihr jetzt gar nicht mehr um Illusionen, Eindrücke, Manipulation und sonstigen Psychomist. Es war ihr nicht mal besonders wichtig, ob dahinter eine böse Absicht steckte oder nicht. Die wichtige Frage war, wie viel sie davon überhaupt mitbekam.

– Ich möchte dir vertrauen. Euch. Ist das so falsch?

[Du musst an deinem Entscheidungsvermögen arbeiten. *Du hast dich für diesen Weg entschieden,* um den Fall zu lösen.]

– Aber allein kann ich ganz sicher nicht gewinnen.

[Es ist ein Teil unserer Arbeit, dir zu helfen. Und du hast die freie Wahl, dich zu entscheiden, ob du uns weiterhin benutzen willst oder nicht. Ob du den Plan nimmst, den wir vorgeschlagen haben.]

– Und manipulierst du mich damit auch?

[Ja. Ich will, dass du mich benutzt, damit ich so meine Nützlichkeit beweisen kann.]

War seine deutliche Antwort.

[Ich bin ein Werkzeug.]

Bei diesen Worten wurden ihre Augen etwas schmaler.

[Ich bin stolz, wie der alte Gentleman. Ich kann meine Nützlichkeit nur beweisen, wenn ich mit anderen zu tun habe. Ich muss meinen eigenen Wert immer in den Augen von Fremden gespiegelt sehen.]

– Ich will dich *benutzen*. Denn du … du bringst mir bei, auf eigenen Füßen zu stehen, *auch wenn du irgendwann mal nicht mehr bei mir bist*.

Und das war das Nützlichste, was Œufcoque überhaupt für sie tun konnte. Œufcoque würde nie zulassen, dass sie von ihm abhängig werden würde. Sie waren gleichberechtigte Partner, immer.

– Ich will dich sinnvoll nutzen. Ich will dich nie wieder verraten.

[Danke, Balot.]

Mehr Worte blinkten auf.

[Du bist ein guter Buddy. Ich hatte Glück.]

4

Als der Doc die rote Karte in den Stapel steckte, kamen endlich neue Anweisungen von Œufcoque.

[Ich zeige jetzt den Running Count an.]

Sagte er – und schon blinkten neue Tabellen auf.

[Wir machen mit dem Plan so weiter. Sag dem Doc Bescheid.]

Balot stapelte ihre Chips und trommelte mit den Fingern ganz arglos auf den Tisch.

Der Doc bemerkte es sofort. Er drehte sich zu ihr, wie jemand, der an diese Art der Unterhaltung gewohnt war und eine natürliche Fürsorge für seinen jungen Gast empfindet.

»Und, bist du gespannt, welche Karten du bekommen wirst?«

[Ja. Es wird immer interessanter. Ich werde einen neuen Plan ausprobieren.]

Nur die Augen des Doc flackerten kurz und ruhig in seinem ansonsten spielversessenen Gesicht.

»Große Worte, eh? Klingt vielversprechend.« Er grinste sie an und deckte sie mit einer Tarnung aus Charme zu.

Die anderen wussten jetzt, dass Balot sich wirklich auf das Spiel konzentrieren wollte. Ganz so, als wollte sie unbedingt gewinnen. Das war ganz sicher nicht falsch. Schließlich glaubte jeder Spieler fest daran. Es war nur schlicht unmöglich, wirklich sicher zu gewinnen.

Nicht einmal Balot wusste, wie es wohl wäre, diese absolute Gewissheit zu haben.

Alle setzten ihre Chips, und das Spiel fing wieder an. Im gleichen Moment veränderte sich die Tabelle auf ihrem linken Arm.

[Du weißt, wie du die Punkte lesen musst?]

Fragte Œufcoque. Balot konnte fühlen, wie sich Zahlenreihen um ihr linkes Handgelenk schlangen. Die aktuelle Punktzahl und die jeweiligen Karten. Außerdem zeigte er passend zur Punktzahl den richtigen Maximal- und Minimaleinsatz an.

– Schon okay. Hab's verstanden.

Balot hatte die Tabelle schnell begriffen. Wenn die Punktzahl hoch war, setzte sie mehr, war sie niedrig, setzte sie weniger. Sie hielt sich an den Ace-Five-Count, das Zählen von Assen und Fünfen, einem einfachen Kartenzählen. Dieses System basierte auf der Theorie, dass ein Ass dem Spieler die meisten Vorteile bringt, während das Casino bei der 5 die meisten Vorteile hat. Mit Hilfe der restlichen Kartenanzahl errechnete man dann den jeweiligen Vor- oder Nachteil.

Wurde ein Ass auf den Tisch gelegt, so bekam jede Karte zwei Punkte abgezogen. Wurde eine 5 abgelegt, kamen zwei Punkte hinzu. Von 2 bis 6 gab es einen Punkt dazu, 10 und Bildkarten zogen einen Punkt ab. Die Punkte wurden dann zusammengezählt und in entsprechende Kategorien eingeteilt wie »Mehr als zehn Punkte«, »Fünf Punkte und mehr«, »Weniger als fünf Punkte«, »Null«, »Null bis minus fünf« sowie »Weniger als minus fünf«; darauf basierend wurde der Einsatz bestimmt.

Gleichzeitig galt die Basisstrategie, die sie bisher verwendet hatte, immer noch als Referenz, und sie sah auch in die Bilanztabelle auf ihrem rechten Arm, um die richtige Höhe für den Einsatz zu finden. Wenn sie diese Zahlen richtig verstand, dann spielte das Glück eine wesentlich kleinere Rolle und das Spiel lief wesentlich effektiver.

Balot legte insgesamt 300 Dollar auf den Tisch. Als alle zwei Karten hatten, hatte sie zwei Punkte im Plus.

Vor ihren Augen lagen eine 8 und eine 6, insgesamt 14.

Die Face Card war eine 9. Laut der Strategietabelle also Hit.

Die Üppige hatte 16 und nahm eine weitere Karte. Eine 2, insgesamt 18. Die Punkte auf ihrem Handgelenk änderten sich und sprangen auf drei.

Der Doc zog bei 13 noch eine 4, insgesamt 17. Balots Zähler sprang auf vier.

Balot zog noch eine weitere Karte, eine 6, insgesamt 20. Stay. Fünf Punkte.

Der Dealer drehte seine Karte um. 9. Die Punktzahl bewegte sich nicht. Er hatte insgesamt 18 Punkte. Balot und die dicke Dame hatten gewonnen. Die Karten verschwanden im Discard Holder und Balot griff nach ihren Chips. Endlich war die Bedeutung der Punktzahl greifbar. Fünf Punkte. Danach verdoppelte sie ihren Einsatz, von dreihundert auf sechshundert Dollar.

Balot hatte eine 6 und eine 7, insgesamt 13. Die Dame und der Doc bekamen auch hauptsächlich kleine Karten zwischen 2 und 6. Die Face Card war eine 6.

Die Dame und der Doc zogen mutig eine weitere Karte und überzählten. Die Strategietabelle empfahl Balot Stay.

Die nächste Karte des Dealers war eine 2, dann zog er den Regeln entsprechend eine weitere Karte, eine 4. Danach genau eine 5, damit hatte er dann 17.

Balot hatte auch verloren. Kamen mehrere kleine Karten nacheinander, schuf das eine ungünstige Lage für den Spieler. Jetzt war die richtige Zeit, um einfach *stillzuhalten*. Die Punktzahl rutschte auf acht. Die richtige Zeit zum Gewinnen würde ganz sicher bald kommen, aber jetzt musste sie ruhig bleiben.

Balot sah sich ihre Punktzahl genau an, legte sechshundert Dollar auf den Tisch und wartete auf ihre Chance. Plötzlich fühlte sie, dass der Dealer sie ansah. Genau da sagte der Doc:

»Das machst du ganz gut so. Findest du es nicht langweilig, immer nur Kleingeld zu setzen?«

Balot sah auf und neigte ihren Kopf etwas zur Seite.

#Aber Onkel, du hast doch gesagt, die Geduld sei der entscheidende Faktor in diesem Spiel …#

»Geduld ohne Zweck erzeugt nur Stress. Also halte dich nicht zurück.« Mit diesen Worten verschwand Balot wie unter einem Tarnmantel; der Dealer konzentrierte sich nicht mehr ausschließlich auf sie.

Der Doc zog bei 16 noch eine Karte. Er bekam eine 3 und entschied sich sofort dafür, keine weitere Karte mehr anzunehmen.

Doc Easter war wirklich gut. Ohne Œufcoques Hilfe hielt er problemlos seine Chips fest. Bestimmt hatte er Kapital, Minibank, Strategietabelle und so weiter im Kopf.

Balot machte es dem Doc nach und verlangte bei 16 noch eine weitere Karte. Bust. Ihre sechshundert Dollar verschwanden mit ihren Karten. Auch das half ihr dabei, die Aufmerksamkeit des Dealers von sich abzulenken.

Ganz sicher rechnete der Dealer nicht damit, dass sie die Karten zählte, aber er hatte irgendetwas bemerkt, irgendetwas, was nicht so ganz stimmte. Nur ein weiteres Zeichen für seine Kompetenz.

Die Punktzahl stieg auf fünf an, ging manchmal drüber, manchmal drunter. Eine Zeit lang hing sie bei neun Punkten fest, dann sackte sie wieder ab.

Balot steuerte mit den Karten in der Hand weiter ihr Ziel an. Aber sie fing langsam an, sich Sorgen zu machen, ob das Spiel einfach immer so weiter laufen würde, ob sie am Ende den entscheidenden Moment verpassen würde.

Die Anfangsphase war gerade vorbei. Vielleicht hatte es sich für die Dame gelohnt, dass sie immer wieder große Einsätze gesetzt hatte, denn mehr als tausend Dollar brachten ihr endlich einen Black Jack. Der Dealer gratulierte ihr und fand auch tröstende Worte für den Doc, der einen geradezu jämmerlichen Bust hingelegt hatte.

»Hier zu gewinnen hängt davon ab, wo man sitzt. Neben dem Gewinner sitzt immer ein Verlierer. Bei einem anderen Blatt wäre aber auch das ganze Gegenteil wahr.«

Damit kehrte der Doc der Dame den Rücken zu und sah Balot an.

»Wir wollen auch nicht verlieren, hm? Wenn die Welle des Erfolges ihren Preis fordert, dann sollten wir ihn auch ehrlich bezahlen«, sagte er und legte einen größeren Einsatz auf den Tisch.

Balot mischte sich in Œufcoque ein und fragte ihn.

– Hat er das mit Absicht so gesagt?

[Ja. Er hat den Dealer manipuliert, der nach einem leichten Opfer gesucht hatte. Einer von den beiden wird verlieren, entweder der Doc oder die Dame. Der Gewinner gewinnt auch das ganze Spielglück des Verlierers. Der Doc hat angekündigt, dass er den Einsatz erhöhen wird, wenn sie dafür weiter verliert. Der Dealer hat es jetzt auf die Dame abgesehen. Danach will er den Doc ausnehmen. Dich hebt er sich bis ganz zum Schluss auf.]

Bis ganz zum Schluss. Balot assoziierte damit nur Abstoßendes und Widerliches. Es klang so nach *Nachtisch* oder *etwas Süßem. So ein köstlicher Name* hatte einer ihrer Freier mal gesagt. Etwas Eiskaltes regte sich plötzlich in ihr. Wenn er sie ganz zum Schluss wollte, dann würde sie ruhig abwarten. Und dabei zusehen, wie er genüsslich in den Apfel biss, in den sie eine Rasierklinge gesteckt hatte.

Mit diesem Gedanken im Hinterkopf hatte Balot die Punktzahl weiter aufmerksam im Auge behalten. Objektiv betrachtet, war es unmöglich zu erkennen, nach welchen Kriterien sie ihre Chips verteilte. Darum sagte die dicke Dame, die wieder bessre Laune hatte, weil sie gewonnen hatte, zu Balot: »Du bist ganz schön wankelmütig. Ich hatte auch mal so eine Phase.«

Balot nickte, ganz naiv. Ganz so, als wolle sie eben intuitiv noch das ein oder andere ausprobieren. Die Dame nickte ihr zu und warf mehrere Handvoll Chips auf den Tisch.

»Kommt die Welle wieder zu mir? Ich kann sie spüren.«

Mit beiden Händen warf sie die Chips den Karten zu, die wie gierige Piranhas danach schnappten. Vielleicht versuchte sie ja, die Piranhas zu zähmen, sie durch Überfütterung müde zu machen. Doch in Wirklichkeit zeigte sie den blutrünstigen Fischen damit nur, wo es etwas wirklich Fettes zu holen gab.

Allerdings hatte Balot die Welle auch gespürt. Manchmal konnte sie es fühlen, wie eine Vorahnung hinter der Punktzahl. Balot folgte ihrer Intuition.

Es fühlte sich anders an, ganz anders als beim Schießen mit einer Pistole und ganz anders als das Verfolgen der Kugel beim Roulette. Die gleichen Karten erschienen immer wieder in einer anderen Reihenfolge, Muster erschienen unerwartet und verschwanden wieder. Wie sollte sie diesen Spielfluss, der so flackerte und glitzerte, überhaupt in den Griff bekommen? Balot fühlte das alles, tief und ruhig.

In der mittleren Phase stieg die Punktzahl dramatisch an. 5 stieg auf 8, 8 auf 11. In der Sekunde, in der 11 auf 13 hochging, konnte sie es fühlen. Etwas kam. Sie konnte es fühlen.

Zum allerersten Mal stapelte sie ihre Chips auf, so wie es die dicke Dame immer tat.

Sie sah Balot an. Der Blick des Dealers klebte auch an Balot. Sie konnte die Welle spüren. Sie spürte, wie die Welle aus kleinen Karten abebbte und der richtige Moment vor ihr glitzerte.

Die Karten wurden ausgeteilt. Balot bekam eine 9, dann noch eine 9.

Schnell sah sie zur Face Card. Eine 7. Knapp, aber sie musste es riskieren.

Die Üppige nahm bei 15 noch eine Karte und überkaufte sich damit. Doc überschritt ebenfalls, als er bei 13 noch eine Karte annahm.

Sie berührte jetzt das erste Mal die Karten, seit sie an diesem Tisch saß.

#Split.#

Mit beiden Zeigefingern tippte sie auf die Karten und zog sie rechts und links auseinander. Dann legte sie den gleichen Haufen Chips auf die andere Karte. Sie dachte nicht darüber nach, welche Karte sie wohl als Nächstes bekäme, in ihrem Kopf drehte sich alles nur um das Muster, in welchem Muster sie sich wohl bewegte.

Der Dealer zog noch eine Karte. Über die 9 neben ihrer rechten Hand legte sich ein Bube.

#Stay.#

Im Rhythmus ihrer Atmung legte sich ein Ass auf ihre andere 9. Jetzt hatte sie rechts 19 und links 20. Eine flüchtige Sekunde lang dachten alle am Tisch, dass Balot schon gewonnen hatte.

#Stay.#

Während sie dabei zusah, wie der Dealer seine Karte aufdeckte, fühlte sie eine Veränderung der Welle. Dann wurde ihr Kopf wieder klarer. Plötzlich war ihr klar, dass ihr ein böses Erwachen bevorstand, die Haare in ihrem Nacken stellten sich auf.

Der Dealer deckte eine 8 auf. 15 insgesamt. Das gehörte auch zum Muster, war ein Teil des Flusses, genau wie die Tatsache, dass er den Regeln nach noch eine weitere Karte ziehen musste.

Balot schloss ihre Augen und fragte sich, was jetzt wohl am

wichtigsten war. Eigentlich hätte sie gern Œufcoque gefragt, ließ die Idee aber gleich wieder fallen. Als sie die Augen öffnete, konnte sie die Antwort bereits sehen.

Der Dealer hatte eine 6. 21. Balots Karten hatten verloren. Ihre Chips verschwanden blitzschnell mit den Karten. Balot hatte nichts davon bemerkt. Ihr war auch noch nicht wirklich bewusst, dass sie verloren hatte. Ihr Kopf war klarer geworden. Nicht mehr. Sie erkannte, dass das Muster sich lückenlos wie eine Mosaik-Miniatur zusammengefügt hatte. Nichts würde sich je über dieses Mosaik legen. Nichts verschwand einfach oder wurde vergessen, jeder Gewinn, jede Niederlage hatte ihren Platz im Mosaik.

Der Dealer sagte irgendetwas. Irgendetwas in der Richtung von »Schade« oder »Wie bedauerlich«.

Und dann verteilte er die Karten wieder, fest davon überzeugt, dass es gar nicht nötig war, Balot zu manipulieren.

Die Punkte kletterten von 6 auf 10, von 10 auf 14, und fielen von 14 wieder auf 12. Plötzlich fühlte sie es wieder.

Wie ein Schatten, den man von weitem nicht erkennen konnte, der jetzt langsam Schritt für Schritt näher kam, eine Silhouette, die nach und nach immer deutlicher wurde.

Balot checkte kurz den Maximalbetrag, dann setzte sie ihre Chips. Ihr Minimum war dreihundert Dollar, ihre Obergrenze war also das Zehnfache davon. Dann stapelte sie ihre Chips aufeinander, bis sie ihr Maximum erreicht hatte.

Die dicke Dame machte Huch!, der Dealer blieb kühl und ruhig, ganz wie es sich für ihn gehörte.

Der Doc pfiff anerkennend. Balot saß hinter einem dreitausend Dollar hohen Stapel und wartete auf ihre Karten.

Der Doc und die Üppige bekamen jeweils eine 10. Die Punktzahl sackte von 12 auf 10.

Balot bekam eine 5. Machte plus 2, also wieder 12. Die Punktzahl stieg, bis Balot ihre nächste Karte bekam.

Sie sah ihre zweite Karte an: wieder eine 5.

Die Punktzahl lag gerade bei 17. Die Face Card war eine 2. Die Dame nahm bei 14 eine weitere Karte und erhielt eine 8.

Bust.

Der Doc nahm noch eine weitere Karte. Er hatte 16 und bekam eine 2.

Stay.

Die Punktzahl kletterte auf 19, die höchste Zahl bisher. Balot hatte zweimal eine 5, insgesamt 10. Der Dealer sah Balot an. In diesem Moment erklärte sie:

#Double Down.#

Die Augen des Dealers wurden schmaler. Die dicke Dame sah erstaunt aus. Strategisch gesehen war ihre Entscheidung völlig normal, allerdings war ihr Einsatz außergewöhnlich hoch. Es fiel Balot schwer, die Chips ordentlich aufeinander zu balancieren.

Der Dealer starrte den 6000 Dollar schweren Stapel an. Als wolle er sich noch mal vergewissern, wie süß dieser Bissen sein würde. Geschmeidig fasste er in den Kartenschuh. Der Dealer machte keine einzige verdächtige Bewegung, die es so aussehen lassen würde, als würde er eine Karte ziehen, die dort versteckt schon auf ihn wartete.

Dann bekam sie ihre nächste Karte. Zum ersten Mal seit Beginn des Spiels sah sie sich die Farbe der Karte an, die sie bis dahin völlig ignoriert hatte. ♠ Dame. 20 insgesamt. Das war die Rasierklinge, die in ihrem süßen Apfel steckte.

#Stay.#

Der Dealer drehte seine verdeckte Karte um. Ein ♠ Ass. Zusammen mit der 2 also 13.

Den Regeln entsprechend zog er eine weitere Karte. Eine 10. Mit dem Ass dann also Soft 13.

Als der Dealer seine vierte Karte aufdeckte, stand fest, wer diese Partie gewonnen hatte.

Ein Bube, ein schwarzer One-Eyed Black Jack.

Seinetwegen hatte der Dealer überschritten. Balot starrte sein Profil an und atmete laut hörbar aus. Das war ihre einzige Wahl im Fluss gewesen. Wenn er nur eine Karte vor oder zurück gerückt wäre, hätte sie nicht mehr die geringste Chance gehabt.

Balot hatte gewonnen.

»Nicht zu fassen! Wo hast du den denn hergezaubert?!«, rief der Doc und erzeugte mit seinen Worten so ein wenig Kunstnebel, um genau das zu verschleiern.

Balot neigte ihren Kopf etwas zur Seite.

#Ich konnte die Welle spüren. Aber ich hatte solche Angst!#

Erklärte sie und imitierte dabei die dicke Dame. Letzten Endes war das immer noch ihre beste Tarnung gegen die wachsamen Augen des Dealers, denn ihr Gewinn hatte die Dame nur noch angespornt.

Die zwei 6000-Dollar-Stapel, die Balot bekam, gaben der Üppigen den Rest. Schwungvoll setzte sie ihre Chips. 1000-Dollar-Chips. Balot konnte sich nicht vorstellen, wie weit diese Frau wohl gehen würde, wenn sie nur den Hauch einer Chance sah.

Für den Dealer war das alles schon zu einfach, zu mühelos. Jetzt hatte er die Üppige im Visier. Er mischte sich in ihre Entscheidungen ein, wann immer es ging. Er tröstete sie, er lobte sie, er hatte immer einen Rat für sie.

Er sagte: »Heute Abend ist die Welle aber sprunghaft. Doch am Ende wird der gewinnen, der die Karten am meisten schätzt.«

Er sagte: »Jeder will immer auf der Welle reiten. Aber wenn

man den richtigen Moment verpasst, dann ist es schon lange zu spät.«

Er sagte: »Niemand weiß, wie der ultimative Gewinn wirklich ist. Darum versucht jeder, so viel wie möglich zu gewinnen.«

Und die Dame fragte den Dealer oft um Rat.

»Habe ich am Ende etwas getan, was die Welle vor mir abebben ließ?«

»Wenn man die Welle reitet, weiß man nicht mehr, wo die Welle aufhört und man selbst anfängt. Es ist genau wie mit einem Geliebten.«

»Wie nach einer Trennung, erst dann nimmt man seine eigenen Gefühle wieder wahr.«

»Genau so. In diesem Punkt haben Sie ja schon viel Erfahrung«, flüsterte der Dealer, und schon nahm die Dame neue Chips in ihre Finger.

[Er macht das gut.]

Lobte Œufcoque. Er klang wie ein Profimarathonläufer, der dem Dauerlauf einer Grundschule zusah.

[Er ist wirklich sehr talentiert. Ich kann riechen, dass er denkt, wie leicht und selbstverständlich er jeden kontrollieren kann.]

– Mit dieser Atemsache und Double-Bind?

[Das auch. Er kombiniert das noch mit anderen Methoden. Er ist ziemlich gut.]

– Was denn noch?

[Wenn er Dinge sagt wie *heute Abend* oder *letzten Endes*, dann lenkt er damit ihre Gedanken von ihrem Kapital ab. Er isoliert sie damit. Wenn er *irgendwie* sagt, sagt er damit deutlich: Gib mehr Geld aus. Das Beispiel mit dem Geliebten war sehr gut. Nach ihrer Lebensphilosophie bleibt er nur bei ihr, wenn sich die Chips vor ihr stapeln.]

– Ich denke, sie meint sich damit selbst.

[Oder, und das ist auch möglich, sie hat auch schon das Gegenteil erfahren. Der Dealer sorgt dafür, dass die Gäste ihr Geld bei ihm lassen, indem er sich sensibel auf ihre jeweilige Situation einstimmt. Eine grundlegende, aber auch effektive Art der Manipulation.]

– Willst du damit sagen, dass er eben gut reden kann?

[Das Wesentliche seiner Art der Manipulation ist nicht das, was er sagt, sondern die Illusion dahinter. Das, was der andere sich vorstellt, wird sein Verhalten beeinflussen. Wie man dafür sorgt, dass der andere sich ganz fantastische Dinge vorstellt, *das* ist der Kern seiner Manipulation.]

Kurz danach gewann die Dame einmal, ein einziges Mal, eine wirklich große Summe. Sie wurde zu der, die sie in ihren Träumen schon immer gewesen war. Auch noch mit einem Black Jack. Sie war völlig begeistert davon, 7500 Dollar gewonnen zu haben. Ganz so, als sei der Geliebte, den sie einst verlassen hatte weil er ein armer Mann war, als Millionär zu ihr zurückgekehrt.

Unvermittelt war der alte Gentleman zurückgekommen und stellte sich in der Endphase der Partie hinter die Dame. Ganz so, als wolle er sie jetzt verlieren sehen, als hätte er sie nur deswegen allein dort sitzen lassen. Sein Stolz war hart wie Stahl, ohne ihn war sie nichts.

Und darum wurde sie vermutlich immer dicker, während er gleichzeitig immer dünner wurde. Genauso sahen sie jedenfalls aus.

Die Runde ging vorbei. Als der Dealer wieder mit dem Mischen anfing, legte sie ihre dicken Finger schwer auf die Lehnen ihres Stuhls. Sie sah zufrieden aus. Schließlich hatte sie eine Menge geleistet und ein Vermögen ausgegeben.

»Ich wünsche Ihnen noch einen schönen Abend«, sagte sie huldvoll.

Der Doc lächelte. »Danke, Ihnen auch. Wir spielen hier vermutlich noch eine Weile.«

Die Dame lächelte, ihre Wangen waren leicht gerötet.

»Ich habe für heute genug. Aber ich werde die Karten bestimmt schon bald vermissen.«

Neben den Karten gab es bestimmt noch eine ganze Menge anderer Dinge, die sie vermissen würde.

Balot nickte höflich zurück und checkte die Tabelle auf ihrem rechten Arm.

Die dicke Dame hatte mehr als 100.000 Dollar verloren. Das war ihr einziges Ergebnis. Balot löschte ihre Tabellenzeile und machte Platz für wichtigere Informationen.

»Jetzt sind wir hier allein, Marlowe, aber wir können doch ohne Zweifel noch weiter mit deinem Spiel Spaß haben, oder?«, fragte Doc Easter gut gelaunt. Wie zu einem alten Kollegen, den er schon lange kannte.

»Selbstverständlich«, antwortete der Dealer genauso freundlich.

Während er mischte, warf er einen flüchtigen Blick auf seine Armbanduhr. Als wolle er sehen, wie lange es wohl noch dauerte, bis alles gut durch war. Dann sah er genauso flüchtig Balot und den Doc an. Œufcoque hätte es in seinem Gesicht nie übersehen, und Balot hatte es auch erkannt. Echte Habgier.

Balot konnte intuitiv sein Mischen erfassen. Seine Finger gaben sich große Mühe, etwas ganz Bestimmtes zu erzeugen. Das Muster. Die Mosaik-Miniatur, ein dichtes Gewirr aus Regeln, Wahrscheinlichkeitsrechnung und seinen geheimen Plänen. Wenn es etwas gegeben hatte, das sie die ganze Zeit schon gespürt hatte, dann musste es wohl das gewesen sein, dachte sie.

– Œufcoque, ich kann es fühlen.

[Was denn?]

– Er mischt die Karten nicht einfach *nur so*.

[Soll das heißen, er kann die Reihenfolge der Karten so anordnen, wie es ihm passt?]

– Er passt seine Art zu mischen den Gästen an.

[Aber er kann nicht alle Karten auswendig können, oder?]

– Ich glaube, er denkt darüber nach, was für ein *Muster* er entwickeln will.

[Weißt du, was genau er vorhat?]

– Ich denke schon.

[Sicher?]

Sie konnte seine Überraschung auf der Innenseite des Handschuhs spüren, und sie schüttelte den Kopf, nicht nur metaphorisch, sondern auch wirklich. Hastig zog sie ihr Kinn an.

– Nicht so wie du, alles ordentlich durchgerechnet.

[Kannst du es mit unserer Strategie kombinieren?]

– Habe ich vorhin versucht. Ich lag in jedem zweiten Fall richtig. Wenn ich ein bisschen übe, bekomme ich das hin, glaube ich.

[Gut, einverstanden. Ich werde weiter mit den Zahlen und meinem Geruchssinn arbeiten. Du arbeitest mit deiner Intuition und versuchst herauszufinden, was er beabsichtigt und wie die Reihenfolge der Karten sein mag. Gleichzeitig bleiben wir bei unserer Strategie. Gut so?]

Sie konnte sein Lächeln fühlen, bitter wie stets. Ein bisschen verschlagen, ein bisschen boshaft. Sie hatte gelernt, diesem Lächeln zu vertrauen.

Diesmal nickte sie Œufcoque einfach nur zu.

Marlowe war mit dem Mischen der Karten fertig und ordnete den Stapel. Dann sah er Balot an, die keine Ahnung hatte, was er von ihr wollte, bis er ihr mit einer höflichen Geste die rote Karte reichte.

Zum zweiten Mal, seit sie an diesem Tisch saßen, hatte sie jetzt die rote Karte.

Sie konzentrierte sich auf den Kartenstapel. Sie konnte etwas spüren! Irgendetwas, das von einem Punkt aus alle Karten beeinflusste. Genau da steckte Balot die rote Karte hin.

Der Dealer hob den Stapel glatt ab und legte die Karten in den Kartenschuh. Balot konnte die Bewegung fühlen. Wie das, was sie getan hatte, Kreise zog und sich in Wellen über das gesamte Muster ausbreitete. Und der Dealer hatte sich bestimmt Mühe gegeben, mit dem Abheben diesem Einfluss entgegenzuwirken.

[Wir bleiben in unserem aktuellen System und steigen in die letzte Phase ein. Sag das auch dem Doc.]

Sie war einverstanden und erinnerte sich wieder an die Codewörter.

#Onkel, ich glaube, ich kann jetzt endlich richtig gewinnen. Ich kann sie fühlen, die Welle.#

»Oho, dabei hat das Spiel noch nicht einmal angefangen …« Der Doc lachte und streckte die Arme in einer Geste der Kapitulation hoch.

Ihre Blicke begegneten sich flüchtig, und schon verschwand der Doc wieder ganz in seiner Rolle.

»Dann spielen wir, eh? Nur du und ich.«

Danach platzierten beide ernst ihre Einsätze.

Mit einem Lächeln betrachtete der Dealer die Chips und teilte dann routiniert die Karten aus.

Das Spiel begann. Das Spiel, in dem sie gewinnen würde. Balots Spiel.

5

[Ich zeige dir jetzt den True Count an.]

Kaum war sein Satz zu Ende, hatte sich die Anzeige auf ihrem linken Arm auch schon verändert. Zusätzlich zu den Ergebnistabellen erschienen dort noch komplexere Strategietabellen, das Punktzahlsystem veränderte sich ebenfalls. Weil die Tabellen der anderen Spieler verschwunden waren, wirkte es auf den ersten Blick einfacher, allerdings überstieg der Inhalt die mathematischen Fähigkeiten eines durchschnittlichen Menschen bei weitem. Die Punktzahl wurde auch nicht mehr nach dem einfachen Plus-1- oder Minus-1-System errechnet.

9 bedeutete minus 1 Punkt. 10 bedeutete minus 3 Punkte, ein Ass war minus 4 Punkte. Alle anderen Zahlen waren zwischen plus 4 und minus 4 aufgeteilt. Die so errechnete Punktzahl wird durch die Kombination der bereits abgelegten Karten und der restlichen Karten dividiert, daraus wird dann die Wahrscheinlichkeit berechnet. Basierend auf der Wahrscheinlichkeit wird zusätzlich der optimale Einsatz und die Strategie ausgerechnet.

Der größte Unterschied zu der vorigen Strategie war, dass sie jetzt eine Liste aller Karten bekam, die schon im Spiel erschienen waren.

Und genau davon hatte der Doc gesprochen, als er sich an den Tisch gesetzt hatte. Die sicherste Methode, um zu gewinnen.

Genau zu wissen, welche Karten schon im Spiel gewesen waren und daraus die exakte Gewinnwahrscheinlichkeit zu berechnen. True Count.

Karten aus sechs Paketen, insgesamt 312 Karten. Ungefähr

dreißig werden davon nicht im Spiel verwendet. Beim Kartenzählen geht es darum, die restlichen 280 Karten komplett im Kopf zu haben und so genau zu erkennen, wann man sicher gewinnen kann.

Während der Doc sich schon im ersten Spiel viel Zeit ließ, nahm Balot die Tabellen in sich auf.

[Der richtige Augenblick, in dem du dein gesamtes Kapital einsetzen kannst, wird ganz sicher kommen. Bis dahin musst du dein Geld unbedingt behalten.]

Sie ballte ihre Faust, um ihm zu zeigen, dass sie einverstanden war. Dann sah sie den Doc an.

#Onkel, beeil dich.#

»Ja, schon gut.«

#Das machst du nur, weil die anderen Spieler alle schon weg sind. Das ist voll gemein von dir.#

Balot war sich ganz sicher, dass sie ihre Sache gut machte, und zupfte an seinem Ärmel. Wenn man mit Kartenzählen gewinnen wollte, war es wichtig, alle Partien so schnell wie möglich zu beenden. So gesehen war das Verhalten des Doc eine doppelte Tarnung.

Doc Easter sah wieder hoch und nahm eine weitere Karte. Zu 15 eine 3, insgesamt 18. Er entschloss sich für Stay und atmete ganz erleichtert aus, als hätte er gerade schwere Arbeit geleistet.

Balot nahm bei 16 noch eine Karte. Der Dealer gab ihr mit einer fließenden Bewegung eine neue Karte. 8.

Die Face Card war eine 9. Nach den Grundregeln hätte er eine weitere Karte ziehen müssen, aber das Ergebnis war völlig offensichtlich. Bust.

Sie wollte ihren Blick schon von Karten und Chips abwenden, als Œufcoque ihr eine deutliche Anweisung gab.

[Folge den Karten, die verloren haben, mit den Augen.]

Balot starrte die bereits abgelegten Karten an. Dann drehte der Dealer seine Karte um. Eine 9 und eine 8, 17. Der Doc hatte gewonnen.

[Jetzt behaupte, du hättest gewonnen.]

– Obwohl ich verloren habe?

[Tu so, als könntest du es nicht ertragen zu verlieren.]

Balot dachte darüber nach. Doc Easter hatte schnell geschaltet und sprach sie an.

»Na? Wie fandest du das? Manchmal muss man eben länger überlegen. War doch prima, oder?«

#Ist mir egal. Ich hatte aber die höhere Zahl, also hätte ich gewinnen müssen.#

»Was meinst du denn damit?«

#Ich hatte insgesamt 24. Du eben nur 18.#

Sie hatte keine Ahnung, wovon sie da eigentlich redete, aber es schien Doc Easter und den Dealer gleichermaßen zu verwirren.

»Aha ... Aber die Regeln hast du verstanden, oder?«, murmelte der Doc, der aussah, als hätte er etwas relativ Zweifelhaftes gerochen.

#Alles nur eine Frage der Einstellung. Und nächstes Mal gewinne ich.#

Sie hätte ja gern etwas gesagt, das irgendeine Art von Sinn ergab. Der Doc sah so aus, als hätte er sie längst durchschaut, und konzentrierte sich wieder auf die Karten auf dem Tisch. Als wollte er damit sagen: Kinder, was die den ganzen Tag so reden, ganz erstaunlich.

Der Dealer verteilte die Karten mit ernster Miene.

Balot war alles schrecklich peinlich und ohne groß darüber nachzudenken, fragte sie Œufcoque aus.

– Hatte das gerade irgendeinen Sinn?!

[Aber natürlich.]

– Aha?

[Wir werden den Dealer manipulieren.]

– Wie denn?

[Zeig ihm, wie unberechenbar und geheimnisvoll Frauen sein können.]

Als Balot ihn fragen wollte, was er sich darunter vorstellte, war sie auch schon an der Reihe.

Balot hatte 13, verlangte eine weitere Karte, bekam eine 10, Bust. Es sah so aus, als wäre jetzt für sie die beste Zeit, sich defensiv zu verhalten. Ausgerechnet die Karten, die sonst dem Spieler eher einen Vorteil brachten, störten sie jetzt nur. In dieser Defensive war es wichtig, dass sie sich keine falschen Hoffnungen machte. Wenn sie nicht daran dachte, dass es in diesem Moment unvermeidbar war, zu verlieren, dann würden die Karten sie nur an der Nase herumführen. So wiederholte sie im Kopf, was sie gelernt hatte, und dann verstand sie endlich, was Œufcoque vorhatte.

– Ich soll ihn verwirren? Den Dealer?

[Ja. Ich werde dir sagen, wann und wie. Zeig ihm, wie naiv du bist.]

Für Balot klang es eher wie: Halte ihm deine Waffe ins Gesicht, mach ihm Angst.

Balot zog ihre Augenbrauen hoch.

Sie bekam ihre Karten. 16: eine Dame und eine 6. Die Face Card war eine 10. Ihre Chance, hier zu gewinnen, war ziemlich gering, die Differenz der Chips, die sie gesetzt hatte und die *sie hätte setzen sollen*, stand in ihrer Tabelle bereits als Verlust. Der Spielfluss war gegen sie, doch andererseits sah sie auch Zahlen, die auf eine Chance hindeuteten.

Œufcoque schien sich deswegen oder aus anderen Gründen nicht im Geringsten für den Spielfluss zu interessieren.

[Welche Karten hast du bekommen?]

Fragte er sie. Natürlich wusste er, welche Karten sie hatte, aber Balot hatte trotzdem ein optisches Image davon erzeugt und ihn gesnarkt, um es ihm zu zeigen.

[Nein. So meinte ich das nicht. Welche Karten kommen zu dir, welchen Eindruck hast du von ihnen? So, als würdest du ein persönliches Lexikon darüber führen.]

Das erinnerte sie daran, wie sie vor der Verhandlung mit Œufcoque in dem Café gesessen hatte.

– Ich mag schöne Bilder. Ich liebe die schwarze Königin. ♦ 6 sieht aus wie ein Diamant im Collier der Königin.

[Gut. Erzähl das dem Doc, wenn du dran bist.]

– Soll ich noch etwas anderes sagen?

[Was immer dir durch den Kopf geht.]

Der Doc überlebte sein unerschrockenes Hit-Manöver, dann war Balot dran.

Balot zupfte wieder an Doc Easters Ärmel.

#Onkel? Findest du das Bild auf dieser Karte nicht auch süß?#

Der Doc sah sich die Karte ganz genau an. Als hätte Balot das Bild selbst gezeichnet.

»Hm. Ich verstehe, was du meinst. Ganz nach deinem Geschmack, diese Karte.«

#Und die andere passt so gut dazu. Ich würde sie am liebsten gar nicht trennen.#

»Tatsache, du hast recht.«

#Findest du wirklich?#

Dann kam Œufcoques nächste Anweisung.

[Darum.]

#Und darum will ich noch eine Karte.#

Sie überraschte den Dealer damit. Die Erfahrung vieler Jahre ließ ihn geschmeidig eine weitere Karte ziehen.

Eine 5. Insgesamt 21. Ihre andere Wahrscheinlichkeitsrechnung hatte recht behalten. Die Wendung während der Defensive. Karten, die eigentlich dem Casino einen Vorteil brachten, halfen jetzt ihr. Ein ganz typischer Fall.

Noch bevor Balot zufrieden lächeln konnte, kam die nächste Anweisung von Œufcoque.

[Rede noch etwas über die Bilder auf den Karten. Sag auch ruhig was Negatives.]

Balot runzelte die Stirn und tippte mit dem Zeigefinger auf die neue Karte.

#Schade. Schau mal. Damit habe ich wirklich nicht gerechnet. Diese Bilder passen gar nicht zusammen.#

»Hmhm. Ich kann gut verstehen, dass du sie nicht trennen wolltest. Du hast wirklich ein gutes ästhetisches Verständnis bei Bildern.«

#Das denke ich auch.#

Sie nickten einander zu. Nichts von dem, was sie sagten, hatte irgendeine Art von Sinn. Doch die Augen des Dealers verlangten nach einem Sinn, glitten zwischen dem Doc und ihr hin und her, als würde er ein täuschend echt gemaltes Trompe-l'œil mit der Wirklichkeit vergleichen.

Balot sah ruckartig hoch und fixierte dann den Dealer.

#Stay.#

Eine klare Entscheidung. Trotzdem sah der Dealer überrascht aus und deckte seine Karte auf. Eine Bildkarte, insgesamt 20. Balot hatte gewonnen.

Der Dealer schob ihr die anderthalbfache Gewinnausschüttung zu, doch Balot hatte ihre Chips schon zur Seite gelegt. Innerlich war sie sehr zufrieden über ihren doppelten Sieg, schließlich hatte sie nicht nur gewonnen, sondern auch noch den Dealer verunsichert.

Danach sagte sie alles, was ihr durch den Kopf schoss, wenn die Karten ausgeteilt wurden.

Sie sagte:

#Die sieht aus wie ein fliegender Vogel. Ich möchte den Vogel weiter fliegen lassen.#

Sie sagte:

#Das hier ist zu spitz. Etwas runder wäre es mir lieber.#

Sie sagte:

#Nun, das ist jetzt wieder zu weich, aber vielleicht ist das jetzt ja genau das Richtige.#

Und dann – *trotzdem Hit*. Und dann – darum Stay. Danach – *dennoch* Hit. Und obwohl sie es sagte, hatte sie nicht die geringste Ahnung, wozu das eigentlich gut sein sollte.

Obwohl der Doc ihr meist zustimmte, sah er manchmal auch so aus, als verstünde er sie nicht, dann nickte er dem Dealer mitfühlend zu. Allerdings pflichtete er ihr danach auch plötzlich wieder zu und brachte den Dealer so völlig durcheinander.

[Er ist ziemlich cool, aber so langsam kann ich sehen, wie unsicher ihn das Ganze macht.]

Kicherte Œufcoque und zeigte den True Count an.

[Er hält dich für jemanden, der unbedingt gewinnen will. Und er glaubt, dass du bisher immer bekommen hast, was du wolltest, und zwar bevor du jemandem damit auf die Nerven gehen musstest. Darum denkt er nur daran, etwas ganz Besonderes für dich vorzubereiten, noch bevor du es dir selbst wünschst.]

Balot zuckte innerlich mit den Schultern. Wesentlich falscher hätte niemand sie einschätzen können.

Der Dealer war ziemlich stolz darauf, den Charakter seiner

Spieler genau lesen zu können. Er wusste immer, warum seine Spieler taten, was sie taten, ganz gleich, wie absurd sie zu handeln schienen. Bisher hatte er allerdings nur verstanden, dass Balot plötzlich angefangen hatte, ziemlich viel zu reden. Balot fühlte den Rhythmus des Dealers und verstand auch ohne Œufcoques Anweisungen schnell, wann der beste Zeitpunkt zum Angriff war.

#Ich bin wohl doch irgendwie mit Kreuz verbunden. Kreuz hilft mir immer.#

Der Doc nickte verständnisvoll.

»Es ist so wichtig, eine Lieblingskartenfarbe zu finden. Man kann sich darin sehen wie in einem Spiegel.«

Balot hatte allerdings kein Kreuz in der Hand, nur die Face Card war eine Kreuzkarte.

Wartete sie auf das Bust des Dealers? Nein. Kaum hatte der Doc »Stay« gesagt, erklärte sie sofort: #Hit.#

Der Dealer reagierte wieder zu spät. Er sah so aus, als könne er sich gerade noch eben die Frage verkneifen, warum sie ihre Entscheidungen so traf.

Sie bekam ihre nächste Karte. Zu ihren 13 eine 6. Allerdings Karo.

Der Dealer sah Balot an, als wollte er ihren Gesichtsausdruck genau lesen.

Balot murmelte nur: #Das war ja klar.#

Der Doc sah sich Balots Karten nicht mehr an. Sein eigenes Spiel machte ihn ganz euphorisch. Und so hatte der Dealer immer weniger Kriterien, nach denen er ihr Verhalten interpretieren konnte.

Nach langem Überlegen entschied sich Balot für Stay. Dann deckte Marlowe seine Karte auf, als wäre das jetzt endlich mal wieder etwas, was er wirklich konnte. Er hatte zwei Bildkarten.

Der Dealer hatte als Einziger gewonnen. Eine der beiden Karten war eine Kreuzkarte.

»Das ist bedauerlich, junge Dame.«

#Ist schon okay so. Meine Farbe ist halt zu dir gewandert. Sie wird aber bald zurückkommen.#

Beim nächsten Spiel passierte genau das. Natürlich hatte Balot nicht gewusst, dass dies passieren würde, doch trotzdem lächelte sie ihre ♦ 2 und das ♠ Ass an. Der Dealer nickte ihr leicht überrascht zu. Er schien erleichtert zu sein, als würde er anfangen, sie zu verstehen. Balot beschloss, seine Erleichterung sofort wieder zu zerschmettern. Sie brauchte nicht mal eine Anweisung von Œufcoque dazu.

#Aber so sieht es aus, als wäre ich Pik viel mehr verbunden.#

Sagte sie absichtlich in dem Moment, als der Doc seine Entscheidung traf. Als sie wieder dran war, sagte sie:

#Schade wegen Kreuz. Aber Hit.#

Sie bekam eine neue Kreuz-Bildkarte.

#Ich wusste, Kreuz würde mir helfen!#

Wisperte sie und entschied sich wieder für Hit. Sie bekam eine 5. ♥ 5.

#Endlich bist du da. So ein Glück!#

Freute sie sich ganz zufrieden und nahm keine weiteren Karten mehr.

#Ich habe schon immer auf Herz gesetzt, es lohnt sich für mich ganz bestimmt, auf dieses Herz zu setzen.#

»Ein echter Glücksfall.«

Der Doc starrte ernst auf die aufgedeckten Karten des Dealers.

Marlowe hatte 5, zog 7 und eine Bildkarte. Bust.

»Vielleicht bist du ja ein Kartenversteher. Das ist mir bisher noch gar nicht aufgefallen.«

#Pik ärgert mich ein bisschen, aber es ist mit Kreuz gut befreundet, also dachte ich logischerweise, dass ich auf Herz setzen muss.#

»Aha. Ich verstehe. Du sprichst mit den Karten.«

Der Dealer zahlte ihr ihren Gewinn aus, als ginge es ihm nur darum, mit einem anderen Menschen zu reden.

So spielte sie Partie um Partie, bis schließlich der Kreuz Bube und eine 10 vor ihr lagen. Triumphierend tippte sie mit dem Zeigefinger darauf.

#Auf diese Karten habe ich lange gewartet. Ich habe dir ja gesagt, dass Kreuz bald wieder zu mir zurückkommen wird. Aber meinst du nicht auch, dass es ein bisschen zu spät ist? Jetzt brauche ich sie ja nicht mehr.#

Der Doc nickte beiläufig. Balot hatte als Einzige gewonnen.

Sie hatte ihren Gewinn sofort zur Seite geschoben, als sie ihn bekommen hatte. Vollkommen desinteressiert.

Die Verwirrung des Dealers beschleunigte sich fast hörbar.

An diesem Punkt hätte er aufhören sollen, er hätte sich hier und jetzt von der Idee verabschieden sollen, aber er blieb hartnäckig dabei und versuchte weiter, Balot zu durchschauen. Sein Lächeln wurde steif und brüchig.

– Denkt er immer noch darüber nach, wie er mich manipulieren kann?

[So sieht es aus. Ich kann seinen Übereifer riechen.]

– Warum ist ihm das so wichtig?

[Schlechter Charakter. Eigentlich kann der Dealer nicht den ganzen Tisch manipulieren. Abgesehen davon, dass die Regeln dem Casino den Vorteil sichern, ist er eigentlich nicht mehr als ein Zuschauer.]

– Hmhm.

[Allerdings gibt es auch Dealer, die die Regeln nehmen wie

einen Schutzschild und dahinter aus dem gleichberechtigten Gebiet ausbrechen. Marlowe ist ziemlich gut darin, überdurchschnittlich kompetent und sehr cool dabei. Aber er will unbedingt dominieren. Da finden wir überall Lücken, die wir ausnutzen können.]

Der Doc mischte sich nach einer Weile wieder in die Verwirrungstaktik ein. Sie nickten sich zu, wenn sie sich gegenseitig unsinnige Begründungen gaben, die wieder voneinander abprallten.

»Ich hätte wirklich nie gedacht, dass du so gut zu diesem Spiel passt. Wie konnte ich nur eine so gute Gegnerin mitnehmen?« Der Doc lachte und lobte sie, natürlich musste der Dealer ihm da zustimmen. Allerdings wusste er nicht, was genau der Doc eigentlich lobte. Darum sagte er nur Abstrakt-Banales wie *ja, genau, das ist sie* oder *herausragend*. Ungefähr in der Mitte dieser Partie kam eine neue Anweisung von Œufcoque.

[Verändern wir deine Körpersprache. Schlag bei der nächsten Karte deine Beine übereinander.]

Als sich die zweite Karte auf die erste legte, schlug sie die Beine übereinander, wie Œufcoque gesagt hatte. Eigentlich konnte Marlowe gar nicht gesehen haben, was unter dem Tisch geschah, doch sie konnte fühlen, dass er ihre Bewegung bemerkt hatte.

[Jetzt bewege deinen Körper so, dass die Karten am Rand deines rechten oder linken Blickfeldes liegen.]

Der Doc entschied sich für Hit und bekam noch eine Karte. Danach starrte er eine Weile auf seine insgesamt 17 Punkte, bis er Stay verkündete. In der Zwischenzeit veränderte Balot ihre Sitzposition und drehte ihm halb den Rücken zu. Dann war sie dran, nahm eine weitere Karte und katapultierte sich von 14 auf 18.

Sie reagierte nicht sofort. Zuerst schlug sie ihre Beine andersherum über, sagte erst Stay, nachdem sie sich die Karten von links angesehen hatte.

Der Dealer beobachtete ihre Bewegungen ganz genau und deckte seine Karte auf. Zweimal die 9: 18.

Unentschieden für Balot, der Doc hatte verloren.

Sie fragte Œufcoque hastig, noch bevor die Karten wieder eingesammelt wurden.

– Was soll das denn jetzt wieder?

[Menschen projizieren ihr Image über ihre Bewegungen im Raum. Visuelle Informationen zeigen deutlich, was in ihnen vorgeht.]

– Was?

[Zum Beispiel: Wenn Menschen an etwas denken, das sie mögen, dann schauen die Augen meist nach links oder zur linken Körperseite. Wenn sie etwas nicht mögen, nach rechts oben oder wenn sie sich nach etwas sehnen, meistens nach weit nach links. Natürlich gibt es dabei individuelle Abweichungen, aber statistisch gesehen entstehen dabei Muster. Mit etwas Erfahrung kann man allein anhand der Augen- und Körperbewegung in etwa erahnen, woran der andere denkt und was er fühlt, auch wenn er kein einziges Wort sagt.]

– Und das weiß der Dealer auch?

[Es ist eine der Grundlagen der psychologischen Manipulation.

Mit dieser Methode erfasst er Mimik, Gestik, die Augenbewegungen, die Position der Brauen, den Winkel der Schultern, die Blickrichtung wie eine Landkarte und kann problemlos ablesen, was sein Gegenüber denkt und in welcher psychologischen Verfassung er ist.]

Balot zog die Augenbrauen zusammen, während sie ihre Karten anstarrte. Wenn sie daran dachte, dass der Dealer sie auf diese Art durchschauen wollte, prickelte es irgendwie.

Absichtlich änderte sie ihre Blickrichtung und ihre Haltung, um die Landkarte, die der Dealer so sorgfältig von ihr gezeichnet hatte, zu demontieren.

Gelegentlich reagierte sie auf gar nichts und blieb in der gleichen Position. Diese winzigen Gesten reichten aus, um den Dealer, der bis dahin so souverän über den Tisch geherrscht hatte, völlig zu verwirren. Balot fand das wirklich faszinierend.

Wenn Balot ohne Grund anfing zu kichern, lächelte er schnell, wenn sie unzufrieden aussah, fragte er mit ernstem Gesicht nach der Ursache ihrer Verstimmung. Er ließ sich so einfach von ihr manipulieren, dass er sicher auch die Hände hochgehoben hätte, wenn sie es gewollt hätte.

[Bald können wir damit anfangen, dem Doc zu helfen.]

Erklärte Œufcoque und blendete gleichzeitig die besten Strategien für den Doc auf ihrem linken Arm ein.

Balot wartete das nächste Bust des Doc ab und sagte dann: #Ich kann die Karten anscheinend besser lesen als du. Ich zeige dir, wie man gewinnt, ja?#

Der Doc wackelte mit seinem Zeigefinger mahnend von rechts nach links, als ob sein Stolz ihm so etwas verbieten würde.

»Das wird nicht nötig sein, Liebes. Vielleicht verliere ich jetzt, aber wer weiß, wie es weitergeht.«

Balot lächelte und legte ihre Zehen kurz auf seinen Schuh. Der Doc hielt kurz dagegen. Das war ihr Zeichen.

Ganz gleich, wie viele Kameras auf sie herabsahen, unter den Tisch konnten sie vermutlich ja nicht sehen. Ab der nächsten Partie leitete Balot Œufcoques Anweisungen an den Doc weiter.

Sie tippte seitlich gegen seinen Schuh. Hit. Der Doc räusperte sich. Im gleichen Moment berührte Marlowe sein Headset und murmelte leise eine Anfrage in sein Mikro.

Es war fast schon ein Reflex für Balot, dass sie dem Gespräch zuhörte. Marlowe bat darum, die Kameras zu checken. Zu überprüfen, ob es irgendetwas gab, das Balot tat, das nach einem Zeichen aussah.

Sie konnte fühlen, dass sein Blick auf ihr ruhte wie die Mündung einer Pistole. Fast hätte sie ihn angesehen.

[Nicht hinschauen.]

Œufcoque hielt sie zurück.

[Damit will er nur Menschen mit einem schlechten Gewissen ausräuchern. Beweg dich nicht.]

Marlowe war wirklich ein guter Dealer. Er hatte instinktiv erkannt, dass sie dem Doc Zeichen gab. Solange er allerdings keine Beweise hatte, war es nur ein Verdacht und es gab nichts, was er hätte tun können, genau wie Œufcoque es gesagt hatte. Hier war seine Grenze. Er konnte einfach nicht sicher sein und auch nicht überprüfen, ob sie echt waren, leichte Opfer oder eine Art später Steuerbescheid mit eingebauter Zeitbombe.

Wenn es wichtig war, gab Balot dem Doc weiterhin Zeichen. Für Stay tippte sie zweimal auf seinen Fuß, bei Hit einmal.

Dreimal für Double Down. Für Split tippte sie zweimal schnell auf seinen Arm.

Meistens reagierte der Dealer darauf, allerdings gab er es bald auf, anscheinend war er sich nicht sicher, ob das vielleicht alles nur ein Missverständnis gewesen war. Ihre Verwirrungsstrategie war sehr wirksam.

Plötzlich fiel Balot ein Sketch ein, den sie einmal im Fernsehen gesehen hatte. Sie tippte dem Doc wieder auf den Arm, als ob sie den Sketch nachspielen wollte.

#Mir ist eingefallen, wie ich immer gewinnen kann.#

Der Doc hob seine Augenbrauen. Der Dealer ebenfalls, er ließ sich mitreißen.

»Wie soll das denn gehen?«

#Davor möchte ich wechseln.#

»Da fragst du den Falschen, Liebes, da musst du schon Mr. Handsome fragen.«

Balot nickte und hielt ihm einen 1000-Dollar-Chip entgegen.

#Können Sie mir den in 1-Dollar-Chips wechseln?#

Doc Easter und Marlowe starrten sie an.

Die Zeit stand still.

#Ich könnte dann tausendmal mit nur einem Chip spielen.#

Der Doc holte tief Luft, atmete tief aus und kam früher wieder zu sich als Marlowe.

»Das ist doch kein Spiel hier!«

Balot blies trotzig die Backen auf. Sie selbst hielt das allerdings für eine gute Idee und fand sich ziemlich clever.

Vermutlich gehörte das zu den Dingen, die sie sich erst traute, seit sie Œufcoque kannte.

#Liebes, zu jeder Wette gehört das Risiko. Darum geht es in einem Casino. Deshalb möchte ich dich bitten, lass uns um das spielen, *was wir gewonnen haben* und nicht um das, *was wir noch übrig haben.*#

Der Doc sah ziemlich erleichtert aus. Dann musterte er kurz den Dealer und lüpfte mitleidheischend eine Augenbraue, als wolle er ihm sagen: Dieses kleine Mädchen ist ganz schön schwierig.

Gerade eben hatte der Dealer noch gelächelt, seine Verwirrung hatte das aber nicht beseitigt.

Er verstand einfach nicht, wie jemand, der in kritischen Momenten immer hohe Einsätze setzte, plötzlich um einen Dollar spielen wollte, das ging ihm nicht in den Kopf. In der Defensive war sein junger Gast manchmal verträumt und unaufmerksam, in eigentlich sicheren Momenten wurde sie aufgeregt und übereifrig. Manchmal wurde sie emotional, wenn sie gewann, dann wieder, wenn sie verlor – und er hatte keine Ahnung, was sie eigentlich so emotional machte, wenn es denn geschah. Was sie sagte, war völliger Unsinn, aber trotzdem hatten Onkel und Nichte diese vollkommen unbegreiflichen Spielregeln entwickelt.

Aber vor allem hatte sie mit geradezu unheimlicher Präzision konstant gewonnen.

Noch nie hatte jemand an seinem Tisch gesessen, den er so wenig durchschaut hatte.

Allzu bald kam die rote Karte, gerade als die Gewinnprognosen von Œufcoque auf einen wirklich großen Gewinn gedeutet hatten. Bevor sie in die Offensive gehen konnte, war diese Runde vorbei.

Balot atmete aus und checkte ihre Chancen. Zusammen mit dem Doc nur etwas weniger als 70 %. Wenn sie das einfach durchrechnete, konnte sie so in zehn Spielen aus zehn Dollar siebzig machen. Überwältigend gute Gewinnchancen.

[Die nächste Runde wird entscheidend. Wechsle jetzt deine Chips ein. Alles in 10.000-Dollar-Chips.]

Balot folgte seinen Anweisungen.

Viel zu schnell stapelten sich die Chips in erschreckender Höhe vor ihr auf. Marlowe legte wieder seine Hand vorsichtig an sein Headset. Er bat um Nachschub für die Chips, die er verloren hatte. Auf eine Frage seines Vorgesetzten antwortete er, dass er natürlich alles sofort zurückholen würde. Außer Balot hatte es niemand gehört.

Balot zuckte großmütig mit einer Schulter.

6

Während des Mischens konnte Balot die Bewegungen seiner Fingerspitzen ganz präzise erfassen.

Und was er mit diesen Fingerspitzen plante, war so deutlich wie nie zuvor. Anscheinend war ihm der schöne Schein jetzt egal. Darum fiel es Balot leicht, die komplexen Bewegungen der Karten zu erkennen, die er in alle Richtungen verteilte. Sie sah es so deutlich wie die Anzeigen und Schaltkreise der Fahrstühle.

– Er versucht, die Zehnerkarten ans Ende zu bringen.

Œufcoque schien ebenfalls sofort verstanden zu haben, worum es ging.

[Weißt du, mit wie vielen Karten er das vorhat?]

– So viele wie er kann, schätze ich. In den Teil, den wir im Spiel verwenden werden.

[Dann werde ich sie zu den bereits verwendeten Karten zählen. Versuche herauszufinden, wie viele Zehnerkarten es genau sind.]

– Okay.

Seine Finger waren geschmeidig und präzise. Darum war es so einfach für sie, sie genau zu erfassen.

Der Doc bekam die rote Karte und steckte sie irgendwo in den Stapel. Der Dealer hob den Stapel schnell ab, so schnell, dass ihre Augen es nicht gesehen hatten. Balot hatte es nur über die Lightight-Implantate ihres Körpers wahrgenommen. Präzise, elektronische Impulse.

– 32 Karten. Alles Zehner.

[Er hat also alle Zehnerkarten aus zwei Kartensätzen entfernt. Nicht schlecht.]

War Œufcoques ziemlich verblüffte Antwort. Die Punktzahl veränderte sich und sank auf minus 80. Das Kapital, das sie setzen sollte, ging ebenfalls in den Keller. Ihr ganzes Spiel war extrem defensiv geworden.

Balot bekam ihre Karten. Eine 6 und eine 3. Kleine Karten. Balot erinnerte sich an ihre Empfindung, als der Dealer das letzte Mal die Karten abgehoben hatte. Wo die Karten über und unter den ganzen Zehnerkarten waren. Sie schielte zu Doc Easters Karten: 2 und 5. Dann kaufte er noch zwei Karten dazu, bis er bei 17 war. Dabei blieb er. Balot nahm auch noch zwei Karten und kam damit auf 19.

Die Face Card war eine 6. Die Karte, die aufgedeckt wurde: eine 2. Der Dealer zog noch drei Karten und kam so auf 19. Doc hatte verloren, für Balot stand es unentschieden und sie bekam ihren Einsatz zurück.

In der nächsten Partie nahm Balot bei 12 noch eine weitere Karte. Eine 5. Wann würde der Spielfluss sich ändern? Alles hing davon ab, ob sie den richtigen Zeitpunkt erwischte oder nicht. Balot konzentrierte sich noch eine Weile auf ihre 17, dann entschied sie sich.

Nach Œufcoques Tabellen wäre Stay die richtige Wahl. Balot nahm noch eine Karte.

Eine 6. Bust. Aber das Problem war nicht die Strategie.

Marlowe hatte ihre Karten schnell weggeräumt.

Jetzt! Balot fühlte das Timing in der Tiefe des Kartenstapels. Ohne zu zögern checkte sie ihr Kapital und griff nach einem Teil ihrer ordentlich gestapelten Chips.

Sie wartete.

Marlowe drehte seine Karten um: zusammen 11. Dann zog

er eine 7, blieb bei 18. Damit hatte der Doc auch verloren, der Dealer räumte seine Karten sofort weg.

Jetzt setzte Balot ihre Chips. Wegen des Klackerns sah der Dealer von den Karten weg. Er sah überrascht aus.

Balot beachtete ihn nicht weiter, sondern sagte mit einem Seitenblick zum Doc:

#Mir tun die Chips so leid, wenn ich sie gar nicht benutze.#

Der Doc brummelte irgendetwas Unverständliches und dachte dann eine Weile nach.

»Okay, dann ist das eben der entscheidende Moment«, sagte er und stapelte seine 10.000-Dollar-Chips auf.

Balot und der Doc hatten sonst in der Anfangsphase des Spiels relativ wenig gesetzt. Kartenzählen war am Anfang logischerweise ziemlich ungenau, besser gesagt, die Genauigkeit ging gegen null. Bisher hatten sie davon irgendwie abgelenkt und einfach gespielt. Obwohl Marlowe sich nicht sicher sein konnte, ob die beiden wirklich Karten zählten, hatte er das anscheinend eingeplant. Der Dealer streckte seinen Rücken gerade durch und berührte den Kartenschuh.

Zuerst drehte er seine Face Card um. 8. Als Nächstes bekam der Doc seine erste Karte. Eine Zehnerkarte. Danach bekam Balot ihre erste Karte. Ebenfalls eine Zehnerkarte. Der Doc bekam die zweite Karte. Eine Zehnerkarte. Balot bekam ihre zweite Karte. Eine 10. Vier Zehnerkarten lagen auf dem Tisch. Balot zupfte zweimal an seinem Ärmel.

#Wenn du nicht wirklich einen ganzen Haufen Chips einsetzt, kannst du mich nicht besiegen.#

Der Doc verzog konzentriert sein Gesicht und sagte dann weder Hit noch Stay, sondern die dritte Möglichkeit in diesem Spiel: »Split.«

Seine Zeigefinger trennten die beiden Karten auseinander.

Dann legte er die gleiche Summe Chips zu der anderen Karte. Marlowe legte eine dritte Karte auf eine der Karten. Wieder eine Zehnerkarte.

»Stay.«

Dann bekam er noch eine Karte. Wieder eine Zehnerkarte.

#Siehst du, du kannst den Einsatz sogar noch erhöhen.#

»Tatsache.«

Der Dealer sah entsetzt dabei zu, wie der Doc nach seinen Chips griff.

»Split.«

Noch eine Zehnerkarte.

Als der Doc die Face Card ansah, summte er ein bisschen.

»Stay ist, glaube ich, jetzt die beste Idee.«

Der Dealer legte eine weitere Karte auf die 10.

Noch eine Zehnerkarte.

»Split«, sagte der Doc wieder und stapelte seine Chips. Der Dealer keuchte gequält auf, zog eine weitere Karte und präsentierte sie dem Doc. Wieder eine Zehnerkarte. Stay. Noch eine 10.

»Stay, denke ich«, murmelte der Doc seltsam abwesend.

Dann grinste er Balot großherzig an.

»Ich hab jetzt eine ganze Menge Geld gesetzt. Und? Wie steht's bei dir?«

#Ich gehe auch auf Split.#

Marlowes Gesicht war mittlerweile vollkommen ausdruckslos. Er sah einfach dabei zu, wie Balot ihre Chips neu aufteilte. Ihre Karte kam. Eine Zehnerkarte. Die letzte von denen, die er hatte wegschließen wollen, die aber nicht mehr gepasst hatte. Genauso, wie sie beim Poker immer Kreuz bekommen hatte, die Farbe, die keiner mochte. Die Zehnerkarten waren wie Geldscheine, die aus einem zu hastig zugeschlagenen Koffer flatterten.

#Stay.#

Eine Sekunde lang sah der Dealer erleichtert aus. Dann zog er eine weitere Zehn und legte sie auf Balots Karte.

Balot erklärte Re-Split, bekam noch eine Karte und blieb dabei. Auf ihre andere Karte legte sich noch eine Zehnerkarte. Re-Split.

Und das machte sie immer und immer wieder. Sie hörte erst damit auf, als sich nach dem sechsten Split eine 7 auf eine Zehnerkarte legte.

Marlowe fühlte sich mittlerweile wie ein Bankräuber, der von der Polizei umzingelt wird. Ein Bankräuber, dessen Überfall der Polizei schon lange vorher bekannt gewesen war. Jede Karte, die er mit zittrigen Fingern zog, fühlte sich an wie der Splint einer Handgranate, die jederzeit in seiner Hand explodieren konnte.

Die verdeckte Karte war eine Zehnerkarte.

Auf dem Tisch lagen zwanzig Zehnerkarten, absurd.

Der Dealer kam auf 18. Zusammen mit dem Doc schoss Balot metaphorisch zehnmal auf den Dealer. Neun Treffer, eine Niete. Der Dealer war sozusagen metaphorisch fast auf der Stelle tot.

[Wir sind unserem Ziel näher gekommen.]

Œufcoques Worte blinkten auf wie ein Glückwunschtelegramm. Balot ließ ihn wissen, wie dankbar sie ihm dafür war, dass er ihr während des ganzen Spiels nur zugesehen hatte.

[Es reicht völlig, wenn uns noch ein paar Chancen bleiben. Da können wir ganz sicher sein.]

Es ging ihm um den eigentlichen Grund, warum sie im Casino waren. Die vier 1-Million-Dollar-Chips. *Wir wollen nur das Gelbe vom Ei, und zwar so, dass wir weder Eiweiß noch Schale berühren müssen.* Balot erinnerte sich, wie der Doc das gesagt hatte. Sie bekam ihren Gewinn ausgezahlt: mehr als 500.000 Dollar. Sie hatte in einem Spiel fünfmal so viel gewonnen, wie der Dealer der Üppigen in der ganzen Zeit abgenommen hatte.

#Siehst du? Wenn man viel einsetzt, gewinnt man auch viel.#

Balot grinste. So ein bisschen Verschwendung ist doch ganz normal.

#Aber so viele Chips, ich weiß gar nicht, wie ich damit spielen soll.#

»Dann lassen wir sie in größere Chips wechseln, wenn wir noch ein bisschen mehr gewinnen, hm?«

#Und wir werden ja noch mehr gewinnen.#

»Ganz recht. Doppelt so viel würde schon reichen.«

Balot wartete aufgeregt auf ihre Karten, während sie und der Doc weiter zusammenhanglosen Unsinn redeten.

Sie schob ihren Gewinn beiseite und beachtete ihn gar nicht weiter, genau wie der Doc.

Der Dealer starrte die beiden erstaunt an. Als hätten sie plötzlich ihre Flügel auf dem Rücken entfaltet. Und er fragte sich jetzt, wie er sie wohl nennen sollte.

[Los, nageln wir den Dealer an seinem Tisch fest.]

Lautete Œufcoques schnelle Anweisung.

[Zeigen wir ihm, dass wir brave Gäste sind, die man leicht händeln kann. Sonst wird nicht nur er ausgewechselt. Wir müssten dann auch den Tisch wechseln.]

Balot bemerkte erst jetzt, dass Marlowe wieder neue Order aus seinem Headset bekam. Wer auch immer für den Nachschub an Chips zuständig war, hatte das jetzt dem Floormanager mitgeteilt, der gerade wie ein Wasserfall im Befehlston auf den Dealer einredete.

Der Floormanager schien überzeugt, dass Onkel und Nichte

ein Paar Highroller waren, mit denen er nicht gerechnet hatte und die bisher nicht auf seiner Liste standen. Er forderte ihn dazu auf, das Maximum runterzufahren und seine Gäste mit anderen kleinen Geschenken zufriedenzustellen, bis er sich ganz sicher war, wer sie eigentlich waren. Gib ihnen Übernachtungsgutscheine oder Erste-Klasse-Flugtickets.

Vollkommen ausgeschlossen. Balot musste sich ein Kontermanöver einfallen lassen. Sie dachte darüber nach, was der Dealer jetzt wohl am allermeisten wollte, und überlegte sich, wie sie es ihm geben könnte, was sie wohl sagen sollte.

#Onkel? Wollen wir von jetzt an nicht darum spielen, wie viel wir schon verloren haben?#

Sie gab sich große Mühe, wirklich weich und einschmeichelnd zu klingen.

»Was?!«

#Wer zuerst keine Chips mehr hat, hat gewonnen.#

Der Doc starrte sie verwirrt an. Der Dealer sah nicht viel anders aus.

»Das ist aber ganz und gar nicht der Sinn dieses Spiels. Ich will damit sagen: So was spielt man nicht in einem Casino.«

#Beim Poker gibt es doch Lowball. Da gewinnt der mit dem schlechtesten Blatt.#

»Aber da geht's doch auch darum, zu gewinnen, oder?«

#Ja, aber mir ist das jetzt zu langweilig.#

»Wollen wir es dann mit High Low Split versuchen? Wir spielen um Gewinnen oder Verlieren. Wenn du es schaffst, mich auch nur nach einer Spielregel zu besiegen, bekommst du auf dem Rückweg alles, was du dir wünschst.«

#Okay, das klingt gut. Und ich werde gewinnen.#

Marlowe hatte nach wie vor keine Ahnung, wovon die beiden eigentlich redeten. Aber eins war ihm klar.

»Leichte und willige Opfer. Mit schweren Taschen«, murmelte er heiser in sein Headset.

Diese Wesen mit den Flügeln auf ihrem Rücken, sie waren Engel, sie erfüllen einem jeden Wunsch. Nur Balot konnte noch hören, was er sagte. Leicht und willig und Opfer, diese Worte wirkten wie ein Zauberspruch und ließen jede vage Anwandlung von Mitleid in ihr verpuffen.

[Gut gemacht.]

Sie nahm Œufcoques Worte fest in die Hand und setzte ihre Chips. Der Doc setzte ebenfalls. Der Dealer senkte letzten Endes doch nicht das Maximum und machte seinen ersten Schritt in den Treibsand.

[Er hat die Rahmenbedingungen des Casinos schon mit einem Schritt übertreten.]

Urteilte Œufcoque.

[Und er hat sein Gewicht auf den Fuß gelegt, der schon außerhalb der Regeln steht. Der Dealer ist kein richtiger Dealer mehr, er spielt nur noch die Rolle eines Dealers. Er hat seine Pflicht und seine Verantwortung dem Casino gegenüber vergessen.]

Mittlerweile wünschte sich Marlowe John Fever nichts mehr, als ernsthaft gegen Balot und Doc Easter anzutreten, und wenn er dafür das gesamte Kapital des Casinos einsetzen müsste.

[Wir teilen unsere Strategie in drei Teile.]

Erklärte Œufcoque, überzeugt davon, das Verhalten des Dealers durchschaut zu haben. Gleichzeitig teilte sich das Kapital in drei Teile auf. Damit änderten sich dann auch die Strategietabellen auf ihrem linken Arm und bekamen eine andere Agenda.

[Wir wechseln die Strategie nach jedem Spiel.]

Dann teilte sie die Chips in drei Teile ein, die sie benutzen würde, als gehörten sie drei verschiedenen Spielern. Ein Verlierer, der auf den richtigen Moment wartete, ein Helfer, der leicht gewann, und übrig blieb der, der im entscheidenden Moment alles für einen sicheren Gewinn einsetzen würde.

Zusammen mit den Zeichen für den Doc behielt sie jetzt vier Strategietabellen gleichzeitig im Auge. Urplötzlich hatte Balot sehr viel zu tun. Was sie vor sich sah, war ganz große Kunst, es ging nur mit einem Kapital ab einer gewissen Höhe, die Strategie konnte auch kein normaler Mensch berechnen. Für Marlowe würde es unmöglich sein, ihre Taktik zu durchschauen.

Bei den Spielen sah die Gewinnwahrscheinlichkeit wieder gut aus. Etwa gegen Ende der Spielphase kam Œufcoques Anweisung.

[Provoziere den Dealer wieder.]

Das Spiel war ziemlich eintönig geworden. Marlowe sah aus, als wäre er wieder zur Ruhe gekommen.

– Was soll ich denn machen?

Fragte Balot. Was Œufcoque dann sagte, fand sie allerdings irgendwie zu krass.

– *Das* soll ich sagen? Im Ernst? Wirklich?

[Müsste genau das Richtige sein.]

Also wartete sie auf den richtigen Moment und zupfte dann den Doc am Ärmel.

»Was ist denn?«

Sie wartete einen Moment, dann warf sie ihre Worte wie scharfe kleine Messer.

#Ich will zu einem anderen Tisch.#

Vor Überraschung klappte ihm die Kinnlade herunter. Der Dealer sah sogar noch entsetzter aus. So etwas erschütterte ihn. Dieses kleine Ding, das von nichts eine Ahnung hatte, hatte seinen Tisch komplett abgelehnt. Und das auch noch, obwohl sie unnachvollziehbar viel gewann.

Der Doc erhob noch mal Einspruch, als würde er dem Dealer aus dem Herzen sprechen.

»Das geht doch nicht. Endlich reiten wir auf der Welle. Wir brauchen hier noch etwas Geduld, ja? Gerade hast du doch noch gesagt, dass wir nur gewinnen, wenn wir viel investieren.«

Es sah so aus, als hätte der Doc verstanden, worum es Balot ging. Sie hatte sich schon Sorgen gemacht, ob er am Ende auf ihren bizarren Vorschlag eingehen würde, aber er machte nicht den Eindruck, als wolle er seinen Platz verlassen.

#Dann gewinne ich eben hier noch ein bisschen.#

Sie klang so zickig, dass dem Dealer die Luft wegblieb.

Und plötzlich war die rote Karte wieder im Spiel. Die Runde endete mit einem Bust für den Dealer.

Er sammelte die Karten ziemlich schnell ein, wie gehabt. In seinen Bewegungen war nichts von der alten Geschmeidigkeit, es sah eher aus, als lade er eine Waffe entschlossen nach.

Balot konnte es deutlich an seinen Fingerspitzen fühlen – wie bringe ich sie um? Sie konzentrierte sich völlig auf seine Finger.

In der ganzen Zeit hatte nur der Doc den Dealer mehr oder weniger gelangweilt angesprochen.

Er hatte ihn mit ›Marlowe‹ oder ›du‹ angesprochen, als wäre er ein alter Kollege oder Freund. Soweit Balot sich erinnerte, verhielt er sich schon die ganze Zeit so, seit sie an diesem Tisch saßen. Inzwischen verstand sie auch warum, oder sie war sich zumindest ziemlich sicher. Es ging dem Doc darum, den Dealer wie eine Person, einen Menschen zu behandeln und ihn damit *von seinen Pflichten und seiner Verantwortung im Casino zu entfernen*. Schon bald war er fertig mit dem Mischen und gab Balot die rot-transparente Karte.

Balot konnte den toten Winkel im Kartenstapel fühlen. Die Stelle, an der die meisten Karten lagen, die für den Spieler einen echten Vorteil brachten, ohne Absicht vom Dealer positioniert.

Sie legte die Karte auf den Stapel. Sie steckte sie nicht hinein.

Sie hatte die Karte einfach nur aufgelegt. Es sah fast so aus, als mache sie sich über ihn lustig, allerdings war die Lage ziemlich ernst.

Einen Augenblick lang hing die Hand des Dealers verzweifelt in der Luft. Er schaffte es gerade noch so, die Karten geschmeidig abzuheben. Sein Ziel hatte er aber verfehlt. Als wäre die Pistole, die er so vorsichtig geladen hatte, jetzt aus unerklärlichen Gründen in den Händen des Gegners.

[Das war deine Entscheidung?]

– Ja.

[Du hast doch gesagt, der Dealer kann die Reihenfolge der Karten kontrollieren, hat das etwas damit zu tun?]

– Ich glaube, es war einfach am besten, sie da hin zu tun. Die kleinen Karten sind so auf einen kleinen Haufen am Ende gerückt.

[Wie viele kleine Karten?]

– Dreißig. Alle kleiner als 7.

Sie konnte Œufcoques Grinsen an der Innenseite ihres Handschuhs fühlen.

[Okay. Dann provozieren wir den Dealer noch mal, so wie vorhin.]

– Was soll ich denn sagen?

Irgendwie hatte sie Angst vor der Antwort auf diese Frage. Tatsächlich bekam sie auch eine Anweisung wie ein direkter

Kopfschuss. Œufcoque war von Anfang bis zum Ende präzise. So präzise, dass er fast erbarmungslos schien.

– Hast du vergessen, wie du heißt?

[Wie ich heiße?]

– Œufcoque – halb gar, lauwarm. Das kannst nicht du sein.

[Meinst du damit, dass ich es übertreibe? Aber es ist notwendig.]

Erklärte Œufcoque, und es klang ein bisschen wie eine Ausrede. Balot kicherte, ballte dann zustimmend ihre Fäuste und tat, was Œufcoque ihr gesagt hatte.

#Onkel?#

Sie beobachtete die Atmung des Dealers ganz genau, lauerte auf den Moment, wenn sein Widerstand am geringsten sein würde, und sagte dann:

#Ich habe genug von ihm. Lass uns zu einem hübscheren Mann gehen.#

Damit lehnte sie nicht den Tisch ab, so wie vorhin. Damit lehnte sie ihn ab. Marlowes Miene änderte sich nicht. Aber sein Atem hielt an. Als hätte sein Leben plötzlich aufgehört. Tatsächlich sah Marlowe, der Herr des Tisches, in diesem Augenblick aus wie ein Toter. Der Doc verzog missbilligend sein Gesicht und begann dann beschwichtigend auf Balot einzureden.

»Jetzt hör aber auf. Lass uns hier noch ein bisschen spielen, das macht doch Spaß. Und gewinnst du nicht die ganze Zeit, hm? Wenn du jetzt aufhörst, fühlt sich das gar nicht wie ein richtiger Sieg an, oder?«

Dann zuckte er mit einer Schulter und nickte dem Dealer zu.

»Bitte entschuldige meine Unvollkommenheit, junge Lady«, sagte Marlowe mit einem eisernen Lächeln. Seine Selbstbeherrschung war ein wahres Wunder.

Dann nahm er seinen Hörer aus dem Ohr und zerquetschte ihn

unter dem Tisch. Die Funkverbindung war unterbrochen. Balot sah ihm dabei zu. Bis zum Schluss hatte der Floormanager am anderen Ende der Verbindung ihn hysterisch angebrüllt, dass er sich endlich von einem anderen Dealer ablösen lassen solle.

Unter seiner ruhigen, coolen Oberfläche brodelte eine Mischung aus Wut und Scham, denn er hatte verloren und wusste nicht einmal den Grund dafür.

[Er ist ein guter Dealer, deswegen ist die Reaktion des Casinos so zögerlich.]

Œufcoque hatte auch bemerkt, dass Marlowe seinen Hörer unter dem Tisch beseitigt hatte.

Balot war überrascht, dass das Casino ihn trotzdem in Ruhe ließ – vorerst.

[Sieht so aus, als hätte der Manager noch nicht entschieden, ob der Dealer schon am Ende ist oder ob er noch eine Chance hat, zu gewinnen. Unsere Identität wird garantiert zurzeit im Überwachungsraum überprüft.]

– Glauben sie immer noch, wir wären leichte, fette Opfer?

[Richtig. Der Einzige, der euch erkennen könnte, ist Shell Septinos. Der Laden gehört ihm doch, oder?]

Balot zuckte in Gedanken mit den Schultern.

– Ob er den Doc und mich nicht schon wieder vergessen hat? Mit dieser Technologie, die seinen Kopf leer macht?

[Er macht seinen Kopf nicht wirklich leer.]

Antwortete Œufcoque. Sie konnte sein bitteres Lächeln spüren.

[Nach meinen Informationen ist Shell immer noch mit seinem *Business* beschäftigt. Im Moment bietet er uns noch zahllose Angriffslücken.]

– Du meinst diese Sache mit dem Heiraten?

[Richtig. Der Aufbau von freundschaftlichen Beziehungen zu den Bossen der Organisation, basierend auf einem Ehevertrag. Wenn wir es schaffen, die Treppe zu zerstören, die sein Ehrgeiz da gebaut hat, dann fallen uns auch die Bosse in die Hände.]

Balot konnte sich gerade noch so weit beherrschen, Œufcoque nicht zu sagen, dass sie ihretwegen ebenfalls gern zur Hölle fahren könnten. Es war so einfach, seinen Gegner da runterzustoßen, wenn man ihn nur genug hasste. Sie konnte bereits sehen, wie sie es tun würde. Wenn sie daran dachte, dass es schon bald so weit sein könnte, stieg eine unheimliche Erregung in ihr auf, und fast hätte sie gezittert.

Aber es gab eine Bedingung dafür, dass sie dieser verbrannten Asche Ausdruck verleihen konnte.

Die Bedingung, dass sie die Wahrheit erfuhr. Weder der Doc noch Œufcoque sprachen einfach über das Gute und das Böse eines Falles. Sie fragten eher, wie viel man davon wusste, wie viel man gesehen hatte. Was man aus der Asche lernen konnte.

Hätte Balot darauf nicht die richtige Antwort gewusst, hätte Œufcoque ihr ganz bestimmt nicht so lange geholfen.

Und darum wartete sie ruhig ab, bis es so weit war. Die Punktzahl stieg langsam an. Ihre Gewinnquote lag kontinuierlich über sechzig Prozent. Alle Karten mit einer 9 waren bereits abgelegt, die meisten 7er anscheinend auch.

Das Verhältnis der Zehnerkarten zu den anderen Karten im Spiel hatte sich drastisch verändert. Die Asse kamen eines nach dem anderen, wie eine Goldader in einer Mine und verschwanden wieder.

Das Spiel war jetzt in einem dramatischen Gleichgewicht. Balots Atmung war noch immer ruhig, aber ihr Herz schlug schneller.

Plötzlich kamen die kleinen Karten alle nacheinander, wie kleine Böen vor einem Sturm. Und dann kam der richtige Moment.

[Im nächsten. Im nächsten Spiel setzt du alles.]

Sie folgte Œufcoques Anweisung und nahm ihr Kapital, das sie bis dahin zurückgehalten hatte. Ein Drittel davon. Ihre Truppen, die sie nur einsetzen wollte, wenn sie ganz sicher war, dass sie gewinnen würde, erhoben sich langsam.

Einer der Chips war sehr wertvoll, deshalb türmte sich kein hoher Berg vor ihr auf. Doch als der Dealer sah, was da vor ihr lag, zuckte seine Hand vom Kartenschuh weg, als hätte er einen elektrischen Schlag bekommen.

#Ich muss so viel einsetzen.#

Erklärte Balot und fühlte ganz genau, wie es dem Dealer dabei ging.

»Soll mir recht sein, ich nehme deine Herausforderung an«, sagte der Doc und legte seine Chips auf den Tisch, als wollte er wie beim Poker den Einsatz erhöhen.

Vor Balot lagen jetzt 500.000 Dollar, vor dem Doc 300.000 Dollar.

Andere Gäste waren unwillkürlich stehen geblieben, flüsterten und sahen zu. Die Hand des Dealers kehrte langsam zum Kartenschuh zurück. Mit einem letzten Lächeln sah er Balot und den Doc an.

Die Atmosphäre war seltsam unruhig.

Eine Karte kam. Eine 8. Nicht für jemanden bestimmt. Die meisten Karten, die jetzt kamen, waren eine 8.

Der Doc bekam erst eine 8, dann noch eine, 16 insgesamt. Balot hatte eine 8 und eine 7: 15.

Die Face Card war ebenfalls eine 8.

»Stay«, erklärte Doc Easter.

#Stay.#

Sagte Balot.

Der Dealer schnappte nach Luft und drehte mit zittrigen Fingern die verdeckte Karte um.

Eine 7. Er zog noch eine Karte. 8. Dann war die rote Karte da. Nicht eine Karte zu viel oder zu wenig. Balot und der Doc hatten perfekt gewonnen, dank der Reihenfolge der Karten. Während Marlowe wie eingefroren dastand, fing alles um ihn herum an zu brodeln. Manche Zuschauer wussten Bescheid, was diese Karten bedeuteten, alle flüsterten ständig *Magie* und *7 und 8*. Ein magischer Moment, denn nach den Regeln verlor der Dealer, ganz egal, was er machte, wenn zweimal die 7 und mehr als viermal die 8 auf dem Tisch lag. Der Spieler brauchte nur darauf zu warten.

Ganz gleich, ob der Dealer 14, 15 oder 16 hatte – ganz gleich, wie er das kombinierte: Mit der nächsten Karte würde er die 21 überschreiten.

Das war die Stärke einer Gewinnwahrscheinlichkeit von hundert Prozent. Der Augenblick, in dem die Spielregeln, die eigentlich dem Casino den Vorteil sicherten, kippten, um dem Dealer eine sichere Niederlage zu bringen. Wie ein Abzug, der aus kürzester Entfernung gezogen wird.

#Ich konnte sie gar nicht verspielen, sie haben sich vermehrt!#

Balot grinste ganz unschuldig. Der Doc lächelte zufrieden.

»Dann sollten wir das in etwas Größeres umtauschen, damit sich das Ganze leichter tragen lässt, was?«

Ein Raunen ging durch die Menge, der Doc klang so, als verlange er ein weiteres Glas eines seltenen Weines. In diesem Saal, in dem sonst alles so ruhig und elegant war, brach von einer Sekunde zur nächsten großer Jubel aus.

In dem Tumult gab der Dealer seine Bitte an sein Headset weiter – in die andere Leitung, die er nicht unter dem Tisch zerquetscht hatte. Damit der am anderen Ende ihm den größten Schatz des Casinos brachte.

Der Floormanager ließ nicht lange auf sich warten und kam mit einer roten Schachtel in den Armen quer durch den Saal auf sie zu. Er öffnete die Schachtel respektvoll, goldenes Licht strömte aus der Box. Der goldene Glanz von zwölf goldenen Chips.

»Gut, du darfst dir einen aussuchen«, bot der Doc Balot laut an. Balot hatte keinen Zweifel, welchen sie nehmen sollte. Ganz vorsichtig nahm sie einen der Chips mit dem Logo der October Company in die Hand. In diesem Moment ging wieder ein Aufschrei durch die Menge.

»Den Rest kannst du auch hier lassen. Vielleicht brauchen wir noch ein paar davon«, sagte der Doc. Und wieder seufzten die Zuschauer.

Ein Spiel um eine Million Dollar sah man sonst nur in ganz besonderen Shows, es war ein echtes Ereignis.

Statt seine so noch nicht da gewesene Blamage zu bejammern, war Marlowe nur noch wütender geworden. Während er sorgfältig die Karten mischte, in der vollen Absicht, den Chip wieder zurückzuholen, kopierte Œufcoque bereits heimlich den Chip. Er morphte dazu einen Teil des Handschuhs und saugte den Chip in Balots Faust ein. Mit einem winzigen Lasercutter öffnete er das goldene Ding ein paar Millimeter weit, scannte den Inhalt und nahm, was er suchte.

[Ich hab sie. Shells Erinnerungen sind in diesem Medium gespeichert.]

Er entfernte das kleine Speichermedium, ohne etwas zu beschädigen, und ließ es in eine neue kleine Tasche im Handschuh gleiten. Die Tasche verschloss sich und verschwand, das winzige Ding war im Handschuh verschwunden.

Œufcoque füllte den goldenen Chip mit dem gleichen Material und entfernte lautlos jede Spur.

Das Gelbe vom Ei bekommen, ohne Schale oder Eiweiß zu berühren. Sie brauchten etwa fünf Minuten dafür. Ihre rechte Hand war wieder frei und sie öffnete sie langsam.

[Den ersten hätten wir.]

Balot ballte ihre linke Faust, in der Œufcoques Worte aufgeblinkt waren, als Bestätigung.

Dann spürte sie es. Stärker als bisher konnte sie es plötzlich ganz deutlich fühlen. Œufcoques Worte erschienen immer auf der Innenseite eines Handschuhs.

Die Buchstaben waren spiegelverkehrt und unmöglich zu sehen, wenn sie die Faust geballt hatte. Doch trotzdem, trotz allem war Balot ganz sicher, dass jemand sie und Œufcoque belauscht hatte.

Zweiter Teil 分岐

Verteiler

1

»Schau mal einer an, da weiß man ja gar nicht, wer hier wen ausnimmt«, sagte der Mann leicht amüsiert, während er auf den Bildschirm starrte. Dann rutschte er tiefer in seinen Kunstlederstuhl. Von den Wänden des kleinen Kontrollraums blinkten zahllose Bildschirme. Der Raum schien eine Maßanfertigung nur für ihn zu sein, und es sah nicht so aus, als wären hier oft andere Menschen.

Der Floormanager stand direkt hinter ihm und zappelte unsicher und ungeduldig.

»Schau gut hin, die spielen mit ihm Katz und Maus. Was glaubst du, Floormanager? Wer von den dreien kriegt Feuer unterm Hintern?«

»Ich tippe auf Marlowe, Chief.«

»Jou, das denke ich auch. Beim Poker war es so, beim Roulette auch. Warum sind heute schon so viele entlassen worden? Floormanager?«

Bei dem Wort *entlassen* zuckte der Manager zusammen. Die Dealer zu kontrollieren war sein Job. Nichts machte ihm mehr Angst als ein Dealer, der sich verantwortungslos verhielt.

»Kann man nichts machen. Ich archiviere diese Bilder und suche nach den beiden im Grafik-Suchsystem«, sagte er und zupfte sich offensichtlich desinteressiert am schwarzen Schnäuzer.

»Mei... meinen Sie, der Mann und das Mädchen sind professionelle Trickbetrüger?«

»Tscha, allein von den Bildern her kann ich das nicht so sagen. Ist auch nur eine Ausrede, die man dem Boss in diesen Fällen erzählt. Jetzt stell dir bloß mal vor, was passiert, wenn wir sie in Ruhe lassen und später stellt sich heraus, dass es doch Profis waren. Du und ich, wir könnten uns dann gleich mit unserem alten Kumpel Marlowe in den Bus zum Arbeitsamt setzen.«

»Gut … okay … wie viele Leute soll ich auf sie ansetzen?«

»Reicht völlig, wenn du das allein machst. Mach etwa zwanzig Bilddateien. Leite das zu mir weiter, dann kannst du schlafen gehen. Lass das Ganze so aussehen, als wären sie von zehn oder zwanzig anderen überprüft worden.«

»Was meinen Sie damit, ich soll schlafen gehen?«

»Wenn du das machst, kann ich das als Ausrede benutzen, falls es dich erwischt.« Er lachte und zog seine Finger schwungvoll quer über den Hals.

Der Floormanager verbeugte sich hastig und drehte sich um. Direkt vor ihm stand plötzlich jemand. Er gab sich große Mühe, würdevoll stehen zu bleiben und verharrte dort, wo er war.

»Was hat das zu bedeuten, dass man mich hier mitten aus einer wichtigen Besprechung zerrt?!«, kreischte er hysterisch. Die Chamäleon-Sonnenbrille in seinem dunklen Gesicht schimmerte jetzt grün, in der Farbe eines Rotkehlcheneis.

»Was soll das? Houseleader? Chief? Mister Besondere-Aufgaben-sama?«

Das waren alles Bezeichnungen für seinen Job. Es klang so, als hätte der andere noch eine Unzahl anderer Titel, die er ihm gern an den Kopf geknallt hätte.

Der Chief reagierte nicht sofort auf das hysterische Gezeter. Schließlich hob er beide Hände zerstreut hoch und drehte sich zu Shell Septinos um, der so plötzlich in der Tür des kleinen Überwachungsraums aufgetaucht war. Dann sah er den Floormanager an und fragte: »Hast du ihn gerufen?«

»Ja…a, steht so in den Vorschriften.«

»Richtig. Steht so in den Vorschriften«, sagte der Chief, im gleichen Ton, in dem man einen kleinen Jungen lobte, der etwas ganz toll prima super gemacht hat. Der Floormanager zog zwischen dem Chief und dem Inhaber des Casinos seine Schultern ein und schien immer kleiner zu werden.

In dem Augenblick betrat Shell endlich mit einem großen Schritt den Kontrollraum und starrte den Chief und den Floormanager von oben herab an.

»Und? Welche Reichen gewinnen hier wie irre, sodass ihr zwei nicht mehr gerade stehen könnt?«

»So ein affektierter Typ und sein Mädchen. Also, äh, er ist nicht affektiert, weil er ein Mädchen hat. Er ist einfach nur so affektiert. Unseren Informationen zufolge ein Onkel mit seiner Nichte.«

»Ihre Gewinnquote?«

Der Chief zuckte bei Shells Frage nur lässig mit der Schulter, als wäre das nichts Besonderes.

»Mehr als sechzig Prozent.«

Shell nahm seine Sonnenbrille ab. Seine kaisergrünen Augen funkelten vor Zorn.

»Mehr als sechzig Prozent? Wie viele Partien haben sie hinter sich?«

»Aktuell 216.«

»Wie setzen sie ihr Geld?«

»Total unnachvollziehbar. Ist mir absolut unklar. Manchmal agieren sie nach der Grundstrategie. Abgesehen davon sieht es so aus, als ob Amateure ihre Chips einsetzen, wie es ihnen gerade gefällt.«

»Tatsache. Und das Ergebnis davon, dass sie ihre Chips so einsetzen, wie es ihnen gerade gefällt, ist, dass sie aus hundert Dollar in zehn Spielen 700 gemacht haben.«

»Na, aber so was passiert manchmal.«

»Schon möglich. So was habe ich auch schon gesehen. Aber was glaubst du, wie hoch die Wahrscheinlichkeit ist, dass die Quote bei einem Einsatz nach Zufallsprinzip mehr als sechzig Prozent beträgt?«

Der Chief machte einen Kreis mit Zeigefinger und Daumen. Der Kreis an sich war ohne Bedeutung, was er sagen wollte, lag dazwischen.

Shell nickte.

»Richtig. Eins zu soundsoviel Tausend.«

»Aber nicht zu null.«

»Willst du mich verarschen, Ashley?!«, fuhr ihn Shell heftig an. Der Floormanager zuckte zusammen und zitterte, aber Ashley kratzte sich lediglich an der Wange, wie ein kleiner Junge, dem gar nichts leid tut und der gar nichts bereut, obwohl man ihn ausschimpft.

»Mach sie fertig, das sind Profis, die haben nur ein Ziel. Das ist ein Befehl.«

»Profis, na ja. Für mich sehen die nicht wie Profis aus.«

»Ich entscheide das. Zeig mir diesen affektierten Snob.«

Shell beugte sich nach vorn über Ashleys Schulter und sah auf den Bildschirm. Plötzlich sah er überrascht aus.

»Tatsache, ein Snob. Sieht aus wie ein Neureicher, hauptberuflich Sohn, der irgendwas falsch verstanden hat und sich wie ein Pimp anzieht. Profis ziehen sich nicht so albern an, ganz si…«, seine Stimme wurde immer leiser, dann blieb sie ihm ganz weg.

Einen Moment lang dröhnte ihnen nur das Brummen der Elektronik in den Ohren.

»Boss?«

Als der Floormanager die Stille endgültig nicht länger ertragen hatte, explodierte Shell.

»Was soll das?!«

Der Floormanager machte einen Satz. Sogar Ashley zog besorgt seine Augenbrauen zusammen und warf Shell einen Blick zu.

Shell starrte weiter auf den Bildschirm und sagte kein Wort. Er war völlig blass geworden.

»Warum? Warum ist sie hier?«

»Sie kennen die?«, fragte Ashley ahnungslos.

Shell sah aus wie ein Mann, der sich gleich selbst den Lauf seiner Pistole in den Mund stecken würde, den Finger schon am Abzug.

»Ashley. Bring sie um, alle beide. *Mit den Karten*. Auf deine Art. So wie immer.«

»Eh? Aber verstößt das nicht gegen das Gesetz?«

Ashley machte mit seinen Fingern eine Pistole nach. Mit dem Zeigefinger-Lauf wies er auf den Bildschirm und krümmte dann den Daumen-Abzug. Shell schüttelte nur übertrieben den Kopf.

»Das ist nicht dein Job. Halte dich ans Gesetz. Du musst sie ja nicht hier umbringen.«

Dann streckte er den Rücken durch und atmete tief aus, wie um sich selbst zu beruhigen.

»Die sind doch ganz sicher hier, um meine Zeit vollkommen zu verdunkeln. Aber meine Zeit ist mir wichtig. Das Problem ist nicht, dass Zeit vergänglich ist oder kostbar. Zeit, Zeit ist schrecklich. Die Zeit aus der Vergangenheit beeinflusst den ganzen Rest eines Lebens, darum«, flüsterte Shell.

Ashley legte gemächlich seinen Kopf zur Seite.

»Verstehst du das? Ich konnte dem Fluch der Zeit entkommen. Darum bin ich da, wo ich jetzt bin. Aber es ist nicht perfekt. Schließlich kann es dabei zu solchen Situationen kommen. Ein Flashback, ein Flashback von etwas, das ich eigentlich vergessen hatte. Flashback, das ist ein Fluch, der schlimmste der Welt. Ich habe dich eingestellt, um ihn auszulöschen. Einen, der mit Karten töten kann. Hast du mich verstanden?«

»Klar, Chef. Zumindest teilweise«, murmelte Ashley. Dann sagte er deutlicher und lauter, als wäre es ihm gerade eben wieder eingefallen: »Ach ja, Boss, ich würde noch gern über die Entlassungen heute sprechen.«

»Über wen? Die Mechanics vom Poker?«

»Ach was, die sind mir völlig egal. Ich meine die Entlassung beim Roulette heute.«

Erst jetzt verstand Shell und nickte beiläufig.

»Ah, und was ist mit ihr?«

»Gibt sicherlich nicht viele Casinos in der Branche, die Bell Wing feuern würden.«

»Komm zum Punkt.«

»Ich möchte Sie bitten, die Kündigung wieder zurückzunehmen. Ich spreche als Repräsentant aller Mitarbeiter.«

Shell grinste hämisch und sah ihn an.

»Repräsentant welcher Mitarbeiter?«

»Als Repräsentant aller loyalen Mitarbeiter selbstverständlich.«

»Okay. Ich denk mal drüber nach. Aber nur dann, wenn du deine Arbeit entsprechend erledigst. Pass gut auf, ich muss mich jetzt mit wichtigen Geschäftspartnern treffen. Verstanden? In dieser Zeit machst du deinen Job. So gut du kannst. Ich verdoppele dein Gehalt.«

»Verstanden, Boss.«

Ashley verbeugte sich respektvoll. Allerdings blieb er dabei sitzen.

»Das ist ein Befehl. Sorg dafür, dass sie mir nicht noch näher kommen.«

Shell setzte wieder seine Sonnenbrille auf und stieß die Tür mit so viel Wucht auf, dass er sie fast aus den Angeln gerissen hätte.

»Ein Flashback, so was. Ich will wirklich nie den Abzug drücken müssen«, flüsterte er im Rausgehen und sah den verängstigten Floormanager an.

»Hey, pass auf, wir checken die beiden jetzt ganz anders durch.«

»Gut … u…und wie?«

»Mach zweitausend Bilddateien fertig und setze jeden verfügbaren Dealer darauf an. Verfolge alles nach, was diese beiden getan haben, seit sie das Casino betreten haben. Erzähl alles, was du dabei herausfindest, meinem Ohr«, sagte er und tippte sich kurz auf den Ohrhörer.

»Ich werde gegen sie spielen. Lass sie hier nicht lebend raus.«

Die Miene des Floormanagers wurde schnell ernst. Ganz wie das Gesicht eines Soldaten nach dem Befehl zum Sturmangriff. In einer Schlacht, die schon so gut wie gewonnen ist.

»Roger.«

Dann drehte er sich um und verließ den Raum, ohne sich noch einmal umzusehen.

»Der ist doch echt … die Frage ist doch nur, ob *hier der Hund mit dem Schwanz wedelt oder der Schwanz mit dem Hund.*

Der ödet mich echt an«, murmelte der Chief vor sich hin und ließ sich tiefer in seinen Sessel sinken, während er wieder auf den Bildschirm starrte. Dabei fiel ihm etwas auf, und er tippte mit einem Finger auf den Bildschirm.

Das Programm reagierte sofort auf die Berührung und hielt das Bild an. Ashley zog den Finger nach rechts, der Film lief rückwärts.

»Zu weit.« Er grinste schief, dann zog er den Finger nach links, das Bild lief in Stopmotion weiter vor.

Der Chief starrte auf das Bild. Danach ließ er die anderen Bildschirme Aufzeichnungen von anderen Zeiten zeigen, ganz zufällig. Er sah sich mehrere Bildschirme an und nahm Witterung auf, wie ein Hund.

»Linkshänderin?«

Aber das Mädchen nahm ihre Chips mit rechts an. Chips, die nicht nur der Stolz des Casinos waren, sondern der Stolz aller Casinos in ganz Mardock, weil sie die wertvollsten waren.

»Aha … so macht sie das«, flüsterte er und gähnte. Er fixierte die linke Hand des Mädchens.

»Ich weiß nicht, was für ein technischer Gimmick das ist, aber das ist ein verdammt gut gemachter *Handschuh*«, murmelte er gleichgültig. Dann stand Ashley Harvest auf und verließ den Kontrollraum mit lässigen, langsamen Schritten.

Shell rannte in sein Büro und knallte die Tür hinter sich zu, wie die weibliche Hauptrolle in einem Horror-B-Movie, die sich in ihrem Zimmer einschloss, sobald Gefahr drohte.

Er griff nach einem der Mikrofone im Raum und befahl seinen Mitarbeitern, die Bewirtung seiner besonderen Gäste zu übernehmen. In der anderen Hand hielt er sein Handy, den Daumen auf der Wiederwahltaste.

Die Leitung war schnell aufgebaut und eine tiefe Stimme meldete sich. Die vertrauenswürdige tiefe Stimme des anderen Mannes, den er angestellt hatte, damit er sein Flashback-Problem für ihn löste.

[Ich bin's. Was ist mit dem Deal passiert, Mr. Shell?]

»Boiled! Es ist entsetzlich! Wo steckst du?!«

[Ich bin auf der Suche nach ihnen. Was ist denn?]

»Auf der Suche? Du suchst sie? Wovon redest du? Sie sind hier!«

Boiled schwieg.

»Sie sind hier! Hier! Und ganz fein angezogen, wie bei einer verdammten Party!«

[Tatsache. Ich wusste es.]

Murmelte Boiled.

Shells Gesicht verlor jeden Ausdruck. Er schwieg.

[Ich bin gerade dabei, die Casinos durchzuchecken. War bereits in zwei von vier Läden. Sie sind also im Eggnog Blue? Ich bin sofort da.]

»Du … du wusstest das? Dass sie in eins meiner Casinos kommen würden?«

[Ich habe in ihrem Hotelzimmer eine Cheating Card für Kartenspiele gefunden.]

Mit zitternden Händen nahm Shell seine Sonnenbrille ab. Vor seinen Augen dämmerte es ihm langsam, was das alles bedeutete, und seine Angst wurde immer größer.

[Hast du es?]

Fragte Boiled. Shell zuckte vor Schreck zusammen.

[Antworte mir. Mir reicht schon zu wissen, ob der zentrale Punkt deiner Verhandlungen vor Ort ist oder nicht.]

Shell öffnete und schloss seinen Mund, dann atmete er tief aus und erzählte ihm ächzend: »In diesem Laden hier hatte ich meine erste Show … die erste Stufe auf der Treppe nach oben … ganz egal was, *alles fängt hier an.*«

Boiled schwieg einen Moment lang.

[Ich bin in weniger als einer Stunde bei dir. Ich werde die beiden erledigen. Um dir zu beweisen, dass du die richtige Wahl getroffen hast. Das ist meine *Nützlichkeit*.]

Das war das Letzte, was er hörte, danach wurde die Verbindung abgebrochen. Shell blieb eine Weile wir betäubt stehen.

»… Nützlichkeit«, flüsterte er. Dann lächelte er furchtlos.

»Ja … er ist nützlich. Er ist der Hammer der Götter, der meine unreine Vergangenheit zerschlägt«, wisperte er und setzte sich wieder seine Sonnenbrille auf.

Ohne dass er es merkte, färbten sich die Chamäleongläser rot wie Chili.

»Ist es nicht noch ein bisschen zu früh, um schon zu verschwinden?«, rief Ashley Bell Wing nach, die gerade im Aufenthaltsraum ihre Sachen zusammengesucht hatte. Er sah streng aus. Breite Schultern, eine eher kräftige Statur. Gleichzeitig wirkte sein bärtiges Gesicht irgendwie beruhigend, und er war komischerweise nicht ohne Charme.

Bell Wing erwiderte seinen Blick gelassen.

»Seit wann interessiert sich denn Ashley Harvest – und noch dazu völlig unnötig – für Menschen, die gerade entlassen wurden?«

»Ehrlich, eigentlich will ich alle, die außer mir gut verdienen, schon lange rauswerfen.«

Dann zuckte Ashley respektvoll mit den Schultern.

»Aber du bist berühmt in der Branche. Die Gäste verlangen nach dir, das ist ziemlich wichtig. Ganz davon abgesehen, hast du nicht eine gewisse Verantwortung? Willst du wirklich verschwinden, ohne einen Nachfolger zu hinterlassen?«

»Es ist mir gleich, seit wann du meinst, hier plötzlich der Geschäftsführer zu sein. Aber ich bin nicht unglücklich über meine Entlassung.«

»Aha. So was höre ich jetzt zum ersten Mal.«

»Gut. Denn ich wollte es so. Ich lasse mir da von niemandem etwas sagen. Wer hat dir denn erzählt, ich würde mich jetzt zur Ruhe setzen?«

»Keiner hat mir irgendwas erzählt. Die Jungs an den Roulettetischen haben allerdings geklagt, dass du anscheinend eine Nachfolgerin gefunden hast.«

»Das ist wahr, ja. Sie ist einzigartig«, sagte sie und meinte es wirklich ernst. Sie nickte.

»Sie ist ein echtes Talent. Sie stellt alle jungen Croupiers in den Schatten, selbst wenn man die Jungs hier für erstklassig hält. Ich sage nicht, dass die Jungs schlecht sind. In meinen Augen sah es allerdings so aus.«

»Das ist schon schlimm genug für alle, die in deinen Augen gut aussehen wollen. Und? Was jetzt? Verlässt du uns, um dich nur noch um sie zu kümmern?«

»Ich bitte dich. Das wäre auch gar nicht in ihrem Sinne. Ich werde weiter die Kugel werfen, und manchmal wird sie sich dabei rechtsherum drehen. Vielleicht kommt das Mädchen ja eines Tages zu mir … wenn ich daran denke.«

»An sie denken kannst du doch sicher auch, wenn du noch ein bisschen hierbleibst, oder?«

Auf seine Worte hin schüttelte Bell Wing ruhig den Kopf.

»Auch wenn ich das als Repräsentant der Mitarbeiter mit dem Boss abgeklärt habe?«

»Ich weiß nicht, warum du mir so unbedingt einen Gefallen tun willst. Soll ich dich beim Casinoverband als neuen Geschäftsführer empfehlen?«

»Nein, nein … du bist wirklich eine geborene Spielerin. Besser gesagt, du bist wie ein Wucherer. Du legst jedes einzelne Wort auf die Goldwaage und überprüfst seinen Wert genau. Du bist ein wahres Vorbild für jeden Spieler.«

Ashley hob beide Hände hoch. Dann streckte er nur die Zeigefinger aus und flüsterte ihr vertraulich zu: »Ich kenne das wahre Gesicht meiner Gegner nicht. Sie arbeiten nach einem Muster, das mir noch völlig unbekannt ist. Sie haben irgendein Ding, ich weiß ungefähr, was. Ich lasse sie beobachten und analysieren, aber bis meine Jungs den ganzen Marathon hinter sich gebracht haben, haben die Spieler vielleicht schon ihr Ziel erreicht.«

»So gut sind sie?«

»Sie haben beim Black Jack die 1-Million-Dollar-Chips angefordert.«

Bell Wing runzelte die Stirn und sah Ashley an, als wollte sie fragen, ob sie sich vielleicht verhört hätte.

»Und sie meinten, dass er die anderen elf Goldchips ruhig auf dem Tisch lassen soll.«

»Ich hätte nicht gedacht, dass das außer dir noch andere können«, sagte Bell Wing überrascht. Dann blitzte Interesse in ihren Augen auf, und sie sah in den Flur, der vom Aufenthaltsraum ins Casino führte. Ashley grinste.

»Du willst es sehen, oder?«

Bell Wing funkelte Ashley aus dem Augenwinkel an.

»Erst will ich deine Gegner sehen, dann entscheide ich das. Wenn ich sie langweilig finde, gehe ich sofort«, sagte sie, ohne allzu viel zu erwarten, und ging durch den Flur.

Ashley zuckte nonchalant mit den Schultern und folgte Bell Wing.

»Wenn sie stark sind, brauchst du also einen Zeugen, falls der Gegner stark ist und es *mit dieser Methode wieder versucht*, oder?«

»Ganz richtig. Ein Gerät, mit dem sie hier eine Million Dollar gewinnen, das interessiert garantiert auch einige in den anderen Casinos.«

»Und wo willst du dein Patent einreichen, wenn dir etwas als Gegenmaßnahme eingefallen ist? Doch nicht bei unserem Boss, oder?«

»Red keinen Unsinn, Bell Wing.«

Ashley wedelte mit der Hand, als verscheuche er eine Fliege.

»Ich habe gute Beziehungen zu einem der Bosse im Casinoverband. Wenn meine Gegenmaßnahme in allen lizenzierten Casinos des Verbandes eingeführt wird, dann bringt mir das eine Menge Kohle. Dann muss ich nicht mehr für diesen Vollidioten schuften.«

»Und ich dachte immer, du bist gern hier.«

»Es gibt hier wenig Ärger und ich verdiene sehr gut, deshalb habe ich ein Auge zugedrückt. Aber ich mache das nicht mehr länger mit. Der hat eine 15-Jährige bei sich wohnen lassen, ohne das Sorgerecht zu haben, und dann hat er sie mitsamt seinem verdammten Wagen angezündet. Der Typ ist doch wie ein tollwütiger Hund. Ich weiß wirklich nicht, warum der Verband ihn hier noch arbeiten lässt.«

»Das ist mir auch ein Rätsel. Ich will auch wirklich nicht wissen, was der Boss *wirklich macht*. Ich will mich da raushalten, das verkürzt sonst nur den Rest meines Lebens, und das ist schon kurz genug«, wies Bell ihn kühl zurecht.

»Wie dem auch sei, wenn mich deine Gegner langweilen, dann fahre ich sofort nach Hause. Meine Kinder brauchen mich nicht mehr, die sind alle schon groß. Ich bin eine alte, fast senile Frau. Wenn ich also hierbleibe, sollte es schon etwas sein, das meinem Leben neuen Sinn gibt.«

Ashley begleitete sie in den VIP-Room, als ob er ihrem Leben tatsächlich einen neuen Sinn schenken könnte.

»Es ist dieser Tisch.«

Bell Wing blieb abrupt stehen, als er auf den Tisch zeigte.

»Sie ist es …«

»Sie?«

Ashley neigte seinen Kopf seitwärts.

Dann sah er Bell Wing ins Gesicht und fragte klar und deutlich noch einmal nach: »Sie?«

Bell Wing nickte. Sie starrte das Mädchen an. Das Mädchen, das sich voll und ganz auf das Mischen des Dealers konzentrierte.

»Sie? Deine kleine Nachfolgerin? Das kann gar nicht sein.«

Im Kontrast zu dem, was er gerade gesagt hatte, streckte Ashley seine Finger durch und ließ die Gelenke knacken. Neben ihm richtete sich Bell Wing ganz gerade und starr auf und betrachtete etwas ganz genau.

»Tscha, was jetzt, Bell Wing? Steigst du in den Bus und fährst nach Hause?«

Sie antwortete nicht.

»Ein fünfzehn Jahre altes Mädchen. Im Auto verbrannt … so ist das also. Das ist also das große Ding, das sie plant. Dass du ihr jetzt im Weg stehst, ist eine Prüfung, die ihr die Götter auferlegt haben. Und jetzt bin ich hierher geführt worden.«

Ashley sah Bell Wing mit einem Ausdruck milder Überraschung an.

»Haben dir das die Götter offenbart? Hörst du als Croupière auf, um als Prophetin durch die Lande zu ziehen?«

»Manchmal wünschte ich, du wärest wenigstens ein bisschen religiös, Ashley. Aber eigentlich sollte ich mich bei dir bedanken, weil du mich hergebracht hast. Ich bin allerdings nur als Zeugin hier. Ich werde dir nicht helfen. Wenn ich dir helfe, dann erst, wenn alles vorbei ist.«

»Das reicht mir. Wenn du alles bezeugen kannst, wird der Verband es akzeptieren. Aber … wie viel weißt du über sie, Bell Wing?«

»Gar nichts. Ja … wirklich nichts. Außer ihrem Namen.«

Ashley zuckte mit den Schultern. »Wenn das alles ist, dann sag mir doch wenigstens das.«

»Rune Balot, so heißt dieses Mädchen. Ein trauriger Name, und doch so treffend und wahr«, sagte Bell Wing ernst.

2

»Marlowe John Fever.«

Es hörte sich wie eine Anklage an. Der Dealer hielt in seiner Bewegung inne und drehte sich erschrocken um. Erbarmungslos hatte Balot mit ihm gespielt, mit dem Dealer, der ihr die ersten Erfolge gebracht hatte. Und jetzt zuckte er beim Klang der strengen Stimme zusammen und hörte mit dem Mischen auf.

»Dein Arbeitszeugnis.«

Kaum hatte er sich umgedreht, drückte ihm Ashley auch schon einen Briefumschlag an die Brust. Es war genauso demütigend wie mit einer Pistole bedroht zu werden und genauso eindeutig in seiner Absicht.

»Die Stelle mit dem Empfänger habe ich freigelassen. Aber ich habe es unterschrieben. Du kannst es kopieren, so oft du willst. Nimm es mit und steig in den Bus, bevor der Boss dich findet. Du hast zwar die Chance verpasst, hier zum Star aufzusteigen, aber im nächsten Casino kannst du das bestimmt wiedergutmachen.«

Daraufhin ließ Marlowe den Kopf hängen. Sein Gesicht, so fiebrig beim Kartenmischen, war plötzlich völlig leer und traurig. Er ließ die Schultern hängen und schlich unglücklich davon, als trüge er eine schwere Last auf dem Rücken. Kein Abgang hätte das Wort »Niederlage« deutlicher machen können.

»Dem hast du ja etwas ganz anderes erzählt als mir. Wer weiß, ob das wirklich deine Unterschrift war«, sagte die alte Dame, die neben dem Mann stand, der eben Marlowe seinen Umschlag gegeben hatte. Bell Wing.

Balots Blick galt ausschließlich der würdevollen, aufrechten Bell Wing, sie interessierte sich weder für den Mann, der mit ihr gekommen und vermutlich auch ein Dealer war, noch sah sie dem Verlierer hinterher.

»Meine Damen und Herren, guten Abend!«

Der Mann stellte sich auf die Dealerseite des Tisches und verbeugte sich höflich.

»Unser junger Dealer war sehr eigensüchtig. Am liebsten hätte er wohl für immer mit Ihnen gespielt, aber es gibt Vorschriften. Sie haben doch sicherlich nichts dagegen, wenn ich die Karten auswechsle?«

So erklärte er, dass es jetzt an der Zeit war, den Dealer auszutauschen. Der Doc antwortete großmütig und mit großer Geste, dass das wirklich kein Problem sei. Der neue Dealer nickte und warf alle Karten in den Schacht für die gebrauchten Karten. Dann nahm er sechs neue Päckchen, riss das Siegel vorsichtig auf und packte die neuen Karten aus. Er wartete, bis der Doc seine Zustimmung mit einem Nicken zeigte, und fing dann an, sorgfältig die Karten zu mischen. Dann sah Bell Wing Balot an. Ihre Blicke trafen sich, natürlich, denn Balot hatte sie die ganze Zeit über angestarrt. Bell Wing lächelte nicht, aber sie sagte freundlich: »Guten Abend, Rune Balot. So sehen wir uns wieder.«

#Ja, Bell Wing, so sehen wir uns wieder.#

Antwortete Balot und musste unwillkürlich lächeln.

Sie fragte sich, warum Bell Wing hergekommen war, aber viel mehr noch freute sie sich darüber, dass sie hier war.

Es gab ihr ein seltsames Gefühl von Sicherheit. Sie fühlte sich so sicher, weil sie erkannt hatte, dass Bell Wing nicht länger die Uniform des Casinos trug. Balot wusste, was das bedeutete: dass sie hier nicht mehr arbeitete. Aber es tat ihr nicht leid, komisch. Es bedeutete auch, dass ihr Spiel gegen Bell Wing in diesem Casino endgültig vorbei war.

»Du hast hier also doch noch etwas Großes vor«, sagte Bell Wing. Sie klang erfreut darüber, dass sie sich nicht geirrt hatte, und ihre Stimme war völlig frei von Bedauern oder Feindseligkeit.

#Ich spiele hier nur. Ich glaube, ich kann hier etwas lernen.#

Sagte Balot altklug.

»Du wirst alles lernen. Ich kann es in deinem Gesicht erkennen«, sagte Bell Wing und sah zu, wie die Karten gemischt wurden. Als wollte sie mit ihrem Blick Balot den Rat geben, sie solle sich das Mischen auch gut ansehen.

Balot konnte das Mischen mit allen Fasern ihrer Haut fühlen, auch ohne hinzusehen. Sorgfältig und effektiv. Eher eine gleichgültige denn eine anmutige Bewegung. Anders als der erste Dealer täuschte dieser hier keine Geschmeidigkeit vor, sondern erledigte seine Arbeit eher nüchtern.

#Sie spielen auch Black Jack?#

Auf Balots Frage hin schüttelte Bell Wing ganz leicht ihren Kopf, während sie weiter das Mischen beobachtete.

»Nein, ich bin nur hier, weil er mich überredet hat, mir euer Spiel anzusehen.«

#Sie kennen sich also?#

»Das ist Ashley Harvest, er ist so was wie ein Yojimbo, ein Samurai-Leibwächter in diesem Casino. Es ist absolut außergewöhnlich, dass er spielt. Ich bin nur hier, weil ich sehen will, wie du gegen ihn spielst.«

Als Antwort auf Bell Wings Worte warf Ashley Balot einen flüchtigen Blick zu.

»Sie ist nur als Zeugin hier, um zu bestätigen, dass das ein faires Spiel ist. Sie müssen sie nicht weiter beachten.«

Er schien nicht so motiviert zu sein wie Marlowe, der gerade gegangen war. Allerdings wirkte er furchtloser als jeder andere Dealer, den sie bisher gesehen hatte.

Sogar furchtloser als Bell Wing.

»Sein Schicksal dreht sich nicht linksherum, so wie meins. Er hat keine Schwächen. Vergiss das nicht.«

#Ja.#

»Ich werde mir alles von da hinten ansehen. Das ganze Spiel. Recht so, Ashley?«, fragte Bell Wing. Ashley nickte.

Das war das Startzeichen des Spiels. In aller Ruhe stapelte er die Karten auf dem Tisch auf und erklärte mit seiner tiefen, tragenden Stimme: »Ab jetzt ist dieser Tisch nur für Sie reserviert. Sehen Sie das ruhig als eine Art kleines Dankeschön dafür an, dass die Mechanics aus dem Pokerzimmer gekündigt haben, dass Bell Wing gekündigt hat und dass der eigentlich ganz prächtige Dealer an diesem Tisch auch seinen Job los ist. Ich weiß ganz genau, was ihr bisher so alles gemacht habt.«

Œufcoque beantwortete seine Kriegserklärung auf ihrem Handschuh.

[Wir haben diese Reaktion erwartet. Kümmere dich nicht weiter um ihn, überlass ihn dem Doc.]

Doc Easter breitete tollkühn seine Arme weit aus.

»Was für ein Luxus! Ein Tisch nur für uns zwei!«, freute er sich und sah dabei wie ein neureicher Snob aus.

Ashley reckte einen Zeigefinger nach oben und grinste wie ein Mitverschwörer: »So können Sie doch noch leichter gewinnen, nicht wahr?«

Damit das Kartenzählen funktionierte, musste man viele Partien spielen. Es kam überraschend und war ein ziemlicher Schock, dass er das so offen sagte.

Dann setzte Ashley nach: »Ist Ihnen ein Minimum von 100.000 Dollar recht?«

»Ist das eine Regel an diesem Tisch?«

Doc Easter verschränkte unnachgiebig seine Arme und schüttelte den Kopf, als feilsche er auf dem Markt um Gemüsepreise.

»Das ist mir etwas zu hoch. Vielleicht sollten wir doch an einen anderen Tisch gehen.«

»Dann spielen wir mit einem Minimum von zehn Dollar«, korrigierte Ashley die Zahl ganz einfach nach unten.

»Dann kannst du mit diesem einen Chip 100.000-mal spielen, Kleine, nicht wahr?«, sagte er und zeigte mit seinem Finger auf Balots 1-Million-Dollar-Chip.

»Zehn Dollar als Einsatz werden akzeptiert«, sagte der Doc hastig. Ashley nickte und legte die transparente rote Karte auf den Tisch.

Ist mir egal, wer von euch beiden die Karte da reinsteckt.

»Du bist ziemlich einmalig als Dealer …«

Der Doc nahm die rote Karte in die Hand.

»… Ich hoffe, du bist auch einmalig gut.«

Er steckte die rote Karte einfach in den Stapel, als wiche er seinem Gegner damit aus.

Ashley zuckte mit einer Schulter und hob den Stapel ab.

Die neuen Karten verschwanden im Kartenschuh. Ashley legte seine Hand grobschlächtig, aber ohne eine unnötige Bewegung auf den Kartenschuh.

Doc und Balot setzten lautlos ihre Chips. Ashley zog die erste Karte.

Das Spiel hatte begonnen.

Das letzte Spiel, in dem sie überleben mussten.

»Unentschieden«, sagte Ashley. Die Karten verschwanden blitzschnell. Mit einer einzigen, präzisen Bewegung seiner Hand wurden alle Karten auf dem Tisch von einer Sekunde auf die andere vom Discard Holder verschluckt.

Nichts sonst hatte sich bewegt. Nicht die Chips, nicht ihr Plan, nicht die Strategie.

Nur die Zeit und die Karten waren verschwunden.

Der Doc blinzelte zweimal langsam und stapelte seine Chips auf den Tisch.

Balot starrte erstaunt ihre Chips an, die immer noch da waren.

Ashley teilte die Karten aus. Seine Face Card war eine 7.

Der Doc hatte eine 9 und einen Buben, insgesamt 19.

Stay.

Balot hatte eine 7 und eine 3. Hit. Sie bekam eine 9. 19. Eigentlich kein schlechtes Blatt. Trotzdem konnte sich keiner von beiden richtig entscheiden.

Die verdeckte Karte wurde umgedreht. 9. Insgesamt 16.

Den Regeln entsprechend zog Ashley noch eine Karte.

Eine 3.

Ashley ließ seinen Blick über den Tisch wandern.

»Unentschieden.«

Die Zuschauer seufzten, weder bewundernd noch überrascht.

Das war die sechzehnte Partie, seit Ashley den Tisch übernommen hatte.

Die Gewinnquote war null. Ihr Verlust lag ebenfalls bei null. Weder Balot noch der Doc hatten bisher etwas verloren.

Es war das sechzehnte Unentschieden, nur die Punktzahl hatte sich verändert.

Der Doc setzte seine Chips, räusperte sich und rang sich ein paar Worte ab.

»Ist das nicht seltsam? Da bewegt sich ja wirklich gar nichts.«

»Lediglich ein Beweis dafür, dass euer Glück dem des Casinos gleicht«, sagte Ashley vollkommen ernst.

»Das ist wirklich fantastisch. Ihr seid sehr gute Gegner. Ich muss permanent aufpassen.«

Er klang fast schon selbstgefällig. Unmöglich herauszufinden, was er wirklich dachte.

– Was für ein Mensch ist das?

[*Ich-kann-ihn-nicht-lesen.*]

Antwortete Œufcoque. Unfassbar! Balot war wie versteinert.

[Ich verstehe ihn nicht. Was will er denn? Macht ihm das Spaß? Ist er wütend? Macht es ihn traurig, weil du die Karten ziehst? Ich verstehe das nicht. Alles ist durcheinander. Wonach riecht das, das da?]

Er schrieb noch mehr, es klang wie ein Hilfeschrei. Vielleicht ahnte er, dass er Balot damit verunsicherte, denn er löschte schnell wieder alles. Und dann:

[Ich werde ihn irgendwie analysieren. Halte solange mit der Basisstrategie durch. Kartenzählen ist noch nicht verboten worden.]

Als Zeichen ihrer Zustimmung konnte sie gerade noch ihre linke Faust über ihrem Knie ballen.

Die Anspannung stieg. Die siebzehnte Partie endete ebenfalls unentschieden.

Sie war so müde. Total erschöpft.

Black Jack ist ein Spiel für Marathonläufer, die einen endlos langen Atem haben und immer weiter und weiter machen können.

Aber die Strecke war normalerweise holprig und nicht eben. Die letzten Partien waren eine Strecke durch die Wüste, ohne jeden Orientierungspunkt. Kein Weg war zu sehen. Die Landschaft veränderte sich von Zeit zu Zeit, aber im Grunde blieb alles immer gleich. Nichts außer der endlosen, großen, flachen Wüste.

In der 22. Partie bot sich eine ganz offensichtliche Chance zum Angriff. Doc Easter hatte ein Ass und eine Dame. Balot hatte eine 5, bekam eine 6 und dann einen König.

Zweimal 21. Black Jack.

Die Face Card war eine 2. Jetzt murmelte Ashley zum ersten Mal ganz leise während des Spiels.

»Das ist so einfach. Ich mache gar nichts, das ist gut. Ich muss Sie weder unterhalten noch betrügen. Sie verfolgen eine durchaus präzise Strategie. Also muss ich mir nicht mal was ausdenken. Mann, das ist wirklich ein einfacher Job.«

Dann berührte er die verdeckte Karte. Ein unheilvoller Schauer lief Balot über den Rücken.

Eine 4. 2 und 4, 6. Noch eine Karte, 4. Er zog eine weitere Karte. 5.

Genau vor Balots entsetzten Augen deckte Ashley nüchtern und präzise eine Karte nach der anderen auf.

2, 4, 4, 5 und 6 … 21. Black Jack.

Tief in ihr schrie etwas auf. Er spielte mit ihnen, er führte sie vor. Mit den Karten. Das alles laugte sie mehr aus, als wenn sie die ganze Zeit verloren hätte.

Bell Wing stand hinter ihnen und sah den Tisch durchdringend an.

Nach dem 27. Unentschieden legte Ashley seine Hände aufeinander und verneigte sich, wie ein Kellner, der alles serviert hatte.

»Damit ist der erste Abschnitt dann beendet.«

Da war die rote Karte, die das Ende des Spiels anzeigte, ohne eine einzige Karte zu viel.

Balot war entsetzt. Das Gesicht des Doc, der immerhin die Karte in den Stapel gesteckt hatte, sah aus wie das eines Mannes, dem gerade eine Wahrsagerin nach einem Blick sein genaues Geburtsdatum genannt hatte.

Ashleys dicke, ruhelose Finger begannen wieder mit dem Mischen der Karten.

»Ihr habt wirklich großes Glück. Aber wessen Glückssträhne ist das eigentlich? Gehört sie dem Gentleman? Oder eher der jungen Dame? Oder gibt es am Ende noch jemanden, der euch so viel Glück bringt?«

Balot fühlte, dass Ashley nach und nach immer mehr Informationen über sie durch sein Earphone bekam, während er weiter leise vor sich hin sprach. Wie viel Balot und der Doc gewonnen hatten, in welcher Partie, welche Einsätze auffällig gewesen waren. In welchen Situationen sie das Spiel wie entschieden hatten. Allein aus diesen Informationen schlussfolgerte Ashley scharfsinnig die Anwesenheit einer dritten Person.

[Lass dich nicht von ihm verwirren. Der will dich nur ausräuchern.]

Sagte Œufcoque, der besagte Dritte. Balot ballte ihre Fäuste ganz fest.

Ashley war mit dem Mischen fertig. Balot steckte dieses Mal die Karte in den Stapel. Sie fühlte, dass Ashley mit seinem nonchalanten Abheben jeglichen Einfluss Balots auf die Karten vollkommen annulliert hatte.

Bell Wing und die anderen Zuschauer sahen immer noch zu, als die zweite Spielrunde begann.

Die erste Face Card war eine 2. Der Doc zog eine 8 und eine 10 – Stay.

Balot bekam eine 3 und eine 5. Einen Moment lang dachte sie darüber nach, was wohl passieren würde, wenn sie auch dabei bliebe, aber letzten Endes verlangte sie dann doch eine weitere Karte. Bube. 18, die gleiche Summe wie der Doc.

Die verdeckte Karte wurde umgedreht. 6. Insgesamt 8. Dann zog Ashley eine Dame und kam so auf 18.

Selbst wenn Balot sich getraut hätte, keine zusätzliche Karte zu nehmen, dann wäre sie die Einzige gewesen, die bei dieser Kartenfolge verloren hätte.

Der Doc erhöhte seinen Einsatz. Balot auch. Von 3000 auf 6000 Dollar. Œufcoque hatte ihr zwar diese Anweisung gegeben, aber es entsprach auch ihrem Gefühl.

Sie brauchte etwas, das sie beeinflussen konnte, etwas, das dieses lähmende Gefühl des Stillstands beseitigen würde. Und jetzt war eben das Einzige, was sie selbst kontrollieren konnte, ihr Einsatz.

»Ein schweres Schicksal. Mit eurer Energie setzt ihr mich ziemlich unter Druck«, sagte Ashley. Balot und der Doc hatten ihre Einsätze nach und nach erhöht.

Für den Dealer hätte das ein entscheidender Moment sein sollen.

Aber trotzdem war bei Ashley im Umgang mit den Karten nichts zu erkennen, keine Unsicherheit, keine Blöße. Er sah so aus, als würde er einen sofort in Stücke reißen, wenn man nur die Hand nach ihm ausstreckte.

»Bis heute habe ich noch nie einen Spieler getroffen, der es mit meinem Glück aufnehmen konnte. Ich bin die Tür zum Tresor dieses Casinos. Von jedem Casino. Aber vielleicht ist hier ja jemand, der den Schlüssel zur Tür hat.«

Ashley sprach so oft von Glück und Schicksal, aber weder der Doc noch Balot glaubten auch nur eine Sekunde lang, dass es hier Glück oder Zufall gab.

Allerdings gab es eine perfekt durchdachte Kartenreihenfolge und den Dealer, der sie in diese Reihenfolge gebracht hatte.

Er kontrollierte jede einzelne der 312 Karten während des Mischens – das war sein Plan und seine Kunst. Anscheinend hatte er nicht einmal eine Karte zum Schummeln unter dem Kartenschuh versteckt.

Und natürlich hatte er neue Karten genommen. Versiegelte Kartenpakete haben alle eine einheitliche Reihenfolge. Theoretisch war es möglich, die Karten so zu mischen, bis sie eine bestimmte Reihenfolge haben, wenn man die ursprüngliche Reihenfolge genau kennt.

Das machte seine Technik aber nicht weniger spektakulär.

Sie fragte sich, was er eigentlich wollte.

Wollte er sie mürbe machen und nach Hause jagen? Wenn er das Geld des Casinos zurückholen sollte, dann war das die falsche Taktik. Am meisten beschäftigte Balot sich aber mit der Frage, warum er die Karten nicht so sortiert hatte, dass sie eine Partie nach der anderen verloren. Wollte er ihnen damit sagen, dass er noch mal ein Auge zudrückte, wenn sie jetzt verschwinden? ›*Ich verstehe ihn nicht*‹, hatte Œufcoque geklagt, und sie konnte ihn gut verstehen. Wollte Ashley nichts weiter machen, solange der Doc und Balot nichts weiter machten?

War er also wirklich die Tresortür? Oder noch mehr?

Aber so weit war sie noch nicht, und wenn sie da erst mal ankam, gab es auch kein Zurück mehr.

Nur weil sie jetzt einen der vier Chips hatte, wegen denen sie hier war, konnte sie sich noch lange nicht zurücklehnen.

Die Erinnerung war ein hochkomplexes System aus vielen Informationen, die alle miteinander interagierten. Sie entwickeln sich chronologisch auf der Zeitachse, gleichzeitig verknüpfen sie sich eng mit bestimmten anderen Erinnerungen auf anderen Zeitachsen.

Da alles auf vier Chips verteilt war, bedeutete das, dass die Erinnerungen erst dann wieder rekonstruiert werden konnten, wenn sie alle vier Zeitachsen hatte. Wenn sie nicht alle bekommen konnte, hatte sie nicht mehr als eine Art Fotoalbum, das ihr das Wachstum des Nervensystems zeigte. Aber sie wollte nicht herausfinden, wie das Gehirn funktionierte, sie wollte wissen, welchen finsteren Geschäften Shell wirklich nachging. Wenn sie nicht alle bekam, war ihr ganzer Kampf bis hierher, ihr ganzes Spiel völlig umsonst gewesen.

»Wir sollten vielleicht unsere Strategie ändern«, murmelte der Doc gelassen. Dann zog er zum ersten Mal seit Spielbeginn seine Chips zurück, halbierte den Stapel und schob ihn wieder auf den Tisch.

Es ging weiter. Die Face Card war eine Dame.

Der Doc bekam eine 5 und eine 7: 12. Balot hatte einen König und eine 4: 14.

Der Doc nahm noch eine Karte und bekam eine 8. 20.

»Hit«, sagte der Doc ohne Pause.

Er wirkte wie ein kleiner Mafioso in einem Gangsterfilm, der »Schieß doch!« brüllte, während eine Waffe auf seine Schläfen zielte. Ashley zuckte mit dem Kinn zur 8, schau, das ist die Karte, die du gerade bekommen hast.

»Hit.«

Der Doc hämmerte mit einem Finger auf den Tisch und verlangte aggressiv nach einer weiteren Karte.

Diese Entscheidung war eher selbstmörderisch als mutig, und Ashley warf ihm schnell eine Karte zu.

Vor dem Doc lag eine 6.

»Bust«, erklärte Ashley ungerührt. Der Doc zuckte mit den

Schultern. Die Lage war so einfach, jeder dachte das. Ashley auch.

Das Problem war nur, dass er da reingeplatzt war. Er hatte sich in die so perfekte Abfolge eingemischt. Wie würde Ashley darauf reagieren? Alles hing davon ab.

Balot nahm auch noch eine Karte. 6.

20 insgesamt.

– Soll ich auch noch eine Karte nehmen?

[Du bleibst bei der Basisstrategie. Überlass den Durchbruch ruhig dem Doc.]

Sie folgte den Anweisungen und blieb dabei.

Ashley deckte seine Karte auf. 4. 14 mit der Dame. Dann zog er wieder eine Karte. 2. Noch eine. 4. 20 insgesamt.

»Unentschieden.«

Dieses Mal sagte er es nur zu Balot und sammelte schnell die Karten ein.

»Eine Karte ist wohl nicht genug«, flüsterte der Doc ernüchtert. Hit oder Stay, es hatte rein gar nichts geändert.

Die Kartenfolge war erdbebensicher.

Der Doc legte seine Chips ab, er hatte den Einsatz erneut halbiert.

Balot setzte den gleichen Betrag.

Während Bell Wing leise feststellte, dass sich am Tisch etwas verändert hatte, zog Ashley bereits die nächste Karte ohne Pause aus dem Kartenschuh.

Die Face Card war eine 7. Der Doc kam auf 13 mit einer 8 und einer 5. Balot bekam einen König und eine 3: 13.

Doc Easter nahm noch eine Karte. Eine 4. Und noch eine. 2. Insgesamt 19.

Der Doc verlangte völlig selbstverständlich noch eine Karte.

Ein Ass. 20 – und er nahm noch eine Karte. Einen Augenblick

lang dachte Balot, dass Ashley jetzt bestimmt ärgerlich werden würde, aber weit gefehlt. Unverändert kühl und nüchtern zog er eine Karte.

»Glückwunsch.«

Ein Ass. 8, 5, 4, 2, Ass und Ass – insgesamt 21.

Unvermittelt sah der Doc Balot fragend an. War ihr irgendetwas Verdächtiges aufgefallen?

Balot schüttelte ganz leicht ihren Kopf. Es gab nicht das geringste Anzeichen dafür, dass Ashley schummelte.

»Sie bleiben bei Stay?«

Mit 21 darf man keine weiteren Karten ziehen.

Der Doc nickte brüsk.

#Hit.#

Erklärte Balot. Sie bekam eine 8. Insgesamt 21.

Der Doc stöhnte. Seine Augen fragten Balot, ob Ashley nicht vielleicht doch irgendwas gemacht hatte. Aber Balot war genauso erschrocken wie er. Wie funktionierte das?!

»Und?«, fragte Ashley nach. Vermutlich zum ersten Mal starrte sie in seine dunkelbraunen Augen. Augen, die mit einem Lächeln Menschen lebend sezieren würden.

Sie knirschte mit den Zähnen und blieb bei Stay.

»Faszinierend, deine Gegenmaßnahme«, unterbrach sie Bell Wing, die bisher dem Spiel schweigend zugesehen hatte.

»Wer außer dir kann das denn überhaupt?«

»Alles eine Frage der Übung.« Ashley lächelte und drehte seine Karte um. 9. Zusammen mit der 7 insgesamt 16. Dann zog er noch eine Karte und bekam eine 5.

»Unentschieden.«

Balot wurde ein bisschen schwindelig. Genau in diesem Moment meldete sich Bell Wing wieder.

»Das wird mir hier langsam zu langweilig.«

Sie warf Balot einen stechenden Blick zu, als diese sie ansah.

»Rune Balot? Gehörst du zu den Mädchen, die ihr Leben lang immer nur auf andere hören?«

Einen Moment lang verstand sie nicht, was sie da gerade gehört hatte.

»Was bedeuten dir diese Chips schon? Ich weiß nicht, wer dir den Rat gibt, so zurückhaltend zu sein. Aber was du hier machst, ist wirklich langweilig, schließlich hast du eine meiner Kugeln nach der anderen eliminiert.«

Sofort blinkte als Antwort auf Bell Wing Œufcoques Mahnung in der Innenseite ihres Handschuhs auf.

[Konzentriere dich auf das Spiel. Du solltest nicht vergessen, dass sie immer noch für das Casino arbeitet.]

Die Karten wurden wieder ausgeteilt.

»Du bist du.«

Ihre Worte trafen sie direkt ins Mark.

»Ganz egal, was irgendwer sagt, du musst dich nicht zurückhalten. Und schon gar nicht bei so einem Spiel. Zurückhaltung, Bescheidenheit, was ist das schon? In diesem Spiel ist das nichts als ein Haufen Dreck – es stinkt nur und lenkt dich ab.«

Balot konnte Bell Wings Schweigen nach diesen Worten spüren.

Der Doc forderte noch eine und noch eine Karte, bis er endlich überschritten hatte.

Balot verlangte hinter seinem Rücken noch eine Karte. Sie hatte eine 2 und eine Dame, bekam eine 7, 19.

Stay.

Ashley deckte seine Karten auf. Eine 4, ein Bube. Und er nahm noch eine Karte. Eine 5. 19.

Sie hörte, wie Ashley irgendwo ganz weit weg »Unentschieden« sagte.

Unbewusst biss sich Balot auf die Unterlippe. Im nächsten Spiel stürzte der Doc sich wieder in ein Bust.

Balot traute sich ein Double Down mit einer 2 und einer 9, bekam eine 8 und damit insgesamt 19.

Die Face Card war eine 9. Die verdeckte Karte ein Bube. Ein erstaunlich schnelles Unentschieden.

Sie biss sich wieder auf die Lippe. Beim nächsten Spiel ging der Doc erneut auf Bust. Ashley deckte seine Karten auf und wieder stand es unentschieden zwischen ihm und Balot.

Balot kam wieder zu sich, ihre Zähne hatten zu fest in die trockenen Lippen gebissen. Langsam zog sie ihre Zähne zurück, befeuchtete die Lippen und fühlte, wie in ihr das Gefühl aufbrandete, dass sie sich dieses Spiel ausgesucht hatte. Dieses Spiel. Das Spiel um Leben oder Tod. Und das sollte auch die Antwort auf ihre ewige Frage *Warum ich?* sein. Ihre Gedanken hatten ihre Konzentration abgelenkt, darum bemerkte sie erst einen Augenblick später eine Veränderung in den Karten. Als der Doc zur Basisstrategie zurückkehrte, hatte die Veränderung begonnen.

Plötzlich fixierten ihre Augen die Bewegung, mit denen Ashley die verdeckte Karte umdrehte.

Die Face Card war eine 5. Er drehte eine 9 um. Dann zog er eine 3. 17 insgesamt.

»Verloren und Unentschieden«, sagte Ashley und sah über den Tisch.

Balot warf einen flüchtigen Blick auf die Karten des Doc. 3 und 3 und Bube: 16.

Balot hatte eine 5, eine 7 und noch eine 5, 17. Nur der Doc hatte verloren. Doc Easter setzte ohne ein Wort. Balot biss sich wieder auf die Lippe.

Ashley verteilte wieder die Karten. Balot fühlte rein gar nichts an seinen Fingerspitzen. Seine Fingerspitzen. In diesem

Moment wurde sie zickig und fragte sich zum ersten Mal: Gegen was kämpfe ich hier eigentlich? Gegen seine Finger? Wenn er keine Karten hätte, sondern eine Waffe, was hätte ich dann gemacht?

Hätte ich tatenlos dabei zugesehen, wie seine Fingerspitzen den Abzug ziehen? Zum ersten Mal seit Anfang des Spiels fühlte Balot die Karten. Die Karten, den ganzen Stapel, die Reihenfolge. Dann dachte sie darüber nach, nach welchem Muster sie geordnet waren.

Sie hörte, wie der Doc »Stay« sagte. Er hatte eine 7, eine 6 und eine 6, insgesamt 19.

Die Face Card war eine 8.

Balot hatte einen Buben und eine 3. Ohne zu zögern nahm sie noch eine Karte. Eine 7.

Balot saß hinter den Karten und schwieg.

Sie fühlte, wie sie ein Teil des Tisches wurde. Ihre Nerven streckten sich über den gesamten Tisch, sie fühlte auf ihrer Haut das Gewicht jeder einzelnen Karte.

»Willst du noch eine Karte? Frag ruhig den Mann neben dir, was dann passieren wird.«

Ashley klang so freundlich. Fast, als wolle er sie dazu auffordern.

Sie sah auf und konnte ihn fühlen, seine gesamte Existenz. Balot vermutete, dass es auch zu seiner Strategie gehört hatte, dass sie sich bisher nur auf seine Fingerspitzen konzentriert hatte.

#Stay.#

Sagte sie gelassen.

Nüchtern drehte Ashley seine Karte um.

Eine 4. Mit einer 8, insgesamt 12. Dann zog er ein Ass und danach noch eine 7.

»Niederlage und ...«

#Unentschieden.#

Vollendete sie seinen Satz. Aus keinem besonderen Grund, sie wollte einfach sehen, wie Ashley darauf reagierte. Sie wollte seine Bewegung fühlen, die Atmosphäre, alles. Er zuckte nur mit den Schultern.

»Natürlich.«

Ein Lächeln. Balots Lächeln. Ashley sah einen Moment lang überrascht aus und lächelte dann zurück. In der gleichen Zeit hatte er schon dem Doc Karten und Chips weggenommen.

Die nächste Partie.

Ein Bube war die Face Card.

Der Doc bekam eine 5 und einen Buben. Er nahm noch eine Karte, zog eine 8, Bust.

Die ganze Zeit über erspürte sie Ashley und leitete alles an Œufcoque weiter.

Und plötzlich standen neben dem True Count und der Strategie auf ihrem linken Arm auch Informationen über Ashley.

Balot hatte eine 8 und einen Buben. Sie konnte etwas in Ashleys Herzschlag fühlen.

#Hit.#

Ashley reagierte auf sie ohne zu zögern. Er war so vollkommen kühl und nüchtern, wirklich völlig eisern, so wie die Tür eines Tresors.

Balot bekam eine 2.

#Stay.#

Ashley deckte seine Karten auf.

Ein Bube, noch ein Bube – 20.

Irgendwie waren sie einander ebenbürtig. Sie konnte es fühlen. In der nächsten Partie überschritt der Doc nicht, aber nach dem Buben und der 8 war er dabei geblieben und verlor so gegen die 20 von Balot und Ashley.

»Sieht so aus, als würde das Glück jemanden aussortieren. Das Glück verlässt einen mit kleinen Schritten auf die unterschiedlichsten Weisen. Es ist so schwierig, das Glück zu bekommen. Niemand sollte über jemanden lachen, der vom Glück im Stich gelassen wird«, wisperte Ashley und sammelte die Karten wieder ein.

Das war ihm auch ganz recht so und passte gut in seine Pläne. Und das passte wiederum zu Ashley.

Aber der Doc wusste, was seine Aufgabe war. Was er tun musste.

Er senkte seinen Einsatz und überschritt erneut.

Balot spielte immer wieder und wieder um denselben Einsatz. Das Spiel wollte gar nicht aufhören.

Die Face Card war eine 6. Der Doc bekam eine 3 und eine 9.

»Double Down«, sagte er ganz ruhig und setzte seine Chips.

Ashley warf ihm eine Karte zu, wie ein Mann, der sich nicht mehr auf Diskussionen einließ, sondern lieber gleich abdrückte. Eine Dame. Bust. Es war grausam, der Doc schien nicht mehr daran zu denken, was er verloren hatte.

Balot hatte eine 4, eine 7 und eine 6, insgesamt 17. Ashley drehte seine Karten um. 6 und 5. Dann zog er ein Ass. Und noch eine 5 – unentschieden.

3

Langsam stand der Doc auf. Dann klopfte er Balot auf die Schulter und sagte: »Ich schenke dir mein Glück.«

Gleichzeitig schob er ihr seine Chips zu.

»Und dir schenke ich meine Pechsträhne«, sagte er mit einem Lächeln zu Ashley.

Das markierte den Wendepunkt im Spiel. Die Kartenreihenfolge erklärte das auch. Hätte der Doc keine weitere Karte verlangt, hätte Balot gewonnen. Wenn der Doc nicht da gewesen wäre, hätte Ashley einen Black Jack bekommen. Und so hatte der Doc seinen Platz aufgegeben, nachdem er das Gleichgewicht durchschaut hatte.

»Ab jetzt bin ich nur noch Zuschauer. Aber ein Zuschauer, der immer noch Einfluss auf diesen Tisch hat. Ein Phänomen aus der Ferne verursacht ein größeres Phänomen – meine Niederlage ist der Schmetterling im Schmetterlingseffekt.«

»Schmetterling …?«

»Einer Theorie nach kann der Flügelschlag eines Schmetterlings im Osten einen Orkan im Westen auslösen.

Dieses Dreikörperproblem wird schon bald bewiesen werden, mit einer Methode, die bisher noch völlig unbekannt ist.«

Ashley zuckte desinteressiert mit den Schultern.

»Du kannst sofort wieder einsteigen, wenn du willst.«

Der Doc nickte und tätschelte wieder Balots Schulter. Sie hatte jetzt keinen Schild mehr. Das hatte er ihr damit deutlich gemacht.

Balot sah ihn an und fragte dann, was ihr am meisten am Herzen lag:

#Glaubst du, dass ich gewinnen kann?#

»Vielleicht gewinnst du nicht sofort. Aber er ist allein, und wir haben zwei auf unserer Seite. Wenn zwei das Glück auf ihrer Seite haben, kann gar nichts mehr passieren.«

Balot nickte. Der Doc meinte sie und Œufcoque.

Er schob seinen Stuhl ordentlich zurück, stellte sich neben Bell Wing und sah dem Spiel hinter Balot zu.

Jetzt saßen sich nur noch Balot und Ashley gegenüber.

Einer nach dem anderen um sie herum blieb stehen, um sich diese interessante Show anzusehen.

Bell Wing hatte kein weiteres Wort mehr gesagt.

Ashley teilte die Karten aus. Die Face Card war eine 6. Balot hatte eine Dame und eine 4 bekommen.

Änderte sich gleich so viel? Balot war ehrlich erschreckt. Bisher war die Reihenfolge der Karten so gewesen, dass sie ihre Entscheidung immer ganz leicht hatte treffen können.

Doch unmittelbar nachdem der Doc den Tisch verlassen hatte, wurde die Abfolge wesentlich komplexer und machte ihr jede Entscheidung schwer.

Aber die Strategie, die Œufcoque ihr vorgab, war unerschütterlich. Sie musste es einfach nur gerade durchziehen.

Sie nahm noch eine Karte. Ashleys Hand bewegte sich schnell und drehte ihre Karte um. 4.

#Stay.#

Ashley hielt keinen Moment an, sondern machte sofort weiter.

Seine Karte war eine 3. Noch eine Karte – Ass. 20 insgesamt.

»Unentschieden.«

Balot bereitete sich auf die nächste Partie vor und konzentrierte sich darauf, ruhig und gleichmäßig zu atmen.

Die nächste Face Card war ein Ass.

Balot hatte eine 8 und eine 3. Beinahe hätte sie Double Down gesagt, blieb dann aber doch im entscheidenden Moment still.

Œufcoques Strategie empfahl Double Down, aber sie wollte einfach keine Karte mehr, sie hatte ein schlechtes Gefühl dabei.

Es wäre okay gewesen, wenn sie einfach nur keine Karte mehr gewollt hätte. Aber sie hatte das Gefühl, dass sie sich bequem zurücklehnen sollte und sich selbst jede Chance nehmen sollte, noch eine Karte zu bekommen.

Balot starrte die Karten an, mit dem gleichen Blick, mit dem sie vor kurzem die ganze Welt im Gericht angestarrt hatte.

Mit der gleichen Entschlossenheit, dank der sie sich seinerzeit überwunden hatte, als sie vor Angst wie gelähmt war, nahm sie noch eine Karte.

Eine 5. Ihre Intuition sagte ihr, dass diese Karte die richtige Antwort war.

Sie nahm eine weitere Karte. Wieder eine 5. 21 insgesamt.

Sie unterdrückte ihre Erleichterung, Stay.

Ashley drehte seine Karte um. Bube. Black Jack.

Aus Balots Hals kam ein Ächzen. Ihr Hals spannte seine Muskeln und Nerven zu einem stummen Schrei.

Ashley erklärte die Partie für unentschieden und war im nächsten Moment schon mit den Vorbereitungen der neuen Partie fertig.

Dieses Mal war seine Face Card ein Bube.

Balot bekam eine Dame und einen König.

In der Strategietabelle auf ihrem linken Arm sah sie sofort die Wahrscheinlichkeit, dass ihre Chips gewinnen würden. Und die Wahrscheinlichkeit einer Niederlage und wie diese sich auf ihr gesamtes Kapital auswirken würde. Mehr als alles andere beunruhigte sie allerdings, dass sich Ashleys Puls nicht im Geringsten beunruhigt anfühlte.

Hatte Ashley nicht sofort die Lücke zugestopft, die sie gerade erst entdeckt hatte?

Hieß das nicht auch, dass sie sich eigentlich gar nicht bewegen konnte?

Balot nahm keine weitere Karte. Ashley drehte seine Karte um. Sein Ass zeigte in einem spitzen Winkel auf Balot.

Er hatte schon wieder einen Black Jack.

Sie verlor das erste Mal.

Er sammelte ihre Chips ein. Das war nicht schlimm. Ihr Einsatz wurde jetzt deutlich kleiner. Das war alles noch erlaubt.

Aber sie konnte Ashley ehrlich nicht verzeihen, dass seine nächste Face Card ein Ass war.

Etwas in Balots Seele krümmte sich zusammen und knurrte.

Sie hatte einen König und eine 4. Hätte sie während der vorletzten Partie keine weitere Karte genommen, hätte sie 21 bekommen.

Was genau hatte sie falsch gemacht? Eine innere Stimme – eine von der Sorte, die man nicht zum Schweigen bringen konnte – fragte sie das. Sie hatte sich nicht falsch entschieden. Aber wenn es kein Fehler war, was war es dann? Vielleicht war es nur ein Fehler, weil sie gegen Ashley spielte?

Die subtile Differenz einer einzigen Karte trieb sie in eine weitere, entscheidende Niederlage.

Sie nahm sich zusammen und verlangte noch eine Karte. Eine 2. 16 insgesamt.

Diese Zahl lastete schwer auf ihr. Œufcoques Strategie sagte Stay. Die Strategietabelle, die auf dem True Count basierte.

Welchem Rat sollte sie folgen, wenn nicht diesem? Aber es fiel ihr schwer. Etwas in ihrer Kehle bebte.

Balot blieb bei Stay und Ashley drehte ein wenig wichtigtuerisch seine Karte um.

Eine 2. Mit dem Ass 13. Er nahm noch eine Karte. Und wieder etwas, das Balot einfach nicht ertragen konnte. Eine 5. Wenn Balot diese Karte gezogen hätte, hätte sie 21 bekommen.

»Das tut mir leid«, sagte Ashley. Mit 16 und 18 hatte Balot das erste Mal zwei Spiele in Folge verloren. Ihre Hand zitterte ein bisschen, als sie ihre Chips setzte. Es passierte in diesem Moment.

»Niemand kann die Zukunft vorhersagen. Aber man kann sich mathematisch daran annähern«, sagte der Doc unvermittelt.

»Darin unterscheidet sich der Mensch vom Tier. Eine weitere Theorie dazu ist, dass der Mensch im Unterschied zum Tier zwei Gehirne hat. Also die rechte und die linke Hälfte des Gehirns, das ist eine alte und immer wieder neue These.« Er klang völlig ungezwungen, wie ein Zuschauer, bei dem man nicht weiß, wovon er eigentlich redet.

»Das Großhirn des Menschen entwickelte sich so schnell, weil die Fusion der beiden Hirnhälften einfach nicht rechtzeitig funktionierte. Darum ragten Nervenzellen noch aus Hirnstamm und Rückenmark und bildeten dann die äußere Schicht des Gehirns. Nur deswegen wurde eine Vergrößerung des Gehirns überhaupt möglich.«

Ashley sah mittlerweile nicht mal mehr höflich hin, während der Doc weitersprach. Bell Wing sah den Doc als Einzige an und bedachte ihn mit einem Blick, der sagte, dass ihr Menschen auf die Nerven gingen, die den Spielfluss so nachhaltig störten – bis sie erkannte, wie ernst es dem Doc damit war. Dann veränderte sich ihr Blick schnell wieder.

Die nächsten Karten, das nächste Spiel.

»Aber weil die beiden Gehirnhälften so abnormal groß wurden, verlor die Entwicklung ihr Gleichgewicht. In der linken Hälfte schritt die Digitalisierung des Gehirns durch eine flüssige Form des Gehirns voran, in der rechten Hälfte war die Analogisierung durch Kristallisation weit fortgeschritten. Sucht man nach dem Grund dafür, so muss man die Entwicklung der Nervenzellen genauer betrachten.«

Die Face Card war eine Dame. Balot hatte eine 4 und eine 6.

Œufcoques Strategie empfahl Hit. Balot nahm noch eine Karte.

»Bereits wirbellose Tiere hatten sozusagen nackte Kabelleitungen, also freiliegende Nerven, hauptsächlich Synapsen, die analog Hormone produzierten. Bei den isolierten Leitungskabeln – also den nicht freiliegenden Nerven – war das Nervensystem, durch das der digitale Nervenstrom floss, die Hauptsache. Also war das menschliche Hirn eigentlich analog, allerdings hat sich darin zusätzlich ein digitales Gehirn entwickelt, und beide arbeiten zusammen und beeinflussen sich gegenseitig.«

Balot bekam eine 9. Insgesamt 19. Œufcoque empfahl Stay. Balot entschied sich für Stay.

»Der Mensch kann die Zukunft nicht bestimmen. Nicht einmal rein theoretisch ist es mathematisch möglich, sich mit dem Dreikörperproblem an mehrere Aktionen gleichzeitig anzunähern.

Wenn nur noch eine einzige Karte übrig ist, kann man anhand der bereits abgelegten Karten deduzieren, welche Karte das ist. Aber bereits wenn mehr als zwei Karten übrig sind, ist es unmöglich, zu deduzieren, welche Karte als Nächstes kommen mag.«

Er drehte die verdeckte Karte um. König. Insgesamt 20.

Balot hatte dreimal nacheinander verloren.

»Der Mensch allerdings, der ja quasi zwei Gehirne in einem Schädel hat, erklärt ein Problem mithilfe der fließenden Intelligenz, also präzise mit seinem digitalen Nervensystem. Andererseits kann er sich mit dem kristallisierten System, also dem analogen Bewusstsein, mögliche Einflüsse anderer Ereignisse vorstellen. So kann der Mensch sich an Probleme mathematisch annähern und zum Beispiel wirklich das Dreikörperproblem erklären. Die Menschheit sucht seit jeher von Geburt an den richtigen Weg, um der Wahrheit so nah wie möglich zu kommen.«

Balot machte ihren Einsatz. Ashley verteilte die Karten.

Die Face Card war eine 6. Balot hatte einen Buben und eine 3. Insgesamt 13.

Œufcoque empfahl Hit. Balots Gefühl sagte ebenfalls Hit. Eine 6, insgesamt 19.

Ashley drehte seine Karte um. 4. Er nahm noch eine Karte, ein Ass. 21.

»Würde der Mensch jetzt von zwei zu vier Gehirnen mutieren, würde er das Dreikörperproblem erklären können, ohne sich mit Schätzungen und mathematischen Annäherungen aufzuhalten und jedes Phänomen dieser Welt exakt bestimmen können. Es gibt auch tatsächlich ein Lebewesen, das nach dieser Vision geschaffen wurde. Dieses Lebewesen konnte zwar auch nicht die Zukunft exakt vorhersagen, sondern ist ein universelles Werkzeug, das in wenigen Sekunden jede innere und äußere Form annehmen und berechnen kann.«

Die Face Card war eine 6. Balot hatte eine Dame und eine 2. Sie nahm noch eine Karte. Œufcoque sagte, sie sollte es tun. Und Balot hielt das auch für richtig.

Nichts an Ashley änderte sich. Seine Karten zeigten auch keine Veränderung.

Sie bekam eine 6. Insgesamt 18. Stay. Einen kurzen Moment lang zögerte sie.

Sie sagte trotzdem *Stay*. Und sie fragte sich, warum sie gezögert hatte.

Ashley deckte seine Karte auf. Eine 5. Dann zog er noch einen König. 21.

Balot verlor jetzt zum fünften Mal – sie steckte fest. Ihr blieb fast die Luft weg.

Beim Black Jack braucht man eben einen langen Atem, sagte jemand hinter ihr. Mittlerweile klang der Doc relativ verzweifelt, als er dann fortfuhr: »Die Konstruktion des menschlichen Gehirns ist nach dem Dreikörperproblem nur eine logische Folge der mathematischen Annäherung durch Berechnung. Aber was wäre, wenn man die Ursache für die zwei Gehirne des Menschen – also die Fusion, die nicht rechtzeitig erfolgt ist – nach außen expandieren könnte, so wie sie eben ist? Was wäre also, wenn das Gehirn sich nicht nur im Kopf, *sondern über den ganzen Körper in einer anderen Form so weiterentwickeln könnte, dass es den Körper komplett umschließt?*«

Die Face Card war eine 4. Balot hatte eine 3 und eine 5. Hit. Noch eine 2. Hit. Eine 4. Hit. 3. Insgesamt 17. Die Strategie sagte Stay.

Œufcoques Entscheidung, die Balot zum Sieg verhelfen sollte.

Balot sagte Stay.

»Damit wäre es völlig unmöglich, dass zwei Lebewesen, geboren aus so unterschiedlichen Konzepten, sich zwar gegenseitig unterstützen, aber trotzdem nicht in der Lage wären, diesen Kartenfluss vorherzusehen.«

Damit beendete Doc Easter seinen einsamen Monolog und schwieg. Er hatte versucht, sie aufzuwecken, alle beide. Damit sie ihre Kräfte wirkungsvoller vereinten.

Ashley drehte seine Karte um. 6.

Noch eine Karte. Ass. 21.

Sechsmal hintereinander verloren! Sie ballte ihre linke Faust, fest. Sie fühlte sich ungeduldig und zappelig. Aber vielleicht war das ja auch eine Art Omen? Der Gedanke kam ihr plötzlich. Es gab noch eine Chance. Es gab noch eine Chance, und genau das machte sie so unruhig. Œufcoque drückte ganz sanft ihre Arme.

Die Face Card war eine Dame. Balot hatte eine 4 und eine 8. Ohne Zögern verlangte sie eine weitere Karte. Ashley gab ihr einen König.

»Bust«, sagte er.

Gleichzeitig veränderte sich die Tabelle auf ihrem linken Arm, und Balot fiel auf, dass sie das erste Mal überschritten hatte, seit das Spiel gegen Ashley angefangen hatte.

Etwas hatte sich verändert. Ihre Lage wurde kontinuierlich schlechter, aber etwas hatte sich verändert.

Die nächste Face Card war ein Ass.

Balot bekam einen Buben und eine 3.

Sie nahm noch eine Karte und bekam eine 10. Bust. Die Karten verschwanden.

Nur eine Sekunde lang deckte Ashley seine Karte auf, eine 8. Balot addierte diese Karte zum True Count auf ihrem linken Arm. Ashley hätte überschritten, *wenn sie keine weitere Karte mehr genommen hätte*.

Die nächste Face Card war eine 3.

Balot hatte ein Ass und eine 9.

Zum ersten Mal nach langer, langer Zeit schien das Ass ihr einen Vorteil zu versprechen.

Balot entschied sich für Stay. Ashley drehte die verdeckte Karte um. Eine 6. Er zog noch eine Karte.

Eine 6. 15. Der Regel wegen noch eine Karte.

6. In dieser unglaublichen Situation bekam er diese unglaublichen Karten. Kartenfolgen, die weit darüber hinaus gingen, was ein Mensch zu glauben bereit war, waren ohne Zweifel Ashleys ganz spezielles Glück. Dachte sie jedenfalls, nachdem sie diese Karte gesehen hatte.

3, 6, 6 und noch eine 6 – 21.

Balot hatte neunmal in Folge verloren.

Dann spürte sie etwas. Ein Omen? Am Ende der Wüstenebene konnte sie endlich den Silberstreifen am Horizont entdecken.

In der Partie davor war die gleiche Zahl nicht dreimal hintereinander gekommen. Vermutlich behielt er die Reihenfolge besser unter Kontrolle, wenn gleiche Zahlen einigermaßen aufeinander folgten statt durcheinander. Hatte Ashley das bisher vermieden, um gewisse Ressourcen zu behalten?

Zweifellos hatte Ashley ein paar Karten aus dem Stapel entfernt.

Balot war sicher. Nicht viele Karten. Drei pro Partie. Er hatte sie so gemischt, dass er die Reihenfolge kontrollieren konnte, wenn er das Gleichgewicht vorsichtig ausglich.

Machte sie es sich zu einfach, wenn sie vermutete, dass sein allzu perfekter Umgang mit den Karten ihn langsam in die Enge trieb?

Balot checkte schnell alle bereits verwendeten Karten. Auffällig wenig Bildkarten und Asse, gleichzeitig wurden aber auch die Karten weniger, die für den Dealer von Vorteil waren. Œufcoque berechnete in wenigen Sekunden alle möglichen Kombinationen. Einsatz und Gewinnquote zeigten einen Aufwärtstrend.

Sie hatte ihre Lücke gesehen, konzentrierte sich auf das Spiel und befreite sich von den letzten Resten ihrer lähmenden Erschöpfung. Genau in diesem Moment, als Balot vollständig ausgeatmet hatte, benutzte Ashley ganz harmlose Worte und verdrehte sie so lange, bis sie ins Schwarze trafen.

»Sag mal, da in deiner linken Hand ...«

Balot *atmete tief ein* und hörte ihm zu.

»Hast du da so ein Gerät, mit dem du meinen Puls misst?«

Ihr Herz setzte einen Schlag aus. Das kam sehr plötzlich. Sie hatte den Angriff nicht gefühlt, also sah sie hoch und dann rutschte ihr heraus:

#Warum?#

Sofort wusste sie, dass sie einen Fehler gemacht hatte.

Aber es war schon zu spät.

Ashley lächelte. Liebenswert.

Dann bewegten sich seine Lippen.

»Bingo«, machten sie lautlos.

Unter ihren Handschuhen bekam sie eine Gänsehaut.

Sie hatte nicht damit gerechnet, dass er sie so bloßstellen würde, und es machte ihr Angst.

»Du sprichst anscheinend mehr mit deiner linken Hand als mit den Karten«, sagte Ashley freundlich.

Tief in ihr quoll die Angst weiter. Angst, dass sie durch einen einzigen kleinen Fehler alles kaputt gemacht hatte. Beinahe hätte ihre Hand gezittert.

[Mach dir keine Sorgen. Lass dich nicht weiter ausräuchern.]

Beruhigte Œufcoque sie, denn natürlich wusste er, wie es ihr dabei ging.

[Sogar wenn er sich seiner Sache sicher ist, kann er nichts tun, um dich davon abzuhalten. Ohne Beweise werden sie dich nicht durchsuchen. Sie können uns beide nicht trennen.]

Œufcoques Worte beruhigten sie, gleichzeitig kam aber diese merkwürdige Unruhe wieder.

Das war eine ganz komische Sache. Ohne Œufcoque konnte sie hier und jetzt nicht überleben.

Sie konnte das Gewicht von Bell Wings Blick fühlen.

Sie hätte gern gewusst, was für ein Gesicht der Doc gerade machte. Balot runzelte die Stirn und fixierte die Karten.

Face Card: eine 4. Balot hatte eine 7 und eine 6.

Sie atmete vorsichtig aus und checkte die Strategie. Hit. Selbstverständlich.

Aber Balot wollte nichts Hastiges tun. Also ordnete sie ihre Gedanken in aller Ruhe, bevor sie eine weitere Karte nahm.

Eine 7. Nach einer kurzen Atempause blieb sie dabei.

Ashley drehte seine Karte um.

Eine 9. Danach eine 7. Beide hatten 20.

Unentschieden.

Sie hatte fast nicht mehr damit gerechnet.

Dann plötzlich verstand Balot, warum Ashley sie so unvermutet in eine Falle gelockt hatte. Bedeutete das etwa, dass die Reihenfolge der Karten ihn beinahe in die Enge getrieben hatte? Und wenn nicht, täuschte sich ihre Intuition vielleicht doch nicht, wenn sie jetzt annahm, dass sie hier endlich einen entscheidenden Moment erwischt hatte?

Beim nächsten Spiel war die Face Card eine 3.

Balot hatte einen Buben und eine 9 und entschied sich für Stay.

Ashley drehte seine verdeckte Karte um, eine 5. Dann zog er ein Ass. 19.

Wieder unentschieden. Und dann war Balot sich sicher, dass jetzt der entscheidende Moment war. Es würde zu nichts führen, wenn sie sich jetzt zurückzog. Also stapelte sie entschlossen mehr Chips auf ihren Einsatz. Etwas mehr, als Œufcoque ihr empfahl. Es machte nichts. Auch verlieren würde ihr nichts ausmachen. Sie hielt es für das Beste, ihrer Intuition zu vertrauen.

Die nächste Partie begann. Ashleys Face Card war eine 10. Balot bekam einen Buben und eine 2.

Die Farbe ihres Buben erregte ihre Aufmerksamkeit. Pik, schwarz – der One-Eyed Jack.

Sie fixierte Ashleys verdeckte Karten. Dann fiel ihr auf, dass die rote Karte schon im Kartenschuh sichtbar war. Sie sah sie an und verlangte dann noch eine weitere Karte.

Ashley legte die rote Karte beiseite und nahm die nächste Karte. Eine 9.

Die bisher so perfekt in sich geschlossene Reihenfolge hatte einen winzigen Riss bekommen.

Ashley drehte seine Karte um. Balot sah sie sich eine Sekunde später an. Ein Ass, ♠ Ass, sie schien das Pik wie ein Schwert hochzuhalten und dabei das Ziel aus dem Auge zu verlieren.

#Unentschieden.#

Balot hatte es zuerst gesagt.

♠ Ass und ♠ Bube, sie hielt das für den Beweis für irgendetwas, dafür, dass der Black Jack zwischen den Spielern ordentlich aufgeteilt worden war.

Ashley zuckte nur wortlos mit den Schultern. Balot atmete tief ein und aus und verdichtete ihre intuitive Wahrnehmung auf den Tisch. Sie wollte nichts mehr fühlen außer diesem Tisch. Nicht mal den Blick von Bell Wing.

Der Dealer öffnete den Kartenschuh und nahm die gespielten Karten heraus. Dann fing er mit gleichgültiger Miene an, alle Karten wieder zu mischen.

Balot konnte all das ganz genau fühlen. Die Karten, seine Finger, seine Schultern, sein Herzschlag, sein Atem. Sie erfasste alles ganz deutlich, sogar jedes Staubkorn auf dem Tisch.

Die Atmosphäre war ruhig, aber angespannt. Ihr Schweigen machte das nur noch deutlicher. Sie hörte die ruhige Musik aus den Lautsprechern im Saal, das scharfe Zischen des Kartenmischens, den Lärm der Menschen.

Ihr Puls und ihre Atmung waren so ruhig geworden, dass sie sofort hätte einschlafen können, erkannte Balot. Dann sprach Ashley sie plötzlich an.

»Ich würde dich gern etwas fragen.«

Es klang wie: Komm, lass mich doch auch mal so tun, als wäre ich ein Dealer wie alle anderen auch.

#Was denn?#

Antwortete Balot vorsichtig und zog ihre Augenbrauen hoch. Sie hätte seine Frage auch ignorieren können, aber sie dachte, dass das vielleicht nötig war, um ihn zu verstehen, damit sie ihn endlich durchschauen konnte.

»Ach, es ist nicht wirklich eine Frage, eher so eine Art Rätsel, sehr amüsant. Macht dir das Spielen in dieser melancholischen Atmosphäre denn überhaupt noch Spaß?«

Balot neigte ihren Kopf etwas zur Seite. Ashley nickte und nahm das als Zeichen ihres Einverständnisses.

»Pass auf. Stell dir vor, du fährst mit deinem Auto auf einer langen, langen, langen Strecke.«

#Okay.#

»Mitten auf der Straße setzt der Motor deines Wagens plötzlich aus. Wirklich Pech. In der Nähe ist kein Haus zu sehen. Du siehst nichts als die endlose Wüste. Was machst du?«

Ohne zu wissen, worauf er hinauswollte, antwortete Balot und beobachtete weiter ganz genau, wie er die Karten mischte.

#Ich würde warten, bis jemand kommt, um mir zu helfen.#

Eine ganz normale Antwort. Sie hatte keine Lust, ihre Zuschauer zu unterhalten.

»Also würdest du per Anhalter mitfahren?«

#Ja.#

»Okay, bleiben wir in der gleichen Geschichte. Was ist, wenn du jemanden triffst, der dich um deine Hilfe bittet?«

#Ich schaue mir die Person an, und wenn ich meine, ihr vertrauen zu können, helfe ich ihr.#

»Tatsache.«

Ashley nickte und sah so aus, als wolle er gleich pfeifen.

»Beide Male eine Fünfzig-Prozent-Antwort. Ich kann also sagen, dass du im Großen und Ganzen völlig normal bist.«

Die Art, in der er das sagte, ging ihr auf die Nerven. Sie zog die Augenbrauen hoch und fragte nach:

#Was für Antworten gibt es denn noch?#

Ashley grinste bedeutungsschwer.

»Hast du nicht daran gedacht, dass sich Hijacker auch als Tramper tarnen könnten?«, fragte er, als wäre es das, worum es ihm bei der Frage gegangen wäre.

Balot biss sich wieder unwillkürlich auf die Lippe. Ganz offensichtlich wollte Ashley ihr damit etwas zeigen. Etwas Gefährliches.

#Sie meinen also, was wäre, wenn die Person ein Hijacker wäre?#

»Nicht ganz. Wer weiß denn das schon? Wenn die Person einer wäre, würde sie sich ja richtig ins Zeug legen, um nicht wie einer auszusehen.«

#Sie meinen also, es wäre besser, nicht zu helfen?#

Ashley lachte und mischte ruhig weiter.

»Ich habe gesagt, dass es fünfzigprozentige Antworten sind, weil sich dein Verhalten ändert, je nachdem, auf welcher Seite du bist. Die anderen fünfzig Prozent wären dann also, niemandem zu helfen und gleichzeitig auch keine Hilfe anzunehmen. Und wenn du jemandem hilfst, musst du auch darauf gefasst sein, dass der, dem du helfen willst, dich dafür umbringt.«

Balot ballte ihre Fäuste, um den Druck abzuschütteln, so wie man mit dem Fuß aufstampft, um einen Krampf loszuwerden.

Genau wie der Doc, als er in die Reihenfolge eingebrochen war.

#Und was ist die hundertprozentige Lösung?#

Ashley zuckte mit einer Schulter.

»Jemanden, der einen um Hilfe bittet, sofort töten. So einer ist nur ein leichtes Opfer«, sagte er leichthin.

Es klang völlig selbstverständlich.

»Und wenn jemand auf meinen Hilferuf reagiert, ist der auch ein leichtes Opfer für mich. Hilfe anzubieten oder einen Hilferuf vorzutäuschen und sich dann nehmen, was da ist, Geld und alles andere. Das ist in der Welt des Casinos gesunder Menschenverstand.«

Er fing mit der Schlussphase des Mischens an und sah Balot dabei mit einem fast freundlichen Blick an.

»Hier kannst du keinem trauen. Nicht mal dir selbst. Das weißt du doch, oder? Nimm das hier als Beweis: Wer wird dir jetzt helfen?«

In diesem Moment erwachte ein Hass in ihr, den sie vorher nicht gekannt hatte. Sie konnte kein Ziel für dieses Gefühl finden, sie blieb regungslos sitzen, während sich die Karten vor ihr aufstapelten.

»Hier ist es völlig legal, Fremde total auszunehmen und tot am Straßenrand liegen zu lassen. Was macht ein reiches, junges Ding aus gutem Hause wie du eigentlich hier?«, murmelte Ashley leise.

Er hörte auf zu mischen und ordnete die Karten. Dann legte er seine Hände übereinander und stellte sich vor Balot. Wie ein Kellner, der auf ihre Bestellung wartete.

Er ragte bedrohlich hoch über ihr auf.

Aus seinem ernsten Gesicht war jedes Lächeln verschwunden. Dann sagte er von weit oben herab etwas, das Balot wirklich traf.

»Bist du eigentlich so geboren, so stumm? Oder ist jemand daran schuld, dass du deine Stimme verloren hast? *Warst du mal trampen*?«

Jede Zelle ihres Körpers füllte sich mit Hass.

Weiß er alles? Steht der hier vor mir und weiß einfach alles über mich? Wie ich getötet wurde? Aus welchem Grund ich getötet wurde? Und warum ich? Wusste er, wie sie in diesem Moment wie ein Ding entsorgt worden war, ein lebloses Ding, das weder ein Recht auf Glück noch auf eine Seele hatte?

Sie konnte es bis in ihre Haare fühlen, ihr ganzer Körper brannte. Der Hass drang wie Gift in jede Faser ein.

[Beruhige dich wieder, Balot. Ich bin mir nicht allzu sicher, was er damit bezweckt. Tu nichts Unüberlegtes.]

Œufcoques Worte blinkten hastig auf. Natürlich ahnte er, was Balot jetzt eigentlich tun wollte.

[Vertrau mir.]

– Ich vertraue dir.

Balot ballte beide Fäuste. So dass Ashley es sehen konnte. Ganz fest. So fest, dass Œufcoque es spüren musste.

– Aber du musst mir auch vertrauen.

Sagte sie, um ihm zu erklären, was sie fühlte.

Einen Moment lang schwieg Œufcoque auf der Innenseite des Handschuhs.

– Er will mich testen.

Balot starrte ihn geradeheraus an. Alles wurde ihr in diesem Moment so klar. Was Ashleys Rätsel zu bedeuten hatte. Warum sie sich dieses Spiel ausgesucht hatte, warum sie seit einiger Zeit so verdammt ungeduldig war.

[Testen?]

– Ja. Er will mich testen. Ob *ich* wirklich spielen will.

»Ist dir das zu hart? Möchtest du vielleicht an einen anderen Tisch? Oder willst du aus dem Casino verschwinden und in aller Ruhe in dein schönes Bett im Motel kriechen? In einer Limousine, so wie die, in der du angekommen bist? Daraus wird nichts. Du bist schon so weit gekommen, es gibt kein Zurück mehr. Verstehst du?«

#Ja.#

Während sie antwortete, presste sie Œufcoque blitzschnell in den rechten Handschuh.

Œufcoque hatte keine Zeit, irgendwie zu reagieren. Als Nächstes legte sie die Hände in den Nacken und öffnete den Verschluss, mit dem die Handschuhe hinter ihrem Rücken verbunden waren. Sie glitten langsam von ihrem Nacken herab.

Mit ihrer rechten Hand fing sie an, den Handschuh langsam lockend vom linken Oberarm abzurollen.

So wie sie es getan hatte, wenn ein Freier das von ihr wollte. Sie präsentierte sich, wie bei einer Show.

Ihre nackte Haut war glatt wie ein gekochtes Ei.

Dann zog sie ihren rechten Handschuh aus. Beide legte sie ordentlich aufeinander vor sich auf den Tisch. Darüber legte sie ihre nackten Arme.

Sie konnte den Tisch, die ganze Atmosphäre extrem klar wahrnehmen. Es fühlte sich kalt an, so sehr, dass es ihr einen Schauer über den Rücken jagte.

Sie fühlte, wie etwas in ihrer Seele immer schärfer und kälter wurde. Sie war bereit, um Leben und Tod zu kämpfen, und die Angst davor ließ ihr Herz erkalten.

Dann sah sie Ashley direkt in die Augen. Ihr Blick war eiskalt.

#Sehe ich aus, als wäre ich so leicht zu töten?#

Ashley Harvest antwortete nicht.

Er nickte, langsam, bedächtig.

Nicht um ihre Frage so zu beantworten.

Sondern um damit zu sagen: Endlich sehe ich dein wahres Gesicht.

4

»Du bist eine starke Gegnerin.«

Ashley starrte Balots nackte Hand an, während sie ihre Chips stapelte. Ihre rechte Hand. Ihr linker Arm lag auf dem Handschuh, sie streichelte ihn mit ihren Fingern, als wolle sie ihn besänftigen.

»Selbst wenn wir dich durchsuchen würden, würden wir wohl nichts finden. Vielleicht war da ja auch von Anfang an nichts. Und das wäre auch völlig okay. Du hast deine Handschuhe freiwillig ausgezogen. Du wurdest weder von mir noch vom Casino dazu gezwungen. So weit klar?«

Balot sah ihm fest ins Auge und nickte.

Genauso wie man es in alten Taschenbuch-Western machte, wenn die Gegner vor dem Duell die Regeln festlegten.

»Ich habe gesagt, dass du eine starke Gegnerin bist, weil du nicht davonläufst und dich auch nicht versteckst.«

Ashley legte seine Hand auf den Kartenschuh und dann drehte er sie um.

Ihre erste Karte. Seine Face Card war ein Ass. Balot hatte eine 7 und eine 6.

Balot war für Hit, und die Zahlenwerte, die der Handschuh zeigte, waren ebenfalls für Hit.

Sie bekam eine 2. Dann empfahl der Handschuh wieder Hit, Balot hatte nichts dagegen einzuwenden.

Sie nahm noch eine Karte, 2. Stay.

Ashleys verdeckte Karte war eine 6, also 17.

Unentschieden.

Die Karten verschwanden, der True Count wurde angezeigt. Unter ihrem linken Arm. Œufcoque gehörte eben zu denen, die ihren Job machten, sogar wenn man sie entlassen hatte. Solange diese Pflicht dem entsprach, was er selbst wollte.

Die nächsten Karten. Eine Dame als Face Card.

Balot hatte einen Buben und eine 3.

Sie nahm noch eine Karte. Eine 4. Jetzt war ein entscheidender Moment. Balot konnte fühlen, wie sich ihre Wahrnehmung auf der Rückseite einer jeden Karte in diesen strengen Spielfluss klebte.

Sie nahm noch eine Karte. Eine 3.

20 insgesamt. Und genau da. Stay.

Ashley deckte seine Karte auf. 4. Zusammen mit der Dame 14. Er zog noch eine 2 und danach eine 5. 21.

Balot witterte mit ihrer erweiterten Wahrnehmung wie ein Jagdhund, als Ashley mit seiner fleischigen Hand Chips und Karten nahm. Sie hatte verloren, und das mit einem so kleinen Unterschied, obwohl sie mutig eine Karte dazugenommen hatte.

Aber etwas hatte sich bewegt.

Die Stahltür zum Tresor schien sich einen kleinen Spalt weit zu bewegen.

Balot hatte die Chips in ihrer rechten Hand und mischte sich mit der linken in Œufcoque ein.

– Œufcoque? Bist du noch da?

[Ich kann *deine* Nachrichten *noch* empfangen.]

Antwortete Œufcoque zynisch, viel zynischer, als sie es sonst von ihm gewohnt war. Der Schock, dass Balot ihn beiseite gelegt hatte, saß wohl ziemlich tief.

Als sie ihre Karten bekam, musste sie grinsen. Sie streichelte den Handschuh besänftigend.

– Ich möchte dich um etwas bitten. Ist das okay?

Mischte sie sich in den rechten Handschuh ein, in den sie Œufcoque geschoben hatte. Sie lag mit ihrem linken Arm genau darauf, der Handschuh war wie ihr Schatten.

[Ich tue, was ich kann.]

– Außer dir kann das keiner.

Sagte sie. Nicht, um ihm zu schmeicheln, sondern weil sie es wirklich so meinte. Mit rechts zeigte sie an, dass sie noch eine Karte wollte.

[Was soll ich machen?]

Fragte Œufcoque ernst.

Balot starrte die letzte Karte an, die sie bekommen hatte, und dachte nach. Sie hatte nur eine vage Vorstellung von dem, was sie wollte.

– Ich würde gern die Tabellen an meine Wahrnehmung anpassen.

Sie stellte sich mit einer 8, 5 und 2 der Face Card entgegen. Nach der Statistik und Œufcoques Wahrscheinlichkeitsrechnung war Stay die beste Wahl. Aber irgendetwas störte Balot daran.

– Es gibt da etwas außer den Zahlen, das mich interessiert. Das möchte ich *anpassen*.

[Du willst nicht mit dem True Count arbeiten? Du willst nicht weiter bestimmte Karten abziehen und dann danach die Prognose berechnen?]

– Das ist zu eng, denke ich.

Balot nahm noch eine Karte. Eine 5. Stay.

Ashley drehte seine Karte um. Eine 6. Zusammen mit dem König 16. Darauf zog er noch eine Karte und bekam eine 4.

Beide hatten 20.

»Unentschieden«, erklärte Ashley.

Als er die Karten im Discard Holder verschwinden ließ, zuckte etwas in seinem Gesicht.

Mehr noch als vorhin, als Balot ihm mit ihrer letzten Karte den Black Jack verdorben hatte, sie fühlte, dass er vorsichtiger wurde.

Œufcoques Antwort war sehr klar, so wie immer.

[Ich werde deine Visualisierung wiedergeben, so gut es geht. Pass die Tabelle ruhig so an, wie du es für richtig hältst. Ich habe alle Daten gespeichert.]

– Danke. Du bist ein echter Gentleman.

[Ist mir ein Vergnügen.]

Balot streichelte wieder über den Handschuh. Anstelle eines Kusses, um ihre Dankbarkeit zu zeigen. Dann konzentrierte sie sich voll und ganz auf den Tisch und visualisierte alles so deutlich wie möglich in ihrem Bewusstsein.

Die kleinen Karten kamen jetzt in Wellen.

Ashley allerdings zog immer große Karten, meistens als Face Card. Wenn die Reihenfolge um eine Karte abrutschte, wurden die Zehnerkarten die verdeckten Karten des Dealers. Ein schwieriger Fluss, schwierig, hier den entscheidenden Moment zu treffen.

Die Basis dieses Flusses war natürlich Ashleys Mischtechnik, allerdings fing Balot auch an, mit den Karten das Spiel zu beeinflussen. Es bewies ihr, dass viele Karten mit gleichen Zahlen aufeinander folgten oder in einer Partie mehrere gleiche Karten erschienen.

Sie betrachtete eine Modifikation nach der anderen, die Zahlentabelle unter ihrem Arm flackerte und veränderte sich. Die Zahlen folgten nach wie vor Œufcoques Wahrscheinlichkeitsrechnung, aber was diese Zahlen wirklich bedeuteten, entschied Balots *Wahrnehmung*. Nach der Wahrscheinlichkeitsrechnung waren Folgen von gleichen Zahlen oder Folgen von kleinen Karten lediglich zur Berechnung der Gewinnchance gut, wenn man die gespielten Karten mit einbezog. Der Aspekt, dass diese Karten den späteren Spielfluss beeinflussten, fehlte völlig.

In der Tabelle stand eben nur die Gewinnchance, kombiniert mit einer unvergleichlich präzisen Verwaltung des Kapitals.

Aber das reichte nicht, um Ashley zu besiegen. Je präziser sich der Spieler an die Strategie hielt, desto genauer konnte Ashley den Fluss der Karten kontrollieren und den Spieler in den Treibsand manövrieren.

Die Atempause kippte schnell und Balot fing wieder an zu verlieren. Entweder kam es zu einem Unentschieden oder Balot verlor mit einem winzigen Unterschied. Ihre Wahrnehmung wurde immer genauer. Bald fing sie an, zu unterscheiden, was sie wahrnehmen wollte und was nicht. Zum Beispiel Ashleys Finger. Die Zeigefinger an beiden Händen waren problemlos, sie transportierten nur die Karten. Die Bewegungen von Mittelfinger und Daumen waren sehr wichtig bei seiner Kontrolle des Kartenflusses.

Der Ringfinger sorgte für das Gleichgewicht.

Am wichtigsten in der Kartenreihenfolge waren allerdings die Bildkarten von Bube bis König, die Buben lagen meist in der Nähe der geraden Zahlen, der König in der Nähe der hohen geraden Zahlen und die Dame bei den niedrigen geraden Zahlen. Diese Zusammenhänge veränderten sich während des Spiels nur minimal. Aber warum veränderten sie sich überhaupt?

Weil das Ass der Schwerpunkt der Spielregeln war. Die eigentlichen Spielregeln und die Regeln, nach denen Ashley seine Karten mischte, umkreisten einander wie Paartänzer, die manchmal zusammenkamen und dann wieder auseinandergingen.

Und das führte wiederum dazu, dass Asse, die 5 und der stets in der Nähe wartende Bube für Ashley den größten Vorteil brachten.

Dies war auch nötig, weil ein Black Jack aus ♠ Ass und Bube dem Spieler den größten Gewinn schenkten.

Jedes Mal, wenn Œufcoque diese Elemente analysiert hatte und Balot etwas visualisierte, veränderte sich die Tabelle. Ihre ganze Form wurde komplexer, verzerrter, wenn Balot einen Blick darauf werfen wollte. Nach und nach wurde sie zu einem Gewirr von Zahlen und Buchstaben, absolut unverständlich, wenn man es nur mit den Augen wahrnahm.

Balot spürte, wie sie mit Œufcoque eins wurde, mehr als je zuvor, während sie ihre wenigen Chips aufstapelte. Sie bildeten keine Einheit, in der einer den anderen beschützte. Es war ein Gefühl von Gegenseitigkeit, gleichberechtigter Hilfe. Ein Paar, flüsterte sie in Gedanken. Damit das Wort ihr neuen Antrieb gab, ihrem eigenen Spiel. Balots Spiel.

So etwa nach der 15. Partie sah Œufcoques Tabelle aus wie ein brodelnder Nabemono-Hotpot aus Zahlen. Viele Zahlen waren auf großen und kleinen Buchstaben aufgestapelt und bildeten Strahlenwirbel.

Das war Œufcoques und Balots Konter und fast die einzige Schwachstelle in Ashleys Stahltür.

Balot war davon völlig hingerissen und strickte begeistert Masche um Masche aus verwirrenden Zahlen, deshalb hatte sie einen Moment lang nicht bemerkt, dass sich noch etwas verändert hatte.

Sie hatte sich verändert.

Ashley entdeckte es als Erster.

»Möchtest du dich vielleicht kurz frisch machen?«

Balot hatte kurz keine Ahnung, wovon er sprach. Anfangs

hielt sie es für eine weitere Fangfrage, damit lag sie aber falsch. Kalter Schweiß hatte sich auf ihrer Stirn und auf ihren Händen gebildet.

Sie hatte sich unbewusst mit der Hand den Schweiß von der Stirn gewischt. Als es ihr auffiel, waren die Finger ihrer rechten Hand bereits voll mit einem silbrig schimmernden Puder. Einen Moment lang verstand sie nicht, was das war.

Ashley schnippte mit den Fingern. Einer der Kellner, der gerade vorbeiging, beeilte sich, zu ihm zu kommen.

Ashley bat ihn um ein Handtuch. Auf Balots Frage, was er denn mit einem Handtuch wolle, zuckte Ashley verlegen mit den Schultern und sah Bell Wing an. Ein Spiel war ein Spiel, aber es war genauso wichtig, sich um das Wohlergehen einer jungen Dame zu sorgen, sagte dieser Blick.

Bell Wing nickte, als ihr auffiel, wie Balot aussah. Und dann hatte Balot verstanden: Das Handtuch war für sie. Erst jetzt sah sie sich genauer an. Ihre ganze Haut, die Haut an ihren Armen, Wangen, Händen, an ihrer Stirn, überall glitzerte etwas.

Silbernes Puder. Es gab keine andere Bezeichnung dafür. Ihre Haut sonderte silbriges Puder ab. Als sie mit der Hand sanft über ihre Wange strich, konnte sie feine Fasern fühlen, die von ihr abfielen und wie trockene Schneeflocken zu Staub wurden. So fühlte sich das an.

Es fühlte sich so an, als würde der Schweiß eine Tönung oder Gel aus ihren Haaren spülen, aber sie konnte sich gar nicht erinnern, so viel davon benutzt zu haben. Als es ihr allerdings auffiel, juckte es sie plötzlich am ganzen Körper. Es fühlte sich an wie nach einem Sonnenbrand, wenn die Haut sich abschälte.

»Sie wachsen … unter notwendigen und ausreichenden Voraussetzungen, wachsen die Fasern und erweitern das System …«, murmelte der Doc hinter ihr immer leiser.

Der Kellner kam und brachte ihr ein feuchtes Handtuch.

Balot wartete, bis Œufcoque alle Zahlenreihen gelöscht hatte. Sie hob ihre Arme und tauchte ihr Gesicht in das kühle Handtuch. Es war angenehm parfümiert. Langsam wischte sie sich Arme und Gesicht ab. Zusammen mit dem Schweiß wusch sie das silbrige Puder ab. Hände und Wangen juckten nicht mehr, sie fühlte sich befreit.

Vermutlich war das, was sie machte, auch eher eine Art Polieren als Abwischen, so sah es nämlich aus.

»Wenn du dich irgendwie unnormal fühlst, musst du es mir sofort sagen«, warnte der Doc, der ziemlich besorgt aussah und ihr an Stelle des Kellners das Handtuch abnahm.

»Übertreib's nicht. Bleib bei den sicheren Dingen.«

Er war wie ein Boxtrainer, der seinem Boxer Tipps für die nächste Runde gab.

Balot nickte leicht und konzentriert. Sie fühlte sich völlig normal. Dann legte sie vorsichtig ihren linken Arm auf Œufcoque.

In dieser Sekunde wirbelten die Zahlen unter Balots Arm. Genau wie sie in dieser einen Sekunde wieder voll im Spiel zurück war. Sie beruhigte ihren Atem und streckte ihren rechten Arm aus.

#Vielen Dank, das war sehr freundlich.#

Sagte sie und stapelte ihre Chips auf.

»Gern geschehen.«

Ashley legte seine Hand wie eine Art Willkommensgruß auf den Kartenschuh.

Das Spiel ging weiter.

Während der nächsten zehn Partien veränderten sich Œufcoques Zahlenwerte in einem noch schwindelerregenderen Tempo.

Die Zahlentabelle wirbelte und sprudelte und erzeugte mehrere True Counts, viele davon flossen und kristallisierten. So wuchsen Balots Fähigkeiten, und damit bekam auch Œufcoques ein neues Anwendungsgebiet.

Alles war im Fluss, alles floss über die sinnliche Wahrnehmung durch ihren ganzen Körper, die Kristallisierung und die logische Verknüpfung von Messwerten und genauen Prognosen.

Zum Beispiel die Welle, die sinnliche Wahrnehmung der Zeit, die Amplitude, all das war ständig im Fluss. Sie erkannte, dass alles einen Anfang und ein Ende hatte und dass aus etwas Neuem wieder etwas Neues entsteht. Ein bis dahin bestehendes Muster wurde übernommen, dann entwickelte es sich nach den Prinzipien von Ursache und Wirkung weiter. So kam die Vorhersage zustande.

Es war ein Kreis, eine Spirale, eine Schwingung. Es war das, was die Erfahrung der aktuellen Realität ausmachte – das war der Fluss.

Die Kristallisierung verband andererseits einen Punkt mit dem anderen, wie ein dichtes Netz. Sie konnte es sehen, die räumliche Wahrnehmung, die synthetische Erkenntnis.

Was in der Vergangenheit geschehen war, verstärkte die Verbindung, unabhängig von der eigenen Chronologie. Sobald sich ein Klumpen bildete, wurde er zum Kern von etwas Größerem, Anderem.

Und darüber hinaus wurde der Ort und die Richtung von sich selbst aus ganz natürlich bestimmt – das war die Kristallisierung.

Diese Form der menschlichen Intelligenz existierte nur dann, wenn die beiden sich gegenseitig stützten. Fehlte ein Teil, dann verlor der andere von selbst seine Bedeutung. Die ursprüngliche Macht der Intelligenz war es, ganz natürlich etwas zu finden, in dem man sein Bewusstsein einfach in den Sog des Unterbewusstseins gleiten lassen konnte. Jeder hatte diese Begabung. Und sie wartete nur darauf, endlich genutzt zu werden.

Balot konnte gar nicht genug davon bekommen. Œufcoque und Balot, vollkommen miteinander verschmolzen, in perfektem Rapport, das war der wahre Zweck ihrer neuen Sinne.

Während der 27. Partie konnte sie diese Sinneswahrnehmung klar visualisieren.

Die Face Card war ein Ass. Balot hatte eine 5 und einen Buben. Alle Karten waren wie die offenen Mündungen von Pistolen, mit denen Ashley auf sie zielte.

Balot saß vor diesen Karten und wisperte.

#Sie sind zu spitz, ich will sie runder machen.#

Die Worte waren für niemanden bestimmt, sie hatte sie halb unbewusst geflüstert. Als Ashley fragte, was sie damit meinte, verlangte sie einfach eine weitere Karte.

Ashley schleuderte ihr eine Karte aus dem Kartenschuh zu. Eine 2.

#Immer noch viel zu leicht.#

Obwohl sie ganz leise sprach, bebte die ganze Atmosphäre vor Anspannung.

Sie nahm noch eine Karte. Ein Ass.

#Sie werden immer spitzer.#

Es klang so traurig, aber Balots Gesichtsausdruck war vage und unlesbar, was sie sah und was sie dachte, blieb ihr Geheimnis. Aber sie hatte etwas gesehen. Und sie hatte darauf gezielt.

Der Doc hielt die Luft an. Bell Wings Augen wurden größer.

Jetzt.

#Hit.#

Sagte Balot.

Ashleys Hand zögerte nicht.

Er hatte gelernt, sich nie von irgendetwas ablenken zu lassen und ohne zu zögern eine Karte zu ziehen – selbst wenn diese Karte ihn direkt in den Abgrund schicken würde.

Eine neue Karte. Ein Ass. Balot war noch nicht fertig.

Ihr ganzer Körper fühlte sich an wie eine scharfe Rasierklinge, die in die Luftröhre ihres Gegners eindrang, ohne auf einen Widerstand zu stoßen.

#Hit.#

Noch ein Ass.

#Hit.#

Wieder ein Ass. Balot atmete tief aus. Eine 5, ein Bube, eine 2, und ein Ass und ein Ass und ein Ass und ein Ass …

#Stay.#

Ashley drehte seine Karte um. Ein Bube. Sogar Ashley starrte fassungslos auf den Tisch.

Dann flüsterte der Doc: »Unentschieden …«

Er klang so, als könne er nicht wirklich glauben, was er gerade sah.

»Ganz recht. Sieht so aus«, sagte Ashley.

Schnell sammelte er die Karten wieder ein.

Balot konnte präzise erfassen, wie er mit einem Schwung von links nach rechts die Karten ordentlich aufstapelte.

Ashley warf sie in den Discard Holder und starrte dabei Balots Hände an.

Er sah sie durchdringend an, als ihre nackte rechte Hand den Einsatz im viereckigen Pot erhöhte.

»Weißt du, warum ich mich auf die nächste Karte freue?«, fragte Ashley sie ganz leise, ohne die nächste Partie gleich zu beginnen.

Balot sah zu Ashley hoch. Sie nickte, sie sah total zerstreut aus. Als hätte sie völlig vergessen, dass er ihr Gegner war, weil sie sich so auf das Spiel konzentriert hatte.

#Wenn der König kommt, werden Sie verlieren. Besonders bei Pik. Dann wird alles, was Sie getan haben, völlig umsonst gewesen sein.#

Erklärte sie und sah weiter so aus, als überlegte sie immer noch, warum das wohl so sein würde.

»Das weißt du?«

Sie neigte ihren Kopf zur Seite.

»Ich würde ungern denken, dass du meinen Konter nur zufällig geknackt hast.«

Balot nickte, als hätte sie endlich begriffen, was er wirklich sagen wollte.

#Ich denke, ich weiß es, ja.#

»Du hast das Mischen durchschaut?«, fragte er mit einem belustigten Unterton, in dem eine Drohung mitschwang.

Aber Balot schüttelte nur leicht mit dem Kopf.

»Was weißt du dann?«

#Bis vor kurzem waren alle Bildkarten noch auf Ihrer Seite.#

Sie sah vage zum Kartenschuh hin.

#Aber jetzt sind auch einige auf meiner Seite.#

Ashley, die Hand noch immer auf dem Kartenschuh, zuckte mit den Schultern.

»Natürlich. Aber auch nicht gar so viele.«

#Mir reichen wenige. Solange ich sie nur habe. Das habe ich jetzt verstanden.#

»Aber werden sie rechtzeitig kommen?« Ashleys Grinsen erinnerte an einen Haifisch.

Balot dachte eine Weile nach, ehe sie antwortete.

#Ich muss nicht so oft gewinnen.#

Sein Lächeln erstarrte. In diesem Moment hatten seine Augen zum ersten Mal ihren besonderen Blick verloren. Tief in Ashley schien sich die Vorsicht, mit der er Balot behandelte, langsam in Feindseligkeit zu verwandeln.

Balot klopfte auf den Tisch.

Er warf die Karten auf ihren Platz.

Die Face Card war eine 5. Balot hatte zwei Buben.

#Es sieht aus, als ob sie sich streiten. Obwohl sie mir ja helfen.#

Sie sah auf die beiden, als täten sie ihr leid, ein roter und ein schwarzer One-Eyed Jack.

#*Aber* – Stay.#

Ashley drehte seine Karte unverzüglich um.

Ein König. Pik.

Gleichzeitig ließ Œufcoque die Zahlen unter ihrem linken Arm durcheinanderwirbeln.

Einige Kartenfarben schienen dichter zu werden und eine schwere Mauer aus Stahl zu errichten.

Balot gab sich damit zufrieden, ihm dabei zuzusehen, wie er eine weitere Karte zog.

Eine 6. 21 insgesamt. Seine Stahltresortür war wirklich dicht.

Mit seiner dicken Hand hatte er ihre Chips mehr oder weniger beschlagnahmt.

Eine 5, einen König und eine 6. Die beiden Buben. Eine Weile starrte sie auf den Tisch, als könnte sie ein Negativ der verschwundenen Karten mit ihren Augen sehen.

»Na, gibst du auf?«, neckte er sie.

Aber Balot hatte erkannt, was hinter seinen Worten steckte. Dieser eine Moment, in dem er hinter seiner Defensive wehrlos war, der Ton, mit dem er das verstecken wollte. Das brachte sie dazu, zu erkennen, was es wirklich bedeutete, in diesem Spiel eine Mauer aus Stahl aufzubauen.

– Ich will auf Kreuz setzen. Damit Kreuz zu mir kommt.

Mischte sie sich in Œufcoque ein.

[Roger.]

Eine klare Antwort. Er hatte sie nicht einmal gefragt, warum. Auch nicht, ob sie darin eine Chance sah, um zu gewinnen. Es war nicht so, dass er blind jeder ihrer Launen gehorchte, das war es nicht, er entschied immer noch selbst, was er tun wollte, wenn er erkannte, was sie vorhatte.

Œufcoque kämpfte auch, aber in dieser Kombination in einem ganz neuen Stil.

Balot legte ihre Chips glatt ab. Ihre seltsame Unruhe war verschwunden, ohne dass sie es bemerkt hatte.

Es war noch immer dunkel um sie herum, doch langsam wurde es heller, messerscharf leuchtete ihre Wahrnehmung in der unberechenbaren Dunkelheit.

Balot fühlte, wie sie selbst sich immer dichter mit dem Tisch und der ganzen Atmosphäre verband. Die Karten, das war sie selbst, wie sie gewesen war und wie sie jetzt war.

Sie fühlte den Druck, den Hass und auch das Gute.

Ashleys Art, die Karten auszugeben, wurde nach und nach einseitiger, und das ließ Balot nicht die Wahl, welchen Karten sie folgen sollte.

Vor Balots Augen legte sich ♣ 10 auf ♣ 9. Allerdings störten ♠ Ass und ♥ König dabei. Danach riefen ♣ 4 und ♣ 5 nach dem ♣ König.

♠ Bube lief ihnen hinterher, ♦ 3 und ♦ 7 standen ihm zur Seite und waren siegreich.

In Ashleys so perfekter Kartenführung war jetzt eine winzige Lücke entstanden, und Balots Bewusstsein tastete sich vor wie eine Hand, die ihre Finger vorsichtig im Dunkeln ausstreckte. Jetzt stieß ihre Hand gegen etwas.

Was ist das? Wovor habe ich im Dunkeln am meisten Angst? Dass ich im Dunkeln vor Angst keinen Schritt mehr machen kann. Dass ich keinen Finger bewegen kann, dass jeder mich manipulieren und benutzen kann. Sie wollte stark genug sein, damit es nicht so weit kam. Sie dachte, sie hätte schon lange aufgehört, so etwas zu fühlen. Die ganze Zeit, bis sie Œufcoque kennengelernt hatte.

Aber jetzt war sie hier und sie hatte wieder Angst. Dann roch sie es. Ein scharfer Gestank drang in ihre Nase. Ein imaginärer Geruch. Er umarmte sie, umhüllte ihren ganzen Körper wie ein Parfüm mit dem Hauch des Todes.

Irgendwie erinnerte es sie an damals, als sie im Auto eingesperrt worden war. Es stank nach Gas. Trotzdem blieb ihr keine andere Wahl, sie musste sich einsperren, um zu überleben.

Damals hatte sie gedacht, dass sie jetzt sterben würde. Erbärmlich. Einsam. Traurig.

Doch sie hatte es geschafft.

Die Face Card war eine 8.

Balot hatte eine 3 und eine 6.

Alle Karten waren Kreuz. Balot klopfte auf den Tisch.

#Hit.#

Sie bekam eine 6. Entschlossen hob sie ihren Finger und klopfte wieder auf den Tisch.

#Hit.#

Ashley drehte seine Hand um, eine 6.

Eine 3, 6, 6 und wieder 6 – sie hatte diese Reihenfolge schon einmal gesehen, jetzt lagen diese Karten allerdings vor ihr. Die zweite 6 war eine Kreuzkarte, die dritte auch.

Es war wie das Quietschen der Tresortür, die mit Gewalt aufgerissen wurde, dass so viele gleiche Karten sich jetzt zu ihr neigten. Ashley deckte die Karte auf, als wäre sie plötzlich sehr schwer geworden.

♠ Ass. Die Karte, die Ashleys Schutzengel war.

Aber sie kam zu spät. Mit der 8 zusammen hatte Balot 19.

Und sie hatte gewonnen.

»Herzlichen Glückwunsch«, sagte Ashley mit einem Lächeln.

Balot bekam ihren Gewinn, noch bevor er die Karten einsammelte.

Balot konnte weder sein Lächeln noch den Gewinn richtig wahrnehmen.

Sie konzentrierte sich voll und ganz auf einen einzigen Punkt inmitten der Wirbel von Zahlen.

Das war jetzt ihre Chance, einmalig. Sie dachte es, Œufcoque dachte es auch.

#Machen wir weiter.#

Sagte sie. Dabei hob sie ihre linke Hand hoch, die bis dahin auf dem Tisch gelegen hatte.

Mit rechts hob sie den goldenen Chip hoch und legte ihn ruhig in den Pot.

Ashley bewegte sich nicht, bis ihre beiden Hände wieder auf dem Tisch ruhten.

Die Zuschauer jubelten, als sie den 1-Million-Dollar-Chip sahen.

»Balot …«, sagte Doc Easter. Nicht warnend, sondern ganz leise, überrascht und voller Hoffnung.

Bell Wing starrte sie an.

Dann klopfte Balot auf den Tisch. Ashley warf nur einen flüchtigen Blick auf den goldenen Chip und zog die Karten lässig aus dem Kartenschuh.

Die Face Card war ein Bube.

Balot hatte ein Ass und eine 4. Alles in Pik.

Balot sprang frontal in die Klingen, die Ashley ihr entgegenhielt.

#Hit.#

Die nächste Karte. ♣ 7. Ihre Hand wurde von einer Hard Hand zur Soft Hand.

#Hit.#

Balot zögerte keine Sekunde und klopfte auf den Tisch. Als trommelte sie einen festen, sicheren Rhythmus. Aber Ashleys Geschick ließ ebenfalls nicht nach. Die nächste Karte.

♣ 7. Insgesamt 19.

Balot atmete ruhig aus und sagte dann ganz langsam: #Stay#.

Ashley drehte seine Karte um.

Eine 2.

Die rote Karte lag im Kartenschuh vorn. Er legte sie ohne ein Wort weg. Ashley starrte Balot an. Balot starrte die Karten an.

Ashley zog die nächste Karte. König.

♣ König.

»Du hast es geschafft, Balot …«, rutschte dem Doc heraus. Schnell hielt er sich selbst den Mund zu.

Das Spiel hatte gerade erst angefangen.

Balot sah nicht einmal zum Doc hin, nickte nur leicht und achtete darauf, dass sie ihren Rhythmus nicht in Gefahr brachte, und beobachtete Ashley.

Ashley verbog seine Lippen zu einem Lächeln, räumte die Karten weg und zwinkerte ihr zu. Dann wollte er etwas sagen, aber jemand anders drängelte sich vor.

»Du siehst es jetzt, nicht wahr? Frauen halten viel mehr aus als Männer. Ganz egal, was du sagst, sie weiß, was es bedeutet, Widerstand zu leisten, alles auszuhalten, durchzuhalten.

Mehr als du es dir überhaupt vorstellen kannst«, sagte Bell Wing kühl. Ihre Lippen umspielte ein kaltes Lächeln.

»Bell … ich dachte, du wärst auf meiner Seite.«

Ashley sah überrascht aus, während er seine Finger nach der Kiste neben sich ausstreckte.

Bell Wing wedelte leicht mit ihrer Hand, als wolle sie den Zigarettenrauch verscheuchen.

»Wenn ein Spiel so einfach wäre, wäre das doch langweilig.«

Ashley zuckte mit den Schultern und nahm die Schachtel mit den goldenen Chips endlich in die Hand.

»Da sind noch eine ganze Menge drin.«

Seine Arme schienen vom Gewicht der Chips nach unten gezogen zu werden, als er Balot aufforderte, sich einen auszusuchen.

Balot hätte in diesem Moment fast gesagt, dass sie es ja nicht auf alle abgesehen hätte, doch sie schwieg und streckte ihre Hand aus. Es ging ja gar nicht um den Chip an sich. Sie wollte weder die Schale noch das Eiweiß berühren.

Sich nur lautlos das Eigelb nehmen. Die Worte des Doc gingen ihr nicht aus dem Kopf.

Balot nahm den Chip, den sie wollte, in ihre nackten Finger. Ein Chip mit dem Firmenlogo der October Company – ein Chip voll mit der Vergangenheit eines Mannes, die stank wie ein faules Ei.

Sie nahm ihn mit links und legte ihn auf den Handschuh.

Danach legte Ashley die Kiste mit den goldenen Chips respektvoll und doch irgendwie spöttisch zur Seite und fing wieder an, die Karten zu mischen. Während Balot so tat, als würde sie ihn konzentriert dabei beobachten, ließ sie den Chip schnell zwischen die beiden Handschuhe rutschen.

Ashley mischte weiter, Œufcoque fing sofort mit der Arbeit

an, dann legte Bell Wing unvermittelt ihre Hand auf Balots Schulter.

»Ich möchte nur ein bisschen vor mich hin reden. Ich will dich keineswegs damit belästigen.«

Das passte so gut zu Bell Wing, und Balot musste sich deswegen auch nicht umdrehen.

»Es ist so, ich möchte, dass du dich an etwas erinnerst. Die eine Sache, die ich dir beigebracht habe. Vielleicht war das ja auch umsonst. Aber erinnere dich an das, was ich immer ganz unbewusst getan habe.«

Balot nickte, die Augen weiter beim Mischen.

#Sich ganz wie eine Frau zu benehmen?#

»Richtig. Ja. Das ist ganz einfach. Du musst einfach ganz Frau sein. Sei einfach ganz du selbst. Sonst kannst du nicht mit den Karten reden. Und wenn du nicht mit den Karten reden kannst, dann wirst du ihn nie schlagen können. Und du willst doch nicht etwa gegen ihn verlieren, oder?«

#Nein.#

»Gut! Du siehst jetzt schon viel besser aus.«

#Vielen Dank, Bell Wing.#

Balot berührte mit ihrer Hand Bell Wings Hand auf ihrer Schulter. Sanft, freundlich. Und auch streng. Dann zog Bell ihre Hand ruhig zurück und legte sie auf Balots Stuhllehne. Der Doc und Bell hatten beide eine Hand auf ihrer Stuhllehne, beide standen hinter ihr wie ihre Beschützer.

Es sah ganz nach einem Drei zu Eins aus. Ashley verzog den Mund und brummte vor sich hin.

»Ich hätte jemand anderen bitten sollen, mein Zeuge zu sein«, flüsterte er, während er immer noch die Karten mischte.

5

»Es ist wirklich unglaublich – du scheinst das Schicksal verstanden zu haben«, sagte er und mischte vollkommen gleichgültig weiter.

»Ich kann es wirklich kaum fassen, aber womöglich hast du bereits verstanden, wofür ich mein ganzes Leben gearbeitet habe. Und dabei sitzt du noch nicht einmal eine Stunde an diesem Tisch.«

#Ich habe eben von Ihnen gelernt.#

Sagte Balot trocken. Und ganz tief in ihrem Herzen war sie ihm wirklich dankbar.

#Ich habe an diesem Tisch viel gelernt. Dafür bedanke ich mich.#

Ashley verzog sein Gesicht, als er das hörte. Als ob es ihn ärgerte, dass ihm eine Fünfzehnjährige so etwas sagte. Doch selbst jetzt noch erstrahlte sein Charme wieder und er fragte: »Willst du das Geheimnis meines Mischens lernen? Ist es das, was du willst?«

Balot war nichts anzusehen, möglicherweise stimmte sie ihm sogar zu.

»Das geht nicht. Ich habe keine Ahnung, wie ich jemandem beibringen soll, wie das geht. Darum habe ich ja keinen Nachfolger. Und das macht mir Sorgen.«

Er schüttelte den Kopf und sah aus, als hätte er wirklich ein großes Problem damit.

#Ich denke, ich verstehe es.#

»Aha?«

#Nicht das Mischen an sich. Sondern dass es sonst einfach keiner versteht.#

»In der Tat, ja. Hm … hast du schon mal über das Glück und das Schicksal nachgedacht?«

#Ich dachte oft, dass ich eben immer Pech habe.#

»Nun, das gehört zum Leben dazu«, sagte Ashley schlicht. »Aber hast du nie darüber nachgedacht, dass das Glück uns eigentlich beherrscht?«

#Ich dachte immer, es wäre einfach meine Schuld.#

»Nun, auch dass man so etwas denkt, kommt leider vor.«

#Ich habe nie gedacht, dass es nicht meine Schuld sein könnte.#

»Dachte ich mir. Du bist eben bescheiden. Wenn Kinder ohne anständige Menschen in ihrer Nähe aufwachsen, dann ist es unvermeidlich, dass sie so etwas denken – hast du nie tiefer über dein Schicksal nachgedacht?«

#Ob ich Sie besiegen kann?#

»Ja.«

#Über das Geheimnis des Mischens?#

»Ganz genau.«

Er klang wie ein Lehrer, der versucht, einem kleinen Kind das Einmaleins beizubringen. Als wolle er jemandem, der bisher nur Addieren und Subtrahieren kannte, etwas ganz Neues beibringen.

»Zum Beispiel: Du sprichst doch eine Sprache, oder?«

Balot neigte ihren Kopf fragend zur Seite. Das war ihr zu offensichtlich.

»Und wie entsteht Sprache?«

#Sie kommt aus dem Mund – oder aus dem Bleistift.#

»Richtig. Es gibt noch Schreibmaschinen, Diktiergeräte, Gebärdensprache, all so was. Aber wie wurde die Sprache geschaffen? Wer macht Sprachen?«

#Die Götter?#

»Das ist nicht ganz richtig, aber auch nicht ganz falsch«, sagte Ashley freundlich und unterbrach kurz das Mischen.

Als gehöre es zu seinem Job, über solche Dinge zu plaudern.

Balot konnte fühlen, wie Œufcoque das Eigelb aus dem Chip saugte. Sie achtete darauf, dass sie den Rhythmus und die Spannung des Spiels hielt, während sie Ashley zuhörte und ihm gelegentlich antwortete.

»Es gibt da so eine Geschichte. Früher gab es verschiedene Studien, um Computern die menschliche Sprache beizubringen. Der Computer wurde mit den verschiedenen Regeln, nach denen Sprache funktioniert, programmiert. Er sollte sofort antworten, wenn ein Mensch ihn anspricht. Allerdings hat das nicht so besonders gut funktioniert. Wurde eine Aussage oder Frage auch nur geringfügig variiert, gab es Fehler. Der Mensch hat versucht, dem Computer die Sprache beizubringen, aber der Computer sah den Menschen dabei eher als eine Art Programmfehler an. Um dieses Problem zu lösen, haben sie neue Sprachregeln aufgestellt, aber das war alles umsonst.«

#Warum wollte man denn einem Computer das Sprechen beibringen?#

»Überleg doch mal, gibt es in deinem Leben irgendwas, was nicht von Spracherkennung profitiert? Was machst du, wenn dein Computer schon bei einer kleinen Mail abstürzt? Deine Stimme ist schließlich auch nur von Computers Gnaden.«

#Und, wie haben die Computer dann die Sprache gelernt?#

»Die Sprache wurde *durchgemischt*, so wie Spielkarten.«

#Wie Karten?#

»Die Zeitungen der letzten zwanzig Jahre wurden gesammelt, und alle Texte wurden in den Computer eingegeben. Millionen von Wörtern in Sätzen. Danach ließ man den Computer selbst berechnen, *welches Wort mit der höchsten Wahrscheinlichkeit auf ein anderes folgt*. Auf ›Hallo‹ folgt zum Beispiel am häufigsten ›Wie geht es dir‹.«

#Wahrscheinlichkeitsrechnung?#

»Ganz richtig, ja. Die Wahrscheinlichkeit der Wörter. So konnten Computer Sprache verstehen. Da gibt es keine Bugs mehr. Computer lernen so jedes Wort in der Praxis. Und so wurde ein Sprachcomputerprogramm entwickelt, das man tatsächlich verkaufen konnte.«

#Alles, was wir sagen, ist also zufällig?#

Ashley grinste. So wie einer, der beobachtet, wie jemand einen Berggipfel erreicht hat und da oben schon den nächsten, noch höheren Berg vor sich sieht.

»Allein die Tatsache, dass wir überhaupt leben, ist schon ein Zufall. Da ist gar nichts Wunderbares dabei. Der Zufall ist etwas ganz Wesentliches, das die Götter uns geschenkt haben. Und wir sind wunderbare Lebewesen, dass wir aus diesem Zufall den Sinn unserer eigenen Existenz finden können. Die Notwendigkeit unserer Existenz.«

#Die Notwendigkeit?#

»Zum Beispiel: Diese Karten haben doch eine feste Anzahl, oder?«

#Ja.#

»Manchmal werden es mehr, manchmal sind es weniger.«

#Ja.#

Erst als sie schon geantwortet hatte, fiel ihr auf, dass er damit betrügen gemeint hatte.

Sie sah Ashley irgendwie erstaunt an.

»Aber Karten sind eben nur Karten. Da kommen keine Bildkarten, die man noch nie gesehen hat, und nach einem Ass kommt kein Bass. Das Spiel bleibt nur ein Spiel, weil die Karten eine bestimmte Reihenfolge haben. Und so wie unsere Sprache, so entsteht die Reihenfolge der Karten auch durch Zufall. Aber wenn sie eine bestimmte Form annehmen, resultiert daraus die Notwendigkeit: *Nichts wird ohne den Zufall geschaffen.*«

Balot nickte knapp. Sie konnte fühlen, dass Ashley bald mit dem Mischen fertig sein würde, so wie ein Theaterstück, das sich dem Ende näherte.

Dann sprach er weiter.

»Wenn ein Fluss aufgestaut wird, tritt er über die Ufer. Wenn er sich in kleine Nebenarme aufteilt, wird der Pegel sinken, und wenn es nicht regnet, trocknet er aus. Das Glück – oder das Schicksal – ist genau wie dieser Fluss. Es ist gleichgültig, ob dieser Fluss wirklich existiert oder nicht. Die Frage ist nur, dass der Fluss weiter fließt. Jeder lebt in diesem Strom. Manche treiben zurück und ertrinken, manche versuchen, die Schwimmenden von hinten unter Wasser zu ziehen, damit sie selbst oben schwimmen können.

Aber der Fluss lehrt uns: Wer mit dem Strom eins wird, wird selbst zum Fluss.«

Als er das letzte Wort gesagt hatte, war der Stapel geordnet. Dann legte er die rote Karte davor hin und sah Balot an. Freundlich und wohlwollend.

Sie nahm die rote Karte und steckte sie genau in das Herz des Stapels, das Zeichen ihres Respekts vor Ashley, der die Karten so kunstvoll geordnet hatte. Die Karten standen sofort unter Balots Einfluss. So wie ein Gespräch unter neuen Freunden natürlich etwas anderes ist als ein Gespräch mit Fremden und sich auf einer ganz anderen Ebene abspielt.

Ashley hob den Stapel ab.

Es dauerte nur eine Sekunde.

In dieser einen Sekunde rasten und wirbelten die Zahlen in einem schwindelerregenden Tempo unter Balots Unterarmen. Die wahrscheinliche Reihenfolge der Karten wurde auf einen einzigen Punkt konzentriert.

Es war wie das, was Bell Wing gesagt hatte. Sie musste daran denken, was sie eigentlich war. Das war der einzige Weg, ihn direkt anzugreifen.

Balot stapelte ihren Einsatz auf. Alle Chips, die sie einsetzen wollte, wenn sie wirklich endgültig gewinnen wollte.

Das Spiel begann.

Die Face Card war eine Dame. Balots Karten waren ein Ass und eine 5.

Balot nahm noch eine Karte. Eine 7. Noch eine. 6. Damit hatte sie eine Soft 19 Hand. Stay.

Ashley blieb cool und änderte seinen Rhythmus nicht. Es war wie ein Gespräch, in dem keine Pausen entstanden.

Sie reagierten ohne zu zögern aufeinander, denn sie hatten genau verstanden, wie der andere das Spiel beeinflusste.

Ashley drehte seine Karte um, eine 6. Mit seiner Dame zusammen 16. Er nahm eine weitere Karte, eine 2. Damit hörte er auf.

Balot hatte gewonnen.

Ashley zahlte ihr ihren Gewinn aus und stapelte die Chips neben dem Pot auf.

#Spielen wir weiter.#

Sagte Balot und stellte die Hälfte ihrer Chips zu dem bisherigen Einsatz.

Balot bekam einen Buben und eine 9. Stay.

Ashleys Face Card war ein König, seine verdeckte Karte eine 8. Balot hatte gewonnen.

Im nächsten Spiel hatte Balot eine 9, eine 4 und eine 8 gezogen. Neben Ashleys Face Card, einer 10, lag ein König. Balot gewann.

Weder Ashley noch Balot verloren auch nur ein Wort darüber, dass Balot plötzlich angefangen hatte zu gewinnen.

Unter Balots Arm rechnete Œufcoque die Quoten aus und ließ sie frei. Sogar seine Rechenfähigkeit war mittlerweile ein Teil von Balot geworden. So wie auch ihre Wahrnehmung mit Œufcoque verbunden war. Hit oder Stay? Split oder Double Down? Alles wurde im gleichen Moment entschieden, jedes Mal wurde die Reaktion auf einem bestimmten Level berechnet. Balot hatte die Welle in all den Spielen zuvor aufgebaut, um sie auf dieses Level zu bringen. Sie hatte sich selbst verloren.

Aber wie es im Leben nun mal so ist, fiel ihr das erst viel, viel später auf, als sie sich daran erinnerte. Balot tat jetzt, was sie tun musste.

Das war ihre Antwort. Aber es war immer noch nicht genug.

Die fünfte Partie ging zu Ende. Balot hatte jedes Spiel gewonnen.

Die Stapel im Pot wurden größer und größer, wuchsen zu einem gewaltigen Berg an. Der Berg hatte ihr manchmal geholfen, manchmal hatte er sie aber auch belastet. Ihre Reaktionen gemeinsam mit Œufcoque waren immer konstant, immer im Gleichgewicht. So wie die fünfzigprozentige Antwort, die sie Ashley gegeben hatte, als sie über das Trampen sprachen.

Als Balot die siebte Partie gewonnen hatte, unterbrach er ihre Gedanken.

»Erinnerst du dich an die kleine Geschichte von vorhin?«

Balot sah hoch und nickte kurz.

»Die Geschichte geht noch weiter. Soll ich sie dir erzählen?«

Er stellte ihren Gewinn neben den Pot und zeigte so, dass er erzählen und spielen würde, ohne das Spiel zu stören.

Balot nickte und stellte ein Drittel ihres Gewinns zum Einsatz.

#Ja. Das würde ich gern hören.#

»Eigentlich habe ich das noch nie jemandem erzählt.«

Er teilte die Karten aus.

»Ich hatte mal einen großen Bruder. Es gab nur uns zwei und unsere Eltern zuhause. Ich habe ihn über alles geliebt.«

Die Face Card war ein König. Balot hatte ein Ass und eine 8.

»Eines Tages sah er am Straßenrand einen Tramper, er hat angehalten und seine Autotür aufgemacht.«

#Aha.#

Sie zeigte mit ihrer Hand *Stay* an. Ashley drehte seine Karte um.

»Und der hat ihn getötet. Der Mörder wurde bis heute nicht gefunden.«

Seine verdeckte Karte war eine 8. Balot hatte gewonnen. Ashley räumte die Karten ab und sprach dabei weiter.

»Er hat ihn in seinem Kofferraum eingesperrt. Während die Sonne vom Himmel brannte. Mehr als zehn Stunden lang quälten ihn die Hitze, Dehydration, er bekam keine Luft mehr und ist schließlich gestorben. Einsam, im Dunkeln.«

Er schob ihr ihren Gewinn zu. Sie schob ihn zu ihrem Einsatz.

Die nächste Runde begann.

»Nach der Beerdigung meines Bruders bin ich mit meinem Vater an den Tatort gefahren. Ich kletterte in den Kofferraum des Wagens, in dem mein Bruder tot aufgefunden worden war. Ich bat meinen Vater, die Klappe zu schließen. Ich wollte wissen, wie mein Bruder sich dabei gefühlt hatte.«

Die Face Card war eine 5.

»Es war schrecklich da drin. Entsetzlich.«

Balot hatte einen Buben und eine 2.

»Ich habe im Dunkeln verzweifelt meine Hände ausgestreckt. Dann hörte ich meinen Vater. Zieh an dem Haken, sagte er, da ist irgendwo ein Haken. Mit seiner Hilfe habe ich den Haken gefunden und konnte den Kofferraum öffnen.«

Balot zeigte mit ihrer Hand *Hit*.

»Ich bin entkommen, mein Bruder nicht.«

Sie bekam eine 9. Stay.

Er drehte seine verdeckte Karte um. Eine 9. Er zog noch eine Karte, eine 6. 21 und 20 – Balot hatte nur knapp gewonnen.

»Wenn mein Bruder damals dieses *Wissen* gehabt hätte …«, er räumte die Karten ab und stapelte ihren Gewinn auf.

»Oder wenn *jemand* da gewesen wäre, der ihm hätte sagen können, dass da ein Haken ist …«, fuhr er fort. Balot stapelte ihre Chips in den Pot.

Es ging weiter.

»Oder wenn er das *Glück* gehabt hätte, den Haken selbst zu finden … wenn mein Bruder nur eins davon gehabt hätte, wäre er wahrscheinlich nicht tot.«

Die Face Card war eine 8.

»Ob man eines von diesen dreien hat, das entscheidet alles im Leben. Die, die nichts davon haben, verlieren zuerst.«

Balot hatte eine 5 und eine Dame.

»Ich weiß nicht, was von den dreien du hast, aber du überlebst, weil du es hast. Das darfst du nicht vergessen.«

#Ja.#

Balot nickte. Ihre Finger klopften auf den Tisch, Hit.

Sie bekam eine 6.

Sie hatte ihm schweigend und respektvoll zugehört, wie er

ihr sein Herz ausschüttete, dabei konzentrierte sie sich weiter auf das Spiel.

Ashley drehte seine verdeckte Karte um. Eine 9.

Zusammen mit der 8 insgesamt 17.

Balot hatte zum neunten Mal gewonnen. Der Pot konnte kaum noch Chips fassen. Aber es gab immer noch keine Sicherheit. Noch keine hundertprozentige Antwort. Sie musste ihre eigene hundertprozentige Antwort finden, mit der sie es mit ihm aufnehmen konnte.

Wenn sie gewann, stand sie unter deutlich mehr Stress, als wenn sie verlor. Mehrmals hintereinander zu gewinnen war genau wie Laufen oder Sprinten im gleichen oder schnelleren Tempo auf einer Straße, die immer schmaler wurde. Wenn sie nur für einen kurzen Moment das Gleichgewicht verlieren würde, würde sie sofort in den Abgrund stürzen.

Balot lernte hier, dass Mardock, die Treppe in den Himmel, einem mehr Qual verschaffte, wenn man auf ihr dem Ruhm entgegenstieg, als wenn man von der Treppe herunterfiel.

Sie setzte ein Viertel ihrer Chips. Sie hielt den Stress und die Qualen aus und stieg die Treppe langsam, Stufe um Stufe hinauf.

Als sie ihre Karte bekam, hätte sie am liebsten nicht hingesehen, weil sie die Anspannung nicht länger ertragen konnte. Das war ihre Versuchung. Sie wusste, wie erleichtert sie sein würde, danach. Also biss sie die Zähne zusammen und widerstand. Wenn es in ihrem Leben einen guten Zeitpunkt zum Widerstand gegeben hatte, dann diesen.

Die Face Card war eine 3. Balot hatte einen König und eine 6.

Sie nahm noch eine Karte. Eine 3.

#Stay.#

Ashley drehte seine Karte um. Eine 2. 5 insgesamt. Er nahm

noch eine Karte. Eine 8. Eine weitere Karte. Eine 6. 19 gegen 19. Ashleys Glück war im richtigen Moment gekommen.

»Unentschieden«, flüsterte Ashley.

Balot ließ ihren Einsatz, wie er war, und forderte das nächste Spiel.

Die Face Card war ein König. Balot hatte eine 8 und eine 9.

#Stay.#

Seine verdeckte Karte war eine 2. Insgesamt 12. Dann bekam er eine 5.

Wieder unentschieden. Wenn Balot eine weitere Karte gezogen hätte, hätte Ashley überschritten.

Das war die Entscheidung. Das nächste Spiel endete ebenfalls mit einem Unentschieden. Ihr Einsatz bewegte sich nicht. So wie ein Ding im Mittelpunkt zweier Magnetfelder, die es beide anziehen, sich nicht mehr bewegt.

Ashley sprach nicht mehr.

Balot sagte ebenfalls nichts.

Aber das Spiel ging weiter. Der Doc und Bell Wing sahen schweigend zu. Gelegentlich kam auf der Galerie ein Zuschauer dazu. Musik lief, passte sich dem Rhythmus der Karten an und ebbte wieder ab.

Es ging mit Unentschieden weiter. Nicht nur ein- oder zweimal. Das war die Dunkelheit über der endlosen Wüste. Aber dort leuchtete schon der Morgenstern. Sie konnte die Sterne sehen. Sogar ihre Unsicherheit und die frostkalte Anspannung schienen ihr jetzt wie Freunde, die an ihrer Seite gingen.

Ihre Unruhe und ihre Erschöpfung sahen zusammen in eine andere Richtung. In die Richtung, in die Balot noch gehen musste. Nichts wäre dümmer gewesen, nichts wäre einfacher gewesen als jetzt die Augen abzuwenden.

Auch die zwanzigste Partie endete mit einem Unentschieden.

Nach dem Unentschieden des 21. Spiels löste sich die Reihenfolge der Karten auf. Während des Unentschiedens der 22. Partie wollte etwas unbedingt rauskommen, wie eine Welle, die immer und immer wieder gegen die Kaimauer schlug und dabei zerspringt.

Die Face Card der 23. Partie war ein König.

Balot hatte eine 3 und eine 5.

Balot nahm noch eine Karte. Eine 2. Sie nahm eine weitere Karte und bekam eine 4. Sie atmete ruhig, damit ihr Herz nicht so schnell schlug, ganz gleich, was jetzt passieren würde. Dann sagte sie:

#Hit.#

Sie bekam eine 5. 19 insgesamt. Mit ihrer gesamten Willenskraft zwang sie sich dazu, ihre Augen aufzuhalten, die sich schon abwenden wollten, und entschied, ob sie dabei blieb oder nicht. Stay.

Ashley drehte seine Karte um. Ein Ass.

Er hatte präzise gewonnen. Er nahm ihren ganzen Einsatz.

Balot starrte den Pot an. Sie konnte hören, wie die Leere, die die Chips hinterlassen hatte, ihr zuflüsterte, dass jetzt der richtige Zeitpunkt gekommen sei. Die Chips, die sie verloren hatte, waren nur eine kleine Anhöhe.

Um diesen Hügel zu überwinden, musste sie springen. Sie musste ganz oben von dem Hügel springen, den sie selbst aus den Chips aufgebaut hatte.

Wenn sie ihren Landepunkt falsch einschätzte, hieß das nichts anderes, als dass sie sich selbst tötete. Sie hatte schließlich den Einsatz so in die Höhe getrieben, es war ihre Schuld, dass der Hügel so hoch war.

Balot betete, damit sie wieder etwas Mut fand. Dabei war es doch gar nicht so schwer. Wenn sie alles in der Hand hatte und jetzt geprüft werden sollte, dann musste sie nur ihre Hand öffnen.

Balot öffnete ihre linke Hand. Sie nahm den ersten goldenen Chip und legte ihn in den ordentlich leer geräumten Pot. Die Zuschauer auf der Galerie raunten aufgeregt.

#Spielen wir weiter.#

Ashley nickte. Seine Face Card war ein Ass. Balot bekam eine 7, danach noch eine 7.

Dann war da plötzlich die rote Karte im Kartenschuh.

Ashley legte die Karte beiseite. Balot atmete tief ein. Sie griff nach dem zweiten goldenen Chip und konnte fühlen, dass Œufcoque dessen Inhalt bereits hatte.

Sie legte ihn leise auf den anderen Chip im Pot.

#Double Down.#

In diesem Moment verschwand jedes Geräusch aus dem Casino.

Zwei Chips hatten gereicht, um alles einzufrieren.

In dem eisigen, gespannten Schweigen legte Ashley seine Hand auf den Kartenschuh.

Er warf ihr die Karte mit einem eleganten Schwung zu. Balot sah, dass sie rot war, feuerrot.

Eine 7.

Eine rote 7.

Das war es also, was am Ende des Duells von Ashley und Balot herauskam.

Diese Kartenreihenfolge war das Ergebnis, wenn zweimal 7 und gerade Zahlen ab 8 übrig blieben, wenn der Spieler den magischen Moment des sicheren Gewinnens erwischte. Die dritte 7 kam nur, wenn der Dealer und der Spieler gleichermaßen exzellent waren. Direkt vor Balot lagen die Orly Stevens. Links und rechts zweimal Karo. In der Mitte das pulsierende Herz.

Rot wie Blut. Und tatsächlich waren die Karten Blut. Kein Blut wie bisher, das sie aus Grausamkeit oder Verzweiflung vergossen hatte. Sondern das Blut ihres Geistes, das floss, weil sie jetzt das erste Mal wirklich gekämpft hatte. Darum musste sie jetzt ihre hundertprozentige Antwort finden, ihren Wert, ihr Ziel.

#Even Money.#

Erklärte Balot.

Sogar Ashley schnappte laut nach Luft. Seine Hand, mit der er eigentlich die Karte umdrehen wollte, sobald sie Stay sagte, zitterte in der Luft.

Das war ihre Entscheidung, auf den Gewinn beim Black Jack zu verzichten. Und der einzige Weg, nur das zu holen, was sie wollte.

»Du willst sechs Millionen Dollar aufgeben? Das wären vier Millionen mehr?«, flüsterte Ashley.

Balot blieb regungslos.

Die Hand des Doc auf ihrer Rückenlehne zitterte.

Bell Wing, die neben ihm stand, schloss ihre Augen. Bis sie sie wieder öffnete, herrschte Stille.

»Ich hätte nie gedacht, dass du freiwillig auf eine Chance, sechs Millionen Dollar zu gewinnen, verzichtest. Ich habe dich falsch eingeschätzt. Das war mein Fehler«, seufzte Ashley, der ganz vorsichtig ausatmete.

»Ich habe Mut gesehen. Und Demut. Doch zum ersten Mal sehe ich einen vollkommenen Sieg.«

Ashley legte seine flatternde Hand langsam auf dem Tisch ab. In diesem Augenblick trübte sich ihr Blick, bis sie nichts mehr sehen konnte.

Sie weinte. Sie konnte gar nicht aufhören zu weinen. Ihre Wangen wurden warm, und mit den Tränen floss auch das silbrige Puder an ihr herab. Ihr wurde warm und sie dachte daran, dass sie das selbst geschafft hatte. Sie hatte die letzte Stufe der Treppe in den Himmel genommen und war gesprungen, ein Sprung des Glaubens. Und sie war auf einer Stufe gelandet, die es vorher nicht gegeben hatte, die nur ihr allein gehörte.

Jetzt hatte sie wirklich Angst. Sie zitterte am ganzen Körper, fand den Mut nicht, den nächsten Schritt zu machen. Erst viel später merkte sie, dass sie geweint hatte. Und wie sie geweint hatte, ohne Anfang und ohne Ende.

#Als ich in einem Auto eingesperrt worden war, hat mich jemand gerettet. Ich bin einmal gestorben, so wie Ihr Bruder.#

Erzählte sie ihrem starken Gegner wie im Traum. Damit er verstand, warum sie gewann. Was sie von den drei Dingen hatte.

#Als ich tot war, habe ich meine Stimme verloren. Aber dafür habe ich etwas anderes bekommen.#

Ashley atmete tief aus.

»Wie die kleine Meerjungfrau aus dem Märchen.«

Er zuckte mit den Schultern, als wäre ihm sein letzter Satz irgendwie peinlich.

»Das erinnert mich an das Märchen von der kleinen Meerjungfrau, die ihre Stimme gegen Beine eintauschte, damit sie auf der Erde gehen konnte. Obwohl sie sich am Ende doch in Meerschaum auflöst, war sie sehr mutig. Bei jedem Schritt spürte sie tausend Messer unter ihren Füßen, aber sie wollte die Wahrheit wissen«, sagte er und deckte seine Karte auf.

Balot konnte vor lauter Tränen immer noch nichts sehen.

»Hätte nie gedacht, dass ich mit diesem Blatt mal verliere.«

#Ich kann die Karten nicht sehen.#

»Die Karten sind nicht mehr wichtig. Du hast gewonnen. Perfekt gewonnen.«

Als er das sagte, konnte sie die Karten plötzlich erkennen.

♠ Ass und ein schwarzer One-Eyed Jack.

Der stärkste Black Jack und ein Spiegelbild des Mannes, der ihr gegenübersaß.

Dritter Teil 合軸

Pleuelstange

1

Alle hatten gewartet, bis Balot sich mit dem Handtuch von vorhin das Gesicht abgewischt hatte und wieder gefasst war. Ashley fragte auch nicht, ob sie noch eine Partie spielen wollte. Er hatte die Karten nicht eingesammelt, er war nicht darauf vorbereitet, die Karten zu mischen. Er hatte nur auf sie gewartet.

Als Balot endlich aufgehört hatte zu weinen und sich die Tränen abgewischt hatte, hielt er ihr respektvoll die Schachtel entgegen.

Die Schachtel mit den goldenen Chips.

Die Zuschauer beobachteten atemlos, wie Balot ihre Hand nach der Box ausstreckte. Als Ashley »Nimm noch einen« sagte, fielen einige fast in Ohnmacht.

Balot prüfte, ob beide Chips zu denen gehörten, die sie wollte, und nahm ihre Hand wieder zurück.

»Wenn du möchtest, erzählst du mir dann, was du dir von diesen Chips erhoffst?«, fragte Ashley, während er die Kiste wieder abstellte, die irgendwie mottenzerfressen aussah, nachdem sie ein Drittel ihres goldenen Glanzes eingebüßt hatte.

Balot ließ die Chips ruhig und unbemerkt zwischen die Handschuhe gleiten.

#Ich glaube, ich habe auch einen Deal gemacht. So wie die Meerjungfrau mit der Meerhexe. Um gehen zu können.#

»Und das ist es, was du willst? Gehen lernen?«

#Ich denke schon.#

Ashley nickte tief beeindruckt. Dann verzog er plötzlich das Gesicht. Nicht wegen etwas, das Balot gesagt hatte. Jemand brüllte alle nur möglichen Beleidigungen in Ashleys Ohr. Balot ahnte, wer das war – es war nicht so sehr die Stimme, aber die Wortwahl kam ihr vertraut vor.

Wenn es wirklich stimmte, dass Menschen und Computer ihre Worte im Grunde genommen zufällig nach einer bestimmten Wahrscheinlichkeit auswählten, dann waren bereits sämtliche Schimpfwörter auf Ashleys Bingokarte des Lebens ausgestrichen.

Balot sah ein bisschen amüsiert dabei zu, wie Ashley zusammenzuckte, auf sein Earphone klopfte und dann *Roger* sagte.

#War das der Geschäftsführer des Casinos?#

»Das hast du ganz scharfsinnig erkannt. Ich bin wohl in eine Tretmine marschiert, nun ja, eigentlich wollte ich bei der Sache nur ein bisschen besser aussehen. Tut mir leid.«

Er sah Bell Wing bei seinen letzten Worten flüchtig an.

»Und das fällt dir erst jetzt auf? Du bist doch schon seit Mitte des Spiels völlig begeistert von dem Mädchen!«, entgegnete ihm Bell Wing entrüstet.

Ashley grinste.

Ein bittersüßes, herbes Grinsen, das Balot irgendwo schon mal gesehen hatte. Er grinste weiter, sah Balot an und meinte: »Wenn ich dich nicht in einer Runde besiege, kommt er mit dem Flammenwerfer.«

#Flammenwerfer?#

»Mit der Kündigung. Er wird ihn feuern«, erklärte Bell Wing. Ashley nickte zustimmend.

»Wenn ich ganz ehrlich sein soll, dann muss ich zugeben, dass ich dich in der nächsten Runde gar nicht schlagen kann. Wenn wir noch zehn Runden spielten, dann vielleicht. Allerdings würde ich dich auch dann noch lieber gewinnen lassen. Was mache ich da nur?«

#Rufen Sie den Geschäftsführer. Ich möchte ihm seine Chips zurückgeben.#

Sagte Balot und fühlte, dass Œufcoque gerade den dritten Chip kopierte. Ashley starrte überrascht Bell Wing an, die ihn genauso verblüfft ansah.

Bell Wing war davon genauso überrumpelt wie er. Beide schienen für eine Weile eine stumme Diskussion nur mit ihren Blicken darüber zu führen, was sie damit wohl meinte.

Dann lachte Ashley plötzlich laut.

»Donnerschlag! Dann ging es dir also gar nicht darum, das Casino auszunehmen?!«

Sein ehrwürdiger Schnurrbart bebte vor Lachen, als hätte er alle Witze eines wirklich begabten Comedians auf einmal gehört. Balot nickte und er sah nach oben.

»Dann hast du dein Ziel also bereits erreicht. Dieses Ziel, von dem ich nichts weiß. Ehrlich … ich bin der Yojimbo des Casinos, nicht der Leibwächter von *irgendwem*. Wenn du ihn im Visier hast, dann sind seine Tage wohl gezählt.«

Bell nickte und sagte ihm mit dieser einen Geste ohne ein Wort: *›Na fein, hast du das endlich auch verstanden.‹*

Ashley sah Balot an, legte eine Hand auf die Brust und sagte: »Ich werde dafür beten, dass deine Magie lange anhält.« Er klang ganz anders als bei seinem Lachanfall davor, sehr respektvoll.

#Vielen Dank.#

Ashley schenkte ihr noch ein bittersüßes Lächeln, dann ging er.

Balot sah in die Richtung, in der Ashley verschwunden war, dabei mischte sie sich vorsichtig in Œufcoque ein.

– Der Dealer und du, ihr seid euch ähnlich.

[Meinst du? Inwiefern?]

– Nichts Besonderes. Er ist streng, aber trotzdem gut. Er ist einzigartig.

[Kurz gesagt, er gefällt dir also?]

– Irgendwie schon. Eifersüchtig?

Œufcoque antwortete nicht sofort.

Er machte eine Pause, als ob er die Zeit für die Arbeit am Chip brauchte, und entgegnete ihr dann:

[Solche subjektiven Beschwerden habe ich nicht.]

– Du könntest doch wenigstens ein bisschen eifersüchtig sein?

[Tut mir leid.]

Antwortete er ihr cool. Balot schmollte ein wenig.

[Als du mich von deiner Hand getrennt hast, hatte ich Angst, dass du mich loswerden willst.]

Sie lachte, als sie das las.

– Aber ich will dich benutzen. Auf deine Art. So wie du es gern willst.

Sie streichelte den Handschuh, fest davon überzeugt, dass das wirklich die Wahrheit war. Es war wie das Streicheln der Wange eines Babys, wenn man ihm sagte, dass es ein lang ersehntes Wunschkind war.

Dann fiel Bell Wing etwas an Balot auf.

»Mit wem redest du denn da?«, fragte sie so intelligent, wie es von ihr nicht anders zu erwarten war. Aber Balot nickte nur brav.

#Mit dem, der mir hilft.#

Darauf sagte Bell völlig ernst: »Also mit deinem Schutzengel.«

Balot lächelte. Dann richtete sie ihren Blick wieder auf den Tisch. An dem niemand mehr saß.

Jemand würde aber bald dort sitzen. Und auf diesen Mann musste sie sich vorbereiten.

Genau wie Ashley, der in den Kofferraum klettern musste, in dem sein Bruder gestorben war.

Das war der Kampf, den sie kämpfen musste, wenn sie einen wirklichen Neuanfang machen wollte.

»Er ist da«, wisperte Bell Wing.

Ashley kam mit großen Schritten zurück. Hinter ihm gingen zwei Männer, wie sein Gefolge. Den einen hatte Balot erwartet, den anderen kannte sie nicht.

Ashley sah nicht aus, als würden die zwei ihn eskortieren, er sah eher aus wie ein Gefängniswärter, der zwei hoffnungslose Schwerverbrecher in die Todeszelle brachte, seine Miene war dabei ganz gleichgültig.

[Das ist Cleanwill John October.]

Schrieb Œufcoque als Erklärung für den Mann an Shells Seite.

[Einer der großen Bosse der October Company. Shells direkter Vorgesetzter und der Vater seiner Verlobten.]

Der Mann hatte einen gewaltigen Körper. Er war nicht rund und dick. Sein fettes Fleisch hing in großen Klumpen an seinem Körper, wie überreife Früchte. Die meisten Dicken hatten ein freundliches Gesicht. Er nicht. Ganz und gar nicht. Sein schon fast unmenschlich leeres, ausdrucksloses Gesicht schien jeden in diesem Casino zu verachten. Er richtete seine kleinen, übellaunigen Augen auf Balot.

Sein Blick war so widerwärtig und grausam, dass Balot nur mit Mühe einen Grund fand, ihn nicht sofort quasi aus einer Art Reflex zu erschießen.

Als die beiden Männer den Tisch erreicht hatten, blieb Ashley mit höflich übereinander gelegten Händen stehen, als wäre er genauso dekorativ und unbedeutend wie die Topfpflanzen in der Nähe.

Der fette Mann, dem ein Teil der October Company gehörte, starrte sie immer noch an.

Balot nahm einen der 1-Million-Dollar-Chips und schnippte ihn auf den Tisch, bis er sich drehte. Eine Münze mit dem Firmenlogo der Company. Als wäre er eine einfache Dollarmünze. Kein schlechter Ersatz für einen Schuss aus einer Pistole.

Shell und Cleanwill wurden beide blass. Sie sahen beide aus, als könnte man aus Angst und Wut flüssigen Brennstoff machen. Als ob sie wüssten, dass die leicht entflammbaren Gase ihnen aus jeder Pore ihres Körpers strömten und dass sie der kleinste elektrostatische Funken in Flammen aufgehen lassen würde.

Cleanwill John Octobers Augen wurden ganz schmal.

»Hol das zurück.« *Und wenn du das nicht tust, wird es dir nicht besser ergehen als dem Chip, der da über den Tisch rollte.*

Shells Gesicht verlor jeden Ausdruck, er wirkte wie einer, dem gerade ein Selbstmordattentat befohlen worden war, und stellte sich an den Tisch.

Seine Chamäleon-Sonnenbrille war jetzt ein einziges Tiefblau.

Er drückte seinen Rücken ganz gerade durch, bevor er sich hinsetzte. Als würde sich sein Körper jetzt ganz in eine Maschine verwandeln.

Seine jetzige Position hatte er nur erreicht, weil er getan hatte, was dazu nötig war. Jetzt schien er sich ganz auf das Spiel zu konzentrieren.

Shell nahm seine Ringe ab. Sieben Ringe mit blauen Diamanten. Aus der Asche seiner Mutter und sechs anderen Mädchen. Balot, die sein achter Ring hätte werden sollen, sah ihm dabei zu, wie er die Ringe am Tischrand ablegte.

Als sie noch bei Shell war, gehörte es zu ihren Pflichten, die Ringe während Shells Show aufzubewahren. Die Diamanten glitzerten auf dem Tisch wie gefrorene Tränen.

Shell räumte die alten Karten weg und nahm sich neue Kartenpäckchen.

Zum ersten Mal seit langer Zeit sah Balot sich an, wie er die Karten mischte. Früher hatte sie die Geschmeidigkeit seiner Bewegungen bewundert. Es war nur vor wenigen Monaten gewesen, und doch kam es ihr vor, als wäre es schon ziemlich lange her. Seine Bewegungen waren elegant, das kam gut bei den Gästen an. Aber mit seiner Technik konnte er Ashley nicht das Wasser reichen.

Er ordnete den Kartenstapel, gleichzeitig kreisten Zahlen in Wirbeln und Strudeln unter Balots linkem Arm.

Balot griff selbst nach der roten transparenten Karte, noch bevor Shell sie ihr geben konnte.

Zum ersten Mal, seit er Balot in das Auto eingeschlossen hatte, trafen sich ihre Blicke.

Sie fühlte, wie Shell seine Augen hinter den Brillengläsern weit aufriss.

Tief, ganz tief in seinen Augen brannte er vor Wut. Er hatte Angst, die ihm selbst unheimlich war.

Wann hatte er Balot so gelassen erzählt, dass er sie liebte, wie hatte er sie dabei angesehen? Sie konnte es mit ihrem inneren Auge sehen, dann verschwand das Bild wieder, so wie Bodensatz in einer Tasse.

#Ich werde dich mit schönen Dingen schmücken. Damit du jedem gefällst. Damit alle dich beneiden. Denn ich habe von beidem viel: Geld und Liebe.#

Balot steckte die rote Karte in den Stapel.

#Solange du alles machst, was ich dir sage, wird alles gut. Mach dir keine Sorgen.#

Ein schmales Lächeln, dann zeigte sie mit dem Kinn auf die Karten.

Scham zog über Shells Gesicht.

Er sah so aus, als ob er wüsste, dass das seine Worte waren, die er einmal zu ihr gesagt hatte.

Nicht, weil er sich plötzlich daran erinnert hatte. Sondern wie ein Mann, der eine Frau so ansieht, die immer und immer wieder etwas erwähnt, was er schon lange vergessen hat. Shell schwieg und hob den Stapel ab. In dieser Sekunde erfasste Balot bereits präzise, wie viel Kontrolle er über die Karten hatte.

Sie wartete, bis er die Karten in den Kartenschuh gelegt hatte.

Dann nahm sie alle vier 1-Million-Dollar-Chips in ihre Hand, als wollte sie damit sagen: Schau her, das ist dein Herz.

#Ich lasse mir gern Zeit. Ich habe es nicht eilig.#

Sie legte einen Chip klackernd in den Pot. Keinen von den goldenen, sondern einen 100.000-Dollar-Chip.

Shell war überrascht, er hatte erwartet, dass sie den Millionenchip nehmen würde, dann atmete er vorsichtig aus.

#Ich werde dich ganz langsam ausziehen.#

Lachte Balot. Jeder im Saal hatte begriffen, dass es Shells Worte waren.

»Schmutzige kleine Nutte aus einem schmutzigen kleinen Slum …«, fluchte Shell leise und legte seine Hand auf den Kartenschuh. Der Doc und Ashley runzelten besorgt die Stirn. Balot und Bell Wing blieben kühl und ungerührt.

Shell zog die Karten heraus. Wie ein ungelenker Teenager, der in einem Streit unterlegen war und hektisch sein Springmesser herausfingerte.

Balot wich seiner Klinge mit Leichtigkeit aus und unterdrückte seine Gegenwehr.

#Es gibt nichts, wofür du dich schämen müsstest.#

Shell teilte die Karten cool aus.

#Du siehst ja so niedlich aus, wenn du ein bisschen Angst hast.#

Dann lächelte sie ihn an. Seine Kiefer waren mittlerweile so steif, dass er sich selbst die Backenzähne zerbeißen würde.

Balots Blick war voller Hass.

Sie wandte sich ab und betrachtete die Karten.

Sie sah so aus, als ließe sie nur so lange locker, bis sie genau wusste, wie sie ihn fertigmachen würde. Genau wie die vielen Freier, die so mit ihr umgegangen waren. Dann hob sie ihren Blick wieder und sagte, für was sie sich entschieden hatte.

#Mach deine Beine breit und zeig mir deine schönste Stelle.#

Sagte sie Shell, der überhaupt nicht verstanden hatte, was sie ihm gerade gesagt hatte, und dann wiederholte sie es, ganz langsam, mit anderen Worten.

#Stay.#

Eine dicke Ader pulsierte an seiner Schläfe. Er raste vor Zorn und legte die Hand auf die noch verdeckte Karte. Ganz langsam. Nicht, um den Gegner nervös zu machen. Sondern weil ihm so übel war.

Das Spiel hatte begonnen. Das Spiel, mit dem sie sich von dem Casino verabschiedete. Ein Spiel nur für Balot.

Ashley und Bell Wing waren die Einzigen, denen es aufgefallen war. Der Doc hatte es von Anfang an gewusst. Er hatte diesen Plan schließlich entwickelt.

Die Einzigen, die es bis zum Schluss nicht bemerkten, waren Shell und der Mann von der October Company. Shell hatte diese Möglichkeit von Anfang an verdrängt, so wie er das schon sein ganzes Leben lang machte. Für Shell, den so vieles quälte, war es die einzige mögliche Wahrheit, dass er mehrere Spiele nacheinander gewann.

Shell hatte gewonnen. Seit er im ersten Spiel die Karten umgedreht hatte, bis jetzt in der zehnten Partie.

Doc Easters Plan war bis zum Schluss konsequent. Schale und Eiweiß wurden nicht angetastet – und wenn doch, mussten sie sofort zurückgegeben werden.

Der Doc zweifelte nie an dem, was getan werden musste. Das hatte Balot gelernt. Es war nur ein Timing-Problem. Damit das Ganze effektvoller aussah.

Es passierte in der zwölften Partie. Die Face Card war eine 9. Balot hatte eine 3 und eine 8.

Unter ihrem linken Arm wirbelten und tanzten die Zahlen, sagten ihr, was sie tun musste. Balot nahm eine weitere Karte.

Eine 6. Hit. Sie bekam eine 2. 19 insgesamt. Ihr Mut wurde anscheinend mit Glück belohnt. So sah es wenigstens für Cleanwill John October aus, der direkt hinter Shell stand und auf Shell und sein Blatt hinabsah.

Balot warf ihm einen flüchtigen Blick zu und sagte:

#Stay.#

Cleanwill verzog sein scheußliches Gesicht. Als ob er nicht erlauben würde, dass Shell auch nur ein einziges Mal verliert. Beim Black Jack war das allerdings unmöglich. Es wäre wie Russisches Roulette mit einer Automatikpistole.

Shell drehte seine Karte um. Ein Ass. Er hatte mit einem kleinen Unterschied gewonnen.

Ganz offensichtlich freute sich Cleanwill, doch Shells Gesicht war erstarrt, sein Blick klebte an den Karten fest.

Was wäre gewesen, wenn die Karten um eine Stelle verschoben gewesen wären? Shells Schicksal war immer noch unsicher, Balot hatte seine Siegeswelle nur knapp erhalten.

Er konnte ihre *Absicht* ganz deutlich erkennen. Sogar Shell konnte die Gefahr spüren, die dahinter lag.

Aber es war schon lange zu spät.

Wenn er mitten in einem Dragster-Rennen bei Höchstgeschwindigkeit erfahren hätte, dass es gar kein Dragster-Rennen ist, sondern ein Chicken Race mit einem Abgrund als Ziel, dann wäre ihm trotzdem klar gewesen: Wer bremst, verliert. Und jetzt und hier zu verlieren wäre für Shell das Gleiche, wie in einen Abgrund zu stürzen.

Bald schon hatte Balot ihren 100.000-Dollar-Chip verspielt. Sie verlor auch die 50.000-Dollar-Chips und danach noch die ordentlich gestapelten 1000-Dollar-Chips, ihr gesamter Gewinn löste sich in Rauch auf, wie die Zigaretten eines Kettenrauchers.

Was dachten sich wohl die anderen im Casino, wenn sie das sahen?

Wahrscheinlich: Ich will spielen. Nicht, um tatsächlich zu spielen, sondern um mit den Chips in beiden Händen so schnell wie möglich zu verschwinden.

Das war es, was allgemein als die Glücksregel bekannt war. Aber es blieb nie lange so.

Die beiden da, das Mädchen und der schlaksige Kerl, die waren Idioten, die schlicht das richtige Timing verloren hatten.

Nachdem sie so lange so mutig gewesen waren, hatten sie es zugelassen, dass das Casino es wirklich ernst meinte, und jetzt wurden ihnen die Chips wieder abgenommen, so wie Reinigungsmaschinen den Asphalt sauber machen. Alle schienen das zu denken.

Und darum ging es ihnen auch beim letzten Akt ihres Theaterstückes. Was würden die Menschen, die oft ins Casino kamen, wohl von Menschen halten, die so schnell so viel gewonnen hatten? Manche würden sie als leichte Opfer sehen, so wie Ashley, Opfer, die man ausnehmen und töten sollte. Manche wollten vielleicht mit ihnen zusammenarbeiten, um sich so einen Namen zu machen.

Manche davon waren Dealer, manche waren Gäste.

Auf jeden Fall verzerrten oder behinderten sie alles, worum es Balot ging. Sie waren wie Hornissen, die mit ihren Stacheln nur Böses anrichteten.

Und darum brauchte sie eine Menge Rauch, um den Hornissenschwarm einzuschläfern. Am besten war es, so auffällig und skandalös wie nur möglich zu verlieren. Für diese Hornissen waren Menschen, die ihr Vermögen sofort wieder verspielten, wie Hunde, die an jeder Straßenecke ihr Bein hoben. Profispieler waren sehr abergläubisch und nichts war ein schlechteres Omen als Hundepisse.

Trotzdem musste sie ab und zu gewinnen. Damit ihre Show auch realistisch wirkte. Und für ihre verbrannte Asche.

Die Face Card war eine 5. Balot hatte eine Dame und eine 2.

#Stay.#

Dann wartete sie ruhig, bis er *Bust* sagte. Shell hatte schon vor dem Aufdecken der Karte jede Hoffnung verloren. Vermutlich behielt er dank seines Earphones oder mit seiner Armbanduhr halbwegs den Überblick über die Reihenfolge der Karten.

Doch trotzdem setzte er auf sein Glück und drehte die Karte um. Er sah aus, als hoffe er auf das Wunder, mit Black Jack alle Spiele zu gewinnen. Für einen Dealer ziemlich jämmerlich.

Die verdeckte Karte war ein König. Dann zog er noch eine Dame. 25. Bust.

Cleanwills Zorn war mittlerweile auf Reaktorgröße angeschwollen. Als er zusehen musste, wie Shell Balot wortlos ihren Gewinn auszahlte, wurde sein Gesicht pechschwarz, als würde er durch ein Kühlrohr geblasen.

Balot hatte das richtige Gefühl für ihr Timing.

Sie legte einen goldenen Chip mit einem Klacken in den Pot. Shell und Cleanwill sahen aus, als hätten sie den Richter bei einer Gerichtsverhandlung mit dem Holzhammer schlagen hören.

Die Atmosphäre hatte sich merklich abgekühlt. Balot schwieg und wartete auf ihre Karten.

Keine schlechte Gelegenheit, um jemandem ins Gesicht zu sehen, mit dem man eigentlich kein einziges Wort wechseln wollte.

Shell teilte die Karten aus, sehr geschmeidig, zu geschmeidig, denn seine geschickten, blutleeren Finger hatten eine Karte übersprungen. Er hatte eine Karte ausgeteilt, die er eigentlich hätte ziehen sollen, und hatte so die Reihenfolge vertauscht.

Ashley und Bell Wing hatten es gesehen. Balots Wahrnehmung war es ebenfalls nicht entgangen.

Die Face Card war ein Ass. Balot hatte einen König und einen Buben.

#Stay.#

Erklärte sie ohne Zögern.

Shell deckte seine Karte auf, in seiner Hand zirkulierte wieder langsam Blut.

Er hatte eine 4. 15 insgesamt. Dann zog er noch eine 7. Soft 12. Dann zog er noch eine 9 und hatte so 21. Shell hatte gewonnen.

2

#Hast du da irgendwelche Zweifel?#

Shell sah Balot überrascht an.

#Zweifelst du an dem, was ich dir gegeben habe?#

Cleanwill stand hinter Shell und lachte.

Shell nahm sich den goldenen Chip mit zitternder Hand und räumte die Karten weg.

Aber Shell hatte es auch verstanden. Die Reihenfolge gerade eben war: Ass, König, 4, Bube, 7 und 9.

Wenn er nichts gemacht hätte, dann hätte Balot einen Black Jack mit ♠ Ass und ♠ Bube bekommen. Dabei hätte sie elf Millionen Dollar gewonnen – das hätte das Casino vollständig ruiniert.

Und Shell hatte es irgendwie geahnt. Am Anfang des Spiels hatte Balot *die rote Karte genau unter das Ass gesteckt.* Nach dem Abheben war die Karte in der Mitte.

Sie hatte Shell völlig unter Kontrolle. Jeden seiner Siege. Tief in ihm nagte das an ihm, zerfraß seinen Stolz, sorgte dafür, dass ihm schlecht wurde.

Als der goldene Chip in seine Schachtel zurückkehrte, jubelte Cleanwill, als würde er sein entführtes Kind wieder an seine Brust drücken. Verständlich, es war schließlich alles Schwarzgeld.

Die Summe war nicht das Problem. Aber wenn der Fluss des Geldes wegen dieses Spiels aufgedeckt wurde, bekämen Shell und Cleanwill ganz entsetzliche Schwierigkeiten.

Balot hatte es ganz und gar nur noch auf das Timing abgesehen, in dem sie um die restlichen drei Chips spielen würde.

Als sie ihren Stapel 10.000er-Chips verspielt hatte und kurz darauf den zweiten goldenen Chip in den Pot warf, erinnerte sie sich plötzlich an etwas, was sie früher mal gesehen hatte.

Sie hatte es im Fernsehen gesehen: Aborigines in einem Reservat der Regierung. Gemeinsam hatten sie eine Beerdigung vorbereitet, die bei ihnen als großes Fest gefeiert wurde. Sie opferten dabei ehrfurchtsvoll der großen Mutter Natur ein Rind, das war mehr oder weniger alles, was sie hatten.

Balot hatte den Reporter missverstanden, dachte, er hätte Abortion, also Abtreibung gesagt, darum hatte sie die Sendung angesehen.

Abort (Schwangerschaftsabbruch), Abortionist (Engelmacher), Abortive (fehlgeschlagen) – diese Assoziationskette ließ Balot auf den Bildschirm starren, und es beruhigte sie, dass es in der Sendung um etwas ganz anderes ging.

Sie sah weiter zu. Damit sie diese Assoziationen aus dem Kopf bekam. So lernte sie etwas über die Aborigines. Wo hatte sie die Sendung nur gesehen? Die Erinnerung kam schnell. Im Wartezimmer des Date Club, dem vorletzten Club, in dem sie gearbeitet hatte.

Da saßen immer mehrere Mädchen rum. Freier sahen die Flugblätter und riefen an. Und die Langeweile dehnte die Zeit wie ein Gummi, bis der Mann im Büro dem Freier ein Mädchen nach seinen Wünschen vermittelt hatte. Bis dahin starrten alle in die Glotze, in Bücher, auf die eigenen Fingernägel oder in den kleinen Schminkspiegel. Damit sie nichts von alledem sehen mussten.

Aber manchmal sahen sie sich auch etwas bewusst an. So wie Balot, die sich Aborigines ansah, um nicht mehr daran denken zu müssen, was sie zuerst dabei assoziiert hatte.

Aborigines verehrten den Tod und fürchteten ihn. Das wird

eins mit der Verehrung der Natur, erklärte der Reporter. Danach lernte Balot, wie es war, Kühe oder Schweine zu opfern. Und das so was eigentlich etwas ganz Normales war. In Großstädten haben Menschen Angst vor anderen Menschen. Eingeteilt in Machtlose und Mächtige, einte sie nur ihre Angst. Und natürlich wurden auch Menschen geopfert.

Balot hatte schon viel zu oft solche Geschichten gehört, von den anderen Mädchen oder von Kunden.

Geschichten über einen Sadisten, der gern andere folterte. Oder ein Fetischist mit seinem eigenen Gesetz, strenger als die Regeln jeder Kirche.

Oder ein Mann, der sich für einen Regisseur hielt und sein Leben inszenierte, sich ein Mädchen oder einen Jungen aussuchte wie andere ein Hemd, passend zur jeweiligen Gelegenheit.

Keiner von ihnen stach mit einem Jagdmesser in die Kehlen der Kinder, um sie auszubluten. Sie zerstörten aber ihre Seelen auf eine ganz ähnliche Art.

Balots Club gehörte noch zu den sicheren. Der Club zahlte seine Steuern. Zumindest hatte das der Mann im Büro gesagt. Er hatte behauptet, sein Club wäre sozusagen schon fast legal.

Was so viel hieß wie dass er genug Maßnahmen gegen Verstöße gegen das Jugendschutzgesetz ergriffen hatte.

Sein Motto war, dass Menschen oder Läden wie seiner, die sich vor den eigentlich unnötigen Steuern drückten, gefährlich waren.

Zuhälter waren nicht immer Fremde. Bevor sie in diesen Club kam, kannte Balot eine, deren Vater ihr Zuhälter gewesen war.

Mit sechzehn hatte die schon mit fast hundert Männern geschlafen. Die meisten davon waren Freunde ihres Vaters, oder Kunden, die er von der Straße oder aus den Bars in der Nähe angebracht hatte. Eines Tages gab es Schwierigkeiten mit einem Freier und ihr Vater verschwand, einfach so. Auch danach lebte sie so, wie ihr Vater sie erzogen hatte. Als wäre das der einzige Weg, ihrem Vater zu zeigen, dass sie ihn liebte.

Im gleichen Club lernte Balot noch eine andere kennen, die ihr erzählte, wie hoffnungslos das Horror-B-Movie, das ihr Leben war, für Mädchen auf der Straße ausging.

Sie sagte, es wäre einer Freundin von ihr passiert. Sie war in einem Krankenhaus gestorben, sie sah aus wie Gelee, so hässlich, dass ihr ruinierter Körper nach den Schlägen eines Mannes sogar noch besser aussah.

Diese Freundin hatte sich selbst manchmal »Bombe« genannt. Zeitbombe. Als sie dann das Schild an ihrem Krankenhausbett las, wusste sie auch, warum. Ihre Freundin hatte mehrere Jahre angeschafft, ohne irgendwem zu erzählen, dass sie Aids hatte. Kurz bevor sie starb, hatte sie ihr erzählt, wie sie Aids bekommen hatte. Sie war auf dem Heimweg von der Schule vergewaltigt worden.

Für sie war dieser Job der letzte Sinn ihres Lebens. Ihre Rache. Sie träumte davon, wie ihre Bombe eines Tages in den Körpern der Männer hochgehen würde, wie sie sterben würden.

Dann gab es da noch die Mädchen, die in einer Gang waren und Männer betrogen, die dabei gut verdienten.

Keine einfache Betrügerei, eher eine Art Erpressung. Nach Kooperationen mit anderen Gangs wurden sie in eine größere Organisation integriert.

Manche kamen freiwillig, andere wurden dazu gezwungen. Das Mädchen, das Balot im Club davon erzählt hatte, war damals freiwillig in der Gang gewesen. Sie meinte, es hätte ihr schnell leidgetan und dann wäre sie abgehauen. Sie sagte ihr auch, Männer wüssten zwar, dass Frauen auch Schmerz empfinden, aber nicht, dass es Frauen genauso wehtut und genau den gleichen Schock auslöst.

Schmerzen folgten immer den Gesetzen der Schwerkraft, sie trafen immer den, der ganz unten hockte.

Aber hier ist das nicht so, das war das Mantra, das in jedem Club wiederholt wurde, das Mantra, das man nach jeder dieser Geschichten aufsagte. Der Typ aus dem Büro sagte es, die Frau, die ihren Job gut kannte, sagte es. Als könnten sie Unheil und böse Geister abwehren, wenn sie es nur sagten. Aber es gab mehr als nur ein Unheil. Unheil aus der Zukunft, Unheil aus der Vergangenheit. Es kam immer zurück, und es wurde immer größer.

Sie erinnerte sich, wie viele Geschichten sie gehört hatte. Von Teenagern, die auf der Straße verwahrlosten und Mädchen entführten, um sie zu vergewaltigen. Von Beamten, die immer zu gewissen Zeiten in Parks gingen, in denen kleine Kinder spielten, die immer jüngere Kinder liebten, je älter sie selbst wurden.

Der Stalker, der Tag und Nacht einer Frau auf den Fersen war und total ausklinkte, als sie ihm dafür nicht dankbar genug war, und sie dann vergewaltigte. Als er das Formular zur Eheschließung bei der Behörde abgeben wollte, wurde er von einem Polizisten verhaftet.

Oder die 17-Jährige, die auf der Highschool war und als Babysitter jobbte. Nachdem sie mehr als zehn Kinder auf jede erdenkliche Art gefoltert hatte und verurteilt worden war, hatte sie dem Staatsanwalt in aller Öffentlichkeit erklärt, dass das eben ihre Art der Liebe sei.

Das war das Einzige, was ihre Eltern ihr beigebracht hatten.

Jeder, der sich selbst als Sadist oder Fetischist bezeichnete, war in einem bestimmten Netzwerk. Teilweise waren das Menschen, die im Fernsehen auftraten und als Teil einer Subkultur anerkannt wurden. Andererseits gab es auch Menschen, denen diese Anerkennung fehlte und die wie Aliens lebten. Die bezeichneten sich nicht als Sadisten, weil sie nämlich fest davon überzeugt waren, völlig normal zu sein. Sie waren wie Fleischwölfe, die jedes Leben zerstörten, das Leben ihrer Eltern, das Leben von Fremden, wenn nur jemand den Schalter umlegte. Es war einfach zu erkennen, was sie wollten. Nur der Prozess bis dahin war kompliziert.

Sunny Side Up, ein Leben auf der Sonnenseite – ein Leben ohne Zweifel, ohne Unsicherheit, ohne Langeweile. Ein glückliches Leben.

Das war das Leben, das sie alle wollten, die Reichen und die Armen. Wenn Kinder aus dem Heim flohen, wenn Wiederholungstäter misshandelten und vergewaltigten, wenn man sie dann fragen könnte, warum sie das getan haben, wäre die einzige mögliche Antwort: »Weil ich glücklich werden wollte.«

In der Dokumentation, die Balot sich angesehen hatte, war nicht gezeigt worden, wie das Rind tatsächlich getötet worden war. Nur die Szene, in der das Messer ausholte, wie es eben immer im Fernsehen war. In der nächsten Szene hing das Tier bereits über dem Feuer. Die Szene, in der das Messer ihm das Leben nahm, fehlte. So was kann man doch immer sehen, also müssen wir das jetzt nicht zeigen.

Und genau das war es, was sie alle machten, was ihnen angetan wurde.

Warum musste Ashley in den Kofferraum kriechen, in dem sein Bruder gestorben war?

Um zu erfahren, wie sich die Hand anfühlte, die das Messer hielt. Um zu erfahren, was wirklich in der Szene passierte, die im Fernsehen geschnitten worden war. Welchen Sinn die Szene hatte, welcher Sinn verloren gegangen war.

Mehr als alles andere aber, um zu erfahren, ob man noch die Kraft zum Leben hatte, nachdem das Messer zugestoßen hatte.

Ob man es ertrug, weiterzuleben, wenn alle Menschen versuchten, sich gegenseitig mit Messern die Kehle aufzuschlitzen. Genau darum ging es jedem, das musste jeder neu prüfen, um seine eigene Seele zurückzugewinnen. Jeder, dessen Verstand oder Frieden eines Tages in winzige Stücke zerrissen worden war. Jetzt verstand Balot, dass ihre Seele das Messer hielt. Doch was für eine Seele war das?

Wohin zeigte die Spitze des Messers? Wenn die Menschen lebten, um nach Glück zu streben, dann war das die Herausforderung des Schicksals: das Messer am richtigen Ende zu fassen zu bekommen …

»Warum … warum machst du das?«, stöhnte Shell auf.

Anscheinend hatte er genug.

Sein Blick wanderte zwischen Balot und dem dritten goldenen Chip im Pot hin und her.

#Hast du irgendwelche Zweifel?#

Flüsterte Balot und winkte ihm mit der rechten Hand zu. Sayonara. Dann schloss sie eine imaginäre Tür. So wie Shell damals. Shell verstand allerdings nicht, was das wieder zu bedeuten hatte. Aber er begriff, dass er irgendwas getan hatte.

»Ich habe dich benutzt? Wozu? Das ist lächerlich, ich habe sogar dein Gesicht völlig vergessen …«

Balot klopfte auf den Tisch, so als fordere sie noch eine Karte an.

Sie wusste, dass Shell die Wahrheit gesagt hatte. Dagegen wollte sie nichts einwenden. Shell sollte das ruhig denken, wenn er das für richtig hielt. Es gab nur noch eins, was sie gegen ihn tun konnte, der statt seiner Erinnerungen nur einen Haufen Scheiße behalten hatte.

Die Face Card war ein König. Balot hatte eine 5 und eine 6.

Balot nahm noch eine Karte, bekam eine 8. Stay.

Shell schüttelte immer noch seinen Kopf und drehte die Karte um.

Ein Ass. Er hatte gewonnen.

»Ich … ich habe doch versucht, dir zu helfen. Ich habe dir alles gegeben, was du haben wolltest. Ich habe dir sogar einen ordentlichen Ausweis besorgt. Ich habe dir geholfen …«

Das war Shells logische Erklärung für alles.

Sein Anwalt hatte sich das ausgedacht. Genau wie der Doc, der Balots Plan erarbeitet hatte. Shell war mit seiner Geschichte total zufrieden. Balots Überleben war für ihn ungefähr so wie in einem Kino, wenn jemand an der melodramatischsten Stelle im totenstillen Saal anfängt zu lachen. Was kann man gegen solche Menschen nur tun?

Darauf gab es nur eine Antwort: Man brachte sie zum Schweigen. Darum hatte Shell die Mörderbande engagiert. Shell wollte ein Drama, das seine verlorenen Erinnerungen ersetzen sollte. Etwas, das ihn über den Tod seiner Erinnerungen hinwegtröstete und ihn zu etwas Reinem machte. Darum hatte er sich Balot ausgesucht.

Œufcoque hatte sich auch Balot ausgesucht. Um kämpfen zu können. Er wollte, dass niemand außer ihr mit ihm kämpfte, er wollte, dass alles gerecht und fair war. Balot war wie ein Jockey, den sich ein goldenes und anspruchsvolles Rennpferd ausgesucht hatte. Sie war ein richtiger Jockey, der das Pferd nicht nur als Werkzeug betrachtete.

Aber für Shell waren Balot und Mädchen wie sie nur unvermeidbare Opfertiere, damit er sein Lied über seine verbrannte

Asche weiter singen konnte. Balot wollte nie wieder auf seine Seite wechseln.

Schließlich warf sie den vierten 1-Million-Dollar-Chip in den Pot. Er flog wie eine Münze in einen Springbrunnen. Wenn man mit dem Rücken dazu stand und sich die Münze über die Schulter warf, dann durfte man sich dabei etwas wünschen. Als der goldene Chip sich schließlich wie ein Puzzleteil wieder in seine Schachtel einfügte, war schon die rote Karte da und erklärte die Partie für beendet.

Balot stand auf und gab dem Doc, der neben ihr stand, ihren letzten 10.000-Dollar-Chip.

Der Doc rollte den Chip in seiner Handfläche hin und her, als ob ihm jetzt erst klar wurde, dass er in der Oh-ich-hätte-früher-aufhören-sollen-Falle gefangen war.

Ein 10.000-Dollar-Chip. Das war alles, was übrig geblieben war, nachdem sie aus 2000 Dollar 2000-mal so viel gemacht hatten. Der Doc wandte sich Ashley zu, wohl wissend, was ein sentimentaler Mann in dieser Situation sagen würde.

»Darf ich den behalten?«

Ashley lächelte.

»Den haben sie sich nach diesem Kampf verdient.«

Er warf Shell einen flüchtigen Blick zu, um das vor der Leitung des Casinos bestätigen zu lassen. Shell war allerdings mit Cleanwill beschäftigt, der vor Freude ebenso außer sich war wie vorhin noch vor Zorn. Statt einer atomaren Explosion strahlte er aus jeder speckigen Pore vor Glück.

»Bitte. Behalten Sie ihn als Erinnerung an diesen Abend«, erklärte Ashley respektvoll, und der Doc hielt den Chip hoch, als wollte er damit vor allen anwesenden Zuschauern angeben. Sein Theaterstück neigte sich dem Ende zu. An seinem Höhepunkt.

»Darf ich euch begleiten? Nur bis zum Ausgang?«, fragte Ashley. Bell Wing neben ihm stellte dieselbe Frage, doch wortlos. Balot nahm ihr Angebot dankend an. Auch der Doc erklärte stillschweigend sein Einverständnis.

Einige der Gäste und Dealer beobachteten sie dabei, wie sie den VIP-Room verließen.

»Braucht ihr Hilfe auf dem Rückweg?«, fragte Ashley und bot an, ihnen den besten Weg zu zeigen.

Den besten Fluchtweg.

»Ich habe den Weg mehrmals überprüft, bevor wir gekommen sind«, erklärte der Doc, als hätte er dem Chauffeur der Limousine längst genau beschrieben, wie er fahren sollte. Ashley zuckte mit den Schultern, ebenso überrascht wie beeindruckt.

»Ihr habt das alles wirklich im Detail durchgeplant, genau wie Bankräuber.«

Schließlich blieben die vier etwa auf der Grenze stehen, die das Casino von dem Hotel trennte.

Balot sah Bell Wing direkt ins Gesicht. Mit einem Blick fragte sie die Ältere, ob sie sich wohl wiedersehen würden.

»Ich werde weiter als Croupière das Roulette drehen. Hier allerdings nicht, sondern in irgendeinem anderen Casino. Mach dir keine Sorgen um mich. Besuch mich, wenn du Lust dazu hast.«

#Vielen Dank.#

»Auf Wiedersehen.«

»Ja! Auf Wiedersehen!«, rief Ashley.

»Auf Wiedersehen«, sagte Bell Wing leise.

3

[Warte!]

Brüllte Shell in sein Handy.

Seine Stimme klang schrill, wie das hysterische Kreischen eines Schiffbrüchigen, der eine Haifischflosse auf sich zuschwimmen sieht.

Boiled trat das Gaspedal bis zum Anschlag durch. Er hielt das Lenkrad mit einer Hand fest, raste auf den Highway und hielt sein Handy ans Ohr.

»Aber die Basis deines Deals hast du doch wieder?«

[Darum geht es nicht. Irgendwas stimmt da nicht. Wie sage ich das nur … das Ganze macht mich nicht glücklich.]

»Nicht glücklich?«

[Irgendwie fühlt es sich so an, als hätten sie es mir *zurückgegeben* …]

»Ich will wissen, wo sie jetzt sind. Jemand soll sie beschatten, ich komme dann und erledige den Rest«, unterbrach Boiled ihn trocken. Das war alles, was er wissen wollte.

[Bitte, Boiled. Du musst sie umbringen. Du musst sie alle töten, alles vernichten. Vernichte mein Flashback.]

»Hab schon verstanden. Das ist schließlich meine Nützlichkeit.«

Boiled beendete gleichgültig das Gespräch.

Dann berührte er mit der Hand die *Front View*-Navi an der Windschutzscheibe. Die View, die eigentlich während der Fahrt nur bei Geschwindigkeitsübertretungen angezeigt wurde, blinkte kurz und zeigte dann halbtransparent leuchtend die

Straßenkarte um das Casino und Boileds aktuellen Aufenthaltsort.

»Ich kann sehen, wohin du rennst, Œufcoque.«

Vom Casino führte eine rote Linie weg, als gehorchte sie Boileds Worten. Auch der Punkt, an dem Boiled war, wurde zu einer blauen Linie, und bald schon kamen sich beide Linien immer näher.

In diesem Moment fiel ein erster Tropfen auf den Straßenplan. Eine Sekunde lang achtete Boiled weder auf die Straße noch auf die View, sondern nur auf die Tropfen, die durch die Luft tanzten.

Der Regen wurde immer stärker. Zahllose blasse Linien liefen über seine Scheibe.

Boileds Augen richteten sich wieder auf die Straße.

In diesem Augenblick geschah es. Völlig unbewusst murmelte Boiled: »Ich war neugierig – so war es, ja. Ich *wollte dich benutzen.*«

Er fühlte etwas in sich aufsteigen, das noch schwieriger zu glauben war. Boiled sah einen Moment lang verzweifelt aus, er legte die Hand auf seine Brust, fragte sich, was es sein könnte. Dann dehnte es sich aus, unaufhaltsam, durchbrach Boileds Dämme. Er lachte. Ohne ein Lächeln in seinem Gesicht.

Aber seine Augen waren weit aufgerissen, sein Mund offen und sein Lachen war wie Donner.

Die Scheiben des Wagens zitterten. Ein wahnsinniges Lachen. Der Regen war heftiger geworden, es blitzte und donnerte. Boiled lachte weiter. Ohrenbetäubend, es quoll aus ihm heraus, ohne enden zu wollen.

»Weil ich dich benutzen wollte, Œufcoque! Ich wollte dich doch nur benutzen!«

Etwas explodierte. Er hatte selbst den Donner übertönt. Er konnte es nicht aufhalten.

»Meine Nützlichkeit! Ganz genau! Das ist meine Nützlichkeit! Damit kann ich alle Fehler meines Lebens wiedergutmachen! Komm zurück zu mir, Œufcoque! Damit du nur noch für mich nützlich sein kannst!«

»Gut, dann gehen wir«, sagte Œufcoque an Balots rechter Hand, nachdem sie die Handschuhe wieder angezogen hatte.

Es hatte angefangen zu regnen. Bald schon prasselten immer dickere Tropfen vom Himmel. Sie fühlte den Regen durch den Handschuh. Sie hatte nicht das Gefühl, gerade fantastisch gewonnen zu haben. Sie fühlte sich eher erleichtert, so sehr, dass sie ein wenig schwankte.

Das rote Cabrio hatte schon auf den Regen reagiert. Als Balot auf dem Parkplatz ankam, war das Dach längst aus der Seite über die Sitze geklappt.

»Wir haben nichts vergessen, oder?«, fragte der Doc mit einem Lachen. Balot hob ihre rechte Hand als Antwort.

In den Falten ihres Handschuhs blinkten kurz vier ordentlich eingepackte Chips auf.

»Wir haben weder die Schale, noch das Eiweiß berührt«, sagte Doc Easter, während er den Schlüssel ins Zündschloss steckte.

Balot schnallte sich an.

Das Auto fuhr los. Balot streckte ihre Sinne in die Umgebung aus und schloss die Augen.

Keine Verfolger. Sie hatten sie alle abgeschüttelt. Balot überprüfte das jetzt ein letztes Mal.

Insgesamt hatten sie drei Nebelschleier vorbereitet. Der erste war das Motel, der zweite die Limousine. Der dritte war der

Übernachtungsgutschein für die Hotelsuite, den sie für den Royal Flash gewonnen hatte. Sie hatten in die Suite eingecheckt, Balot und der Doc waren in zwei verschiedene Fahrstühle eingestiegen. Balot war gleich nach oben gegangen, der Doc wollte sich noch etwas unten amüsieren. Die Fahrstuhlanzeige bei Balot blinkte nach oben, beim Doc blinkte sie nach unten.

Tatsächlich hatte sich keiner der Fahrstühle bewegt. Balot hatte die Anzeigen gesnarkt. Als die Anzeigen die Zieletagen erreichten, öffneten sich die Türen und Balot und Doc Easter gingen nebeneinander zum Parkplatz.

Selbst wenn Shell jemanden geschickt hätte, um nach ihnen zu suchen, hier hätten sie genauso wenig etwas gefunden wie in Shells Kopf.

Im Schutz ihrer dreifachen Nebelwand fuhr der rote Wagen mit Balot und dem Doc auf dem kürzesten Weg zurück zum genehmigten Landeplatz von Humpty.

Balots Bewusstsein verschwamm undeutlich. Es juckte sie überall, am ganzen Körper, und wenn sie sich kratzte, blätterte das Silberpuder ab. Wie tote Haut, die immer noch an ihrem Körper klebte. Als wäre sie mit der Häutung immer noch nicht fertig.

»Bist du okay? Lehn den Sitz ruhig zurück und leg dich ein bisschen hin«, sagte der Doc besorgt. Balot gehorchte, ohne ihm zu antworten. Als sie sich hingelegt hatte, fühlte sie den warmen Wind der Klimaanlage, die der Doc für sie eingeschaltet hatte.

»Es riecht nach Mord!«, schrie Œufcoque ohne Warnung. Balot öffnete reflexartig den Sicherheitsgurt. Abrupt setzte sie sich auf, der Sitz sprang zurück und sie erfühlte die Umgebung.

»Verdammter Mist! Das ist unmöglich! Von wo, Œufcoque?«, brüllte der Doc. Es goss immer noch in Strömen. Der rote Wagen fuhr mit mehr als 100 Stundenkilometern durch den Regen. Sie waren längst auf dem Highway, und es fuhren nur wenige andere Autos auf der Straße.

Bis von der anderen Seite des Gewitters ein Auto auf die Fahrbahn raste. Es kam von einem der vielen Motelparkplätze neben dem Highway. Der Wagen passte den richtigen Moment ab, bis er im toten Winkel des Motels war, und raste dann dem roten Cabrio hinterher.

Doc Easter fluchte und trat auf das Gaspedal. Die Geschwindigkeit erwischte Balot, die gerade auf den Rücksitz gekrochen war.

Sie warf sich herum und sah durch die Heckscheibe, während sie auf dem Rücksitz hin und her geschleudert wurde.

Nur zehn Meter trennten sie und den Wagen ihres Feindes. Sie konnte seine Mordgier fast sehen.

»Ist das Boiled?«, brüllte der Doc.

Weder Balot noch Œufcoque antwortete. Ihr Schweigen war ihm Antwort genug.

Der Doc drückte noch mal hastig auf das Gaspedal. Er wollte beschleunigen, Entfernung zwischen sich und ihn bringen. Aber es war unmöglich, den anderen abzuschütteln, der sich schon in seinem Opfer verbeißen wollte.

»Wir haben keine andere Wahl. Wir müssen angreifen, Balot«, sagte Œufcoque ungerührt. Der Doc riss vor Schreck die Augen weit auf.

»Auf gar keinen Fall!«

Balot starrte den Doc überrascht an. Der Doc sah Balot im Rückspiegel an wie ein Arzt, der seinen Leberkrebs-Patienten vom Trinken abhalten wollte.

»Ich sage dir das jetzt als dein Arzt! Du hast deine Grenzen bereits erreicht!«

In diesem Moment krachte es. Als hätte jemand von außen mit aller Kraft gegen die hintere Tür getreten. Der Seitenspiegel knallte weg, mit dem Fahrtwind schepperte er schon in der nächsten Sekunde auf den Asphalt und zersprang auf der Straße.

»Die Scheiben und die Reifen sind kugelsicher. Wir können normalen Waffen eine Weile standhalten.«

Dann wurde die Heckscheibe weiß wie Schnee. Der Aufprall der Kugel ließ ihnen das Herz gefrieren.

Boileds Waffe war alles andere als normal.

Seine Waffe war eine tragbare Panzerfaust, die mehrmals nacheinander feuerte. Er deformierte den Kofferraum, an den Felgen stoben die Funken. Dann wackelte der ganze Wagen, und Boiled hörte vorerst auf zu schießen.

Balot konnte ihn die ganze Zeit fühlen.

Er war nur noch fünf Meter weit weg. Boiled war allein. Plötzlich raste er nach rechts und wurde dabei schneller. Er war fertig mit dem Laden seiner Waffe. Die Autos fuhren jetzt nebeneinander. Balot fühlte, wie er mit der rechten Hand sein Ziel anvisierte. Eine Sekunde später krachte die riesige Pistole, als hätte sie ihre Fangzähne in die Schallmauer geschlagen.

Gleichzeitig umschiffte das Cabrio die Kugel und wich weit nach links aus. Boileds Schuss schrammte an einem der Rücklichter vorbei und verschwand ins Leere. Sein Wagen fiel etwas zurück.

»Balot!«

Doc Easter saß auf dem Fahrersitz, hatte verstanden, was gerade passierte, und schrie. Balot steuerte den Wagen.

#Vertrau mir. Ich bin okay. Geh in Deckung!#

Sagte Balot über das Radio, in das sie sich eingemischt hatte. Dann snarkte sie den Wagen.

Vor den Augen des Doc drehte sich das Lenkrad wie von selbst nach rechts oder links. Dann verschwand das Lenkrad mit einem Ruck und wurde ein Teil des Armaturenbretts. Der Autopilot wurde aktiviert.

Balot ignorierte den Doc, der entsetzt das Lenkrad anstarrte, wich drei Schüssen aus, fing eine Kugel knapp mit dem Rand des Daches ab und ließ eine Kugel mit Absicht das Rücklicht treffen.

Das Glas splitterte und traf auf die Kühlerhaube von Boileds Wagen. Sie wollte nur das richtige Timing abschätzen.

Wie ein Boxer, der die Entfernung zu seinem Gegner mit einem Jab misst. Sobald Boiled wieder anfing nachzuladen, hackte sich Balot in den Motor und entfernte alle Blockierungen. Reifen, Gänge, Drehachse – sie ließ alles aufheulen.

Das Tempo wurde dramatisch schneller.

Beide Autos rasten mit mehr als 200 Stundenkilometern über die Straße zum nächsten Vorort. Balot fühlte, wie ihre Wahrnehmung sich erweiterte und gleichzeitig immer genauer wurde. Es war fast so, als ob Balot nicht nur den Wagen, sondern auch sich selbst beschleunigte.

Der nächste Aufprall kam sehr plötzlich. Keine Kugel, sondern Boileds Wagen knallte von hinten gegen das Cabrio. Der Wagen ruckte vor und zurück. Die Federung kreischte. Sie konnte den Druck fühlen. Boiled hatte sie im Visier, würde schießen, sobald er den Druck nicht mehr ertragen konnte. Der Doc wusste das. Œufcoque auch.

»Balot! Benutz mich!«

Sie konnte die Wärme in ihrer rechten Hand fühlen.

Sie zögerte. Das ist meine Hand – die Hand, mit der ich Œufcoque missbraucht habe. Soll ich ihn mit dieser Hand wieder als Waffe berühren? Es tat ihr immer noch weh.

Œufcoque sah sie mürrisch an. Ihre Blicke trafen sich.

Sie schloss die Augen. Während sie seinen warmen kleinen Körper spürte, dachte sie an ein Werkzeug, das sie beschützen würde. Genau wie damals, als sie ihn das erste Mal hochgenommen hatte. Er morphte in ihrer Handfläche.

Er wurde schwerer, dichter. Sie konnte den Abzug an ihrem Finger fühlen.

»Hör auf, Balot! Du bist längst …«

Der Fahrtwind riss die Stimme des Doc mit sich fort. Als auch noch das Dach aufklappte, wurde er starr wie Stein und verstummte. Die Regentropfen waren scharf wie Rasierklingen.

Balot konnte im Regen bei fast 300 Stundenkilometern die beiden Autos vollkommen und akkurat erfassen, viel besser als vorher. Ihre Defensive, ihre kritischen Stellen. Der rasende Wind und die stechenden Regentropfen. Wohin die Wagen fuhren. Ihre eigenen Bewegungen, die des Gegners. Sie konzentrierte die ganze Wahrnehmung ihres Körpers völlig auf den einen Punkt. Auf den Punkt, an dem die ganze Welt weiß wie Schnee wurde. Sie spürte, wie das Blut in ihre Augen schoss, sie fühlte, wie ihre Haut und ihre Organe sich verkrampften. Sie hörte ein hohles Rauschen in ihren Schläfen, dann hörte sie nur noch dieses Geräusch. Der Rhythmus ihres Herzschlags sagte ihr, was sie tun musste.

All das passierte in weniger als einem Augenblick.

Beide Wagen fuhren nebeneinander. Balot sprang auf, öffnete ihre Augen weit und legte den Finger auf den Abzug. Im Regen schrie sie, sie war sich nicht sicher, ob sie ohne Stimme geschrien hatte. Sie feuerte. Die Patrone flog. Zwei Kugeln trafen sich in der Luft.

Ihre Patrone stieß gegen die von Boiled, beide explodierten in winzige Splitter. Die zweite Kugel flog genauso in Boileds zweite, die dritte Kugel änderte daraufhin ihre Flugbahn. Die vierte Kugel raste auf Boileds Gesicht zu, prallte aber genau wie die fünfte an seinem Gravitationsschild ab.

Aber die sechste und letzte Kugel schaffte es, in seinen Wagen einzudringen.

Etwas zischte direkt vor Boiled. Balot hatte genau gezielt, das Lenkrad getroffen und den Airbag ausgelöst. Boileds Arme, sein Körper, sein Gesicht wurden vom Airbag, der sich immer größer und größer aufpumpte, zerquetscht.

Boiled brüllte, presste mit seinem Gravitationsfeld den Airbag zurück und zielte dann mit seiner Pistole darauf. Und schoss. Der Airbag platzte, seine Frontscheibe explodierte in winzige Splitter. Wind, Regen, Splitter tanzten durch seinen Wagen, doch sein Gravitationsfeld stieß alles ab.

Und hinter diesem klaffenden Loch lauerte Balot.

Dröhnend raste ihr Wagen direkt vor Boiled dahin.

Boiled schrie unartikuliert. Seine Pistole feuerte eine Kugel ab.

Aber Balot hatte vorher abgedrückt, mehrmals hintereinander.

Boileds Gravitationsfeld flackerte auf und lenkte alle Kugeln ab – auch die, die er gerade abgeschossen hatte.

Die Patrone, groß wie eine Kanonenkugel, verschwand weit über Balots Kopf.

Und ihre letzten Kugeln prasselten in seine Kühlerhaube.

Natürlich war sein Wagen auch kugelsicher. Aber für Balot war das Zielen auf ein und denselben Punkt genauso einfach wie geradeaus gehen.

In nur einer Sekunde traf sie den Kühler mehrmals. Sie bohrte ein kugelgroßes Loch in das Blech – und ihre letzte Kugel zerfetzte den Keilriemen des Motors.

Von einer Sekunde zur nächsten hatte Boileds Auto seinen Antrieb verloren.

Die Entfernung vergrößerte sich. Während Boiled und Balot beide noch auf eine letzte Chance lauerten, rasten sie immer weiter auseinander. Der eine Wagen fuhr immer schneller, der andere kam nicht mehr hinterher.

Keiner bewegte sich, weder er noch sie. Bis zum letzten Augenblick klammerten sie sich an die Chance, sich noch verteidigen zu können – und dann war ihr Duell zu Ende.

Boiled riss sein Lenkrad nach rechts und rollte auf die Standspur.

Unmittelbar danach knallte in Balots Bewusstsein jede Sicherung durch.

#Das Lenkrad …#

Sobald sie sicher war, dass der Doc das Lenkrad wieder hatte und ihm klar war, wer weiterfahren musste, brach sie auf dem Rücksitz zusammen.

»Balot?!«, rief Œufcoque. Sie hörte nichts, nur das Rauschen in den Ohren. Ihre Lider flatterten. Ihre Lungen atmeten flach, ihr gesamter Körper verkrampfte sich.

»Verdammt! Sie muss es immer übertreiben! Als hinge ihr ganzes Leben davon ab!«, schrie der Doc klatschnass dem Regen entgegen.

»Aber sie hatte doch recht: Ihr Leben hängt wirklich davon ab!«

Weit, weit weg konnte er Humpty erkennen, der durch die Regenschleier langsam vom Himmel schwebte.

Doc Easter brüllte noch weiter und raste auf das silberne Ei zu, das langsam wie der Mond auf die Erde schwebte.

Er sah dabei nicht so aus, als würde er beten, um die Götter um etwas zu bitten – er forderte eine Gegenleistung vom Himmel.

Boiled starrte immer noch finster durch seine zersplitterte

Frontscheibe. Endlich hielt er den Motor an, der im Leerlauf vor sich hin dröhnte, dann erst hörte er den Regen. Und sein Handy.

[Boiled? Hast du sie erledigt?]

Shell. Das Handy hatte vermutlich schon die ganze Zeit geklingelt, während der gesamten Jagd.

»Sie sind geflüchtet. Ich kann sie nicht weiter verfolgen.«

[*Du hast sie also nicht erledigt?!*]

»Sie ist wirklich eine starke Gegnerin. Du solltest besser deinen Anwalt um Rat fragen.«

[Was? Starke Gegnerin? *Warum klingst du dabei, als hätte dir das Spaß gemacht?*]

»Spaß?«

Boiled runzelte die Stirn. Shell beschimpfte ihn noch eine Weile, er hörte ihm schweigend zu.

»Was wurde dir gestohlen?«

[Das kann ich dir nicht erklären, was das war … ich habe schon lange alles vergessen.]

Das war sein letzter Satz, danach wurde die Verbindung unterbrochen. Boiled rief per Handy einen Abschleppdienst und einen Ersatzfahrzeugservice an. Dann stieg er aus, seine stumpfen Augen sahen in den Himmel.

»Rune Balot«, flüsterte er, als hätte er sich erst jetzt ihren Namen gemerkt.

4

»Ihr Fieber ist furchtbar hoch. Dass die Fasern so drastisch gewachsen sind, hat ihren Metabolismus überstimuliert.«

Der Doc hatte sofort angefangen. Kaum waren sie in Humpty eingestiegen, hatte er Balot auf den Operationstisch gelegt. Er desinfizierte seine Hände, bereitete seine Werkzeuge vor.

Sein OP-Besteck, ganze Stapel von Handtüchern, sein Computer, seine Bildschirmbrille, Biorhythmus-Indikatoren und Œufcoque.

»Wir versuchen es mit der Antagonismus-Therapie. Du musst sie einhüllen, Œufcoque. So, wie wir sie das erste Mal gerettet haben.«

»Okay.«

Der Doc räumte die Stühle hastig weg und schuf Platz neben dem Tisch.

Œufcoque sprang in den Freiraum und morphte gleichzeitig.

Der Doc hatte schnell noch die Schere in die Hand genommen und fragte: »Hat es ihr gefallen?«

»Was denn?«

»Das Kleid.«

»Wahrscheinlich.«

»Dann musst du es ihr noch einmal machen.«

Während er das sagte, hatte er das Kleid bereits vom Saum bis zum Ausschnitt aufgeschnitten.

Er schnitt die Schulternaht vorsichtig auf und trennte auch ihren BH durch. Balots Brüste dehnten sich aus, sie seufzte. Ihre

Lippen zitterten, genau wie ihre Arme und Beine, die von den silbernen Fasern umhüllt waren.

Der Doc schüttete etwas Desinfektionsmittel auf das Handtuch in seiner Hand. Dann legte er das Handtuch vorsichtig auf ihren Körper, wie bei einem Patienten mit Verbrennungen am ganzen Körper und entfernte ganz langsam das Kleid.

»Sehr gut. Das Kleid klebt nicht an der Haut. Kein Abblättern, kein Blutstau. Sehr gut gewachsen. Ob in ihrem Blut mittlerweile Fasern existieren, die das Eisen absorbieren?«

Er wischte ihren Körper weiter ab, das Handtuch war sofort voll mit dem silbernen Puder. Er warf das glitzernde Tuch weg und griff sich das nächste, um sie weiter abzuwischen, wischte ihre Stirn ab, ihren Nacken, ihre Seiten, ihre Gelenke. Dabei lächelte er die ganze Zeit, als hätte er in einem Flussbett Goldstaub ausgesiebt, und dann schrie er los: »Sie schwitzt ganz einfach! Und ich frage mich schon die ganze Zeit, was ich machen soll, wenn sie sich in einen Klumpen Metall verwandelt!«

Œufcoque war inzwischen auch mit dem Morphen fertig. Ein medizinischer TransportPod, der ähnlich aussah wie ein ergonomisches Präzisionsinstrument. Verglichen damit waren Schusswaffen nichts anderes als primitive, stumpfe Gegenstände. Doc hob sie hoch – er war viel kräftiger, als er aussah – und legte sie in die Kapsel.

»Wir müssen sie für die Therapie komplett einschließen, damit sie nichts Störendes wahrnimmt.«

Auf seine Anweisung hin stiegen sofort weiße Blasen im Pod auf, die Balot umhüllten.

Doc Easter beeilte sich, seine Beatmungsgeräte zu holen, sicherte ihre Atemwege, trug ihr Schutzgel auf Ohren und Lider auf. Dann schnallte er Balot im Schaum des Pods fest.

»Ist das Faserwachstum abnorm?«

»Nein, das ist ganz normal, das Wachstum passt sich ihren *Bedürfnissen* an. Nach unseren ersten Daten ist es unnatürlich, aber hinsichtlich des Stadiums, in dem sie sich befindet, ist das ganz normal.«

Er wischte ihren rechten Arm ab und bereitete den Tropf vor.

»Mit der Antagonismus-Therapie holen wir sie in den Alltag zurück. Wir werden unserer Läuferin sagen, wo das Ziel ist. Du musst die ganze Zeit bei ihr bleiben und auf sie aufpassen.«

»Die ganze Zeit?«

»Bleib einfach in der Kiste und steh nicht auf. Sie wird eher Ruhe finden, wenn du bei ihr bist und sie nicht allein in der Maschine liegt. Das würde mich auch beruhigen«, erklärte der Doc und schloss den Pod am Tropf an.

Als er dann endlich mit allem fertig war und er eigentlich nur noch warten konnte, rief Œufcoque plötzlich um Hilfe.

»Ihre Reaktionen werden schwächer! Was soll ich machen? Doc!«

»Lass sie nicht reagieren«, entgegnete der Doc überrascht.

Œufcoque murmelte etwas.

»Lass sie einfach schlafen. Sie hat überlebt. Aus eigener Kraft.«

Der Doc tätschelte leicht den Pod, als wollte er nicht nur Balot, sondern auch Œufcoque beruhigen.

»Ich werde mit den Vorbereitungen anfangen, die Chips in eine andere Hardware zu verschieben. Das wird wieder hart. Ich muss mir die Vergangenheit dieses Menschen ansehen. Ein perverser, sadistischer Mörder.«

Der Doc warf einen Blick auf Balot, die im Pod schlief.

»Hoffen wir, dass das für sie der bestmögliche Gewinn ist.«

Danach lag Balot fast zwanzig Stunden an den Atmungsgeräten im Schutzschaum.

Sie hatte nicht einmal etwas geträumt. Irgendwie war die Zeit einfach verschwunden.

Sie hatte den Finger noch am Abzug gehabt, jetzt fand sie sich im Pod wieder.

Als sie aufwachte, war an ihrem Körper nichts Ungewöhnliches mehr, sie hatte sogar das Gefühl, die Welt sei irgendwie klarer geworden.

Im Inneren von Humpty war es still. Abgesehen von den gigantischen Datenmengen, die der Doc per Mail mit dem Staatsanwalt austauschte, die irgendwie kratzten, war alles friedlich hier.

In dieser Ruhe musste Balot ihre Antwort finden.

Die Antwort, die sie ausschließlich im längst verfaulten Inneren eines Mannes finden konnte.

Balot blieb in ihrem Lehnsessel sitzen und starrte verträumt an die Decke.

Genauso friedlich wie damals, als sie zum ersten Mal im Versteck aufgewacht war. Ihr Herz fühlte sich wieder genauso heil an.

Sie hatte einen engen, schwarzen Bodysuit an. Einen Bodysuit, den Œufcoque gemacht hatte, fast der gleiche wie bei ihrer ersten Schießübung. Mit dem Unterschied, dass sie überall verkabelt war. Die Kabel gingen von Balot aus an die verschiedensten Geräte in Humptys Esszimmer.

»Es reicht nicht, wenn wir in Shells Erinnerungen nur herausfinden, was er wie und wo getan hat, und es dann analysieren«, brummte der Doc hinter dem chaotischen Tisch mit dem Geschirr und den ganzen Geräten.

»Wir müssen seine Gefühle und seine Gedankengänge rekonstruieren sowie den Verlauf bis zu seinen Verbrechen aufklären, damit wir das klare Motiv, das Shell hatte, auch als Beweis nutzen können. Normalerweise würde das mindestens ein halbes Jahr dauern, aber wenn du mit Œufcoque arbeitest, brauchen wir vermutlich nicht einmal einen Tag.«

Dann drehte er sich kurz vom Bildschirm weg und sah Balot an.

»Ist das wirklich okay für dich?«

Balot drehte sich im Sessel langsam zum Doc.

#Ich muss es wissen. *Warum ich?* Mir reicht es schon, wenn ich wenigstens in die Nähe dieser Antwort komme.#

Sagte sie, indem sie sich in den Lautsprecher am Hals des Suits einmischte.

»Du musst die ungeeigneten Informationen aus der Erinnerung blockieren. Sonst verklagt man uns am Ende noch wegen Verstoß gegen das Jugendschutzgesetz, wenn wir Balot zu viele Dinge zeigen, die zu radikal sind.«

»Balot ist vernünftig und ganz ruhig. Sie hat die Chips bekommen. Wenn sie sehen will, was drin ist, dann muss ich vor ihr nichts verstecken«, machte Œufcoque als Bodysuit deutlich. Der Doc kratzte sich besorgt am Kopf.

»Der Staatsanwalt hat sich beschwert. Meint, wir müssten Rücksicht auf den Frauenverband und das Jugendschutzamt nehmen.«

Balot zuckte im Liegen mit den Schultern. Welcher dieser beiden Vereine hatte ihr bisher etwas gegeben, womit sie sich gegen Waffen oder sexuelle Gewalt hätte wehren können? Sie hatten ihr nicht einmal zugehört.

»Und genau deshalb, weil das Jugendschutzamt Balot nicht geholfen hat, sind wir heute hier.«

Œufcoques Ton war kühl, er wusste immer genau, wie sie sich fühlte.

»Das ist alles noch im Bereich von Scramble 09. Sie hat ein

Recht darauf, zu erfahren, warum sie ermordet wurde. Sie macht das, um zu überleben. Wer das kritisieren will, ist überhaupt nicht zu einer Entscheidung in diesem Bereich fähig.«

Der Doc zuckte ebenfalls mit den Schultern. Er sorgte sich auch nicht besonders hinsichtlich einer überzeugenden Strategie des Staatsanwalts.

#Das ist schon okay. Œufcoque ist ja bei mir.#

Sagte Balot mit einem Lächeln.

Der Doc erwiderte ihr Lächeln.

»Eigentlich ist er ja ein halb garer Kerl, aber wenn es um dich geht, kocht er in einer Sekunde.«

»Ich habe lediglich auf der Basis ihrer Fähigkeiten und Gefühle wegen dieser Entscheidung …«, fing Œufcoque an.

»Muss dir nicht peinlich sein«, unterbrach der Doc ihn einfach und wandte sich wieder den Bildschirmkontrollen zu.

»Dann mischen wir das Ei mal auf. Bist du so weit?«

In diesem Moment brummte das riesige Ding im Esszimmer, das aussah wie ein Kühlschrank.

Der Doc und Œufcoque hatten es zusammen aufgebaut. Mit dem Ding wollten sie den Inhalt der vier Chips mit Shells Erinnerungen auslesen. Œufcoque war durch viele Kabel mit dem Gerät verbunden. Balot würde die Informationen *erleben*, das Gerät würde dann alles speichern.

Balot ließ sich tiefer in den Sessel rutschen und schloss ganz langsam die Augen.

Es war nicht so wie damals, als sie mit Œufcoque ihre gefälschte Identität gefunden hatte oder als sie im Paradies im Meer geschwommen war.

Jetzt musste sie die Erlebnisse eines anderen so gut wie möglich rekonstruieren und die wichtigen Informationen aussortieren.

Als Erstes hörte sie eine Stimme. Ein tiefes Murmeln. Dann wurden es viele Stimmen, eine Kakofonie, und als diese fast tief in ihrem Ohr explodierte, wurde es auf einmal still. Als sie wieder zu sich kam und die Augen aufmachte, war sie an einem anderen Ort, wo sie noch nie zuvor gewesen war.

Nur eine Sekunde später begriff sie, dass sie stand. Dann ging sie irgendwo hin. Wahrscheinlich durch das Kneipenviertel von Mardock City. Ein Mädchen ging neben ihr her, sie kannte sie nicht. Sie war 14, vielleicht 15, blond.

Das Mädchen hatte etwas gesagt. Sie hatte ihr auch etwas erzählt.

Eine Sekunde lang blinkte ein blauer Diamant in ihrem Herzen. Sie sah seine rechte Hand.

Dann wurde der rechte Zeigefinger plötzlich größer, sie sah Karten, Autos, Cocktails.

Das *wievielte* Mädchen war sie? Sie verglich mehrere Erinnerungen miteinander. Als sie entdeckte, dass diese Kleine das Mädchen war, das er direkt vor Balot gekauft hatte, hörte sie plötzlich ihre Stimme. Aber sie verstand kein Wort. Andere Erinnerungsfetzen trieben auf sie zu, dann kamen die Worte plötzlich zurück.

»Ich will nicht wieder zu meinem Vater«, hatte das Mädchen gesagt. Es klang sehr dringend. Von irgendwo stieg tief empfundenes Mitgefühl in ihr auf, dann verschwand es wieder.

»Bitte, bring mich nicht zu meinem Vater zurück.«

GUT. ICH WERDE DICH BESCHÜTZEN. ICH WERDE DICH AN EINEN SICHEREN ORT BRINGEN. DU BIST SO HÜBSCH. UND VON HEUTE AN WIRST DU JEDEN TAG HÜBSCHER WERDEN. Lust stieg auf. Und wurde mehrmals unterdrückt. Ein Kristall. Das Strahlen eines blauen Diamanten. Darauf folgte der große Verlust, alles wurde zu Asche und wurde dann zu etwas anderem.

Die Erinnerung daran verschwand und wurde von einem Juwel ersetzt. Zusammen mit dem Tod seiner Erinnerungen musste dieses Ritual durchgeführt werden, es war notwendig.

Seine Lust konnte er nur auf eine bestimmte Art erfüllen. Ein totes Mädchen, der Selbstmord ist vorgetäuscht. Warum ich? Die Antwort sank immer tiefer. Ein Flashback, der niemals wiederkommt.

[*Balot! Bleib bei Bewusstsein. Das ist alles nur virtuell.*]

Balot nickte, sortierte nützliche und nutzlose Information, befreite sich von den ersten Assoziationen und fühlte, wie noch mehr Information anbrandete. Geräusche, Licht, Schmerz. Wut, Lust, Worte.

Viele Bilder zogen an ihr vorbei, die Gefühle dieser Augenblicke wurden rekonstruiert.

So wurde das Motiv, auf dem alles basierte, immer klarer und klarer.

»Sehr schön, gleich haben wir sein Motiv …«, hörte sie von irgendwoher den Doc flüstern. Das war das Letzte, was sie hörte, dann blockierte sie die Geräusche aus ihrer Wirklichkeit völlig.

Dafür rasten chaotische, zusammenhanglose Erinnerungsfetzen in schneller Folge durch ihren Körper, wie Blasen, die vom finsteren Meeresboden aufstiegen.

[Du musst sie in ein System einordnen. Das bedeutet alles gar nichts. Du musst zum Anfang zurück …]

Dann sah sie plötzlich das Panorama von Mardock City. Das Büroviertel, gegen Mittag, die schäbigen Baracken der Slums, die Shops im Casino, eine Konferenz mit Menschen, die ihr fremd waren.

Sie *erinnerte* sich mit einem brennenden Ehrgeiz an das Gefühl, als sie zum ersten Mal in einem AirCar saß.

Mehrere Mädchen kamen aus den chaotischen Erinnerungsfetzen und erschienen plötzlich vor ihr. Alle Mädchen schlossen schweigend die Augen, standen auf der Brücke. Der Wind kam vom Meer. Unter ihren Füßen rasten die Schatten davon. Die Nacht kam. Bald schon hatte Balot die Erinnerungen systematisch geordnet, und die Mädchen öffneten die Augen.

Alle Mädchen hatten blaue Diamanten in ihren Augenhöhlen. Balot schrie, tief und lange.

Sofort ging ein Mädchen rückwärts über die Brücke, wie ein Film, der zurückgespult wurde.

Als sie ihr nachging, sah sie die Stadt hinter der Brücke. Das Casino leuchtete hell, über den dicht gedrängten Geschäften, den Häusern und Garagen strahlte das Logo der October Company.

Dann sah sie das Bild der Gehirnoperation. Auf dem OP-Tisch lag ein Junge. Ein Mädchen ging um den Tisch herum. Aus ihrem weit offenen Mund hallte das Geräusch wider, als der Schädel aufgesägt wurde. Etwas wurde entfernt und durch ein Implantat ersetzt. Mit dem Logo der October Company. Natürlich hat der Chip in meinem Hirn das Logo der Company. Vielleicht bin ich deswegen ins Casino gegangen, so wie ein Fisch, der ausgesetzt wird und in seinen ursprünglichen Fluss in die Heimat zurückkehrt.

»Es gibt keinen Ort, an den ich zurück will«, sagte das Mädchen, zusammen mit dem Geräusch, als der Schädelknochen gefeilt wurde.

»Ich wünsche mir einen Ort, an den ich zurückwill.«

ICH WERDE ALLES VORBEREITEN. WENN DU ZU MIR ZURÜCKKOMMST.

Und dann starb das Mädchen an einer Überdosis.

Die ganze Welt brüllte, dass das nicht stimmte. Es war Geldverschwendung, Geld für eine Überdosis auszugeben. Aber es sah nur so aus, als wäre sie drogensüchtig. Sie war schlicht im Schlaf erwürgt worden.

WAR DAS LETZTE MAL GEWESEN, DASS ER JEMANDEN ERWÜRGTE. VIEL ZU ANSTRENGEND, DAS SPÄTER *WEGZURÄUMEN*. DIE KOPFSCHMERZEN WAREN VIEL ZU STARK. DAS WAR DER STRESS. ICH BRAUCHE ETWAS, DAS MICH VOLLKOMMEN GLÜCKLICH MACHT. DIE EUPHORIEPILLEN WAREN PERFEKT. DU WEISST, WIE MAN MIT DEM UNGLÜCK UMGEHEN MUSS. JA, DAS WEISS ICH.

Sie sah einen großen Mann. Bald wirst du eine Menge Ärger bekommen, sagte er. Wenn Scramble-09 offiziell bekannt wird, werden meine Rechte viel tiefer gehen als die jedes Sicherheitsdienstes. Er war der allerbeste Bodyguard.

[Boiled wusste, dass der Doc und ich es auf Shell abgesehen hatten. Darum hat er sich inkognito als Shells Bodyguard beworben … das ist die Erinnerung an damals …]

Erinnerungswäsche.

UM MEIN BUSINESS ZU VERSTEHEN, MUSS MAN MICH VERSTEHEN. SCHAU DIR DIESE BLAUEN DIAMANTEN AN. DAS SIND DIE STUFEN IN MEINEM BUSINESS. INSGESAMT SIEBEN. SIEHT SO AUS, ALS HÄTTE ICH BISHER SECHS MENSCHEN GETÖTET. ICH HABE VERSUCHT, DAS MÄDCHEN ZU RETTEN. ICH WILL WISSEN, WOVOR ICH SOLCHE ANGST HABE.

»Warum habe ich solche Angst?«

[Balot, du musst wach bleiben. Das sind nicht deine eigenen Wahrnehmungen …]

ICH HABE EINE ERSCHOSSEN, ABER ICH FÜHLTE MICH NICHT SO WOHL DABEI. ES HINTERLÄSST EIN WIDERWÄRTIGES GEFÜHL. KEINE PISTOLE. ERINNERUNGEN BEEINFLUSSEN EINEN, AUCH WENN MAN SIE VERLOREN HAT. ICH WILL SO WEIT WIE MÖGLICH WEG SEIN, ABER GANZ SICHER SEIN, DASS SIE STIRBT. UND ICH MUSS MIR ÜBERLEGEN, WIE MAN SIE WEGSCHAFFEN KANN. SIE STIRBT BEI EINER EXPLOSION. ICH WERDE DIE AIR-

Car-Versicherung voll ausnutzen. Wäre gut, wenn es so aussieht, als wäre es ihre Schuld.

»Zweifelst du an dem, was ich dir gegeben habe?«

[Das sind deine bzw. Shells Erinnerungen, Balot. Du musst alles in der chronologisch richtigen Reihenfolge ordnen, noch mal von vorn …]

Das dritte Mädchen war ein Unfall gewesen. Die Bremse des Wagens war manipuliert.

»Keine fahrenden Wagen mehr. Das bringt meine Erinnerungen durcheinander. Die Erinnerungen beeinflussen einen, auch wenn man sie verloren hat …«

Ich hatte die Bremsen schmieren lassen, aber deswegen musste ich dann die Leiche eines Mädchens sehen, die total zusammengequetscht worden war. Bei 120 Stundenkilometern. Ich hatte gehofft, sie wäre sauber zu Asche verbrannt. Die Erinnerung verschwand wieder, es war so umständlich, eine Erlaubnis für eine Feuerbestattung zu bekommen. In dieser Stadt gibt es sonst nur Gräber in der Erde.

»Ich habe so viele Geldwäsche-Methoden entwickelt.«

Ich wusste es. Die Stimme des zweiten Mädchens.

Wieder das tiefe Mitgefühl.

»Ich will meinen Vater nicht sehen. Ich will auch alles tun, aber ich will meinen Vater nicht sehen müssen.«

Alles wird gut. Ich werde dich beschützen. Ich weiss, wie das ist. Der Schmerz. Der Stress. Das versaut meine Erinnerungen. Ich muss das gründlich machen. Ich werde dich mit dem Stress zusammen töten, der meine Erinnerungen zerstört. So rot. Mehrmals das Messer in sie reinzustechen war das Blödeste, was ich je getan habe. Alles ist voller Blut. Ich muss alles ordentlich machen, ich will einen glänzenden blauen Diamanten, ich muss alles sauber machen, ich muss es rein machen. War vermutlich nur der Stress. Ich habe sie zu hektisch getötet. Kurz danach begannen die Erinnerungen zu verschwinden. Genau da habe ich damals bei der Geldwäsche einen Fehler gemacht, aber ich hatte Glück und wurde gerettet, weil der Stress meine Erinnerungen gelöscht hatte.

Damals fing mein Business an. Aber ich kann mich nicht an alles erinnern, was damals passierte.

»Wenn man mein Business verstehen will, muss man mich verstehen.«

[Wir brauchen Beweise, dass das wirklich die Realität ist. Shell hätte das auch in einem Film sehen können. Ob er das wirklich so erlebt hat …]

Habe ich dieses Mädchen als Erstes getötet? Es ist immer das erste Mädchen. Meine Erinnerungen verschwinden. Niemand weiss das, niemand wird es je erfahren. Aber ich kann meine Erinnerungen komplett löschen. Ich weiss, wie ich wieder sauber werden kann. Rein. Ich sollte die Geldwäsche und die Schmiergelder übernehmen.

Wieder das tiefe Mitgefühl.

Die Erinnerungsfetzen wirbelten durcheinander wie Karten beim Mischen.

[Dein Zeitgefühl stimmt nicht mehr. Wir arbeiten hier schon seit sieben Stunden.]

Ist sie das Mädchen, das er zuerst getötet hat? Sie sieht ganz anderes aus. Vielleicht, weil sie der Anfang von allem ist?

Wann war das? Als ich ins Casino kam, explodierte etwas in mir. Ich habe ein unglaubliches Talent für Kartenspiele. Ich will, dass du dir meine Show ansiehst. Unser Altersunterschied ist zwar sehr gross, aber wir sind ein richtiges Liebespaar. Auch wenn ich alles andere vergessen sollte, ich will mich an dein Gesicht erinnern, unbedingt.

Ein anderes Gefühl als bei dem Mädchen, das er zuerst getötet hatte. Ich glaube, er hat es ernst gemeint.

[Deine Kondition erreicht ihre Grenzen. Du machst das schon seit mehr als zehn Stunden. Balot? Mehr solltest du nicht …]

»Ich möchte, dass du mir zuhörst«, sagte das Mädchen. Wieder das tiefe Mitgefühl.

ALLES ANDERE WILL ICH VERGESSEN, DICH NIE. ES IST MEIN JOB, SCHMUTZIGES WIEDER SCHÖN SAUBER ZU MACHEN. DANN VERLIERE ICH MEINE ERINNERUNGEN. VIELLEICHT ÜBERNEHME ICH DIE SCHMIERGELDER.

»Weil ich dich nicht anlügen will. Weil ich will, dass du die Wahrheit von mir erfährst.«

WENN MAN MIR DIE SCHMIERGELDER ÜBERLÄSST, HEISST DAS, DASS MAN MIR VERTRAUT. VERTRAU MIR. MEIN AUFSTIEG AUF DER TREPPE IN DEN HIMMEL FÄNGT HIER AN. ICH WERDE ALLES SCHMUTZIGE SCHÖN MACHEN, ICH WERDE ETWAS REINES DARAUS MACHEN. REIN WIE BLAUE DIAMANTEN.

»Mein Vater hat mich vergewaltigt.«

[Balot, du musst dich beruhigen.]

Wieder das tiefe Mitgefühl.

ES WAR EIN SCHOCK. ABER ES HATTE NICHTS AN MEINER LIEBE ZU IHR GEÄNDERT. UND ICH HABE SIE GELIEBT. ES WAR NUR DER STRESS.

Flashback.

»Ich will nicht dahin zurück, lieber gehe ich ins Gefängnis.«

Flashback.

[Das ist dein Bewusstsein. Alles ist schrecklich durcheinander. Doc, sie muss aufhören. Doc? Nein! Ihre Fähigkeiten sind besser, als ich erwartet habe …]

Flashback. Geräusche, Lichter, Schmerzen. Wut, Lust, Worte. Die Fetzen zogen vorbei, die Gefühle in diesen Momenten wurden rekonstruiert, und es wurde immer klarer, auf welchen Motiven alles basierte.

»Ich werde das sauber machen. Ich werde alles Schmutzige zu etwas Reinem machen.«

Nein. Das erste Mädchen habe ich nicht umgebracht. Sie war tot. Warum? Ich muss sie sauber machen. Ich muss sie zu etwas Reinem machen.

Die Welt schluchzte, klagte, weinte. Tränen stiegen Balot in die Augen.

»Zu einem blauen Diamanten.«

Obwohl Shell sie liebte, war sie an ihrer hoffnungslosen Verzweiflung gestorben. Sie hatte bei Shell Hilfe gesucht, die wahre Liebe gesucht. Doch am Ende war sie halb wahnsinnig. Sie war gestorben, abgemagert und völlig entkräftet. Shell verlor jede Hoffnung. Ihr Tod nahm ihm jede Hoffnung, die Ursache ihres Todes ließ ihn verzweifeln.

Sie war nicht die Erste, die Shell getötet hatte. Der Erste, den er getötet hatte, war ihr Vater gewesen, der ihre Seele zerrissen hatte.

»Zuerst habe ich … getötet …«

[Wir sind schon so weit gekommen, wir können jetzt nichts mehr tun, außer sie den Weg zu Ende gehen zu lassen.]

Das Mädchen war sensibel, sie konnte Shells Hoffnungslosigkeit fühlen, die er selbst schon lange vergessen hatte.

Alles wird gut. Ich werde dich beschützen. Ich kenne das gut. Diesen Schmerz.

Wieder das tiefe Mitgefühl. Dann der Stress. Sie zerstören meine Erinnerungen.

Nein, es war anders. Ihr Vater war nicht der Erste gewesen, den Shell umgebracht hatte.

Der nächste Flashback erwischte sie eiskalt. Alles, was jetzt noch in der Dunkelheit und in der Leere seiner Erinnerungen rief, war eine Stimme, die immer noch »Warum ich?« schrie.

Dann strahlte ein blauer Diamant durch die Verzweiflung, die Shell ja eigentlich vergessen hatte. Er funkelte. Alles war so laut. Als Balot wieder zu sich kam, sah sie Shell mit seiner Show auf der Bühne im grellen Licht der Scheinwerfer.

Zuerst dachte sie, sie wäre wieder am Anfang seiner Erinnerungen. Dann sah sie, dass er die Ringe an seinen Fingern trug. Platin und Diamanten. Es war eine ihrer Pflichten, seine Ringe aufzubewahren, wenn er sie ablegte und in der Show spielte.

Er nannte den Diamanten, der am hellsten funkelte, ›Great Mother‹.

»Den habe ich mir aus der Asche meiner Mutter machen lassen.«

[Wir sind da. Das ist Shells Trauma …]

Ja. Wen hatte Shell zuerst getötet? Seine eigene Mutter.

Wieder das tiefe Mitgefühl. Die Verzweiflung des Mädchens raste wild durch Shells Welt. Er hatte sie so geliebt. Das Mädchen hatte verstanden, warum Shell mit ihr fühlte, ihren Schmerz kannte. Sie erkannte, warum Shell sie akzeptiert hatte.

Shell erkannte, dass sie es erkannt hatte. Ein Teufelskreis. Mitleid rief Mitleid hervor. Und das Mädchen hatte es nicht ertragen.

»Flashback.«

Das Mädchen hatte erkannt, dass sie nach ihrer Flucht genau da angekommen war, wo sie nie wieder hinwollte.

– Warum ich?

Völlig entsetzt stand Balot vor der Antwort.

Ungeeignete Information. Die widerwärtigen Bilder rasten auf sie zu wie bei einer Explosion.

[Balot, klink dich da aus. *Das hat nichts mit deiner Vergangenheit zu tun!*]

Das waren Shells entsetzlichste Erinnerungen. Inmitten des Gestanks nach faulen Eiern, inmitten der Finsternis wurde Shell von seiner Mutter vergewaltigt. Es hatte angefangen, als er ein Teenager war, und es war weitergegangen, bis er mit 19 die Bremsen ihres Wagens manipulierte und einen Unfall vorgetäuscht hatte, bei dem sie gestorben war.

Darum hatte er dieses *tiefe Mitgefühl* für alle Mädchen, die er bisher getötet hatte.

Die Verzweiflung des Mädchens, das er von ganzem Herzen geliebt hatte. Und eine klare und so einfache Antwort auf die Frage, warum Balot hatte sterben müssen.

Balot dachte, sie hätte laut geschrien.

In Wirklichkeit hatte sie aber nur die Lippen fest aufeinandergepresst, ihre Augen im Reflex weit aufgerissen, und hatte sich dann aufgesetzt.

Dann sah sie den Doc an, der völlig erschöpft in seinem Stuhl hing und ihren Blick erschreckt erwiderte.

»23 Stunden. So viel Zeit ist vergangen, seit du dich da hingelegt hast«, murmelte er fast tonlos. Unter seinen Augen hatte er tiefe Schatten. Flüchtig dachte sie darüber nach, dass sie jetzt bestimmt auch so dunkle Schatten unter den Augen hatte. Sie fixierte den Doc, als wolle sie sich vergewissern, dass seine Stimme die Stimme war, die *sie selbst* und *jetzt* hörte. Dann wurde ihr plötzlich kalt, sie zitterte. Fast hätte der Strudel der widerwärtigen Erinnerungen sie ein zweites Mal mit sich gerissen.

»Balot, du musst atmen. Atme ganz leicht, ganz flach, ganz langsam …«, sagte Œufcoque.

Aber Balots Lippen waren fest verschlossen, wollten sich nicht öffnen. Ihr Kiefer war steif, sie stand unter Schock.

Dann drehte sie sich. Sobald sie sich im Sessel nach vorn beugte, ging ihr Mund plötzlich auf. Sie erbrach sich heftig, ohne es selbst kontrollieren zu können, alles, was in ihrem Magen war.

Ausgerechnet jetzt kamen Geräusche, unangenehme Geräusche aus ihrer Kehle, die nicht mehr sprechen konnte.

Alles in ihrem Mund und in ihrer Nase war sauer. Es war ihr peinlich und tat ihr weh, Tränen stiegen in ihre Augen.

Der Doc rannte hastig auf sie zu, strich ihr über den Rücken und gab ihr ein Handtuch.

#Das tut mir leid …#

Konnte sie gerade noch so sagen, dann steckte sie ihr Gesicht in das Handtuch. Irgendwann fing sie an, lautlos zu weinen. Alles war so peinlich, so traurig, alles regte sie auf.

#Ich hab den Teppich schmutzig gemacht.#

Kaum hatte sie das gesagt, triggerte *schmutzig* auch schon Shells Erinnerungen.

MEIN JOB IST ES, ALLES SAUBER ZU MACHEN. BLAUE DIAMANTEN. DAS IST DIE ANTWORT. ICH WERDE DICH SAUBER MACHEN, ICH WERDE DICH ZU ETWAS GANZ REINEM MACHEN.

»Mach dir keine Sorgen. Das wird alles bald wieder. Du bist erschöpft und durcheinander, das ist alles.«

Sie hörte den Doc dicht neben sich und fühlte dann, wie er etwas in ihren Arm spritzte.

»Nur ein Beruhigungsmittel und etwas, das dir beim Einschlafen helfen wird. Du wirst gleich sehr müde werden. Du hast wirklich ganze Arbeit geleistet. Schlaf ruhig. Du wirst keine Albträume bekommen. Œufcoque wird bei dir bleiben. Wirst du doch, Œufcoque?«

Œufcoque hielt sie als Bodysuit ganz fest, als er antwortete. Ganz genau, oder irgendwie so was. Während ihr Bewusstsein wegdämmerte, glaubte sie, den Schatten des Mädchens gesehen zu haben, das an ihrer Verzweiflung gestorben war.

Was hatte das Mädchen wohl von ihm erwartet? Wahrscheinlich das Gleiche wie Balot. Eine einfache Antwort. Sie hatte gedacht, dass sie die Antwort schon finden würde, wenn man sie nur liebte. Aber all das endete mit Asche.

Sie schloss langsam die Augen. Ihre Trauer schien sich in Luft aufzulösen. Die fremden Erinnerungen verschwanden nach und nach, sie war wieder im Hier und Jetzt angekommen.

Sie rollte sich zusammen und schlief ein, als wollte sie nichts als die Wärme des Wesens, das sie umhüllt hatte.

Als sie aufwachte, stellte sie überrascht fest, dass sie im Pyjama im Bett lag. Jacke und Hose waren miteinander verbunden, also war es Œufcoque. An ihren Arm waren Infusionen angeschlossen. Sie achtete darauf, dass sich die Schläuche nicht verhedderten, dann setzte sie sich auf und umarmte ihre Knie, bis es aussah, als umarmte sie den ganzen Pyjama. So weinte sie eine Zeit lang, ohne an irgendetwas zu denken.

Œufcoque ließ sie weinen und schwieg.

Als sie nach dem Aufstehen ins Esszimmer hinunterging, sah sie, dass alle Geräte bereits ordentlich weggeräumt waren.

Der Doc hatte gerade eine Mail an den Staatsanwalt abgeschickt und drehte sich nun zu Balot um.

»Der Termin der Gerichtsverhandlung steht fest.«

So stand Balot eine Woche, nachdem sie die Chips bekommen hatte, wieder vor dem Broiler House.

Um ihren letzten Schritt auf der Treppe in den Himmel zu machen.

Vierter Teil 導き

Navigation

1

»Warum bin ich hier?« Shell wiederholte diese Frage immer wieder und wieder, wie im Delirium.

Boiled starrte Shell aus seinen dunkel leuchtenden Augen an, wie er auf der Bank saß, den Kopf in seinen Händen. Shell und Boiled waren allein im Wartezimmer des Broiler House.

Unvermittelt nahm Shell seine Chamäleon-Sonnenbrille in die Hand. Sie leuchtete in einem tiefen, dunklen Violett. Er klang völlig resigniert.

»Wenn ich dir von Anfang an gesagt hätte, was wirklich wichtig ist, dann wäre es nie so weit gekommen ... wie dumm von mir, anzunehmen, man könnte *dieses Weib* so einfach umbringen.«

Boiled verzog keine Miene. Er nickte nicht, schüttelte auch nicht den Kopf.

»Ich kann mich verändern. Ich kann ein völlig neuer Mensch werden. Ich kann jeden Schmutz wieder sauber machen. Und auch diese Situation kann ich sofort besser machen. Du musst mich aus dieser Lage befreien, bitte.«

Boiled ging langsam in die Knie und sah Shell direkt in die Augen.

»Ich habe Angst, Boiled. Aber ich weiß nicht, wovor ich Angst habe. Das macht mir am meisten Angst«, sagte Shell mit einer Stimme, als ob ihm die Eingeweide rausgerissen würden.

»Ich werde alles auslöschen«, murmelte er in Gedanken.

Shells gequälte Augen gingen ein kleines Stück weiter auf.

»Zeit für die Besprechung mit deinem Anwalt.«

Shell krallte sich fest in Boileds Arm, als er das gesagt hatte und gerade aufstehen wollte.

»Ich bitte dich. Du musst mir helfen, damit ich ein neuer Mensch werden kann.«

Boiled nickte.

»Tatsache, er hat wirklich seine Mutter ermordet …«, sagte der Doc leise.

»Das ist also der Grund für Shells abnormes Verhalten. Selbst wenn er seine Erinnerungen gelöscht hat, nein, gerade weil er seine Erinnerungen gelöscht hat, kann er wahrscheinlich seine Emotionen und seinen Trieb nicht unterdrücken.«

#Warum?#

Fragte Balot und mischte sich dafür in ihren Choker ein. Œufcoque war der Choker.

»Das ist leichter zu verstehen, wenn du dir vorstellt, dass du Angst hast oder wütend bist, aber nicht weißt, wovor du Angst hast oder warum du wütend bist.

Dieses Gefühl willst du doch irgendwie loswerden, oder? Es ist okay, solange das in gesunden Ehrgeiz, Rivalität oder Selbstvertrauen umgewandelt werden kann, aber wenn es nicht umgewandelt werden kann, kann man es nicht mehr aufhalten.«

»Für Shell war es die einzige Konstante, die er kannte, darum hat er es immer wiederholt«, erklärte Œufcoque, der als geometrisches Muster im Kristall schwebte.

»Möglicherweise das Ergebnis einer Selbstschutzmaßnahme gegen den Verlust seiner Erinnerungen. Sein Bewusstsein war stärker mit der Wahrnehmung beschäftigt, dass er aus seinem eigenen Willen die Mädchen opferte. Das war viel stärker als seine Angst vor dem Geist seiner Mutter.«

#Ich glaube, es hat damit zu tun, dass das eine Mädchen gestorben ist.#

Unterbrach Balot die beiden ganz leise.

#Das Mädchen, das Shell wirklich geliebt hat. Ich glaube, es hat ihn schockiert, dass sie eine ähnliche Vergangenheit hatte wie er. Dass sie sich gegenseitig ausgesucht haben.#

Balot konnte fühlen, wie die Trauer in ihr aufstieg. Sie konnte auch die Angst fühlen und eine gewisse Reizbarkeit, aber die Trauer war am stärksten. Sie hätte nie gedacht, dass Shell das Gleiche durchgemacht hatte wie sie.

Ganz im Gegenteil.

Shell hatte sich immer nur solche Mädchen ausgesucht und sie dann seiner Meinung nach in etwas Reines verwandelt – in blaue Diamanten, Geld oder eine Stufe auf seiner Treppe zum Erfolg.

ICH WERDE DICH SCHÖN SAUBER MACHEN. ICH WERDE ETWAS GANZ REINES AUS DIR MACHEN.

Als er das zum ersten Mal gesagt hatte, hatte er sicher geschrien, ganz aufrichtig. Bis nichts übrig war als Asche.

»Mitleid und Sympathie … Menschen suchen immer nach Gemeinsamkeiten mit anderen«, war die eher nebulöse Erklärung des Doc.

Dann räusperte er sich, um davon abzulenken, und fuhr fort: »Ich habe die Kopien der Erinnerungen schon im Broiler House abgeliefert. Jetzt müssen wir vor dem Staatsanwalt nur noch Shells Gehirn und die Chips mit den Erinnerungen chronologisch auf eine Reihe bringen. Ist ungefähr so wie das Vergleichen eines Fingerabdrucks. Unser Ziel bei der Gerichtsverhandlung heute wird es sein, die Durchführung dieses Vergleiches legal zu machen.«

#Was mache ich dabei?#

»Du bist eine Art Knebel (Gag) für Shell, wenn er Widerstand leisten will. Es wird nicht so sein wie letztes Mal. Für Shell ist das alles kein Witz (Gag) mehr. Für ihn wird das ziemlich hart. Dabei wird schließlich über seine Vergangenheit geredet, die er so erfolgreich vergessen hat.«

#Auch wie er seine Mutter umgebracht hat?#

»Es steht fest, dass Shell mit 18 geplant hat, seine Mutter umzubringen, nachdem er ihre Lebensversicherung entdeckt hatte. Er hat die Bremsschläuche manipuliert. Das hatte mit Sicherheit großen Einfluss auf sein weiteres Handeln. Auch die sexuelle Beziehung zu seiner Mutter …«, der Doc murmelte noch etwas und suchte dann ein anderes Thema.

»Gut, abgesehen davon war Shells Mutter selbst ziemlich durchtrieben. Ich habe ein wenig in den Archiven der Staatsanwaltschaft gewühlt und entdeckt, dass sie mehrfach wegen Versicherungsbetrug verhaftet worden war. Ihr Mann war tot, aber es gab den berechtigten Verdacht, dass sie ihn wegen der Lebensversicherung umgebracht haben könnte. Es ist sehr wahrscheinlich, dass Shell das wusste und nachgeahmt hat.«

»Die Mutter hat gegen Shell sehr viel Gewalt eingesetzt, die Misshandlung führte nach einiger Zeit dann zu Unfällen durch *Miss*-Handlung.«

Der Doc lachte angestrengt, Balot ließ nach wie vor den Kopf hängen.

»Deine Witze sind oft wirklich *miss*-lungen, Doc«, sagte Œufcoque an Balots Stelle. Der Doc zog seine Schultern hoch.

»Shells Vergangenheit ist eher was für die Neugier der Geschworenen als ein aussagekräftiger Beweis. Der Staatsanwalt hat sich jedenfalls gefreut, er meinte, damit läuft mit Sicherheit alles ganz toll«, sagte der Doc, und es klang bitter und zynisch. Letzten Endes war es auch wirklich ironisch: In der letzten Verhandlung wurde Balots Vergangenheit untersucht und angegriffen. Darum konnte sie sich von ihrer Vergangenheit lösen. Wenn sie es nicht gekonnt hätte, wäre ihre Seele damals gestorben.

Und dieses Mal war es Shell, der in dieser Lage war. Nur hatte er seine Vergangenheit löschen lassen und hatte nur noch ein formloses Trauma in seinem Kopf.

»Es geht nicht um Rache. Sag dem Staatsanwalt, dass er keinen überflüssigen Quatsch reden und keine Zeit verschwenden soll«, sagte Œufcoque. Er sprach irgendwie mehr für Balot.

»Der Antrag des Sekundarfalles ist bereits abgeschlossen. Vergiss nicht, dass wir hier unser Hauptziel erreichen wollen.«

»Aha, es ist eben nicht unser Job, die Geschworenen und die Medien mit Klatsch, Tratsch und Gerüchten aufzumischen.«

#Danke.#

Meldete sich Balot.

Der Doc sah ein bisschen überrascht aus.

»Ich bin mir nicht wirklich sicher. Außerdem ist Shells Anwalt sehr kompetent. Vermutlich wird er sich an Kleinkram festhalten. Dann wird es für mich ganz schön schwer, den Redeschwall des Anwalts noch zu unterbrechen.«

Dann wurde sein Tonfall plötzlich ernster, und er sah Balot durchdringend an, während er sprach.

»Pass auf, das ist nur meine Meinung. Die Erinnerungen bleiben im Gedächtnis, wenn auch nur Reste vom Abschaben oder Abkratzen. Das legt eine besondere Emphase auf den Schatten der verlorenen Erinnerung und in den meisten Fällen beeinflusst dieser Schatten die Moral des Lebens danach nachhaltig und negativ.

Damit ist praktisch bewiesen, dass die Technologie der October Company voller Macken ist und eher provisorischen Charakter hat.«

#Wenn Shell seine Erinnerungen zurückbekäme, meinst du, er würde dann immer noch töten?#

Fragte Balot sehr ernst. Œufcoque antwortete ihr. »Es stimmt, dass das Fehlen der Erinnerungen Shells Trieb fördert. Und es ist möglich, dass sein Zwang zu morden und seine Zwangsvorstellungen sich beim Wiedergewinnen seiner Erinnerungen drastisch verringern könnte. Aber Shell wird das nicht wollen.«

#So eine Vergangenheit würde ich auch nicht wollen.#

Erklärte sie und starrte in ihren Schoß. Kurz darauf sagte Œufcoque leise: »Die Vergangenheit ist ein Fossil. Die Idee, dass die-Zeit-die-war die-Zeit-die-ist beeinflusst, wird von Fossilien verkörpert. Shell hat die falsche Wahl getroffen.«

#Falsch?#

»Anders als du hat er es nicht ertragen oder gekämpft. Er suchte einfach nur Opfer.«

Balot dachte eine Weile darüber nach, dann berührte sie Œufcoque kurz.

#Ihr zwei habt mich gerettet. Danke.#

Der Doc gestikulierte verlegen und grinste ein bisschen.

»Œufcoque, hast du das aufgezeichnet? Das waren so ziemlich die besten Worte, um das Broiler House endgültig von der Nützlichkeit von Scramble-09 zu überzeugen!«

»Meinst du im Ernst, ich mache so was ohne Balots Erlaubnis?«

»Oh, natürlich. Schade.«

Dann lachte Balot auch ein bisschen mit ihnen.

Es fühlte sich an, als belohne das Leben sie endlich, als wären die Tage voller Chaos endlich vorbei. Ihr war auch jetzt nicht mehr schlecht.

Eine halbe Stunde später begann die Gerichtsverhandlung.

Das Verfahren war lang und träge, so wie üblich. Shells Anwalt versuchte gar nicht, sich mehr als nötig zu verteidigen, sie suchten eher beim Rückzug nach einem Ausweg. Darum wurde während des Verfahrens kaum über Shells Vergangenheit gesprochen, Shell schien dafür aber nicht besonders dankbar zu sein.

Das Verfahren endete um 16:50, vier Stunden nach dem Beginn.

Shell wurde ins Gefängnis gebracht.

2

Ein Klingelton verkündete fröhlich den Empfang einer Nachricht.

Der Doc kramte schuldbewusst in seiner Jackentasche und zückte dann sein notizbuchgroßes Display.

Sie saßen in einem Luxusrestaurant in der Nähe des Broiler House bei einem frühen Abendessen.

Hier kamen die Rechtsanwälte her, um ihren Sieg im Prozess zu feiern. Die Familien der Kläger kamen hierher, um die Entschädigung mit einem mehrgängigen Dinner zu feiern. Balot machte hier eine kleine Vorfeier so kurz vor dem Ende des Prozesses. Nicht wegen des erstklassigen Essens, sondern um endlich einen Schlussstrich zu ziehen. Ein Essen, um eine Brücke über ihre Vergangenheit zu schlagen und erste Schritte auf ihrem neuen Weg zu machen. Œufcoque und der Doc sorgten sich beide deswegen.

»Der Staatsanwalt. Er schreibt, er hätte heute einen Antrag auf eine außergerichtliche Einigung bekommen.«

Der Doc wandte seine Augen vom Display ab und sah Œufcoque an, der immer noch als Choker an ihrem Hals hing.

»Im Antrag wird extra betont, dass der Antragsteller kein Beteiligter des aktuellen Falls sei.«

»Wer ist es denn?«

»Ein Vorsitzender der October Company. Shells Vorgesetzter, der Vater seiner Verlobten.«

#Was heißt das?#

Mischte Balot sich ein. Der Doc lächelte sie an, um sie zu beruhigen.

Aber seine Augen hinter den Brillengläsern lächelten nicht. Er sah ernst aus, wie eine frisch polierte Klinge.

»Im Casino stand doch so ein Mann neben Shell. Cleanwill John October. Er hat den Antrag auf eine außergerichtliche Verhandlung gestellt.«

»Was soll denn verhandelt werden?«

»Ein Sekundarfall, sozusagen. Es geht um alle Angehörigen der Company, die Shells Geldwäsche-Business genutzt haben. Wir *benutzen* deinen Hauptfall, um noch viel mehr Schmutz ans Tageslicht zu zerren. Davor haben sie Angst, und darum fordern sie jetzt die Freigabe der Information und …«

#Benutzen?#

Balot runzelte ihre Stirn, der Doc gestikulierte wild.

»Ach was, das bedeutet nur, dass die Chips sehr mächtig sind, die du bei der Verhandlung eingesetzt hast.«

#Also fordern wir wie beim Black Jack eine Karte hier noch einen weiteren Verbrecher an?#

»Schlussendlich ist Shell auch ein Opfer der October Company. Ich denke, das weißt du am besten, weil du schließlich in seinen Erinnerungen warst.«

Balot nickte. Œufcoque sagte nichts. Der Doc sprach weiter.

»Die Gehirnoperation, die Shell als Kind hatte, diese A-10-Operation, ist auch eine Technologie der October Company. Es ist durchaus möglich, dass diese OP noch heute Shells Bewusstsein beeinflusst, damit er sich der October Company unterordnet.«

#Sie haben sein Gehirn so manipuliert, damit er ein Sklave der Company wird?#

»Sie kontrollieren ihn nicht, aber die Wahrscheinlichkeit, dass seine blinde Zustimmung zu allem, was die October Company betrifft, einen künstlichen Reiz in seinem Endorphinzentrum auslöst, ist ziemlich hoch.«

#Was?#

»Man kann das so einrichten, dass er zum Beispiel, wenn er ein Logo der Company sieht oder den Namen irgendwo hört, Endorphine ausschüttet und sich dann gut fühlt. Wenn sich dieses Glücksgefühl ein paar hundert Mal wiederholt, dann wird Shell die Company absolut idealisieren.«

#Shell hat nur einen Fluchtweg gesucht. Aus seinem eigenen Leben.#

Erklärte Balot stockend.

Dann meldete sich Œufcoque zum ersten Mal.

»Und die October Company hat ihm den Fluchtweg geliefert. Eine ziemlich subtile und brutale Form der Kontrolle.«

Balot nickte knapp. Sie erinnerte sich wieder daran, wie es in Shells Gedächtnis ausgesehen hatte.

#Shell glaubt, dass für die Company zu arbeiten das Gleiche ist wie wenn Fische irgendwo ausgesetzt werden und sofort in ihren Heimatfluss zurückkehren. Er denkt, er ist so ein Fisch.#

Dann sah sie den Doc an und fragte ganz direkt:

#Ist das *mein Fall*?#

Gerade als der Doc nicken wollte, drängte Œufcoque sich dazwischen.

»Deinen Fall hast du bereits gelöst. Du musst dich nicht weiter gefährden.«

»Warte mal, Œufcoque. Der Hauptfall *ist* ihr Fall.

Shell ist bisher nur im Gefängnis, der October Company geht es nach wie vor gut. Sie hat eine Genehmigung als zivile Helferin bekommen, und ihre Leistungen werden geschätzt. Sie ist deine Benutzerin, und genau deshalb können wir nicht auf sie verzichten.«

Œufcoque stimmte ihm nicht zu, sondern sagte nachdrücklich:

»Willst du im Ernst daran schuld sein, dass sie noch mehr Asche verbrennt?«

Der Doc schreckte zurück, dann schüttelte er überstürzt den Kopf.

»Bei dieser Verhandlung haben wir das Programm zur Lebenssicherung von Balot auf unbestimmte Zeit verlängert. Anders gesagt: Sie ist immer noch in Gefahr. Wir wissen nicht, wie Boiled reagieren wird und je nach Lage der Verhandlungen ist es nicht auszuschließen, dass die Company versuchen wird, Shell und Balot zu töten.«

#Du lauwarmer, halb garer Typ ...#

Fing Balot vorsichtig an.

Der Doc sprach nicht weiter. Œufcoque schwieg.

#Ich danke dir, dass du dir Sorgen um mich machst.#

Genau wie Œufcoque immer wusste, was in Balot vorging, reagierte sie inzwischen auch sensibel auf das, was er fühlte. Œufcoque hatte ein schlechtes Gewissen, weil er Balot nicht vor den Albträumen in Shells Erinnerungen hatte beschützen können.

#Aber ich wollte es so. Ich werde dich deiner Nützlichkeit entsprechend benutzen. Aber du musst mir sagen, wie.#

»Auch wenn etwas auf dich wartet, das garantiert unangenehm sein wird?«

#Bell Wing hat gesagt, du bist mein Schutzengel. Ein Schutzengel ist freundlich und streng.

Wenn ich vor allem weglaufe, was mir nicht passt, bin ich fast genauso leicht zu manipulieren wie Shell.#

Warum ich – sie wollte noch viel mehr wissen. Welche Bedeutung hatte dieser Fall jetzt, welche Bedeutung würde er in der Zukunft haben?

Sie wollte wissen, was hinter der Asche kam, in die Shell und sie gefallen waren.

Damit sie glauben konnte, dass ihr Leben wenigstens irgendeinen Sinn hatte.

Sie berührte Œufcoque, um ihm ihre Gefühle mitzuteilen, und sagte:

#Das ist unser Fall. Ihr müsst mir beibringen, wie ihr diesen Fall richtig löst.#

Œufcoque schwieg. Dann stimmte er schließlich wortlos zu, Balot mit einzubeziehen und mitzunehmen.

Weg aus der Sicherheit, wieder in einem Strudel voller Widerwärtigkeiten.

»Als Helfer des Sekundarfalls gestatte ich Balot, mich weiter zu benutzen.«

Der Doc seufzte, sichtlich erleichtert.

»Ich bin für so was auch völlig ungeeignet. Schießereien und so was liegen mir überhaupt nicht. Mein Job ist es, mich um den Fall zu kümmern, aber falls nötig, muss Balot mich beschützen.«

Balot nickte. Sie war völlig sicher, dass sie das konnte – solange sie Œufcoque dazu benutzen durfte.

»Endlich haben wir den eigentlichen Fisch an der Angel. Also gehen wir und lösen wir *unseren* Fall.«

Balot machte sich in der Toilette fertig, während der Doc zahlte.

Sie rollte den langen Rock hoch, den sie für die Gerichtsverhandlung angezogen hatte, zog ihre Unterhose aus und warf sie auf den Klodeckel. Dann zog sie ihre Schuhe aus und warf die Strümpfe zum Slip. Danach suchte sie unter ihrem Kleid ihren BH-Verschluss, löste den Haken, lockerte den Gürtel und öffnete den Reißverschluss ihres Kleides.

Sie visualisierte ganz präzise den Bodysuit, den sie tragen wollte.

– Ich bin so weit.

Sie übermittelte Œufcoque ihr Bild vom Bodysuit und tippte dazu kurz auf ihr Halsband.

Œufcoque morphte, schnell und perfekt. Der weiße Bodysuit floss aus dem Choker über ihren ganzen Körper, glitt zwischen Balot und das Kleid. Innerhalb von wenigen Sekunden hatte er Balot vollständig umschlossen, von ihren Zehen bis zu ihren Fingern. Er hielt sie fest und stark.

Balot zog ihr Kleid wieder richtig an, schlüpfte in ihre Schuhe und verließ die Toilette. Im Spiegel hinter dem Waschbecken modifizierte sie Design und Farbe des Bodysuits so, dass er zum Kleid passte.

Zurück im Restaurant machte sie sich zusammen mit dem Doc auf den Weg zum Parkplatz. Das Cabrio war in der Zwischenzeit repariert worden; das Auto war bei einer so gut wie nicht mehr aktiven AG registriert. Die Firma, die den Wagen reparierte, hatte mit dieser AG Verträge über die gemeinsame Nutzung und Spezifikationen einiger Bausätze abgeschlossen.

Spezifikationen, die Œufcoque entwickelt hatte. Œufcoque selbst wurde legal als eine fiktive Person angesehen, aber manche Teile, die er entwickelt hatte, wurden auf diese Art anerkannt.

Sie stiegen ein. Der Doc steckte den Schlüssel ins Zündschloss und aktivierte den Autopiloten. Mit einem satten *Fump!* versank das Lenkrad im Armaturenbrett.

»Ich habe etwas getrunken, also fahren wir mit dem Autopilot, auch wenn das etwas länger dauert.«

Sobald Balot sich angeschnallt hatte, fuhren sie los. Ihr Ziel war ein vornehmer Izakaya-Pub in der North Side. In etwa zehn Minuten würden sie da sein.

»Ah, entschuldige.«

Doc Easter beugte sich über den Beifahrersitz, berührte das elektronische Schloss, das sich nur mit dem richtigen Fingerabdruck öffnen ließ, und ließ das Handschuhfach aufschnappen. Ein Stadtplan, ein Portemonnaie, eine kleine Pistole und Pillen in einer Flasche lagen darin. Der Doc steckte die Pistole in die Innentasche seiner Jacke und nahm die kleine Flasche in die Hand. Die Pillen beschleunigten den Abbau des Blutalkohols und enthielten außerdem Koffein. Doc Easter warf sie sich wie Bonbons in den Mund, dann legte er die Flasche wieder zurück und schloss das Handschuhfach.

»Gut. Was haben die vor?«

»Auf den ersten Blick sieht es so aus, als hätten sie ein gültiges Verfahren eingeleitet«, erklärte Œufcoque an Balots linker Hand.

Der Doc nickte. Als wollte er jetzt nur checken, worauf er alles achten musste.

Balot sah geradeaus aus der Windschutzscheibe. Sie dachte, dass es noch ziemlich viel gab, was sie lernen musste.

»Es stinkt widerlich. Sie lauern uns offensichtlich auf, es sind mindestens fünf«, sagte Œufcoque, als ihr Wagen zwei Blocks entfernt vom Izakaya parkte.

Der Doc starrte auf sein kleines Display und zuckte mit den Schultern.

»Tatsache. Der Izakaya-Pub gehört zu einer Ladenkette, aber die Kette gehört der Gastronomiegruppe der October Company. Kann mir gar nicht vorstellen, dass der Vorstand hier oft herkommt.«

»Sie können folglich den Laden jederzeit verschwinden lassen.«

»Also ein ganzer Pub nur für Streitigkeiten des Unternehmensimperiums. Am besten wird es sein, wenn wir von hier aus mit einem Raketenwerfer den Laden hochgehen lassen, dann müssen wir da nicht mehr reingehen. Ist sowieso kein echter Pub.«

Balot bereitete sich auf einen Angriff vor und war davon überzeugt, dass das sein voller Ernst war.

»Sind wir jetzt Terroristen?«

Œufcoques trockene Bemerkung brachte sie wieder zur Vernunft.

»Wenn sie ein gültiges Verfahren einleiten, müssen wir entsprechend darauf reagieren.«

»Aber wirklich nicht gern. Formell gesehen bieten sie uns irgendwelche Informationen an, damit wollen sie die außergerichtlichen Verhandlungen vorantreiben. Da sie allerdings wissen, dass wir nicht bestechlich sind …«

»… müssen wir davon ausgehen, dass sie für uns etwas anderes vorbereitet haben.«

#Wirst du mit der Pistole schießen?#

»Hm. Das Kämpfen überlasse ich dir und Œufcoque. Ich bin nur für die Verhandlungen zuständig.

Wenn es also zu einem Schusswechsel kommt, bin ich der Erste, der wegrennt. Alles klar so weit?«, fragte der Doc so ernst, dass Balot unwillkürlich nicken musste.

»Gut, dann gehen wir.«

Der Doc hatte entschieden, stieg aus dem Wagen aus und ging geradewegs durch die Tür des ruhigen Izakaya-Pub.

Der Pub hatte zwei Türen, als Balot die erste passiert hatte, hatte sie das Gefühl, dass etwas nicht stimmte, dass sie völlig fehl am Platz war. Sie fühlte sich beobachtet. Dem Doc schien es ähnlich zu gehen.

Sie öffneten die zweite Tür und betraten langsam den Pub. Die Gäste sahen alle aus wie Gentlemen. Sie rauchten Zigarren, tranken Sake oder Whiskey und lasen Zeitung, manche sprachen mit vielen komplizierten Fremdworten über ihre Aktien oder Prozesse.

Dieser Pub war also eine Art Zone des Widerstands gegen das allgemeine Rauchverbot für alle, die es sich leisten konnten, davor zu fliehen.

Balot setzte sich neben Doc Easter an die Mitte der Bar. Wenn sie nicht noch die Kleider von ihrem Gerichtstermin angehabt hätte, wäre sie sich schrecklich underdressed vorgekommen.

Niemand saß an der Bar, in der Nähe standen noch Ledersofas und Tische, es gab Separees, die mit einem feuerroten Vorhang abgeteilt waren.

Der Doc zeigte auf eine Flasche und bestellte sie mit einigen Spezialwünschen.

Der Barkeeper war ungefähr vierzig und hatte eine Glatze, er nickte und sah dann zu Balot. Sie wollte eigentlich nichts trinken, erinnerte sich dann aber an einen Film, den sie als kleines Mädchen mal gesehen hatte. Ein Western, sie erinnerte sich daran, was die Hauptfigur in einem Saloon bestellt hatte.

#Eine Milch, bitte.#

Bestellte Balot, indem sie sich in ihr Halsband einmischte. Der Barkeeper sah sie fragend an.

Ihr war nicht ganz klar, ob er von der Bestellung überrascht war oder ob ihre elektronische Stimme ihn erschreckt hatte. Vielleicht sah er sie auch so an, weil es ohnehin fragwürdig war, was ein junges Mädchen wie Balot überhaupt in einem solchen Etablissement machte, aber der Barmann sagte kein Wort darüber.

Stattdessen fragte er: »Möchten Sie Ihre Milch mit Eis?«

Im Western war dieser Satz nicht vorgekommen.

Balot überlegte kurz und nickte dann brav.

Der Barkeeper bereitete ihre Getränke mit glatten, geübten

Bewegungen vor. Als er dem Doc sein Glas anbot, präsentierte er die Flasche so, dass dieser das Label gut sehen konnte. Balot dachte schon, dass er die Milchtüte auf die gleiche Art vor sie hinstellen würde, das machte er aber nicht.

Er stellte schlicht ein Glas vor ihr ab und ging an das andere Ende seiner Bar.

»Das hätte ich auch bestellen sollen«, flüsterte der Doc ihr zu und kicherte leise. Balot neigte ihren Kopf ein wenig zur Seite.

»Das hätte mich aufgemuntert, bis unsere Verhandlungspartner kommen. Andererseits, vielleicht sind sie ja schon irgendwo.«

Er hatte sein Glas gerade erst in die Hand genommen, als es passierte. Balots linke Hand legte sich ganz von selbst auf seine Schulter.

»Ein Schlafmittel mit sofortiger Wirkung. Bei Balot ist nichts drin«, murmelte Œufcoque ein bisschen undeutlich.

Der Doc wirkte etwas überrascht.

»Sie haben es also immer noch auf Balot abgesehen. Sie wollen sie also immer noch verschwinden lassen. Die sind ganz schön hartnäckig.«

»Sieben Leute in dieser Bar sind leicht bewaffnet, den Barkeeper mitgezählt.«

Als er das gesagt hatte, legte er Balots Arm wieder zurück. »Dann habe ich hier auch nichts mehr verloren. Den Rest überlasse ich euch«, sagte der Doc, zuckte mit den Schultern und nahm sein Glas. Er stieß mit Balots Milch an und trank es dann in einem Zug aus.

»Igitt, und ich habe gerade erst das Gegenmittel genommen. Das wird mir mein Magen übel nehmen.«

Er verzog das Gesicht, Balot starrte verwirrt über seine Schulter.

Nur wenig später öffnete sich die Tür des Izakaya, und ein gut gebauter Mann kam mit einem Lächeln auf sie zu.

»Doctor Easter? Ich bin Raisebill. Ich habe Ihnen die Nachricht zukommen lassen.«

»Sie sind der Firmenanwalt der October Company?«

Der Doc sah den Mann mit einem bereits ziemlich verschwommenen Blick an. Balot wusste auch nicht, ob das nur gespielt war oder nicht. Raisebill lächelte.

»Nur einer davon. Ich bin für Entschädigungs- und Kriminalfälle zuständig. Es tut mir wirklich leid, dass Sie auf mich warten mussten. Gehen wir doch dahinten hin und setzen uns.«

»Ah, ja. Danke.«

Der Doc schwankte wie auf Wolken in das Separee. Balot folgte ihm.

Zuletzt setzte sich Raisebill auf den letzten freien Platz und balancierte seinen gewaltigen Körper auf einen vergleichsweise winzigen Stuhl.

»Ich möchte das Gleiche«, sagte er dem Barkeeper, der ihnen die Gläser hinterhergetragen hatte.

»Möchten Sie auch noch etwas zu trinken?«

»Nein, danke.«

Der Doc fing an zu lallen. Es klang sehr offensichtlich, andererseits wirkte er wirklich müde. Er hatte in den letzten Tagen auch zu viel gearbeitet. Balot klopfte ihm zaghaft auf die Schulter. Sie wollte ihn nicht aufwecken, sondern ihm nur signalisieren, dass er ruhig schlafen konnte, aber Raisebill dachte, dass die Kleine sich Sorgen machte.

»Sie scheinen wirklich sehr müde zu sein. Ich werde mir Mühe geben, mich kurz zu fassen. Für den Rückweg stellen wir Ihnen selbstverständlich gern einen unserer Mietwagen zur Verfügung.«

»Heute Nachmittag wurde also beantragt, die Verhandlungen vorzuziehen?«

Der Doc stimmte dem mit einem Gähnen zu.

»Wir haben diesen Antrag bereits vorbereitet, als sie das Verfahren vor Gericht eingeleitet haben …«

»Wie schön.«

»Danke. Äh. Da sich unsere Position somit verändert hat, stehen wir jetzt gemeinsam vor der Aufgabe, Bürger, die eine Zukunft haben, zu beschützen und die gesunde Entwicklung des Unternehmens zu fördern.«

»Haben wir das? Ja, ja, genau, haben wir.«

»Ja, und wir machen uns auch große Sorgen um die Zukunft von Shell Septinos, den Sie ja verklagt haben.«

»Jaha, das kann ich mir vorstellen, der weiß ja schließlich über alles Bescheid. Und?«, spöttelte der Doc. Doch nichts durchdrang das freundliche Lächeln von Raisebill, dick wie eine Stahltür. Er zuckte nonchalant mit den Schultern und richtete sein Lächeln auf Balot.

Balot wusste nur zu gut, was ein Mann, der so lächeln konnte, als Nächstes tun würde.

»Was er getan hat, daran können wir nichts mehr ändern. Aber das Gesetz verliert jede Bedeutung, wenn wir ihm jetzt die Chance auf eine Resozialisierung nehmen. Darum wollen wir ihn unterstützen, während wir Resozialisierungsmaßnahmen fördern und ihn zur Selbstkritik anhalten. Und natürlich werden wir Ihnen gern die Entschädigung zahlen, denn er kann die Summe nicht vollständig aufbringen, liebe Miss Balot.«

Jetzt grinste er und sah Balot direkt an. Ich zahle nur so und so viel, keinen Penny mehr. Irgendwie sah er ziemlich knickerig aus.

»So endet also Shells Leben als Sklave der October Company. Und wenn wir keine überflüssigen Anmerkungen während des weiteren Prozesses machen, dann bekommen wir ein kleines Honorar dafür, richtig?«

»Aber, aber, Doctor Easter! Reden Sie vor Gericht auch so?«

»Nicht laut, nein. In den nächsten Tagen werde ich Ihnen unsere Antwort schicken, ganz vorschriftsmäßig als E-Dokument. Wird aber kürzer sein als ein Passwort, das man zum Decodieren braucht.«

»Und was wird drin stehen?«

»Liebes fettes Arschloch, friss Scheiße.«

Raisebills massive Lippen bogen sich schwungvoll noch weiter durch. Seine Wangen wurden rot und in seinen Augen platzten ein paar Äderchen. Und trotzdem lächelte er weiter.

Davon wurde ihr wirklich schlecht.

»Es ist unsere Aufgabe, den Fall zu lösen, dieses ganze Gerichtstheater ist nur ein Teil des Ganzen. Man muss sich viel Mühe geben, um dem Richter ordentlich eins vorzulügen, damit er dann ein zweifelhaftes Urteil fällt. Danach hat man eine gute Basis, um Berufung einzulegen«, verkündete der Doc, lächelte friedlich und knallte danach auf den Tisch. Seine Stirn landete mit einem satten Aufprall auf der Tischplatte. Balot war das alles ein wenig peinlich. Sie machte sich Sorgen, ob der Doc sich am Ende doch verletzt hatte, aber Raisebill schien das anders zu interpretieren.

»Hat dir deine Milch geschmeckt, kleines Fräulein?«, fragte er ölig.

»Wenn du jemanden hassen willst, dann solltest du diesen Idioten hassen, den du da beauftragt hast.«

Raisebills Gesicht war dunkelrot angeschwollen, er beugte sich zu ihr. Sein Gesicht hatte sich völlig verändert, er sah aus wie eine bizarre Kabuki-Maske, ein Chaos aus Wut und Euphorie. Balot runzelte die Stirn und wich ihm etwas aus, als er eine Hand nach ihr ausstreckte und dabei fast ein bisschen gesabbert hätte.

»Wir haben euch röntgen lassen und dabei festgestellt, dass du nicht bewaffnet bist. Er hat eine kleine Pistole in der Tasche, richtig?« Raisebill grinste.

Daher kam also das eigenartige Gefühl am Eingang. Die Männer an den verschiedenen Tischen kamen näher zusammen.

– Œufcoque? Das sind doch meine Feinde, oder?

Bevor sie anfing, wollte sie ganz sicher sein.

»Ja. Sie wollen dich mit Gewalt dazu zwingen, die Chips abzugeben«, erklärte Œufcoque laut und deutlich.

Raisebill sah erschreckt aus.

»Wer spricht da?«

– Also darf ich schießen?

»Nur begrenzt. Wir wollen nicht auf ihr Niveau sinken.«

Unter dem Tisch füllte plötzlich schwerer Stahl ihre linke Hand. Sie hielt die Waffe hoch.

Etwas explodierte. Raisebill brüllte und klappte nach hinten um. Eigentlich hatte sie zwischen seine Beine zielen wollen, Œufcoque war aber dagegen gewesen, und so blieb es bei einem Schuss in den Fuß.

Sie hob schnell den Tisch an, Œufcoque unterstützte sie dabei, ein Teil des Suits morphte in ein Exoskelett. Der Tisch kippte um wie eine zarte Papierschiebetür. Sie verschanzte sich dahinter, warf den Doc auf das Sofa. Die Gläser krachten auf den Boden und zersplitterten zusammen mit den Eiswürfeln.

Irgendwo hatte sie das schon mal gesehen, vermutlich auch in dem Western.

»Ich werde die Wirkung der Waffe auf das Minimum setzen. Einverstanden?«

– Okay.

Balot feuerte mehrmals hintereinander durch den feuerroten Vorhang des Separees. Sie konnte sie schreien hören. Den drei Männern am Tisch hatte sie in die Schulter geschossen, exakt in der Reihenfolge, in der sie ihre Pistolen und Elektromunition herausgeholt hatten.

Die anderen Männer schossen wild und schnell. Der umgekippte Tisch bebte unter dem Kugelhagel. Im Schatten des Tisches streckte Balot ganz locker ihre Hand aus und schoss. Sie verschwendete keine einzige Patrone, die Pistolen in den Händen von zwei Männern explodierten unversehens. Sie merkten nicht mehr, dass ihre Magazine angeschossen worden waren. Ihre Finger fetzten auseinander, danach schoss Balot beiden ins Knie. Sie brachen zusammen.

Balot griff nach dem Tischfuß und sprang aus dem Separee. Damit erschreckte sie ihre Gegner, die hastig feuerten, als sie sahen, dass Balot einen Tisch als Schild nutzte, der ungefähr so viel wog wie sie selbst.

Kühl und präzise zielte sie auf das Schlüsselbein ihrer Gegner.

In dieser Sekunde tauchte plötzlich der Barkeeper hinter seiner Theke auf, eine Schrotflinte in der Hand.

Balot sah nicht einmal zu ihm hin, sondern streckte ihre Pistole einfach ganz locker zur Seite hin aus. Sie schoss beide Schultern an, und er sah sehr schockiert aus, als er mit den Flaschen hinter sich zusammenbrach.

Der Letzte hielt entsetzt seine Waffe hoch. Als Balot ganz leicht mit der Hand zum Tisch zeigte, hatte er sich erschreckt und gefeuert.

Aber selbst in dieser kurzen Entfernung war die Kugel nicht einmal in ihre Nähe gekommen. Sie hatte die Kugel reflektiert, damit sie seinen Arm streifte.

Er schrie, die Kugel raste in den Spiegel hinter der Bar, Risse durchzogen blitzschnell die Oberfläche. Balot dachte, dass der Spiegel zerbrechen würde, aber er schien wider Erwarten relativ stabil zu sein.

Sie nahm den Tisch in ihrer Hand und warf ihn dem Letzten zu. Er kreischte, dann krachte der Tisch auf ihn, beide stürzten in eins der Separees und dann bewegte er sich nicht mehr.

Die Klimaanlage saugte den weißen Pulverdampf aus der Luft. Es gab keine Toten, aber es gab auch niemanden mehr, der sich noch bewegen konnte. Balot warf das leere Magazin weg, lud von innen nach und ging zurück in das Separee, aus dem sie gekommen war.

Raisebill stöhnte gequält auf. Doc Easter lag zufrieden schnarchend auf ihm, er sah richtig glücklich dabei aus. Als Balot Raisebill auf die Schulter klopfte, schrie er wieder und quetschte seinen großen Körper gegen die Wand. Als wollte er sich durch sie hindurchzwängen.

»Ich bin nur ein Angestellter. Bitte vergib mir.«

Und das sagte ein Mann mit dem beliebtesten Job der ganzen Stadt, Balot hatte fast Mitleid mit ihm, als sie das hörte.

– Was jetzt? Gehen wir?

»Wir müssen überprüfen, wer sein Auftraggeber ist.«

Ihr Handschuh morphte und wurde zu einem Handy.

Balot warf es Raisebill ans Knie.

»Ruf deinen Arbeitgeber an. Ich will mit ihm direkt sprechen.«

Œufcoque sprach aus dem Handy. Raisebill tat hastig, was von ihm verlangt wurde, und sah sehr ängstlich dabei aus.

Es klingelte mehrmals, dann wurde eine Verbindung aufgebaut. Raisebill schluckte trocken.

»Gu… guten Abend … hier … hier ist Rai… Raisebill. Unser

Verhandlungspartner möchte direkt mit Ihnen sprechen. Ja. Natürlich.«

Er gab ihr das Handy vorsichtig zurück. Balot hielt sich nicht einmal damit auf, sich das Handy ans Ohr zu halten. Sie musste Œufcoque im Bodysuit nur mit seinem Gesprächspartner verbinden.

»Cleanwill John October? Vorstandsvorsitzender der October Company, Chef der Entertainment-Sparte? Ich bin Œufcoque Penteano, der Zuständige des Falles«, erklärte Œufcoque so, dass auch Raisebill es hören konnte.

Sein verängstigtes Gesicht widerte sie an, sie wollte es nicht länger sehen. Also ging sie zur Bar und suchte nach der Tüte Milch. Sie konnte Cleanwill John October aus dem Telefon lachen hören.

[Im Casino habt ihr mir eine wirklich interessante Show geboten. Was macht ihr mit den letzten 10.000 Dollar? Mal essen gehen, was ihr euch sonst nicht leisten könnt? Ein toller Urlaub?]

»Das Spiel ist vorbei. Ich verhafte Sie wegen Erpressung und Einschüchterung.«

[Es gibt keinen Beweis, dass ich irgendeinen Auftrag gegeben habe. Es gibt keine Zeugen. Niemand wird diesen Fall annehmen.]

Balot zuckte nur mit den Schultern. Sie war ehrlich ganz glücklich, dass sie nicht mit ihm reden musste. Sie legte ihre Pistole auf die Bar, nahm die Milch aus dem Kühlschrank und goss sie in eins der wenigen Gläser, die nicht kaputt gegangen waren. Genau genommen fiel das unter Diebstahl, aber es gab sonst nichts, was sie hätte tun können.

Sie ließ einen Eiswürfel in die Milch gleiten und setzte sich damit an die Bar. Während Œufcoque weiter mit Cleanwill sprach, starrte sie gelangweilt den großen Spiegel hinter der Bar an.

[Wie wäre es denn, wenn wir die außergerichtlichen Verhandlungen weiterführen würden? Der Prozess fängt nämlich wieder ganz von vorne an.]

»Von vorn? Es ist mittlerweile nicht mehr möglich, den Fall mit dem Einreichen eines Kontra-Falles abzubrechen.«

[Wir haben schon den entsprechenden Antrag für einen neuen Fall gestellt und sind auch bereit, den gleichen Angeklagten zu verklagen.]

»Sie verklagen den gleichen Angeklagten?«

[Shell Septinos hat dem Casino einen nicht unerheblichen Schaden zugefügt. Er hat unser Image besudelt, illegale Darlehen aufgenommen und war außerdem so unverschämt zu verlangen, dass das Erbe aufgeteilt werden soll.]

»Klingt alles sehr opportun. Allerdings ist eine Aufteilung des Erbes bei einer Verlobung durchaus üblich.«

[Verlobung? Ach, das war da ja noch.]

Cleanwills Lachen war befremdlich.

[Wir sind ein Familienbetrieb und basieren fest auf dem Felsen der Familie. Die größte Stärke unserer Firma. Ich hatte mich eigentlich gefreut, *dieses Mädchen* einem Mann zu übergeben, der kein schlechter Mensch ist.]

Balot hielt das Glas mit einem Mal sehr fest in ihrer Hand. Plötzlich fühlte sie sich wieder so fremd und falsch hier wie vorhin an der Tür.

[Ich mochte Shell eigentlich ganz gern. Er war clever, hatte diese Beharrlichkeit, die uns fehlt. Es ist auch keinesfalls gelogen, dass wir uns große Sorgen um seine Zukunft machen.]

In ihrem Inneren ballte sich dieses merkwürdig fremde Gefühl zusammen und bildete eine feste Form. Irgendetwas hatte sie an dem gestört, was er gesagt hatte.

Balot bohrte ganz vorsichtig tiefer, was genau sie da so gestört hatte.

[Unsere Firma ist auch nur ein *Opfer*. Entweder verklagen wir ihn gemeinsam oder wir streiten uns um ihn. Glaubt ihr nicht, dass es hier noch genug Spielraum für eine Verhandlung gibt?]

»Und nach dem Prozess wollt ihr ihn ins Gefängnis schicken und von da in ein Land, in dem die Todesstrafe noch erlaubt ist.«

Er lachte wieder.

Für Balot klang das Lachen sehr nah, nicht so, als käme es aus dem Telefon. Vorhin hatte er gesagt, dass es keinesfalls gelogen sei, dass sie sich große Sorgen um Shells Zukunft machten. Wer hatte das vorhin noch gesagt? Raisebill.

[Ich muss euch also nicht erzählen, welche Entscheidungen wir treffen werden, wenn er verurteilt im Gefängnis sitzt.

Im Moment wollen wir allerdings die Zuständigkeit für diesen Fall übernehmen, basierend auf dem aktuellen Fall, dass eine mit ihm im eheähnlichen Verhältnis stehende Person durch ihn Schaden erlitten hat.]

»Eine Übernahme?«

[Shell wird schon bald seine Rechte als Auftraggeber dieses Falles verlieren. Wir werden den überaus kompetenten Zuständigen, den er eingestellt hat, wieder engagieren. Dimsdale Boiled. Die Verhandlungen für seinen Vertrag sind bereits abgeschlossen.]

Œufcoque stöhnte auf, sehr untypisch.

»Boiled soll also Shell umbringen. Ihr widert mich an …«

[Ihr Wunschkinder von Scramble-09 kämpft doch gegen einander, sooft ihr wollt. Die Ideale der Drei Doktoren haben wir übernommen, wir haben sie weitergeführt und der Stadt geschenkt – das ist die October Company, die meine Familie führt.]

»Die Ideale der Drei Doktoren? Dann hol doch euren Doktor ans Telefon.«

[*Unsere Doktorin* ist ein Dornröschen, eine schlafende Prinzessin, die nie aufwachen wird. Ihr wisst doch ganz genau, dass sie hirntot ist.]

»Die October Company nutzt das Koma der Gründerin aus, um die Ideale der Drei Doktoren falsch zu interpretieren und ihre Technologie zu missbrauchen. Keiner der Drei Doktoren hätte das gewollt.«

[Aha? Aber viele Menschen in der Stadt wollen das. Meine Familie, die Wunschkinder der Drei Doktoren und ich als ihr Erbe haben die Pflicht, die October Company weiter zu entwickeln.]

»Das ist Betrug. Mit dem schönen Wort ›entwickeln‹ wollt ihr doch nur vertuschen, dass ihr dafür über Leichen geht.«

[Weißt du eigentlich, woher der Name Mardock – Treppe in den Himmel – stammt?]

»Was?!«

[Mardock war ursprünglich der Name des Sohns einer Göttin. Der Sohn tötete seine Mutter und übernahm ihre Aufgabe, die Welt zu erschaffen, und wurde so selbst zum Gott. Die Technologie, die die Drei Doktoren entwickelt haben, wollen wir hier nutzbringend anwenden. Wir beseitigen dafür die alte Moral und arbeiten für die Weiterentwicklung der Gesellschaft.]

»Das ist eine rücksichtslose Illusion, die ihr euch da selbst erzählt. Es gibt keine alte oder neue Moral.«

[Ein ganz typisches Argument von einem Monster, das seine Abschaffung vermieden hat, indem es sich freiwillig in einen Käfig namens Scramble-09 einsperrte. Scramble-09! Ihr seid doch etwas, das die Gesellschaft als Gefahr betrachtet. *Die Gesellschaft sieht die October Company nicht als Gefahr an.*]

Erklärte Cleanwill laut und deutlich.

Balot war plötzlich völlig klar, *woher diese Stimme kam.*

»Wer sich selbst nicht für eine Gefahr hält, hat kein Recht dazu, über Moral zu sprechen!«, hielt ihm Œufcoque entschieden entgegen. Währenddessen hatte sich Balot schnell bewegt.

Sie warf ihr Milchglas mit aller Kraft gegen den Barspiegel. In den Spiegel, den vorhin die Kugel getroffen hatte und der nur ein paar Risse bekommen hatte. Jetzt zersprang das Glas mit einem harten Klirren und die weiße Milch ergoss sich über die Scherben.

Sie hörte, wie Cleanwill am anderen Ende des Handys die Luft anhielt.

Jetzt war sie sich endgültig sicher. Balot nahm ihre Pistole auf der Bar wieder in die Hand und schoss mit einer fließenden Bewegung das komplette Magazin leer.

Der Spiegel hielt erstaunlich viel aus. Erst nach mehr als zehn Treffern platzte hier und da die Spiegelfläche ab und zeigte, wie es hinter dem Einwegspiegel aussah.

Balot schleuderte ihre Pistole weg. Sofort mischte sie sich in den linken Handschuh ihres Bodysuits und erzeugte eine neue Pistole. Sie streckte ihren Arm aus und zielte genau in den Spiegel.

In diesem Moment bekam sie überall Gänsehaut und ihre Haare stellten sich auf. Unbewusst versuchte sie, sofort den Abzug durchzuziehen. Œufcoque blockierte sie von innen.

»Aha. Wie unhöflich von mir. Hier hätte ich Sie nie vermutet«, sagte Œufcoque, und selbst für seine Verhältnisse klang er ungewöhnlich zynisch.

Und er war sehr wütend.

»Das ist auch kein guter Stil. Ich kann mit einem Blick erkennen, dass Sie gleich gegen mehrere Gesetze verstoßen.«

Hinter dem Spiegel saßen fünf oder sechs nachlässig angezogene Gestalten. Außer Cleanwill waren alle sehr jung, kaum Teenager.

In ihrer Mitte saß der gewaltige Fleischberg, wesentlich größer als Raisebill. Er lag in einem Morgenmantel auf einer Couch, mit dem Telefon in der Hand starrte er Balot erschreckt an.

»Das … das hier ist Privatgelände«, erklärte der Gigant schließlich, den Balot schon im Casino gesehen hatte. Cleanwill John October schnappte nach Luft wie ein Karpfen.

»Dann wollen wir nicht in diesen Raum eindringen. Aber bis die Polizei kommt, werden wir Sie hier festhalten. Cleanwill John October, ich verhafte Sie hier als Zuständiger eines beauftragten Falles wegen Erpressung und einer ganzen Reihe anderer Verbrechen.«

Œufcoque war so vernünftig. Die Sicherung der Pistole blieb bis zum Ende arretiert.

»Balot, ruf bitte die Polizei.«

Balot schüttelte stumm ihren Kopf. Sie wollte keine weiteren Worte verlieren und alle erschießen, Cleanwill, die Jungen, die Mädchen.

Sie erinnerte sich an Raisebills Lächeln, sie wusste jetzt, was es bedeutet hatte. Sie konnte fühlen, wie ihr Blut ins Herz zurückfloss und gefror.

»Balot.«

Œufcoques Tonfall war sehr deutlich. Dann passierte es.

Hinter ihnen brüllte plötzlich jemand los, doch Balot und Œufcoque reagierten beide blitzschnell.

Raisebill, der im Separee noch so gezittert hatte, kroch mit einer Pistole auf dem Boden herum und richtete die Waffe auf sie.

Balot musste sich nicht mal umdrehen, sie zielte mit links über ihre Schulter und schoss. Innerhalb von Sekunden durchschoss sie beide Schultern und seine Knie. Raisebill schrie gellend und brach zusammen.

Balot fixierte die gewaltigen Fettmassen hinter dem Spiegel. Cleanwill John October schien jede Kraft zum Widerstand verloren zu haben, als er Balot hatte schießen sehen.

»Frieden ... Frieden ... Peace ...«, murmelte er und hielt beide Hände hoch. Er zitterte.

Balot unterdrückte ihren Wunsch, ihn am liebsten in Pieces, also in kleine Stücke zu zerfetzen. Sie trat langsam von dem zersplitterten Spiegel weg, mischte sich in das Handy ein und rief die Polizei an.

Den Rest überließ sie Œufcoque. Es gab auch nichts, was sie sonst hätte tun können. Sie blieb stehen. Sie musste noch so viel lernen. Sie hatte es so unglaublich satt, noch so viel lernen zu müssen.

Schließlich hörten sie die Polizeisirenen. Balot saß auf dem Beifahrersitz des roten Cabrios und sah geistesabwesend dabei zu, wie die Jungen und Mädchen in Decken gewickelt unter dem Schutz der Behörde aus dem Haus gebracht wurden.

Cleanwill war bereits mit den anderen bewaffneten Männern abgeführt worden.

»Dass wir so einfach einen der Vorsitzenden der October Company rankriegen, das hätte ich nun auch wieder nicht gedacht«, murmelte der Doc mit schwacher Stimme. Er sah immer noch müde aus, wirkte aber deutlich frischer als auf dem Hinweg. So kamen sie mit ihrem Sekundarfall auch konkreter voran.

Der Doc schnitt ein Gesicht, als Œufcoque ihm erzählte, worüber er mit Cleanwill geredet hatte.

»Boiled ist dann wirklich ein Handlanger der Company.«

»Und dieses Mal könnte er Shell als Geisel nehmen. Wir sollten Zeit gewinnen und so tun, als ob wir uns auf diese außergerichtliche Geschichte einlassen.«

»Die kochen längst viel heißer, als du denkst. Entweder wir kriegen sie oder sie kriegen uns. Shell und seine Erinnerungen sind unsere einzige Waffe. Und Shell …«

Œufcoque und der Doc schwiegen plötzlich.

»Wo ist Shell jetzt?«, fragte Œufcoque hastig.

Der Doc sah in seinem Display nach.

»Vor Ende des Prozesses wurde er auf Kaution freigelassen. Er darf sich in einem Umkreis von zwei Kilometern um sein Hotel aufhalten. Experten der Staatsanwaltschaft müssen ihn beschützen …«

»Wie lange wird es wohl dauern, bis Boiled erfährt, was in dem Izakaya passiert ist?«

»Weiß er sicher längst.«

»Beeilen wir uns.«

Der Doc startete hektisch das Auto. Balot war noch völlig in Gedanken versunken und erschreckte sich, dann schnallte sie sich an.

#Was ist denn?#

Fragte sie durch das Autoradio. Der Doc schüttelte den Kopf.

»Boiled. Wahrscheinlich wird er ohne einen direkten Auftrag der October Company versuchen, Shell zu töten. Dann haben wir nichts mehr in der Hand, obwohl wir einen aus dem Vorstand haben.«

#Was machen wir jetzt?#

Œufcoque antwortete statt dem Doc.

»Der Doc wird zum Broiler House gehen. Wir machen uns auf den Weg in das Hotel, in dem Shell abgestiegen ist, um ihn zu sichern, nach den Sonderrechten eines Beauftragten.«

– Ich soll Shell das Leben retten?

Sie fragte nicht über das Radio, sondern Œufcoque direkt.

»Richtig.«

– Pervers.

Balots Antwort kam ziemlich trotzig.

Der Doc sprang beim Broiler House aus dem Auto und drehte sich nicht um.

Balot gab sofort die Daten in den Autopiloten ein und ließ das Auto zu Shells Hotel fahren.

Als sie auf dem Parkplatz ankamen, erklärte Œufcoque bereits: »Neue Information vom Doc. Suite 663.«

Balot zog den Schlüssel ab und steckte ihn in die Tasche. Mit großen Schritten eilte sie durch die Eingangshalle. Im Fahrstuhl fiel ihr plötzlich auf, dass die Tasten auf der Tafel nur bis zum vierzigsten Stockwerk gingen.

»Das ist ein Notfall. Shells Sicherheit hat die höchste Priorität«, sagte Œufcoque, noch bevor Balot fragen konnte. Also snarkte sie den Fahrstuhl und fuhr bis in die 66. Etage. Weder in der Eingangshalle noch im Fahrstuhl hatten sie jemanden gesehen.

Dann morphte der Handschuh plötzlich in etwas Schweres aus Stahl, ohne dass sie ihn gesnarkt hätte.

»Sei vorsichtig.«

Balot wurde gespannter, konzentrierter. Sie schlich fast geräuschlos über den Flur und blieb schließlich vor der Tür der gesuchten Suite stehen. Mit ihrer außerkorporealen Wahrnehmung checkte sie, ob jemand hinter der Tür war, aber dort bewegte sich niemand.

Sie klinkte sich in das elektronische Schloss der Tür ein und knackte den Code mit Œufcoques Hilfe.

Als die Tür aufsprang, drang ihr ein Schwall feuchtwarmer Luft entgegen. Die Klimaanlage war nicht an. Der Spiegel im Eingang war vom Wasserdampf ganz beschlagen.

Sie hörte Wasser laufen und ging langsam auf das Badezimmer zu. Dicke Dampfschwaden drangen aus dem orange leuchtenden Bad und zogen durch die gesamte Suite.

Balot hielt ihre Pistole im Anschlag und betrat das Badezimmer. Während sie ihre Wahrnehmung erspüren ließ, ob sich jemand in der Nähe bewegte, ahnte sie, dass etwas Beispielloses, Entsetzliches auf sie wartete. Sie ging am großen Spiegel vorbei, ging über den polierten Marmor dahin, wo das heiße Wasser floss und plätscherte.

Balot ging durch die Pfützen, ihre Füße wurden nass.

Dann zog sie den Vorhang beiseite.

Was sie sah, ließ ihren Herzschlag eine Sekunde lang aussetzen. Dann begann er zu rasen.

Die Frau im Wasser hatte ihren Mund zu einem lautlosen, leeren O aufgerissen, so schwebte sie in der Badewanne. Ihr Gesicht war dicht unter der Oberfläche. Das Wasser schlug winzige Wellen in ihrem Mund, ihre Augen waren von dem fast kochend heißen Wasser schon milchig geworden. Jederzeit konnte sich ihr Blick auf Balot richten.

Sie war vollkommen nackt, ihr langes blondes Haar umwehte ihren weißen Körper unter Wasser.

Überall am Körper hatte sie blaue Flecken. Blaue Flecken, weil sie sich gewehrt hatte, möglicherweise aber auch blaue Flecken, gegen die sie sich nicht gewehrt hatte.

Balot atmete ganz tief aus. In der schwülen Hitze brach ihr auf einmal kalter Schweiß aus.

»Shells Verlobte …«, wisperte Œufcoque leise.

In dieser einen Sekunde übernahmen Balots Instinkte. Sie

ging ins Wohnzimmer und starrte den Fernseher an. Dann brach sie in seine Struktur ein und griff auf das Netz zu.

»Was hast du vor?«

Sie ignorierte Œufcoques überstürzte Frage. Der Fernseher sprang an und zeigte sofort einen Stadtplan. Balots Augen waren weit offen, sie loggte sich in verschiedene Hubs und Center ein, decodierte ein Passwort nach dem anderen.

»Hör auf damit! Suchst du nach Shell? Das Hacken von öffentlichen Anlagen ist ein Verbrechen. Du musst bei den legalen Mitteln bleiben! Raste jetzt nicht aus!«

Balot starrte den Fernseher hasserfüllt an, in ihren Augen sammelten sich Tränen. Unwillig setzte sie sich hin, sie sah furchtbar traurig aus. Ihre Hände zitterten, sie erstickte fast an ihren Tränen.

– Lass mich Shell töten.

Sie mischte sich direkt in Œufcoque ein.

– Und diesen Cleanwill John October von vorhin.

»Balot, nein …«

– Bitte. Lass mich das machen. Wenn ich danach sterbe, auch gut.

»Bist du wütend? Oder traurig?«

Sie schüttelte den Kopf. Irgendwie war es beides.

Alles war im Chaos, ihr Karma, das Schicksal, irgendwie fühlte sie sich mit der Toten verbunden. Ein schreckliches Karma. Warum hatte Shell sie getötet? Das Mädchen, das in der Badewanne schwebte. Ich mache dich schön sauber. Ich werde etwas ganz Reines aus dir machen. Sie konnte seine Stimme hören, wie ein fernes Echo.

– Sie war ganz genau wie ich, glaube ich.

Sagte Balot schließlich zu Œufcoque. Ihr Mund schmeckte nach Blut, am liebsten hätte sie ausgespuckt.

»So wie du? Meinst du …« Œufcoque unterbrach sich selbst. Er hatte genug verstanden. Was der Vater dem Mädchen in der Badewanne angetan hatte, was außer dem Vater andere Männer und Frauen getan hatten.

– Bitte. Lass mich sie alle umbringen. Es wäre gut, dafür zu sterben, es wäre ein guter Tod.

»Du musst dich beruhigen. Lass dich nicht runterziehen, atme ganz ruhig.«

Balot hielt ihre Waffe fest und bebte am ganzen Körper. Sie weinte, ihre Atmung war alles andere als ruhig. Jede nur erdenkliche Grausamkeit ihres Schicksals war hier, diese Suite war das Ergebnis. Zum ersten Mal fühlte Balot, wie sich nicht Wut, sondern Trauer in den Wunsch zu töten verwandelte. Sie hätte Shell töten sollen. Sie sollte jeden in der verdammten October Company umbringen. Sie sollte Boiled töten, sogar den Doc, alle, die mit diesem Fall zu tun hatten. Und am Ende wollte sie sich selbst töten.

– Ich ertrage das nicht. Hilf mir. Bitte hilf mir.

Plötzlich fühlte sie etwas Weiches, Warmes an ihrer linken Hand. Sie merkte, dass Œufcoque rauskommen wollte. Er war nur halb da, sie nahm ihn wie beim Beten in beide Hände. Es konnte aber auch so aussehen, als ob sie ihn so genommen hätte, um ihn besser zu kontrollieren.

Œufcoque sah sie mit seinen weisen Augen direkt an.

Balots Tränen tropften unaufhörlich auf seinen kleinen Kopf, wie ein warmer Regen.

»Es riecht gut«, sagte Œufcoque leise.

Balots Augen wurden schmaler, während sie auf den kleinen Mäuserich in ihrer Hand starrte, der ihre mächtigste Waffe und ihre allerletzte moralische Instanz war.

»Deine Seele riecht gut. Das überzeugt mich davon, dass es

richtig ist, dir zu vertrauen. Ich will an dich glauben. Weder Shell noch Boiled haben etwas, an das sie glauben können, darum sind sie *hinter dem Spiegel.* Genau wie Cleanwill. Hinter dem Spiegel gibt es vielleicht weder Leid noch Zweifel, aber es gibt dort auch keine Hoffnung. Und ich will da nicht hin.«

Dann breitete er seine kleinen Arme weit aus, so wie damals, als sie sich kennengelernt hatten.

»Ich vertraue mich dir an, voll und ganz.«

Balots Tränenfluss nahm zu. Sie wusste, dass Œufcoque es ernst meinte.

Er gab sich ihr ganz. Wenn sie es gewollt hätte, hätte sie ihn sofort snarken können. Sie hätte ihn auf jede nur erdenkliche Art missbrauchen können. Und genau das war das beste Mittel, um sie davon abzuhalten. Œufcoque hatte sich geopfert, um Balot zu stoppen.

Wenig später nickte sie.

Das Wasser strömte noch immer heiß aus der Badewanne. Balot schniefte und sah in Richtung Bad.

Œufcoque morphte wieder und verschwand zwischen Pistole und Handfläche.

Sie hatte ihm nichts versprochen. Trotzdem war Œufcoque wieder in ihrer Hand verschwunden.

Balot atmete tief ein und aus, damit sie den engen Bodysuit, den Œufcoque gemacht hatte, mit ihrem ganzen Körper fühlen konnte. Sie atmete tief in ihre Brust, dann wieder aus. Ganz langsam stand sie auf, ging ins Badezimmer und drehte endlich den Wasserhahn über der Badewanne zu.

Sie drehte der im Wasser schwebenden Toten den Rücken zu und ging runter zum Parkplatz im Untergeschoss. Dort stieg sie in das Auto, mischte sich in die Navigation ein und startete den Wagen.

Draußen war die Sonne schon lange untergegangen, die Nacht war kühl.

Balot wischte ihre Tränen ab und sah nach vorn. Es gab noch so viel, was sie lernen musste. So furchtbar viel.

»Die Staatsanwaltschaft muss es noch nicht wissen. Oder willst du, dass die October Company uns zuvorkommt?«, sagte Œufcoque durch das Handy in ihrer Hand.

»Gut. Jetzt such nach Shells Namen. Sofort.«

Nach einer Weile erreichten sie endlich den Doc. Er klang ziemlich überrascht.

[Shell hat sich ziemlich hoch verschuldet und geht davon aus, dass er ihre Lebensversicherung ausgezahlt bekommt. Wie praktisch für ihn, *schon wieder* ist eine Frau für ihn zu Geld geworden. Vor zwei Stunden wurde der Totenschein ausgestellt. Welche Ärzte stellen eigentlich solche Bescheinigungen aus?!]

Das Cabrio brachte sie direkt zum Doc, der im Broiler House auf sie wartete. Aber der Wagen war bereit, die Richtung zu wechseln, sobald es neue Informationen gab. Neue Informationen über Shells Aufenthaltsort.

Balot sah geistesabwesend durch die Windschutzscheibe. Sie konnte das Gesicht der Toten nicht vergessen.

»Cleanwill hat damit gerechnet, dass Shell das Mädchen umbringt. Das hat er damit gemeint, als er sagte, dass Shell bald alle Rechte als Auftraggeber verlieren würde. Wenn das veröffentlicht wird, ist Boiled bald offiziell der Zuständige dieses Falles und wird Shell für die October Company in Gewahrsam nehmen.«

[Ich kann das nicht fassen … Wie konnte er dafür nur seine eigene Tochter opfern?]

»Seine Moral kann uns jetzt egal sein. Es ist nur eine Frage der Zeit, bis die Company Shell anklagt. Du musst unbedingt herausfinden, wo Shell steckt. Mach es heimlich und mach es sofort.«

[Wo Boiled im Moment ist, weiß auch niemand. Vielleicht hat er Shell schon längst.]

»Du musst unbedingt die Informationsfreigabe nutzen, herausfinden, wo die beiden sich aufhalten. Nimm keinen Kontakt zur Polizei auf, unsere einzige Chance ist es, dass der Sekundarfall noch in der Vorbereitungsphase der Verhandlungen ist.«

[Balot soll also Shell in Sicherheit bringen?]

Ihre Augen wurden schmal. Shell in Sicherheit bringen – das erinnerte sie an etwas. Was hatte der Doc noch vor der Verhandlung heute gesagt?

»Sobald wir ihn haben, müssen wir das ganze Gebiet von der Polizei, einem Sondereinsatzkommando oder was auch immer abriegeln lassen.«

#Wenn Shell seine Erinnerungen zurückbekommt, wird er niemanden mehr töten.#

[Roger. Was? Wovon redest du? Shells Erinnerungen? Bist du das, Balot?]

#Das hast du vor der Verhandlung gesagt. Shell hat sich nicht unter Kontrolle, weil ihm die Erinnerungen fehlen.#

[Ah, ja. Du meinst, dass der Verlust der Erinnerungen seinen Tötungsimpuls fördert.]

#Ich möchte, dass du mir etwas anvertraust. Ich gebe es dir auch wieder.#

[Was soll ich dir anvertrauen? Doch nicht etwa …?]

Der Doc hielt die Luft an. Œufcoque sprang Balot zur Seite.

»Doc, gib ihr einfach alles, was sie will, wenn sie meint, dass es nötig ist.«

[Ich vertraue euch ja schon Shells Sicherheit an. Du kannst dir alles im Broiler House abholen.]

Dann klang er plötzlich sehr aufgeregt.

[Da! Die erste Informationsfreigabe von Boiled! Shell hat ihn von einer Telefonzelle am East River angerufen. Heute gegen 17:00. Wir geben jetzt die Information durch, dass wir vorhin im Izakaya mit Anwälten der October Company verhandelt haben.]

»Weiter so, Doc. Sorg dafür, dass sie uns mehr Informationen geben.«

[Sie haben auch angedeutet, dass Shell sich in der Nähe der Telefonzelle versteckt hält. Ich werde sie dazu bringen, seinen genauen Aufenthaltsort preiszugeben, indem ich die Gefahr einer Schießerei als Vorwand benutze. Den Staatsanwalt erinnere ich an seine Schweigepflicht und lasse ihn Informationen sammeln. Gut! Balot, ich werde alles vorbereiten, was du willst. Du kannst es dir im Broiler House abholen.]

#Danke.#

Die Verbindung wurde unterbrochen. Das Auto raste auf das Broiler House zu, und wenig später hatten sie die eine Karte des Gebietes auf dem Display, in dem Shell sich – möglicherweise – aufhielt.

3

Als Shell sich auf das Bett des Hotelzimmers warf, in das Boiled ihn geschickt hatte, dachte er daran, dass er jetzt endlich ein ganz neuer Mensch werden konnte. Die Vorbereitungen waren abgeschlossen. Perfekt, lückenlos. Das dachte Shell jedenfalls. Er nahm seine Flasche mit den Euphoriepillen aus seiner Reisetasche und schluckte eine nach der anderen mit einem kräftigen Schluck Shochu, wie ein hungriger Vogel, der seine Körner aufpickt. Die sieben blauen Diamanten blitzten an seinen Fingern. Die Gläser seiner Chamäleonsonnenbrille hatten die Farbe eines Rehkitzes. Kurz darauf rutschte ihm die Flasche mit den Pillen aus den Fingern, der Shochu rollte über den Teppich und hinterließ nasse Flecken.

Während sich das Glücksgefühl in ihm ausbreitete, fragte er sich, warum er eigentlich hier war.

Dass er jetzt hier war, war das gut oder schlecht? Wenn er das große Spiel vor ein paar Monaten gewonnen hätte, dann wäre er jetzt schlecht dran. Aber es war ziemlich gut, dass er hier war, obwohl er verloren hatte.

Er war geflohen. Er war vor etwas Schrecklichem davongelaufen und an einem sicheren Ort angekommen.

Alles würde wieder von vorn anfangen, er würde wieder ein unbeschriebenes Blatt sein, völlig rein. Er selbst, die Schale – Shell – würde unversehrt bleiben, von seinem schmutzigen Inhalt gereinigt. Er fühlte, wie neue Lebensenergie ihn durchströmte, und umarmte seine Reisetasche.

Ich habe einen wirklich guten Freund, dachte er. Mein starker Freund ist für mich notwendig, damit ich *das* bekomme. Dann kann er das durchgeknallte Mädchen in *das* verwandeln. Als er *das Mädchen* in die Badewanne gedrückt hatte, hatte sein starker Freund alle nötigen Verfahren für ihn erledigt. Er war stolz auf ihn. Dieses eine Mädchen kam ihm zwar immer wieder hinterher, aber so hatte er sie zurückgeschlagen und versenkt.

Shell öffnete die Tasche an einer Ecke, steckte seine Hand rein und wühlte darin.

Die Tasche war voller Geldscheine. Er tätschelte die druckfrischen Scheine und flüsterte: »Wie ist das, ist das nicht gut? Willst du nicht mehr davon?«

Dann erstarrte seine Hand, hastig zog er sie wieder aus der Tasche. Er hatte sich an der Schnittkante eine Fingerkuppe aufgeschlitzt. Unwillkürlich steckte er sich den Finger in den Mund. Es schmeckte nach Blut. Das erinnerte ihn an etwas, das ihm vage unangenehm vorkam. Eine Erinnerung an seine Vergangenheit, die wie ein schwacher Schatten an ihm klebte, obwohl sie eigentlich gar nicht da sein sollte.

Ein gewaltiger Schatten zog über ihn hinweg, der Schatten hatte die Seele eines Jungen zerstört. Er erinnerte sich irgendwie daran, zu allen möglichen perversen, abstoßenden Dingen gezwungen worden zu sein. Aber er hatte diese Frau jedes Mal wieder unter Wasser gedrückt. Er hatte sich gewehrt, sie massakriert, etwas Schmutziges in etwas Reines verwandelt. Darauf war er stolz. Denn das war sein Leben.

Er kicherte. Seine Lungen schienen in Krämpfen zu zucken, er suchte nach der Shochuflasche und fand sie zu seinen Füßen.

»Siehst du, da habe ich sie gefunden. Ich übersehe gar nichts. Nein! Niemals.«

Er grinste und schüttete sich den Rest der Flasche in den Magen. Gleich darauf kippte er um, fiel auf den Rücken und schlief glückselig ein. In seinen Träumen sah er die Gesichter verschiedener Frauen und Mädchen, sie kamen und gingen wieder. Er versuchte, sich an ihre Namen zu erinnern, doch das wollte ihm nicht gelingen. Bald schon vermischten sich die Bilder wie in einer Collage zu einem einzigen Bild, die Frau hatte drei Augen, oder der Busen wuchs direkt aus ihrer Nase. Dann ordnete sich das Chaos plötzlich und verwandelte sich in ein einziges Gesicht. Shell dachte, er hätte im Traum ihren Namen gerufen.

Er fühlte, wie sein Herz sich mit Liebe füllte. Die erste Frau, die Shell, seit er geboren worden war, wirklich lieben konnte, nachdem er seine Mutter unter Wasser gedrückt hatte. Ein Mädchen, sie war noch keine Frau. Aber sie war aus seinen Erinnerungen verschwunden, nichts blieb außer dem Duft eines Traums, dem er noch nachhing. Er wollte sie sauber machen, sie zu etwas Reinem machen. Aber was hatte die beiden denn schon verbunden? Etwas in ihrer widerwärtigen Vergangenheit?

Oder hatten sie sich einfach nur geliebt? Der traurige Duft verneinte alles.

Der Schatten des Mädchens, das entkräftet und verhungert gestorben war, huschte an ihm vorbei. Shells Wut hatte sich gegen ihren Vater gerichtet. Er hatte ihn nach vielen Jahren endlich gefunden und schließlich getötet. Aber da war ihr Vater schon völlig schwach von den Drogen und konnte sich nicht mehr daran erinnern, was er seiner Tochter angetan hatte. Genau wie Shell jetzt. Er hatte ihn geschlagen und ihm dabei das Genick gebrochen.

Gleichzeitig konnte er fühlen, wie seine Erinnerungen verschwanden. Daran konnte er sich auch nicht mehr erinnern. Ich mache dich schön sauber. Ich mache dich zu etwas ganz Reinem. Er hatte so viele Ideen. Wie man Geld richtig waschen kann. Wie man andere zu blauen Diamanten macht. Wie man ein Mädchen zu etwas wirklich Reinem macht.

Seine Seele gab das Leben auf. Er verwandelte das verhungerte kleine Mädchen in einen Diamanten und trug sie neben dem Diamanten seiner Mutter. Die Diamanten verwirrten ihn, er hatte sie machen lassen, erinnerte sich aber nicht mehr genau, warum und wozu.

Als die Diamanten angefertigt wurden, hatte er sich wieder beruhigt, und sein Gedächtnis war vollkommen leer. Ein Diamant, der in der Leere strahlte und funkelte, war Shells letzte Hoffnung.

Und dann veränderte sich das Funkeln der Diamanten plötzlich in seinem Traum. Der Geist von jemandem, der eigentlich ein Diamant hätte werden sollen. Der Geist von einer, deren Namen er schon lange vergessen hatte. Ihr ausdrucksloses, verschlossenes Gesicht war so klar, so schön. Mit ihren finsteren Augen starrte sie immer nur auf ihre Knie und versuchte, sich selbst einzusperren. Es war so einfach, was er jetzt tun musste. Er musste nur noch bestimmen, wo genau sie sich einsperren sollte. Das reichte völlig, um die Kleine zu manipulieren.

Er wollte sie zu etwas machen, das auf dieser Welt ganz einmalig und wunderschön war.

Die Flammen umarmten sie, erfüllten sie mit neuem Leben. Sie wehrte sich dagegen, schön und rein zu werden.

In seinem Traum war das Mädchen ganz in Flammen gekleidet und kam ihm mit jedem Schritt näher und näher, bald schon schloss sie ihn in ihre Arme. Shell wimmerte, die Flammen schlugen höher und breiteten sich aus, bis er nicht mehr fliehen konnte, ihre schwarzen verkohlten Finger schlossen sich um seinen Hals, es gab keinen Ausweg mehr, sie würgte ihn.

Shell schrie. Das Mädchen spuckte Feuer, und dann drückte sie ihm zärtlich, doch unerbittlich die Luft ab.

Shell sprang hoch wie eine Bettfeder und merkte, dass sein Hals immer noch gewürgt wurde. Er wollte die Hände abschütteln, aber der Druck wurde nur noch größer.

Als seine Verwirrung sich endlich legte, begriff er, dass er sich die ganze Zeit selbst gewürgt hatte.

Er lächelte, bitter, verkrampft. Sein ganzer Körper war schmierig, voll mit öligem Schweiß.

Er nahm seine Chamäleonbrille ab, die jetzt so blass war wie der Mond, dann stellte er seine Tasche auf den Boden. Er war unsagbar durstig und ging ins Bad, wusch sich das Gesicht und trank, bis er das Telefon im Zimmer klingeln hörte. Nicht das Telefon, sein Handy. Shell sprang schnell zu seiner Jacke, fummelte hektisch in seinen Taschen herum und hielt es sich schließlich ans Ohr.

»Boiled?«

[Ja.]

Sagte die tiefe, vertrauenswürdige Stimme. Shell grinste und setzte seine Sonnenbrille wieder auf.

»Ich hatte einen Albtraum, Mann. Könnte auch ein Horrortrip gewesen sein. Alles brannte, und ein Mädchen hat mich erwürgt«, sagte Shell. Jetzt fühlte er sich wieder erleichtert.

»Hast du alles vorbereitet, worum ich dich gebeten habe? Ich werde gegen den Strom schwimmen und einen anderen Fluss für mich finden, in einem anderen Land. Wenn ich die Grenze überschritten habe, bin ich schon so gut wie ein anderer Mensch. Dieses Mal werde ich sehr viel bescheidener an alles herangehen. Mit dem Geld eröffne ich ein Geschäft. Ich spiele nie wieder, das war's für mich.«

[Ich arbeite jetzt im Auftrag der October Company. Das wollte ich dir noch genauer erklären. Außerdem …]

»Wovon redest du denn? Boiled? Die October Company ist mir egal. Ich will nur noch weg hier, die Stadt verlassen. Ich werde in meine Heimat zurückkehren.«

Boiled schwieg. Dann murmelte er:

[Bist du nicht in der East Side von Mardock geboren?]

»Ach was, das spielt doch keine Rolle. Wenn ich irgendwo Erfolg habe, dann bin ich da zuhause, das ist dann meine Heimat. Und dahin kehre ich jetzt zurück. Dafür danke ich dir, Boiled. Wenn du nicht gewesen wärst, wäre ich jetzt am Ende. Das Mädchen hätte mich erwürgt. Ich danke dir, ehrlich. Du bist mir ein guter Freund.«

[Bin ich das.]

»Aber natürlich. Du bist mein einziger Freund. Der einzige, dem ich vertrauen kann. Du hast mir immer so geholfen. Wir sollten auch weiter Kontakt halten, ja, Boiled?«

[Die Zuständigen des Konterfalles wissen, wo du bist. Die Information wurde offiziell freigegeben, also sollten sie bereits in deiner Nähe sein. Verhalte dich unauffällig. Die Vorbereitungen für das Schiff sind so gut wie abgeschlossen, aber warte besser bis zum Tagesanbruch. Wenn sie dich finden, wird deine Position ziemlich prekär.]

Shell runzelte die Stirn. Er konnte nicht begreifen, wovon Boiled eigentlich redete.

»Du hast das denen doch nicht im Ernst gesagt, oder?«

[Das ist das Gleichgewicht bei der Informationsfreigabe. Ohne minimale Information kommt der Konterfall nicht zustande. Ich kann so nicht für dich arbeiten.]

Shell verzog seine Lippen und massierte sich die Stirn.

»Ich habe Kopfschmerzen, ich kann dir nicht so ganz folgen. Du wirst mich doch nie verraten, du bist doch mein bester Freund …«

Boiled schwieg wieder. Dieses Mal noch viel länger. Shell konnte das Rauschen am anderen Ende der Leitung hören. Dann hörte er ein undeutliches Flüstern, die Verbindung wurde unterbrochen. Shell starrte sein Handy an. Das fand er alles verdächtig. Das Handy klingelte wieder. Vor lauter Schreck hielt er es weit weg von seinem Ohr, als er reinbrüllte.

»Boiled? Was soll denn das?«

[Ich wollte nicht sterben.]

Eine weibliche Stimme. Shell konnte nicht mehr atmen. Das Blut in seinen Adern gefror.

[Aber du hast mich getötet.]

Shells Mund schnappte auf und zu. Sein Herz raste.

Das Mädchen aus seinem Traum, das Mädchen in den Flammen. Sie hatte seine wertvollen Chips gestohlen. Das Mädchen mit dem Gesicht im Feuer. Er erinnerte sich wieder an ihren Namen.

Dann rauschte es plötzlich wieder. Shell verzog das Gesicht. Aus dem unangenehmen weißen Rauschen formte sich die Stimme eines Mannes.

[Mr. Shell?]

Boiled! Tränen sammelten sich in Shells Augenwinkeln, er war so erleichtert, dass er fast auf die Knie gefallen wäre.

»Was war das gerade? Wolltest du mich erschrecken?«

[Du kannst mich über diese Leitung hören, oder, Œufcoque? Du bist schon in seiner Nähe?]

»Was? Wovon redest du? Ich kann dich hören, Boiled.«

[Wir werden das endgültig klären, Œufcoque. Hol dir

deinen Köder. Ich komme danach. Das ist die richtige Reihenfolge.]

Shell schüttelte den Kopf. Zwischen Nacken und Hinterkopf breitete sich ein betäubender Migräneanfall aus.

[Dann wird unsere Seite für Shells Sicherheit sorgen.]

Diese Stimme hatte er noch nie gehört. Shell schrie. Er schwitzte schon wieder am ganzen Körper.

[Die Evakuierung der Hotelgäste ist abgeschlossen. Wir werden den Fall ordnungsgemäß beenden. Damit wir Shells Sicherheit garantieren können. Wir wollen nicht gegen dich kämpfen, Boiled.]

[Du und ich, wir sind Werkzeuge, entwickelt, um mehr Nicht-Sein zu erschaffen. Du bist ein Werkzeug mit einer Seele und ich bin ein Mensch, der eine Waffe sein will. Deine aktuelle Benutzerin wünscht sich im Grunde ihres Herzens nichts anderes, als legal morden zu dürfen. Ich kann so was riechen.]

[Blödsinn. Wenn du Shell umbringst, was bringt dir das schon? Wenn du sie alle tötest, wird daraus etwas Gutes entstehen?]

Shell riss seinen Mund ganz weit auf, lautlos.

[Es ist nicht mein Job, etwas Gutes zu erschaffen, Œufcoque.]

[Möchtest du ein Teil der October Company werden? Ist es das, was du willst?]

»Boiled! Du willst mich umbringen! Mich umbringen!«

[Shell. Ich glaube, du bist für mich viel mehr geworden als nur ein Arbeitgeber.]

Shells Gesicht verkrampfte sich. Boiled fuhr fort.

[Es ist bedauerlich, dass die Situation sich so geändert hat.]

Wieder das Rauschen. Verzerrte Stimmen, viele Stimmen. Sie ebbten ab, und die Verbindung wurde schließlich völlig unterbrochen.

Die Chamäleon-Sonnenbrille wechselte ihre Farbe, von Hellblau zu einem dunklen Blau, wie der Sturm in der Nacht. Shell hatte sich nicht bewegt. Alles schien ihm so unwirklich, irreal, wie in einem Traum.

Dann riss er schließlich seine Reisetasche hoch und wühlte hastig in den Seitentaschen, bis er seine Automatikpistole gefunden hatte.

Er hielt seine Waffe fest, hängte sich die Tasche über die Schulter und presste die Pistole fest auf sein Bein, er checkte nicht mal das Magazin. Gerade stehen, dachte er, ich muss jetzt richtig gerade stehen.

Sein Handy läutete völlig unerwartet.

Shell knirschte mit den Zähnen und ging ran.

[Hier spricht Œufcoque Penteano, ich bin der Zuständige des beauftragten Falles. Ich werde Sie in Schutzhaft nehmen. Bleiben Sie, wo Sie sind, bis wir einen Fluchtweg gesichert haben. Sobald wir eingetroffen sind, müssen Sie Ihrer Entwaffnung zustimmen.]

»Soll das ein Scherz sein?«, brüllte Shell, knallte das Handy auf den Boden und trampelte darauf herum. Das Telefon ging kaputt, die Verbindung war abgebrochen.

Er atmete tief ein und aus, bis seine Schultern bebten, sah sich um und machte hektisch überall das Licht aus. Sein Zimmer war im ersten Stock. Shell versteckte sich im Schatten der Vorhänge und spähte nach draußen, um zu sehen, was vor dem Hotel geschah.

Plötzlich ging das Licht wieder an. Von ganz allein. Shell konnte nur überrascht zusehen. Die Leselampe auf dem Nachttisch sprang an, im Bad ging das Licht an und die Lüftung drehte sich mit einem hysterischen Kreischen. Shell wusste nicht mehr, ob seine Wangen tränen- oder schweißnass waren.

Dann hörte er ein Geräusch. Es kam aus dem alten Fernseher vor ihm. Erst kam das Rauschen, dann sah er das Bild einer Frau. Sie hatte ihren Mund offen, wie ein O. Ihre Augen waren weit aufgerissen, ihre starren Finger konnten in jedem Moment nach Shells Hals greifen.

[Ich wollte nicht sterben.]

Sagte die weibliche Stimme wieder. Shell starrte auf den Fernseher, während ihm das Blut in die Augen schoss.

[Aber du hast mich getötet.]

Er zielte mit seiner Automatik auf den Fernseher und feuerte mehrmals. Der Bildschirm implodierte, Funken blitzten. Die Frau im Bildschirm und die Stimme waren verschwunden. Er hatte sauber gemacht. Sauber – in diesem Moment wurde ihm übel, Säure sammelte sich in seinem Hals, in seiner Kehle. In einem Reflex beugte er sich nach vorn und übergab sich heftig.

Er zitterte, etwas Klebriges und Gelbes tropfte aus seinem Mund. Dann feuerte er auf die Lampe an der Decke und ins Badezimmer. Er griff nach der Türklinke. Seine Haare hatten sich vor Angst aufgestellt.

Hinter der Tür lauerte ein entsetzlicher Schatten auf ihn. Ein widerliches *Ding*, das wiedergeboren war, obwohl er es schon so oft getötet und ausgelöscht hatte.

Er nahm seinen ganzen Mut zusammen und öffnete die Tür, hielt die Pistole gerade hoch. Der Flur war leer.

Sein letzter Rest Verstand meldete sich in einer kleinen Ecke seines Hirns, um ihm zu sagen, dass so was absolut nicht normal war.

In den Hotelzimmern in der Nähe war es unnatürlich still, keine Panik, obwohl er so oft geschossen hatte.

Dann dachte er plötzlich, dass er sowieso am Ende nur an einem Ort ankommen kann, ganz egal, wo er hingehen würde.

Ein schöner Ort. Flashback. Der Gedanke, dass er sich vielleicht nicht einen einzigen Schritt von der Stelle bewegt hatte, ließ seinen ganzen Körper in Krämpfen erzittern.

[Wenn Sie nicht tun, was wir Ihnen sagen, machen Sie es uns nicht gerade einfach.]

Er konnte die Stimme hinter sich hören und hüpfte wie eine Kugel beim Pachinko.

Er schrie, brüllte mit jeder Faser seines Körpers, aber er konnte den Sprecher nicht finden.

[Wenn Sie in … Raum 202 gehen, können Sie durch das Fenster ins Nachbargebäude springen.]

Die Stimme kam aus der Sprechanlage neben der Tür in dem Zimmer, in dem er gerade noch gewesen war.

Er schoss, es war fast schon instinktiv. Er feuerte mehrmals durch die Tür, dann traf er die Sprechanlage. Seine Munition hielt nicht lange. Wieder kramte er hektisch in seiner Tasche.

Mehrere Bündel Geldscheine rutschten aus der Tasche, die Scheine segelten einzeln durch die Luft. Shell fand das andere Magazin. Seine Hände zitterten, das Nachladen war viel zu anstrengend. Mit schnellen Schritten ging er zum Fahrstuhl.

Er hatte keine Ahnung, was er jetzt machen sollte. Er stellte sich darauf ein, auf jeden zu schießen, der ihm entgegenkam. Er konnte an nichts anderes mehr denken, als jemanden zu töten. Der Fahrstuhl kam sofort, kaum dass er die Taste gedrückt hatte. Er schluckte seinen Brechreiz herunter und stieg ein. Seine Finger zitterten, als er auf die Tafel drücken wollte, er konnte sein Ziel nicht richtig erwischen. Gerade noch so drückte er schließlich auf den Erdgeschoss-Button.

Er wartete. Die Tür wollte sich nicht schließen, auch nach einiger Zeit immer noch nicht. Vor der offenen Tür gähnte der leere Flur, die Zimmer rechts und links davon. Als ihn dieser Anblick zu lähmen begann, hörte er die Stimme im Fahrstuhl.

[Sie sind wirklich schwer von Begriff. Das Erdgeschoss des Hotels ist gesperrt. Mit der Feuertreppe hätte ich ja noch gerechnet, aber der Fahrstuhl, damit nicht.]

Shell hielt die Luft an, er schmeckte schon wieder Magensäure im Mund. Er unterdrückte das Gefühl und nahm die Pistole in Anschlag.

»Wer bist du? Wo bist du?!«

Dann erkannte er, woher die Stimme kam. Aus der Notfallbox im Fahrstuhl.

[Wir sind im Gebäude hinter dem Hotel. Wenn Sie es hierher schaffen, haben wir mehrere Fluchtwege.]

»Wer bist du?«

[Ich bin ein Zuständiger des beauftragten Falles. Stellen Sie sich einfach vor, ich wäre ein vertrauter Verhandlungspartner.]

»Ein Rechtsverdreher …«

Er atmete tief aus. Die Ader an seiner Schläfe pulsierte so, dass es wehtat. Er griff sich wieder seine Waffe und fragte: »Du bist also gekommen, um mich zu töten?«

[Ganz im Gegenteil. Ich möchte Sie daran erinnern, dass wir die Einzigen auf Ihrer Seite sind, und das im Umkreis von mehreren Kilometern.]

»Was soll das heißen, Verhandlungspartner? Was hast du mit mir vor?«

[Darüber sprechen wir, wenn Sie bei uns sind, nach der Flucht. Hm. 202 ist negativ. Boiled hat es bereits anvisiert. Wir sind hier, um Ihr Leben zu schützen. Dafür müssen Sie unser Zeuge werden. Und Sie werden Ihre Schuld büßen müssen.]

»Was redest du denn da? Wohin soll ich fliehen?«

[Ganz ruhig. Aus dem Badezimmer von 207 kannst du in ein Fenster des Nachbargebäudes springen.]

Dann war die Stimme still.

Shell atmete schwer. Kurz darauf verließ er den Fahrstuhl, sein Blick war gläsern.

Er ging gerade auf Zimmer 207 zu. Etwas klackte, kurz bevor er die Türklinke berührte. Das elektronische Schloss war entriegelt worden. Als er mit der Automatik gegen die Tür drückte, ließ sie sich leicht öffnen. Niemand war in dem Zimmer. Shell ging durch die Tür. Keine Spur von dem, der das elektronische Schloss für ihn geöffnet hatte. Er betrat das Badezimmer, wie ihm gesagt worden war.

Tatsächlich, da war ein Fenster. Als er hinaussah, erkannte er, dass das Nachbargebäude nicht weit entfernt war. Er schoss auf den Fensterrahmen und trat dann das ganze Ding aus dem Bad. Sofort wehte eine modrige Brise von draußen herein.

Er steckte seinen Kopf durch das Loch, wo der Fensterrahmen gewesen war, presste seine Tasche ganz fest an sich, dann streckte er sein Bein mühevoll zum Fenster auf der anderen Seite aus. Das andere Fenster war bereits offen.

Er stellte einen Fuß auf den Rahmen, danach klammerte er sich mit der Hand fest, in der er immer noch die Pistole hielt, und sprang mit einem Satz hinüber. Erst da merkte er, dass er sich verkalkuliert hatte und das Fenster viel höher war, als er gedacht hatte. Der harte Aufprall schmerzte ihn an den Beinen. Die Reisetasche rutschte, fast hätte er sie verloren, aber er hielt sie fest.

Das Licht war nicht an. Das Licht, das durch das Fenster kam, beleuchtete das Zimmer gerade noch ausreichend. Ein verlassenes Büro, völlig leer. Risse zierten hier und da die blanken Betonwände. An der einen Wand waren mehrere Fenster mit einem X aus Klebestreifen.

Shell war in etwas Weiches getreten. Hier und da lag etwas auf dem Betonboden. Ein Teil nahm er mit seiner Pistole hoch und sah es sich an.

Ein Stück Stoff in einer unauffälligen Farbe. Er sah es sich immer wieder an, bis er verstanden hatte, dass es ein Rock war.

Ein kleines Stück dahinter lag eine Bluse. Er ließ seinen Blick weiter in diese Richtung wandern, dann erschreckte er sich. In der Finsternis flatterte ein weißer Mantel.

Der Rock rutschte von seiner Automatik, die er hastig hochgezogen hatte. Hinter der Mündung seiner Waffe stand ein Mädchen.

Sie fixierte Shell, es sah aus, als trüge sie eine weiße Zwangsjacke.

»Rune Balot.«

Shell rief den Namen des Mädchens, das in seinem Traum hätte sterben sollen.

Die Chamäleon-Sonnenbrille wechselte von Blau zu Rot.

»Was machst du hier? Was machst du an so einem Ort?«

Shell hatte seine Pistole immer noch im Anschlag, seine Augen hinter den Gläsern waren blutunterlaufen.

Balot hob wortlos ihre Hand, damit Shell auch darauf achtete. Sie hielt ein Handy. Sie warf es ihm ganz locker zu.

Es prallte von der Tasche ab. Ein Reflex ließ Shell nach dem Telefon schnappen. Auf dem Bildschirm blinkte die Verbindungsdauer in Sekunden. Offensichtlich war also schon eine Verbindung da. Shell runzelte die Stirn und hielt sich das Telefon vorsichtig ans Ohr. Er hörte eine distanzierte Stimme, die ihm in offiziellem Ton Folgendes mitteilte:

[Hier spricht Œufcoque Penteano, der Zuständige des Falles. Bitte geben Sie dem Mädchen alle Ihre Waffen. Damit wird das

Programm zur Sicherung Ihres Lebens aktiviert, da Sie ein wichtiger Zeuge des Sekundarfalles sind.]

»Wo bist du? Warum zeigst du dich nicht?«

[Ich bin in der Nähe. Benehmen Sie sich wie ein Erwachsener. Oder vertrauen Sie noch immer Ihrem ehemaligen Zuständigen, dessen Vertrag bereits abgelaufen ist? Er ist jetzt bei der October Company unter Vertrag, er wird Sie schnell töten.]

»Du bist in der Nähe? Dann weißt du sicher auch, was ich gerade mache?«

Shells Augen musterten Balot. Mit einem verkrampften Grinsen streckte er die Hand nach ihr aus und richtete dann seine Automatik auf sie.

Balot sah Shell und seine Waffe kühl an.

[Was wird es dir bringen, das jetzt zu tun? Willst du jetzt sterben? Das ist deine letzte Chance.]

»Ja, ganz genau! Das ist meine letzte Chance! Das Glück eines Spielers hängt immer von der Frau in seiner Nähe ab!«, brüllte Shell. Er klang wie jemand, der am Ertrinken ist und nur hin und wieder gerade noch so mit dem Kopf durch die Wasseroberfläche stößt.

»Ha, Œufcoque! Ich erinnere mich wieder! Boiled hat dich mal als geschwätzige Ratte bezeichnet. Ist mir egal, warum du dich versteckst. Ich werde dir zeigen, wie man verhandelt, wenn man mir ein Mädchen so in die Hand spielt, du Vollidiot.«

»Daraus wird nichts. Zwischen uns besteht ein zu eklatanter Unterschied in der Waffenstärke.«

Shell verzog sein Gesicht, als trete er sein Lächeln wie eine Zigarette aus.

»Soll das ein Witz sein? Das ist ein Showdown, Mann gegen Mann! Wenn sie irgendeine falsche Bewegung macht, werde ich sie erschießen!«

#Œufcoque, mein Leben ist in Gefahr.#

Sagte plötzlich eine weibliche Stimme aus dem Handy. Sie klang kalt und nüchtern.

Balot zeigte mit ihrer linken Hand auf Shell. Ihr weißer Handschuh morphte und etwas erschien zwischen ihren Fingern. Es dauerte keine Sekunde. Wie durch Zauberei hatte sie plötzlich eine Pistole in der Hand.

Die Angst ließ Shell erstarren. Ihre Pistole spannte sich mit einem Klacken von selbst. Das war Shells Auslöser. Er hielt es nicht länger aus und schoss.

Balot bewegte sich nicht. Sie hatte nur ganz ruhig den Abzug gezogen.

Funken sprühten durch die Luft. Die Kugeln prallten aufeinander, kleine Eisensplitter sausten durch den Raum, Shell konnte es nicht begreifen. Die Luft stank verbrannt.

Genau danach schoss Balot. Shell konnte nur hastig mit einem einzigen Schuss nachsetzen, hinterließ aber keinen großen Eindruck. Sie ließ sich absichtlich an einer Schulter treffen, kleine Funken explodierten. Ihr Mantel war wie eine Zwangsjacke. Als ob sie damit zeigen wollte: Schau her, das ist jetzt meine Schale, das beschützt mich.

Gleichgültig schoss sie noch mal in Shells Richtung. Er wich zurück und tanzte seltsam dabei. Ihre Schüsse rissen seine Tasche auf, zerfetzten die Geldbündel, die ihn beschützt hatten. Das allein hatte bisher sein Leben gerettet. Balot schoss weiter, während sie besonders die Stellen checkte, in denen die Bündel übereinanderlagen. Shell war nur ein Sandsack, er durfte nicht umfallen, wenn er vom Kugelhagel nicht erwischt werden wollte.

Ihre Munition war nahezu unbegrenzt, die Geldscheine allerdings nicht.

Kurz danach hörte sie auf. Shell fiel kopfüber hin. Die Scheine flogen in winzigen Fetzen durch die Luft und segelten zusammen mit den kleinen Stücken der Tasche durch den Raum.

Balot ging langsam auf Shell zu, er schluchzte und wimmerte. Unvermittelt sah er auf, biss die Zähne zusammen und richtete seine Waffe wieder auf sie.

Die Reste der Scheine klebten an seinen schweißnassen Händen und in seinem Gesicht. Wie er sich bewegte, mit seinen zittrigen Fingern den Abzug drückte, all das fühlte sich für Balot an wie eine Zeitlupe.

Balot schoss auf Shells Patrone, als würde sie einen Luftballon mit einer Nadel pieken. Die Kugeln trafen aufeinander, die Explosion ließ alles rotgelb aufleuchten. Direkt danach schoss Balot noch dreimal, bevor das Licht wieder verschwunden war. Ihre Kugeln trafen präzise auf den Griff seiner Pistole und seinen rechten Zeige-, Mittel- und Ringfinger.

Dann explodierten die restlichen Kugeln in seinem Magazin und ließen den Raum weiß erstrahlen. In dem grellen Licht rollten die blauen Diamanten davon, die er an den Fingern getragen hatte, sie schimmerten wie Tränen.

Shell fiel wieder hin.

Seine Sonnenbrille zersplitterte lackrot, die Splitter waren wie Blutflecken. Er hatte keinen Finger mehr an seiner zitternden rechten Hand. Seine Karriere als Profispieler war zu Ende. Die herumfliegenden Eisensplitter der vielen Explosionen hatten die rechte Hälfte seines Gesichts zerstört.

Balot sah ihm geduldig dabei zu.

Er schien nicht mehr richtig atmen zu können. Seine rechte Gesichtshälfte wurde dunkler, das Licht glitzerte darauf. Vielleicht hatte er sogar geweint.

Balot beugte sich zu Shell hinunter und streckte ganz vorsichtig ihre linke Hand mit der Pistole aus.

Er konnte seinen Körper nur noch ganz schwach wegdrehen. Dann morphte die Pistole in ihrer Hand und verschwand. An ihrer Stelle hatte sie jetzt etwas anderes. Shell sah sie ängstlich an.

Der Doc hatte ihr im Broiler House alle vier Speichermedien anvertraut, alle vier Chips, auf denen mittels CRAP – Creative Recollective Active Positioning of Memory – Shells Erinnerungen gespeichert worden waren.

Shell riss die Augen weit auf.

#Ich werde sie dir zurückgeben.#

Erklärte Balot.

Shells Augen wanderten von den Chips zu ihr. Ihre rechte Hand berührte ihn an der Schläfe, hier war der Anschluss. Der Teil eines Schaltkreises, der direkt in sein Gehirn führte. Balot snarkte ihn.

Mit einem Satz lehnte Shells Körper sich zurück und verharrte in dieser Position. Seine Lider öffneten sich so weit, dass sie zu reißen drohten, und seine Pupillen zitterten. Balot hatte unbewusst die vier Chips in ihrer Faust fest verschlossen.

Schon bald hatte sie die Stromkreise zu Shells Gehirn über ihre rechte Hand vollständig erspürt.

#Ich werde dir zurückgeben, was du verloren hast.#

Sie ließ die Datenmengen in ihrer Linken nach und nach in den sorgsam implantierten Kreislauf in Shells Hirn einfließen und achtete darauf, sein Gehirn dabei nicht zu sehr zu belasten.

Anfangs schien Shell nicht zu verstehen, was da mit ihm geschah, aber schon bald verkrampfte er sich völlig und fing an zu winseln.

»Hör … auf … hör auf damit …«

Seine Augen rollten, bis nur noch das Weiße zu sehen war. Er schrie, dieses Mal mit seiner richtigen Stimme.

Aus seinem Mund troffen große Mengen von Schaum, Blut schoss aus seiner Nase.

Balot hatte seine Erinnerungen nur wieder dahin gebracht, wo sie hingehörten. Ihre zerstörte Form wurde rekonstruiert und der betäubte Nervenschaltkreis elektronisch wieder aktiviert.

Sie konnte die Nervenzellen nicht snarken, aber sie konnte ihm die Zusammenhänge und einige visuelle und akustische Daten übermitteln.

Shell schrie ziemlich lange. Er hatte immer nur die Schale sein wollen, er wollte nur Shell sein. Er hatte den stinkenden Inhalt des Eis immer abgelehnt, und Balot hatte ihm ohne Mitleid alles wiedergegeben.

Sie machte immer noch weiter, auch, als er schon nicht mehr schrie. Nach dreißig Minuten war sie fertig. So schnell ging es nur wegen ihrer besonderen Fähigkeiten. Ihr Handschuh morphte wieder, schluckte die Chips und bewahrte sie sicher auf.

Ganz am Schluss berührte sie seinen Kopf. Shell war längst ohnmächtig. Sie mischte sich in seine Schaltkreise ein und sagte ihm: #Wenn man den Inhalt eines faulen Eis vorsichtig erwärmt, dann kann man es wieder zum Leben erwecken.#

Shell schlief jetzt. Die ganze Zeit über hatte er nicht auf sie geachtet. So wie damals, als sie dachte, dass er sie ansieht, während sie in dem AirCar eingesperrt gewesen war. Er hatte nur sein Spiegelbild gesehen. Irgendwie glaubte sie, dass alles immer die eigene Schuld ist, das galt auch für sie selbst. Balot hatte Shell nie lieben wollen. Sie wollte nur von ihm geliebt werden.

Es fühlte sich an, als ob die schreckliche, sinnlose Trauer in ihr irgendwo in ihrer Seele versank. Im nächsten Moment konnte sie mit ihren erweiterten Sinnen fühlen, wie jemand dem Gebäude, in dem sie waren, näher kam. Erschreckt hielt sie die Luft an.

Das allein war schon eine Drohung. Sie konnte sein Verlangen zu töten fühlen.

»Boiled ist da.«

Œufcoque hatte es auch erkannt, er flüsterte leise.

Balot nickte. Sie konnte den starken Druck fühlen und erschauerte. Einen Moment lang waren Shell, sie selbst, das verfluchte Leben des toten Mädchens völlig aus ihren Gedanken verschwunden.

Beinahe hätte sie sich dafür bei Boiled bedankt.

4

[Alle Flugrouten sind gesperrt. Das war Boiled. Er hat die Luftfahrtorganisation mit Nachforschungen und Aufträgen zugeschüttet.]

Beschwerte sich der Doc im Handy.

»Aufträge? Was denn für Nachforschungen?«

[Die Nachforschungen selbst sind ohne Bedeutung. Er hat den Luftraum dieser Gegend völlig überfrachtet, mit Überwachungskameras, Wetterballons, Hubschraubern und so weiter, damit Humpty nicht landen kann. Im Moment jage ich sie mit dem Fahndungssonderrecht davon, aber das dauert seine Zeit. Wir sitzen in der Falle. Was jetzt?]

»Defensive und Flucht. Wir haben keine andere Wahl. Selbst wenn die Polizei das Gebäude stürmt und uns in Schutz nimmt, heißt das nicht, dass wir Shell auf unserer Seite in Sicherheitsgewahrsam nehmen dürfen. Wenn die October Company ihren Einfluss geltend machen kann, bringen die Shell sofort um. Wir müssen ihn also selbst beschützen«, entgegnete Œufcoque trocken.

An seiner Art ahnte sie, wie besorgt er war, wie erschöpft – und wie ernst es ihm damit war. Balot hörte den beiden weiter zu und verschärfte gleichzeitig ihre Wahrnehmung. Sie konnte fühlen, wie Boiled um das Haus herumging. Ab und zu legte er seine Hand auf den kalten Stein. Sie konnte es fühlen, als hätte er ihren Körper berührt. Wie ein Schachspieler kurz vor Schachmatt lauerte sie auf eine gute Gelegenheit, während sie seine Bewegungen erfasste.

Œufcoque und der Doc sprachen jetzt beide sehr schnell. Œufcoque würde sich nicht so einfach abkochen lassen. Und schon gar nicht aufgeben. Genau das war Balots Rettung und auch ihre Antwort auf die Frage, was sie jetzt tun sollte.

Draußen bewegte Boiled sich taktisch und subtil, schnitt ihnen jeden Fluchtweg sicher ab.

Sie hatten nur einen Gegner. Eigentlich hätte es zahllose Fluchtwege geben sollen, aber es gab für sie kein Entkommen. Als hätte sie eine Armee mit mindestens hundert Mann eingekreist. Und auch das war eine Antwort.

#Ich werde uns beschützen.#

Balot hatte sich in das Gespräch eingemischt. Œufcoque und Doc Easter waren sofort still.

#Wie lange brauchst du, bis du hier bist, Doc?#

[Zwei Stunden – nein, ich versuch's in einer Stunde. Vertrau mir.]

#Okay. Ich vertraue dir. Ich lauf nicht weg.#

[Nein, nein, wenn du in Gefahr bist, läufst du weg, ja? Bitte?]

#Okay.#

[Ich verlasse mich auf euch. Ich hole euch gleich ab.]

Das Gespräch war beendet, der Bildschirm des Handys wurde wieder dunkel. Balot legte es auf dem Boden ab.

»Was hast du vor?«

– Hilf mir.

Sagte sie Œufcoque im Bodysuit und stellte sich neben Shell. Sie fesselte ihn sorgfältig und legte ihn dann auf dem Betonboden ab. Er war vollständig eingeschnürt, komplett mit Handschellen und Seilen, alles von Œufcoque gemacht. Balot hatte dazu nur ihre Hand an Shell gehalten, den Rest hatte er erledigt.

Shell war immer noch bewusstlos und bewegte sich nicht, vermutlich stand er noch unter Schock, weil er seine Erinnerungen zurückhatte. Balot hatte gedacht, seine stinkende Vergangenheit würde ihn mit Albträumen heimsuchen, in denen er untergehen würde, aber er sah ganz friedlich aus, während er schlief.

Sie glaubte immer noch fest daran, dass sein Drang zu morden verschwunden war, weil seine Erinnerungen wieder da waren, darum war sie ein bisschen erleichtert.

Œufcoque half ihr sofort, als Balot versuchte, Shell hochzuwuchten wie einen eingerollten Teppich. Der Bodysuit morphte an den entsprechenden Stellen in ein stählernes Exoskelett und hielt Shells Gewicht. Sie hob ihn ganz leicht auf ihre Schulter und ging mit ihm zum Müllschlucker in der Ecke des Zimmers. Sie machte die Klappe auf und stellte sicher, dass sich am Ende kein Müllzerkleinerer befand. Dann ließ sie Shell in die Öffnung gleiten, hielt ihn aber noch am Kragen fest.

»Du wirfst ihn doch nicht da rein?«

– Noch nicht.

Œufcoque verstand, was sie damit meinte und war ehrlich erstaunt. Sie wartete auf den richtigen Zeitpunkt. Sie wollte Boiled in den Rücken fallen können, sobald er versuchte, Shell zu übernehmen. Eine messerscharfe Taktik so kurz vor einem Schachmatt.

Sie fühlte, wie Boiled dem Haupteingang immer näher kam. In diesem Moment tat sie es.

– Bye-bye, Shell.

Sie sagte es direkt in seinen Kopf. Dann küsste sie ihn ganz leicht auf eine Schläfe. In der gleichen Sekunde ließ ihre Hand los. Er polterte und krachte durch den engen Müllschlucker; nach einer Weile hörte sie von unten einen dumpfen Aufprall.

Boiled blieb plötzlich am Haupteingang stehen. Er hielt eine Hand an das Gebäude, erfasste die Situation und dachte nach.

Er hatte Balots Plan durchschaut. Und er wusste jetzt auch, wozu sie bereit war. Langsam ging er weiter auf den Eingang zu.

Ihre Knie fingen plötzlich an zu zittern. Sie hatte Angst, dass sie sich selbst den letzten Fluchtweg abgeschnitten hatte. Sie öffnete ihren stummen Mund, atmete tief ein und wieder aus. Verzweifelt versuchte sie sich zu beruhigen, bevor die nächste Panikattacke kam.

»Balot …«, rief Œufcoque.

Balot hatte die Schultern des Suits fest umarmt.

– Ich wollte immer von so vielen geliebt werden. Aber du bist der Einzige, den *ich* lieben will.

Sie konnte Œufcoque mit ihrem ganzen Körper fühlen und sagte es ihm, wie willensstark und mutig sie war.

– Ich werde gleich gegen den kämpfen, der früher mal dein Freund war. Ich werde versuchen, ihn aufzuhalten.

Œufcoque erkannte, was sie wirklich vorhatte. Sie wollte ihn nicht töten, sondern seine Bewegungsfreiheit einschränken. Gegen Boiled eine selbstmörderische Taktik.

Boiled würde gnadenlos jeden noch so kleinen Fehler ausnutzen und Balot töten.

Sie hielt ihren Bodysuit fester. Ihre Waffe, die sie vollkommen umschloss. Ganz eng und ganz fest.

– Ich werde ihn nicht töten. Ich werde nicht von ihm getötet werden. Ich werde das schon schaffen, irgendwie.

Das war es, was sie von Œufcoque gelernt hatte, und das war die Antwort, die sie ihm jetzt gab.

»Wir werden ihn nicht töten. Wir werden nicht von ihm getötet werden. Wir lassen nicht zu, dass er jemand anderen tötet«, wiederholte Œufcoque ihre Worte. Es klang fast wie ein Mantra.

»Das wird ziemlich schwer, aber den Versuch ist es wert, denke ich.«

Nur langsam löste Balot ihre Hände von ihren Schultern und ließ ihre Arme locker hängen.

»Ich habe wirklich einen guten Buddy gefunden …«

Das war das Letzte, was er sagte, dann umarmte er sie noch einmal ganz fest. Er hielt sie, beschützte sie, war bereit, jederzeit ihre Waffe zu werden und auf jeden Snark sofort zu reagieren.

Balot snarkte den linken Handschuh. Er morphte, es war schwer und rund und aus Stahl. Sie behielt die Pistole fest in der Hand, bis sie fühlte, wie sie ein Teil von ihr wurde. Balot und Œufcoque waren jetzt wirklich zu einer Einheit verschmolzen.

Sie erinnerte sich daran, wie sie gelebt hatte. Bei Freiern, die sie mochte, und bei solchen, die sie nicht mochte. In jedem Fall hatte sie es immer nur ertragen, die Luft angehalten und es ertragen. Sie hatte darauf gewartet, dass sie sich eines Tages daran gewöhnen würde.

Sie hatte sich selbst aus ihrem Körper befreit. Damit ihre Seele an keine Grenzen stieß.

Es war nicht schwer. Sie tat es sich selbst an, darum konnte sie es ertragen. Aber jetzt war es etwas anderes. Es war völlig anders und doch das Gleiche. Sie musste handeln, irgendetwas tun. Sie wusste, dass sie sterben würde, wenn sie die Luft anhielt. Das Gleiche würde passieren, wenn es Boiled gelang, ihr das Bewusstsein zu nehmen. Es führte zu nichts, wenn sie davor wegrennen wollte, dass sie jetzt in dieser Situation war. Wenn ihre Seele irgendwo an eine Grenze stieß, kam sie nicht weiter. Sie durfte aber nicht anhalten.

Balot atmete noch mal tief ein und aus. Um sich selbst neues Leben einzuhauchen.

Sie behielt ihren Atemrhythmus bei, suchte nach dem richtigen Weg, um zu gewinnen, und befreite sich selbst.

Sie atmete ein. Und aus. Sie wusste, dass Boiled am oberen Ende der Treppe angekommen war. Sie konnte fühlen, dass die Temperatur im Zimmer plötzlich gefallen war.

Er stand direkt hinter der Tür.

»Ich bin sehr enttäuscht …«

Sie hörte seine Stimme dicht hinter der Tür. Tief und schwer, tragend.

»Ich hatte so gehofft, dass du mir den Gefallen tust und Shell umbringst.«

Sein Tonfall löste ein seltsames Gefühl in ihr aus.

»Hat er dir erzählt, wie ich Dinge erledige?«

Die Worte lasteten schwer auf ihr. Ihr Atem war unruhig, fast schon panisch konzentrierte sie sich wieder darauf, ruhig zu atmen. Und dabei verstand sie plötzlich, was so seltsam war.

»Tweedledee hat sich so gefreut, dich kennenzulernen, schließlich gehört ihr zur gleichen Art«, sagte Boiled.

Und er hatte es nur zu Balot gesagt. Davor hatte er ausschließlich mit Œufcoque geredet.

»Ich freue mich auch, genau wie Tweedledee.«

Die Luft selbst schien plötzlich einzufrieren.

Der Luftdruck wollte jede ihrer Bewegungen verhindern.

Balot ertrug es. Sie konnte den einen Moment im Rhythmus fühlen. Und sie wusste, dass Boiled ihn auch fühlte. Sie setzte alles auf diese eine Chance und brachte ihre Pistole in Anschlag.

Sie hatte ihm diesen Moment mit Absicht überlassen.

Sie wollte ihr Spiel beginnen, wenn Boiled den Jackpot hatte. Ganz gleich, wie viele tausend Patronen sie abgefeuert hätte, die Kugeln wären sowieso von ihrer Bahn abgekommen. Sie musste den Moment abpassen, in dem Boiled selbst schoss, in der Sekunde, in der es kein Float gab. Balot schoss plötzlich. Mehrmals hintereinander, auf Boileds rechten Arm. Das war nötig, um die feindlichen Kugeln abzuleiten, die geradeaus fliegen sollten.

Dann hatte sie plötzlich das Gefühl, dass etwas nicht stimmte. Als wäre nicht nur die Luft, sondern auch ihr Herz eingefroren.

Boiled hatte nicht geschossen. Sie war auf seine Finte reingefallen. Die Tür hatte große Löcher, als hätte sie einen Kreis darauf gemalt. Löcher, die eigentlich ein einziger Punkt hätten sein sollen.

In dieser Sekunde hob Balot ihre Arme überkreuz hoch über ihren Kopf. Direkt danach kam der Schock.

Boiled traf sie an dem Punkt, an dem sich ihre Arme kreuzten.

Sie flog nach hinten.

Der Schlag gegen den Körper war nicht besonders schlimm, aber der Schock, der ihr Bewusstsein direkt getroffen hatte, war heftig.

Die Tür flog auf, Boiled sprang in den Raum.

Sie fühlte, wie er massig und riesenhaft immer näher kam, immer näher – und das weckte sie endlich aus der Schockstarre nach ihrem Präventivschlag.

Als sie mit dem Rücken auf dem Boden aufprallte, rollte sie sich weich nach hinten ab, leitete die Kraft ab und stellte sich gerade hin. Wie eine erstklassige Tänzerin. Eine instinktive Bewegung, die fast komplett von ihrem Körper gesteuert wurde.

Sie überließ inzwischen alles der sensorisch erweiterten Wahrnehmung ihrer Haut, hatte aufgehört, ihren Kopf dafür einzusetzen.

Erst nach dem Aufstehen wurde ihr klar, dass ihre Arme nicht verletzt waren. Die Entfernung hatte sie gerettet.

Eine knappe Entfernung, in der Œufcoque Balot sofort hatte beschützen können.

Boiled hatte diese Distanz aber bereits verringert.

Sein gewaltiger Körper, der nichts anderes als töten wollte, war so nah, dass sie nichts anderes mehr sehen konnte.

Sie ertrug ihre Angst und sah ihn hasserfüllt an, zeigte ihre Zähne und versuchte, seine Implantate zu snarken. Boiled hatte es gemerkt.

Er sprang wie ein Rugbyball, flog hoch nach oben. Er drehte sich und landete an einer Stelle, die Balot mit einem Snark fast erreichen konnte. An der Decke. In einer Entfernung von nur wenigen Metern.

Und trotzdem schon zu weit weg, um seine Defensive zu durchbrechen und seine Implantate zu snarken.

Aber auch zu weit weg für Boiled, um Balots Bodysuit zu zerstören. Es ging nur noch darum, wer von beiden eine Sekunde schneller war, wer von einem Zentimeter mehr Abstand aus den anderen töten würde.

Balot schoss wieder mehrmals hintereinander. Boiled rannte über die Decke und suchte Deckung hinter einer Säule.

Ein Reflex ließ sie auf die andere Seite der Säule feuern. Sofort merkte sie, dass das seine zweite Finte gewesen war. Boiled rannte die Säule hinunter, streckte seinen Arm abrupt aus, dann donnerte es.

Sie konnte seine Position erfassen, aber seine Bewegung im dreidimensionalen Raum nicht vorhersehen.

Alles in ihrem Kopf war weiß, vollkommen weiß geworden, sie machte einen gewaltigen Satz zu Seite.

Sein Quasi-Panzergeschoss zischte an ihrer Schulter vorbei. Ein Teil ihres Bodysuits ging wegen der Hitze der Patrone in Flammen auf, kleine gelbe Funken tanzten durch die Luft. Aber Balot war nicht getroffen.

Sobald Balot sich in Sicherheit abrollte, stand Boiled wieder auf der Säule, er sprang zur Seite, fiel gegen die Wand und blieb da.

Balot fand diese Bewegungen unvorhersehbar. Völlig verzweifelt versuchte sie, ihr Misstrauen gegen ihre Wahrnehmungsfähigkeiten im Keim zu ersticken. Sie konzentrierte sich auf den ganzen Raum, fühlte den ganzen Raum, um wieder Vertrauen in ihre Fähigkeit zu gewinnen.

Es war egal, wie er sich bewegte, es war viel wichtiger, dass sie genau wusste, wo sie gerade war.

In weniger als einer Sekunde hatte sie raus, welche Position ihr den größten Vorteil bringen würde, und entschied sich schnell für einen Punkt. Sie rannte sofort los.

Um das Leben zu kämpfen ist nichts anderes, als um das Bewusstsein zu kämpfen. Verliert man das Bewusstsein, dann kann man sich nicht mehr bewegen. Nicht einmal einen Finger, so tragisch war das. Sie wollte das nie wieder durchmachen müssen.

Sie rannte und versuchte, Boileds nächsten Zug vorherzusehen.

Es war wie beim Black Jack, sie hatte überschritten, ihre Karten wurden weggeräumt, ein neues Spiel begann. Sie blieb an Boiled dran, suchte die vorteilhafteste Position für sich selbst. Sie rannte dahin, suchte die nächste gute Position, feuerte, um die Position zu halten, und nahm eine weitere Position ein. Hit.

Sie suchte die Chance eines einzigen Augenblicks. Sie suchte den Moment, in dem sie die perfekte Distanz zur perfekten Zeit haben würde. Ihr Bewusstsein war ein Pfeil, ihre Seele der Bogen.

Boiled konnte ihre Bewegungen stets erahnen, er schnitt ihr jeden Fluchtweg ab und lauerte seinerseits auf die richtige Gelegenheit.

Balot suchte Deckung hinter einer Säule, er erkannte es eine Sekunde schneller, raste auf die Wand zu und sprang. Wie ein großer Jaguar, der die Bewegungen der Gazelle vorhersah, ihr folgte und sie dann schlug. Mit Balot tanzte er um Leben, Kampf und Tod. Als er auf der Decke aufsetzte, machte er drei Schritte, die aussahen wie abgezirkelte Tanzschritte. Beim letzten Schritt drehte er seinen Oberkörper wie ein Tänzer zum großen Finale und zielte präzise auf sie.

Genau auf ihre Wirbelsäule, die ihr ungeschützter Rücken ihm zeigte. Er zog den Abzug durch …

Dann plötzlich erstrahlte die Finsternis und das Licht blendete seine Augen.

Balot hatte sämtliche Lampen im Raum gesnarkt, im besten Moment, bei der besten Distanz.

Boiled runzelte die Stirn, seine Augen verengten sich. Das weiße Licht brannte genau da, wo er gerade war, und hatte Balot in ihrem weißen Bodysuit völlig verschluckt.

Er suchte nach ihr, unwillkürlich zuckten seine geblendeten Augen von rechts nach links, den Finger immer noch am Trigger.

In dieser Sekunde schallte plötzlich ein gellendes Kreischen über seinem Kopf, auf dem Boden des Raums.

Unvorstellbar präzise zielte er mit seiner Waffe darauf und feuerte seine Patrone ab. Gleichzeitig hatte er ächzend aufgestöhnt. Ein Reflex, unbewusst und ungeplant. Boileds Kugel zerfetzte das Handy, das Balot auf dem Boden hatte liegen lassen. Das nur geklingelt hatte, weil Balot es gesnarkt hatte. Er konnte sie nirgends sehen, natürlich.

Boiled erkannte, dass er ihr in die Falle gegangen war. Als er sprang, wurde sein Körper von der Finsternis verschluckt. Balot hatte ein drittes Mal gesnarkt, das Licht war aus.

Er konnte im Dunkeln nichts sehen und verlor seinen Orientierungssinn, wusste nicht mehr, wohin er eigentlich sprang. Gleichzeitig entdeckte er Balot.

Sie war direkt unter ihm. Sie hatte ihre Waffe in beiden Händen und zielte auf ihn. Das war ihr perfekter Double Down, sie scherte sich nicht mehr darum, wie er sich bewegte, sondern wollte nur noch eine perfekte Position nach der anderen.

Dank seiner langjährigen Erfahrung im Kampf konnte Boiled ihre Aktion erahnen, obwohl er im Wechsel zwischen Hell und Dunkel nichts mehr sehen konnte.

Das Mündungsfeuer explodierte in ihren Händen, es tanzte. Boiled duckte sich gleichzeitig und schützte sich vollständig mit seinem Float-Schild.

Die ersten Kugeln erwischten vor der Ausbreitung seines Schildes seinen rechten Arm und sein rechtes Bein. Stofffetzen von seiner Jacke segelten durch die Luft.

Aber sonst nichts. Die Kugeln danach wurden von ihrer Bahn abgedrängt und malten runde Löcher in die Decke rund um den geduckten Boiled herum.

Er nahm die Pistole in die linke Hand und zielte unter seinem rechten Arm durch, obwohl er getroffen war. Er versuchte nicht einmal, in ihre Richtung zu sehen. Und trotzdem zielte er genau auf Balots Brust. Balot erschauerte, als sie seine Position in der Dunkelheit erspürte.

Vielleicht wäre alles anders gewesen, wenn ihre ersten Kugeln, die dem Schild zuvorgekommen waren, nicht auf Arme und Beine gezielt hätten, sondern auf sein Herz oder seinen Kopf. Oder wenn die Kugeln ein größeres Kaliber gehabt hätten und ihm Arme und Beine abgefetzt hätten … aber das waren alles nur Ausreden. Sobald Boiled wusste, wo sie war, war Balots Double Down fehlgeschlagen.

Sie sprang hastig zurück und gewann wieder etwas mehr Distanz, snarkte ohne zu überlegen ihre Pistole und vergrößerte das Kaliber.

So viel Angst machte ihr Boiled. Etwas Mordgieriges raste donnernd auf sie zu. Es erwischte sie an der linken Brust und schleuderte sie nach hinten. Der Schall allein hatte sie nach hinten geworfen. Ihre Position hatte sie gerettet, sie krachte mit dem Rücken in eine der Fensterscheiben mit einem X aus Klebestreifen.

Das Glas zerbrach in viele Stücke, trübes Licht filterte in den Raum. Wäre sie in eine Wand geprallt, hätte sie den Aufprall der Kugel nicht ableiten können und sich wahrscheinlich die Rippen gebrochen.

Der Aufprall der Kugel, die Balot getroffen hatte, wurde gemildert, als die Kugel in die Luft geschleudert wurde.

Ihr Bodysuit hatte sich über der Brust verhärtet und war gesplittert, kleine Teile rutschten auf den Boden. Der Saum ihres Mantels flatterte, wickelte sie vollkommen ein. Balot umarmte ihre Knie ganz kurz, bevor sich die Hülle des Eis über ihr schloss.

Sie hüpfte in ihrem weißen Ei auf die Straße wie in einem großen Gummiball. Sie prallte zwei-, dreimal ab und knallte dann gegen ein Gebäude auf der anderen Straßenseite. Die weiße, kugelsichere Schale platzte auf und Balot stand wieder da. Der

Saum ihres Mantels wehte zurück, hier und da fielen Splitter des Schockabsorptionsmaterials zu Boden.

Sie erkannte, dass Boiled hinter dem Fenster stand und mit seiner Waffe auf sie zielte. Sie feuerte, es war mehr ein Reflex. Boiled schoss auch. Die Kugeln prallten aufeinander, Boileds abgeleitete Kugel zertrümmerte die Straßenlaterne. Die hellblaue Lampe krachte auf die Straße, es regnete Glassplitter.

In dieser Zeit hatte Balot einen Schutzschild für sich bestellt. Das Auto raste mit grell leuchtenden Scheinwerfern auf ihn zu und gab ihr Deckung. Es wurde sofort angeschossen, die Tür wurde eingedellt, der Kühler wurde getroffen. Nur wenig später, nachdem Balot von dem Wagen weggerannt war, explodierte der Tank.

Sie fühlte, wie Boiled im Schatten der hoch aufschlagenden Flammen aus dem Büro sprang. Dann rief sie den nächsten Wagen, dieses Mal nicht als Schutzschild. Die Scheinwerfer waren blendend hell, es raste auf Boiled zu, der gerade gelandet war.

Er schoss auf den Wagen, nach nur einem Schuss platzte ein Reifen. Das Auto schlitterte seitwärts und riss eine Telefonzelle ab, ehe es geradewegs in den Eingang eines Bürogebäudes rammte.

In der Deckung der Flammen nutzte sie ihre sensorisch erweiterte Wahrnehmung, um sich seine Wunden genauer anzusehen. Zwei Treffer im rechten Oberarm, einen im Oberschenkel. Blut floss aus den Wunden und tropfte auf seine Hände, floss über sein Bein.

Das machte ihn nicht weniger bedrohlich.

Plötzlich schrien Menschen über ihr. Ein alter Mann erschien mit einer Schrotflinte am Fenster des Bürohauses, in das der Wagen gefahren war. Er brüllte laut, was denn hier eigentlich los sei.

Das erschreckte Balot, aber noch mehr, dass sich Boileds linke Hand auf den Alten richtete. Sie schoss schnell, nur um ihn abzulenken. Boileds Float hatte sich verbreitert und ließ die Kugel abprallen, sie bohrte dicht neben dem alten Mann ein Loch in die Wand. Der Alte ging zu Boden und schoss mit seiner Schrotflinte irgendwo hin, der Schuss zerschmetterte eins der Fenster in einem anderen Gebäude. Anscheinend kam er wegen seiner Hüfte nicht mehr hoch, ein paar jüngere Männer rannten aus der Deckung und schleppten und zerrten ihn wieder zurück.

»Wenn Monster kämpfen, stören Zivilisten nur«, flüsterte Boiled und schoss auf das Auto, das im Eingang des Gebäudes stand.

Eine Kugel reichte, um den gewöhnlichen Wasserstoff-Motor in die Luft zu jagen. Die Explosion ließ die Häuser erbeben. Damit hatte er alle in der Nähe komplett abgeschlossen.

Jetzt gehörte der ganze Block nur ihnen.

Leere Munitionshülsen fielen mit einem leichten Nachhall auf die Straße. Boiled nahm mit seiner blutigen rechten Hand den Quickloader aus der Tasche und lud seine Pistole gleichgültig nach.

»Solange sie hier Schüsse hören, wird die Polizei nicht in die Nähe kommen«, sagte er.

Er klang immer noch vollkommen desinteressiert.

»Machen wir weiter.«

Er ließ sein Handgelenk mit der Waffe zur Seite schnappen. Schnell hatte er den Revolver wieder im Anschlag.

Einen flüchtigen Moment lang hatte er nichts Menschliches mehr an sich. Sein Gesicht war ohne jeden Ausdruck, seine Augen waren ohne Erbarmen, noch leerer als die Mündung seiner Waffe, nur das Feuer reflektierte sich in seinen Pupillen, brachte sie zum Glänzen.

Seine gewaltigen Arme und Beine waren wie aus Stahl, er kannte keinen Schmerz. Sein Herz war ein Motor, angetrieben von seiner Lust am Töten, das Nicht-Sein war seine Zündung, die alles explodieren ließ.

Balot presste ihre Lippen fest aufeinander. Sie schüttelte den Teil von sich ab, der sich von dem Wort *Monster* hatte treffen lassen. Natürlich, ja, natürlich waren Boiled und sie synthetische Lebewesen, ein Hybrid aus Maschine und Mensch. Aber Boiled war bis in sein Herz kalt wie eine Maschine, sogar bei einem Kampf auf Leben und Tod war er ohne jede Regung. Dabei hoffte er, dass er dabei irgendetwas fühlen könnte, irgendwas, nur darum kämpfte er um sein Leben. Er war wirklich ein Monster.

Balot bekam langsam wieder ihren Atemrhythmus unter Kontrolle. Ihr war heiß, ihr Herz fühlte sich an, als ob es brannte. Auch das Magazin ihrer Pistole, das sie weggeworfen hatte, war so heiß, dass es immer noch rot glühte.

Sie nahm die rechte Hand von der Pistole und ließ eine weitere in ihrer linken Hand erscheinen. Jetzt hatte sie zwei, wieder konzentrierte sie sich darauf, Boileds Position und ihre ganz genau wahrzunehmen.

Eine Sekunde vorher wusste sie, dass Boiled laufen würde. Dieses Mal erkannte sie die beste Position für sich und für Boiled gleichzeitig. Mit jeder Sekunde veränderten sich diese Positionen, jede einzelne Aktion war endgültig.

Sie hörte nur einen einzigen Schuss. Boiled feuerte einmal, Balot schoss mehrmals in einer Sekunde. Mit der Pistole in ihrer rechten Hand. Die linke war ihre Bankroll, wenn es kritisch wurde.

Die Kugeln krachten in der Luft aufeinander, verformten sich, wichen von ihrer Bahn ab. Die restlichen Patronen flogen woanders hin.

Beide rannten los – auf die rechte Seite des Gegners zu – und kamen sich eine Sekunde lang sehr nahe. Kaum zeigte Balot ihm die Zähne ihres Snark, stampfte er fest auf den Boden auf. Der Gigant flog in eine unglaubliche Höhe und ließ sich dann auf die Wand eines Gebäudes hinter Balot fallen, dann stellte er sich auf die Wand.

Für Balot war diese Bewegung offensichtlich, sie hatte gewusst, dass er diese Position einnehmen würde. Wesentlich schneller als vorhin im Büro zielte sie sofort auf Boiled und feuerte. Er schoss nicht zurück. Ganz plötzlich nahm er mit rechts etwas aus seiner Tasche.

»Faceman hatte so recht … deine Fähigkeiten werden von Kampf zu Kampf besser«, murmelte Boiled. Als hätte er durchschaut, wie sich ihre Kräfte entwickelten, als würde er ihre Weiterentwicklung hemmen können.

Oder das war jetzt der einzige Moment, in dem Boiled sich mit einem Gleichberechtigten freundlich unterhalten konnte. Nur in diesem einen entscheidenden Moment zwischen Leben und Tod, während sie gegenseitig versuchten sich umzubringen.

»Ich werde deine Fähigkeiten blockieren.«

Dann ließ er es ganz locker aus seiner Hand fallen. Eine Sekunde lang dachte sie, er hätte seine Munition zum Nachladen verloren.

Unbewusst hoffte sie auf einen solchen Fehler, doch Boiled war einfach zu präzise und effektiv im Kampf. Was immer Boiled auch tat, sie konnte sicher sein, dass es immer das Schlimmste war.

Sie schoss ganz automatisch darauf – auf die schwarze Kugel, die so groß war wie ihre Faust.

Wäre es eine Granate gewesen, hätte Œufcoque sie als Bodysuit beschützen können. Aber es kam weder eine Explosionswelle, noch flogen Metallteile. Mit einem klaren Klang wie eine Glocke fiel es auf die Straße, rollte nur wenige Meter vor Balot.

Dann fing es an, etwas Unsichtbares auszustrahlen.

Plötzlich fing ihr ganzer Körper an zu jucken. Der Juckreiz veränderte sich in brutale Schmerzen, als ob ihr die Haut an Rücken, Bauch, Beinen, Armen und im Gesicht abgezogen würde.

Sie beugte sich nach hinten. Die Schmerzen machten sie fast wahnsinnig, sie war so gut wie bewusstlos. Ihre präzise sensorische Wahrnehmung verlöschte ganz einfach, sie war ohne jede Orientierung, und sofort fiel die Angst über sie her.

»ADW! Active-Denial Weapons!«

Die schwarze Kugel war nicht explodiert. Das machte Balot nur noch mehr Angst.

»Mikrowellenwaffen! Nicht tödliche Waffen, die Mikrowellen aussenden und Schmerzen auf der Haut verursachen …«

Sie konnte Œufcoques Stimme hören. Aber sie konnte nicht antworten. Sie konnte nur noch mit dem Kopf schütteln.

»Boiled! Er ist direkt über dir!«

Ihre Arme glitten von selbst nach oben. Œufcoque half ihr dabei. Boileds Kugel traf sie direkt auf die Arme. Der Schmerz blendete sie. Es fühlte sich an, als ob Messer ihren ganzen Körper aufschneiden würden, als ob sich Haken in sie bohrten, als ob ihr so auf einmal die Haut abgezogen werden sollte.

»Du musst deine körperliche Wahrnehmung snarken, Balot!«, schrie Œufcoque.

Gleichzeitig zog er eine Schutzhülle um Balot. Sie snarkte ihren Körper mit der letzten Kraft, die sie noch hatte, während ein Schuss ihre Schutzmauer durchbrach. Hatte nicht mal jemand zu ihr gesagt, er habe es übertrieben, weil er unbedingt wieder mal Schmerzen spüren wollte?

Sie musste sich in ihre eigene Wahrnehmung einmischen und sie auslöschen. Sie musste ihr Bewusstsein frei im Raum schweben lassen. So, wie sie es immer getan hatte.

Am Anfang war ihre Technik nicht vollkommen gewesen. Damals, bei ihrem Vater. Sie konnte das bärtige Gesicht ihres Vaters sehen, ihr wurde schlecht davon. Mit seiner Hand mit den zwei Fingern hatte er ihr die Schuluniform ausgezogen, kaum, dass sie nach Hause gekommen war.

Auslöschen, auslöschen …

ICH WERDE DICH SCHÖN SAUBER MACHEN. ICH WERDE DICH ZU ETWAS GANZ REINEM MACHEN.

Ich wünschte, ich wäre tot. Das weiße Rauschen, das aus den Lichtern der Stadt kam. Den Schmerz auslöschen – ein großer Fleischwolf, der jedes Leben verschlang, der selbst ihre Eltern oder Fremde in Stücke riss, wenn der Schalter nur umgelegt wurde. Das Leben ist Leid. Sie wollte doch nur geliebt werden. Der ist ein leichtes Opfer. Ein williges Opfer. Fuck you! Es tut weh, es tut weh, es tut weh!

Verzweiflung überrollte sie, aber ihre Seele kämpfte noch. Ihr Magen zitterte. Magensäure schoss ihr in den Hals und ebbte wieder ab, stieg wieder an, der widerliche Geschmack füllte ihren Mund, Erbrochenes tropfte ihr vom Kinn. Sie weinte. Sie übergab sich weiter und weinte weiter. Ich will nicht sterben. Sie war noch nie bedingungslos geliebt worden, das war ihr Aufschrei. Ich will nicht sterben.

ash, cash, trash, crash …

Sie wollte nicht so traurig sterben. Sie konnte die Explosion wieder deutlich in ihrem Mund schmecken.

bash, lash, hash, garsh …

Tief in ihren Ohren hörte sie wieder das Lied mit den Reimen. Sie schloss ihre Augen wie im Schlaf.

dish, wash, brush, flush …

Sie wusste, dass die starken elektromagnetischen Wellen durch Œufcoque durch strahlten und ihre Nerven auf der Haut reizten. Sie nahm es nicht mehr als Schmerz wahr, eher als eine Art Phänomen.

Flash, fresh …

Der Schmerz rückte in weite Ferne. Ihr Verstand kehrte zurück. Ihre stinkende Vergangenheit versank wieder in den Tiefen. Ihr Lebenswille war wieder wach.

Wish …

Selbstsicher öffnete sie wieder ihre Augen.

Sie nahm genau wahr, wie sie auf dem Boden lag. Die weiße Schutzhülle umgab sie wie die Schale eines Eis, immer wieder neu, seit Boileds Kugel eingeschlagen hatte. Seit sie gefallen war, waren nicht einmal fünf Sekunden vergangen. Der Schmerz war verschwunden, sie nahm alles in ihrer Nähe erschreckend deutlich wahr, fühlte jedes einzelne Haar von Boiled, der von der Wand aus auf sie schoss.

Sie griff mit jeder Hand nach einer Pistole, wusste sofort wieder, mit welcher Waffe sie wann was tun sollte.

Mit welcher Pistole sie mehr Karten nahm, die sie brauchte, um sicher zu gewinnen. Das Kaliber der Linken wurde noch etwas größer.

Balot stand auf. In diesem Moment zersplitterte die Schale, die ihren Körper versteckt hatte, in tausend Stücke. Œufcoque hatte die Defensive aufgelöst, Boiled hatte geschossen. Boiled stand so nah an der Wand, dass sie ihn fast hätte berühren können, wenn sie ihre Hand ausgestreckt hätte.

Seine Kugel streifte ihre rechte Seite und raste an ihr vorbei, nachdem sie aufgestanden war.

Splitter des weißen Schockabsorptionsmaterials flogen überall herum. Balots rechter Arm zitterte schwach wie der Schnabel eines Kükens, aber genauso willensstark.

Und eine Sekunde lang öffneten sich Boileds Augen weit vor Überraschung und vor Freude. Balot schoss in weniger als dreieinhalb Sekunden mehr als zehn Patronen aus der rechten Pistole.

Ihr Snark schlug seine Zähne tief in Boileds Bein und zerriss und zerfetzte es. Boileds Float-Schutzschild kollabierte, einige Kugeln durchdrangen seinen Arm und eine Schulter, Blut und Funken sprühten aus seinem linken Oberschenkel. Sein Körper schwebte. Bis er seine Fähigkeit verlor, weiter an der Wand zu stehen, und sein gewaltiger Körper auf sie zu stürzte. Genau jetzt passte sie den richtigen Moment ab, um mit der linken Pistole zu feuern.

Der linke Ärmel ihres Bodysuits morphte, verwandelte sich in eine Stütze aus Eisen, damit sie den Rückstoß des Schusses abfangen konnte.

Aber es war halt Boiled, mit dem sie es zu tun hatte. Boiled war so furchteinflößend, dass selbst das nichts als eine Finte gewesen war. Plötzlich standen seine Beine wieder fest auf der Wand. Dann schlug er ihr seine Waffe über den Kopf, der Revolver heulte durch die Luft.

Sie wich dem Angriff rechtzeitig aus. Das Ding war mächtig wie ein Vorschlaghammer, schrammte aber nur ihre Schläfe.

Ihre Haut platzte auf, der Schlag riss ihr ein paar Haare aus. Es hätte wehtun sollen, brennend und heiß.

Aber Balot nahm bereits keine Schmerzen mehr wahr. Sogar wenn er ihr den Schädel einschlagen würde, war sie entschlossen, weiter zu kämpfen, sie wusste, sie war stark genug.

Sie nutzte die eine Lücke von Boileds Offensive und griff kaltblütig selbst an. Die unsichtbaren Zähne ihres Snark waren in

Boileds Floatmauer eingedrungen und hatten sie mehrfach durchbissen. Eine kleine Lücke, aber das reichte ihr. Wie der Unterschied, den eine einzige Karte in der Reihenfolge machen konnte, sie zu einem sicheren Sieg führen konnte. Balot feuerte eine Salve aus ihrer Linken in diese Lücke.

Die Patronen drangen tief in Boileds linken Oberschenkel ein, trafen genau den Nukleus seiner Float-Implantate, die in seinem Hirn und in seinen Gliedmaßen eingesetzt worden waren.

Augenblicklich dehnte sich das linke Bein wie ein Luftballon und platzte. Ein frischer roter und weißer Regen aus Blut und Knochen ergoss sich über Balot. Aber schon in der nächsten Sekunde bewegte Boiled sein linkes Bein, dem alles über dem Knie fehlte.

Mit seinem unsichtbaren Phantomoberschenkel trat er ihr gegen die Brust, sie flog vom Bürgersteig weg und knallte mit dem Rücken auf die Straße. Schnell sprang sie wieder auf.

Sie hatte keine Schmerzen. Ihre sensorische Wahrnehmung war klar und deutlich. Ihre ganze Seele war kalt und transparent.

Aber was sie jetzt sah, entsetzte sie.

Boiled ging von der Mauer auf den Bürgersteig. Seinem linken Bein fehlte nur der Teil über dem Knie. Trotzdem bewegte er sein *unsichtbares linkes Bein* und ging auf der Straße.

Er hatte das Optimum aus seinen restlichen Implantaten geholt: Er stützte seinen Körper, indem er Float in die Form seines Oberschenkels presste. Er blutete kaum. Balot erkannte, dass er die wichtigsten Adern mit Float abpresste und das Blut so gestillt hatte.

»Und wenn du mir alle Arme und Beine abtrennst, so einfach kannst du mich nicht stoppen«, murmelte Boiled mit seiner tiefen Stimme.

Dann rannte er auf sie zu.

Balot zitterte und sie feuerte zu hektisch. Mit rechts. Wenn sie eine Stimme gehabt hätte, hätte sie um Hilfe geschrien, oder wäre es ein Kampfschrei gewesen? Sie wusste es nicht. Verzweifelt schoss sie mehrmals hintereinander. Die Kugeln glitten an seinem Float ab, aber nicht mehr so perfekt. Da war eine kleine Lücke, einige Kugeln rutschten durch das Loch und streiften seinen Körper ganz knapp. Aber Boiled blieb nicht stehen. Er rannte einfach weiter und holte mit seiner blutigen rechten Hand aus.

Ihre räumliche Wahrnehmung wurde völlig verzerrt, als sie von einer geballten Ladung Float getroffen wurde. Gleichzeitig von vorn, rechts, links, Balot erstickte fast. Als Boiled seinen Arm nach vorn schleuderte, krachte Balot nach hinten, über die Straße und direkt in das Schaufenster eines Gebäudes auf der anderen Straßenseite.

Œufcoque beschützte sie sofort, aber weil sie snarken musste, schützte er gezielt nur ihre vitalen Punkte und nicht ihren ganzen Körper. Boiled griff erneut an, ohne auch nur einen einzigen Gedanken an seine Defensive zu verschwenden. Sie konnte ihn fühlen, sie fühlte mit ihrer ganzen Haut, dass sie auch ihre Angriffsposition einnehmen müsste – oder er würde seinen Flow, seinen Fluss im Kampf durchsetzen.

Die Scheiben des Schaufensters splitterten, die Taperecorder, Radios und anderes antiquiertes Spielzeug rollte wild durcheinander, kurz nachdem Balot schon wieder stand.

Boiled hatte seine Floatmauer weiter ausgebaut, er hatte den Luftdruck in seiner Nähe erhöht. Dieses Mal snarkte Balot, als er mit erhobener Pistole auf sie zugerannt kam. Sie schaltete das Licht im Haus hinter sich ein und blendete Boiled wieder.

Er feuerte ohne auf sie zu zielen, sie trug das strahlend helle Gebäude hinter sich fast auf ihrem Rücken.

Es donnerte. Das Tapedeck neben ihr krachte in winzigen Teilen auseinander, sie sprang aus dem Schaufenster, warf sich auf den Rücken und feuerte schnell hintereinander mehrere Schüsse ab.

Sie sah ihn nicht mit ihren Augen. Sie nahm die Position ihres Gegners wahr, seine Existenz, sein *Sein*. Sie fühlte ihr eigenes Sein. Sie fühlte den Fluss von Leben und Tod, den ihrer beider Sein erzeugte.

Die feindliche Existenz sprang plötzlich hoch und landete direkt auf der Wand über dem Schaufenster. Balot folgte seiner Bewegung ganz genau, feuerte mehrere Salven und sprang dann auf, ohne zu zögern. Boileds Patrone streifte ihre Schulter. Die Hitze der Kugel entflammte die Splitter des Schockabsorptionsmaterials, die brennenden Fetzen flackerten und segelten durch die Luft.

Boiled und Balot erkannten die Existenz des jeweils anderen, erkannten den Fluss und zögerten beide nicht, zu tun, was getan werden musste.

Sie rasten auf den Gegner zu und schossen.

Boiled ging schnurgerade die Wand runter. Er flüsterte: »Ich bin neugierig …«, dann dröhnte die nächste ohrenbetäubende Explosion.

»Das wollte ich nur mit dir … mit euch machen.«

Ein Lächeln, viel zu grausam, um es noch als furchtlos zu bezeichnen, verzerrte seine Lippen. Balot riss ihre Augen weit auf. Ihr rechter Ärmel morphte und verwandelte sich in eine Waffe, die sie noch nie benutzt hatte. Linien aus Licht malten einen Bogen von ihrem rechten Handgelenk aus und flogen zu Boiled. Die Waffe eines Killers, der Balot vor einiger Zeit angegriffen hatte – erst nachdem sie die Waffe benutzt hatte, erinnerte sie sich an den Namen. Wirecutter. Einen Draht hatte sie gleichzeitig gesnarkt, er raste gerade in die Luft und wickelte sich fest in den Alurahmen des Fensters, das der Alte mit seiner Flinte angeschossen hatte. Funken blitzten, der Rahmen wurde halb abgeschnitten und verbog sich. Rasend schnell glitt der Draht zurück. Und zog ihren Arm mit hoch und ließ sie so durch die Luft fliegen. Mit einem Fuß stieß sie sich von der Wand ab, so fest sie konnte. Sie stieg höher. Es war fast wie Fliegen. Während sie höher und höher stieg, flatterte ihr Bodysuit und sie konnte das *Sein* spüren, die zwei Lebewesen, die sich hier mit ihren Waffen aus Stahl gegenüberstanden, und den Fluss, den beide geschaffen hatten.

Nachdem sie das erkannt hatte, war ihre Wahrnehmung plötzlich weiter und größer geworden. Ihr ganzes Sein hatte sich in der Luft aufgelöst, war vollkommen verschwunden. Dennoch existierten beide zusammen weiter.

Balots Sinne waren der Fluss, Balot selbst war der Fluss. Boiled feuerte eine Kugel ab, die gefährlich nahe an ihr vorbeizischte.

Und in der nächsten Sekunde sprang Balot zu einer höheren Position als Boiled, der auf der Wand stand. Sie fühlte, wie er seinen Körper drehte und mit dem Revolver auf sie zielte. Sie fühlte, wie sein massiger Finger sich auf den Abzug legte. Und zwar in dem Moment, *bevor* er es tat.

Eine Zehntelsekunde ehe der Schlagbolzen auf die Patrone traf, stieß sich Balot wieder mit dem Fuß von der Wand ab. Die glühende Kugel streifte knapp ihre Seite und riss ihren Bodysuit auf, Schockabsorptionsmaterial flammte in winzigen Funken auf. Es verbrannte ihre Haut, die Spur der Kugel war auf ihrer Haut schwarz nachgemalt.

Sie snarkte und schnitt die Drähte durch.

Einen langen Moment lang stand ihr Körper in der Luft. In diesem unwirklichen Augenblick morphte die Pistole in ihrer Rechten in eine andere Waffe.

Boiled hatte beharrlich jede ihrer Bewegungen vorherberechnet und zielte auf sie.

Balot fiel mit dem Kopf voraus und steigerte das Tempo ihres Falles noch. Ihre linke Schulter schrammte die Mauer, als sie unter Boiled hindurchglitt, sie schoss mit der linken Pistole.

Die großkalibrige Patrone traf in einem Feuerwerk auf Boileds Kugel. In dem aufblitzenden, grellen Licht fühlte sie die Lücke in Boileds Float ganz genau, nein, sie hatte es gewusst, ihr war völlig klar gewesen, dass in diesem Moment an dieser Stelle ganz ohne jeden Zweifel eine Lücke entstehen würde.

Während sie fiel, rammte sie die Waffe in ihrer Rechten in diese Lücke, so fest sie konnte.

Sie hatte auch gewusst, dass Boiled seinen anderen Arm opfern würde, um den Arm mit seinem Revolver zu beschützen.

Und in der nächsten Sekunde schnitt die elektromagnetische Hutchison-Klinge Boileds rechten Arm ab, genau über seinem Ellenbogen. Ohne jeden Widerstand. Sie glitt durch den Arm wie durch Wasser. Kurz bevor sie auf dem Boden aufprallte, morphte ein Teil ihres Mantels in ein Luftkissenpolster. Balot kam leicht hüpfend auf dem Fußweg auf. Das Polster trennte sich von selbst ab, Balot landete mit wehendem Mantel auf der Straße.

Der Arm krachte mit einem dumpfen Geräusch beim Aufprall direkt vor ihre Füße. Sie konnte die Float-Implantate an der Schnittfläche sehen. Funken blitzten aus dem Stumpf, Blut floss.

Weit über ihr hatte Boiled endgültig Float verloren und fiel. Keine Finte diesmal, sondern seine allerletzte Chance, sein *Hit*.

Er hatte zwei seiner fünf Implantate verloren. Wenn er seinen Körper so weiter aufrecht halten würde, entstünde ein tödliches Loch in seinem Schutzschild. Und darum gab er seine vorteilhafte Position auf und sprang zu ihr runter.

Wie eine reife Frucht, die zu schwer für den Ast geworden war.

Das süße, verdorbene Fruchtfleisch raste dem Abgrund entgegen, um dort aufzuplatzen und die Samen seiner Mordgier zu verteilen. Balot snarkte ihren Suit. Mit einem Turn Over morphte Œufcoque und deckte sie komplett zu.

Boiled verwandelte seinen mächtigen Schutzschild in einen Hammer und schlug zu. Er ging auf sie los, seine gewaltige Kraft war roh und traf sie direkt, sie knallte mit dem Rücken auf den Bürgersteig. Die Steine unter ihr zersprangen, Risse zogen sich über die Straße. Wie bei einem direkten Bombeneinschlag.

Um Balot herum erzeugte Float den Druck einer Explosion. Die Risse rannten über den Asphalt, nach dem Aufprall explodierten die Fenster in jedem einzelnen Haus. Funken und Staub wirbelten hoch in die Luft.

Als der Staub sich wieder legte, präsentierten sich ihre letzten Karten, ihr letztes Spiel.

Boiled stand ohne seinen rechten Arm und ohne sein linkes Bein irgendwie schief über Balot und wartete ganz ruhig darauf, was sie als Nächstes tun würde. Sie lag in einem schneeweißen Kokon, sie bewegte sich nicht. Er konnte nicht mal erkennen, ob sie noch atmete.

(Was … tut dir weh?)

Ohne Warnung hörte Boiled diese Worte klar und deutlich in seinem Kopf.

(Wa…rum?)

Die Wärme war wieder da, die Wärme, als er zum ersten Mal das kleine goldene Lebewesen in seiner Hand gehalten hatte.

Boiled war überzeugt, gleich weinen zu müssen.

»Nichts … mir tut gar nichts weh.«

Seine Augen blieben trocken.

Blut tropfte aus seinen Wunden auf den weißen Kokon und färbten ihn rot.

(So … warm …)

Die Stimme war so freundlich. Der fehlende Teil seiner Seele.

Langsam, ganz langsam zielte er mit seinem Revolver auf Balots Kopf und spannte den Schlaghahn.

»Versuch es … versuch es doch, mich und mein Nicht-Sein aufzuhalten.«

Noch langsamer legte er seinen Finger auf den Abzug.

Dann plötzlich sprang die Schale auf.

Balot nutzte den Moment, in dem Boiled seine Waffe nicht sofort herumreißen konnte, weil er so genau gezielt hatte. In dem Chaos aus weißen Kokonsplittern raste Balots Messer auf ihn zu und teilte extrem schnell den Revolver in zwei Hälften. Das Schießpulver in der Patrone explodierte. Die Waffe, die bisher den Druck seiner unendlichen Freude am Töten aufrechtgehalten und erschaffen hatte, flog in mehreren Stücken auseinander. Balot riss den Rest des Kokons von innen auf, stellte sich auf ihre Füße und starrte Boiled voller Hass an: #Und das ist jetzt dein *Sunny Side Up*, dein erfülltes Leben?!#

Sie presste die Mündung ihrer Pistole gegen ihn, ihr Gesicht sah plötzlich ganz traurig aus. Silbernes Puder lag in einer dichten Schicht auf ihr. Die Haut an ihrem ganzen Körper hatte sich wieder weiterentwickelt, sogar ihre schwarzen Haare waren voll mit dem silbernen Zeug.

Boiled sagte nichts. Er starrte Balot nur an und warf die Reste des Revolvers weg.

»Das Mädchen, sie ist wirklich gut.«

Der geborstene Griff seiner riesigen Waffe fiel schwer auf den Asphalt.

»Keiner außer dir kann den letzten Zug machen, Œufcoque«, flüsterte Boiled.

Er war ihr jetzt so nah, dass sie seinen Atem fühlen konnte.

Balot riss ihre Augen weit auf. Sie schrie unwillkürlich. Aber ohne eine Stimme. Es ging ja nicht. Nichts außer einem verzweifelten Kratzen kam aus ihrem Hals.

»Zwanzig Jahre lang habe ich auf dem Schlachtfeld gekämpft … mein Leben ist erfüllt«, erklärte er. Irgendwann sah er dabei auch Balot an.

»Boiled, hör auf damit«, sagte Œufcoque unvermittelt. Boiled fixierte präzise, woher die Stimme kam, starrte den Punkt an, dann schnappte seine linke Hand, die gerade ihre Waffe weggeworfen hatte, nach der Pistole in Balots Hand.

Boiled stand auf. Er zerrte mit seiner wahnsinnigen Kraft an ihrer Hand, zog Balot hoch und ließ sie direkt danach gegen die Wand hinter ihr knallen, mit dem Druck eines Floatschildes.

Sie landete auf dem Rücken und blieb atemlos liegen. Sie hatte etwas Entscheidendes verloren, das wurde ihr jetzt klar. Sie hörte, wie etwas klackte. Und zuerst wusste sie nicht, was es war.

Vielleicht hatte ihr Leben das Geräusch gemacht. Vielleicht war es das, was sie gehört hatte.

Als sie endlich wieder zu sich kam, sah sie, wie Boiled die Pistole, die er ihr weggenommen hatte, auf sie richtete.

Die Pistole, die sie in ein größeres Kaliber morphen konnte. Die Pistole mit den vielen Patronen. Das Klacken vorhin war der Schlaghahn gewesen. Und so viel mehr als das – es war Boileds perfekter Double Down.

– Œufcoque!

Balot rief nach ihm, mit ihrer Stimme, die nicht mehr war als ein Pfeifen und Kratzen.

Das war der Name des Dings, das ihr gestohlen worden war. Tiefe, ernsthafte Verzweiflung überkam sie. Balot ertrank im Fluss, die pechschwarze Mündung der Pistole flüsterte ihr etwas über die Leere zu. Gab es keinen anderen Weg, ihr verfluchtes Leben schön sauber zu machen? Ihren Schmerz hatte sie schon weggeworfen, sie musste nur noch ihr Leben wegwerfen.

Tränen sammelten sich in ihren großen Augen.

– Ich will nicht sterben.

Sie widersetzte sich dem Flüstern des Todes, mit ihrem ganzen Körper. Das war ihr Schrei, er kam aus der Tiefe ihres Herzens. Wie im Traum streckte sie ihre Pistole in der rechten Hand aus. Obwohl sie wusste, dass es nichts bringen würde. Sie suchte nur eine Chance, den Wert ihres Lebens neu zu definieren. Und das wollte sie immer wieder tun.

Genau in diesem Moment …

(So … warm.)

So freundlich klang es in seinem Kopf. Jetzt endlich war er zu Boiled zurückgekehrt.

Als er den kleinen goldenen Mäuserich zum ersten Mal in der Hand gehabt hatte, war er so warm gewesen. Der fehlende Teil seiner Seele.

Aber er konnte sich nur daran erinnern, wie es sich angefühlt hatte, die Maus in seiner Hand zu halten. Die Wärme war bis zum Schluss nicht in Boileds Hand zurückgekehrt.

Eiskalt legte er seine Kraft in den Finger auf dem Abzug. Dann dröhnte sein Schuss.

Es klang wie ein Hilfeschrei. Wie ein verzweifeltes Gebet.

Balot riss ihre Augen weit auf. Boileds Kugel wurde von ihrer Bahn abgedrängt und machte ein Loch in die Wand hinter ihr, weit über ihrem Kopf. Er hatte daneben geschossen. Boiled? Einen Moment lang glaubte Balot das wirklich. Allerdings verstand sie erst kurz danach, was wirklich los war.

Fassungslos starrte sie die Waffe in ihrer rechten Hand an. Ein Revolver mit entsetzlich großem Kaliber. Vor einer Sekunde war er noch eine Hutchison-Klinge gewesen – jetzt hatte er ihr mit einem Turn Over geantwortet.

Balot starrte an, was sie da in der Hand hatte. Was bis zum Schluss in ihrer Hand geblieben war.

»Œufcoque …«, rief Boiled einsam.

Der Name der Wärme. Seine Hand mit der Pistole senkte sich langsam. Als könnte sein Arm das Gewicht einer Pistole nicht mehr halten. Und bevor sein Arm sich ganz gesenkt hatte, fiel ihm die Pistole aus den Fingern und rollte schwer auf den Bürgersteig.

Balot starrte ihn entsetzt an. Mit der Waffe im Anschlag sah sie Boiled dabei zu, wie er zusammenbrach.

Boileds Hand versuchte seine Brust festzuhalten. Erst nach dieser Bewegung verstand sie, dass dort ein großes Loch klaffte. Etwas lief aus diesem Loch.

Leben, flüsterte es irgendwo in ihrer Seele.

Der Float, der Boileds Oberschenkel ersetzt hatte, löste sich auf. Der riesige Körper, der unter dauerndem Druck stand, ging einfach so auf der Stelle in die Knie. Sofort spritzte Blut aus den

Wunden an Arm und Bein, wie Wasser aus einem Schlauch. Blut floss aus seiner Brust und aus seinem Rücken. Balot hörte zu, wie das Leben aus ihm strömte und sich in die Abflussrinne ergoss. Von allen Geräuschen, die sie bisher gehört hatte, war es das entsetzlichste, das schrecklichste.

Sie wollte, dass es aufhörte, deshalb ging sie zu Boiled hinüber.

Er sah langsam zu ihr hoch. Einen Moment lang dachte sie, er würde sie um Hilfe bitten. Aber er bat nicht um ihre Hilfe. Er starrte sie nur an. Dann sagte er etwas. Lautlos. Sie verstand seinen Seufzer, was seine Lippen sagen wollten.

Sie nickte. Um ihm zu zeigen, dass sie ihn verstanden hatte. Sie wusste nicht, was sie sonst hätte tun können.

Seine Augen bewegten sich, folgten dem schwarzen Blut, das aus seinem Körper floss.

Seine Lippen bewegten sich wieder. Dann schloss er die Augen und rührte sich nicht mehr.

Balot konnte nicht mehr atmen. Ohne Warnung löste sich ihre Pistole zusammen mit dem Handschuh aus ihrer rechten Hand und rutschte auf den Bürgersteig.

Schon wieder dieses Geräusch, jetzt zum dritten Mal. Balot hätte am liebsten geweint. So hörte es sich also an, wenn man den Kampfwillen verliert.

– Œufcoque?

Sie mischte sich in ihrem Bodysuit ein, aber er antwortete nicht. Dieses Mal war er nichts als eine leere Schale. Panisch griff sie nach der Pistole, die gefallen war. Ihre Mündung war glühend heiß.

– Œufcoque?

Sie rief nach ihm, immer wieder. Sie wollte, dass er ihr sagte, was sie tun sollte. Dann fiel ihr plötzlich etwas auf und sie betrachtete die Pistole in ihrer Hand. Was Œufcoque getan hatte, wie er es getan hatte, versetzte ihr einen Schock und erfüllte sie mit Trauer. Als hätte sie jemand in den Solarplexus gerammt.

Die Pistole hatte keinen Abzug.

Der Schmerz kehrte in ihren Körper zurück, ganz langsam, sie hatte ihn fast schon vergessen.

5

Die Wunde an ihrer Schläfe pulsierte. Alle Muskeln in ihrem Körper kreischten.

Nur die Schmerzen waren bei ihr geblieben, sogar nachdem die Sanitäter ihre Wunden behandelt hatten und die Reste der Active-Denial Weapons entsorgt hatten.

Balot ertrug diese Schmerzen mit Absicht. Weil sie dachte, dass es sonst nichts gab, was sie tun könnte.

Œufcoque war immer noch die Pistole und reagierte nicht.

Balot saß auf dem Beifahrersitz des roten Cabrios. Sie hielt die Pistole fest und fühlte die Schmerzen in ihrem ganzen Körper. Dabei hatte sie wieder diesen Song im Ohr.

dish, wash, brush, flush …

Die grellroten Feuerwehrmänner fuhren mit ihrem grellroten Wagen die Straße runter und löschten die Feuer mit weißem Schaum. Die Menschen, die hier wohnten, stritten sich laut um den Schadensersatz für ihre Wohnungen. Verwaltungsbeamte überprüften mit ihrer Bürger ID ihre Registrierung.

wash, crush, brush, hash …

Die Polizei hatte den ganzen Bezirk abgesperrt. Sie hatten auch Shell unten bei den Mülltonnen gefunden und auf eine Bahre geschnallt. Reporter versuchten, alles zu filmen und zu fotografieren und brüllten dabei die Polizisten an.

bash, lash, trash, ash …

Männer in weißer Uniform untersuchten die Blutflecken, schlugen Shells abgehackte Finger und Boileds Arm und das

Bein ordentlich in Plastikfolie und brachten alles weg. Dann schlossen sie den Leichensack. Es hatte nur einen Toten gegeben.

Sie trugen seinen gewaltigen Körper weg.

flash, fresh, mash, goodish …

Der Doc sprach noch mit den Polizisten. Der Staatsanwalt, den sie während der Verhandlung gesehen hatte, war auch da. Er sah ziemlich glücklich aus und boxte den Doc hocherfreut auf die Brust. Sehr glücklich.

rash, josh, wish, rash …

Dann ging der Doc weg vom Staatsanwalt und kam zu Balot.

finish, hush!

Damit endete das Lied. Stattdessen hörte sie jetzt den Doc.

»Dein Fall ist damit abgeschlossen. Die Vorverhandlungen für den Sekundarfall sind beendet, demnächst beginnen die richtigen Besprechungen.«

Er lächelte sie freundlich an. Um sie ein bisschen aufzumuntern. Sein Gesicht sagte, dass es jetzt richtig anstrengend werden würde, und tatsächlich gab es eine Menge Dinge, die er noch zu erledigen hatte.

»Wir haben dich wirklich ganz schön in Gefahr gebracht. Allerdings kannst du davon ausgehen, dass du dafür gut bezahlt werden wirst. Ich würde ja gern sagen, dass du da ruhig mich und Œufcoque für alles hassen kannst, aber …«

Er legte beide Hände auf die Cabriotür und betrachtete die Pistole, die Balot im Arm hielt.

»Wenn du magst, dann bleib jetzt bei Œufcoque und sei für ihn da. Dass es so enden musste … das ist ziemlich hart für mich und für ihn …«

Balot sah in die Richtung, in die man Boiled getragen hatte.

#Das hat er auch gesagt, ganz am Schluss.#

Sagte sie durch das Autoradio.

#Er hat gesagt: Bleib bei Œufcoque.#

Der Doc sah überrascht aus.

»Boiled hat das gesagt?«

Balot nickte kurz.

#Darf ich ein bisschen herumfahren? Mit dem Autopilot? So, wie ich hergekommen bin?#

Fragte sie.

»Bist du nicht zu müde? Die Frist für Humpty ist noch nicht abgelaufen, du könntest da auch ein bisschen schlafen.«

#Ich bin okay. Und ich muss Œufcoque noch etwas sagen. Was Boiled gesagt hat.#

»Er hat noch etwas gesagt?«

Balot nickte wieder und sagte ihm das eine, das Boiled noch gesagt hatte.

#Endlich kann ich schlafen.#

Der Doc nickte nicht. Er schüttelte auch nicht den Kopf. Er stand ganz still und ließ diese Worte tief in sein Herz sinken.

»Ich habe damals auch an seiner Entwicklung mitgearbeitet. Ich habe ihm diesen Körper gegeben, mit dem er sein Leben lang nicht schlafen muss …«

Balots Augen wurden schmaler.

Dann schüttelte er zum ersten Mal den Kopf.

»Es gibt so viel, wirklich so viel, das wir noch tun müssen …«

#Hmhm.#

»Trauern müssen wir später.«

Balot nickte ernst. Doc Easter wollte, dass jemand um ihn trauerte.

Er lächelte traurig und ging dann wieder zum Tatort zurück.

Balot riss mit einem lauten Ratschen den kugelsicheren unteren Teil ihres Bodysuits ab. Dann zog sie die Handschuhe aus und genoss den Fahrtwind auf ihren schweißnassen Händen.

Der Autopilot des Cabrios mied die Hauptstraßen so kurz vor der Stoßzeit im morgendlichen Stoßverkehr. Bald würde die Sonne aufgehen. Der Wagen fuhr über die große Brücke, die sich über das dunkle Meer spannte, schließlich in das Gebiet voller Betonplattformen. Hinter der sauberen Küste lag das Industriegebiet. Dahinter schliefen die Menschen in ihren Wohnungen und Häusern voller sinnloser Graffiti von Teenagern unter einem violetten Himmel.

Sie betrachtete die Küste von Mardock, drückte die Pistole fest an sich und weinte.

Das Weinen ließ sie deutlich erkennen, dass sie nicht tot war. Sie konnte die Schmerzen fühlen. Sie hatte ihr Leben nicht verloren, ihren Körper nicht verloren und auch ihre Seele nicht verloren. Sie war nur verletzt und hatte Schmerzen, das war alles. Œufcoque hatte sie beschützt. Bis zum Schluss. Sogar vor dem Augenblick, in dem sie Boiled hätte töten müssen, um selbst zu überleben, sogar davor hatte er sie beschützt.

Shell hatte seine Vergangenheit wieder, vor der er immer weggelaufen war. Boiled war in einem Kampf gestorben, wie er es immer gewollt hatte. Das war die letzte Stufe auf der Treppe in den Himmel von Mardock, sie alle hatten sie erreicht. Œufcoque stand auch auf dieser Stufe.

Er hatte ihren Schrei gehört, dass sie nicht sterben wollte. Er hatte seinen ehemaligen Benutzer abgelehnt, er hatte seinen Aktionsrahmen als Werkzeug gesprengt und ihn selbst getötet.

Damit Balot nicht getötet wird, damit sie nicht von Boiled getötet wurde.

Und damit sie nicht Boiled tötete.

Sie hörte die Wellen. Sie roch das Meer. Die Luft war schwer und schmutzig. Die riesigen Kräne und Maschinen in den Fabrikanlagen schwankten knirschend im Wind.

Das rote Cabrio fuhr davon, als müsste es fliehen, um nicht irgendwo eingesperrt zu werden. Sie rasten über die Seastreet, über die Wallanlagen des Hafens, die so aussahen, als zeigte die Stadt dem Meer ihre Zähne.

Ich bin ein Werkzeug, Œufcoque hatte das mal gesagt, sie erinnerte sich daran. Ein Werkzeug, das seinen Benutzer beschützte. Ein freundliches Werkzeug, das ihr so viel beigebracht hatte. Sie erinnerte sich an so viel, was er gesagt hatte. Sie wollte ihm so viel sagen, um ihn wieder zurückzuholen, Worte tauchten in ihr auf und verschwanden wieder. Der Doc hatte sie gebeten, bei ihm zu bleiben und ihn zu trösten. Aber sie konnte nichts tun, außer ihn nur festzuhalten.

Sie weinte, trocknete ihre Tränen und weinte weiter.

Um sich selbst und um alle anderen.

Plötzlich fühlte sie, wie der Stahl in ihren Armen wieder wärmer wurde. Sie konnte Œufcoque fühlen. Aber er morphte nicht, obwohl sie lange darauf wartete. Als wäre er wirklich in einem Ei. Er hatte sich selbst in seiner stählernen Schale eingeschlossen, aber sie war sich sicher, dass er es war.

– Œufcoque?

Leise rief sie nach ihm. Keine Antwort. Sie öffnete die Arme und wollte die Pistole hochheben.

»Bitte, halt mich noch ein bisschen fest«, sagte Œufcoque tieftraurig.

»Nimm mich wieder in die Arme, nur noch ein bisschen.«

In diesem Moment fühlte sie, wie sich die Wärme in ihrem Herzen ausbreitete. Wenn sie Œufcoque in den Armen hielt, konnte er sie auch fühlen, das wurde ihr plötzlich bewusst. Er konnte das schon immer, er fühlte ihre Temperatur, ihre Stimmung, ihre Gefühle, all so was. Nicht nur jetzt, sondern immer. Die ganze Zeit, seit sie sich kannten. Sie sahen sich nicht gegenseitig von der anderen Seite des Spiegels und starrten dabei nur auf ihr eigenes Spiegelbild. Das war Balots Fluch und die Quelle all ihrer Ängste, dass jemand wirklich sie berührte und wusste, was sie fühlte. Jeder hatte sie immer nur benutzt, mit ihr gespielt. Sie hatte sich immer in ihre Schale eingeschlossen und war auf die andere Seite des Spiegels geflohen, um das zu verhindern.

Das wurde ihr jetzt bewusst. Und irgendwann war es verschwunden. Wie ein Teil eines Puzzles, das lange Zeit verloren war und jetzt perfekt in die Lücke in ihrer Seele passte, ohne dass sie es gemerkt hätte.

ICH WERDE DICH SCHÖN SAUBER MACHEN. ICH WERDE DICH ZU ETWAS GANZ REINEM MACHEN.

Das Flüstern hallte noch ein wenig durch ihren Kopf, dann verloren die Worte jede Bedeutung und verschwanden.

Und wieder weinte sie, dieses Mal waren es jedoch ganz andere Tränen.

– Weinen wir zusammen, Œufcoque. Damit die Traurigkeit verschwinden kann.

Balot hielt die Pistole ohne Abzug ganz fest in ihren Armen und flüsterte Œufcoque etwas zu.

Während sie den Himmel über der Stadt betrachtete, der langsam heller wurde, dachte sie darüber nach, was sie machen könnte. Sie wollte ihn für immer in den Armen halten, dieses halb gare Ei, diese Pistole ohne Abzug. Dieser Gedanke war ganz stark in ihr. Sie wollte jemand sein, der das konnte, selbst in ihrer eigenen verbrannten Asche. Das war es, was sie jetzt tun wollte, was sie tun konnte und auch tun sollte.

Das Cabrio fuhr weiter an der Küste entlang und begann dann wieder in die Stadt zurückzukehren, ohne dass sie es bemerkte.

Die Stadt kam näher, mit ihren gigantischen Wolkenkratzern, ihren Straßen, die sich unentwegt kreuzten. Menschen würden weiter scheitern, Fehler machen, es würde immer Friedhöfe geben, in denen die Toten nicht ruhten, sondern ihre Hände aus dem Grab ausstreckten. Die Geister der Vergangenheit würden immer wieder aufstehen, Schüsse würden immer wieder durch die Stille hallen.

Balot betrachtete die Skyline der Stadt von weitem, erinnerte sich an Boileds letzte Worte und nickte.

Mit jemandem zusammen zu sein, wenn man jemanden gefunden hat, der auch mit einem zusammen sein will, das war die letzte Hoffnung, die einem in dieser Stadt blieb. Genau wie Balot Œufcoque umarmte, hielt Mardock City unter dem heller werdenden Himmel die vielschichtige, komplexe Leere zwischen den Häusern und Straßen fest.

Dahin kehrte sie zurück.

Zurück an den Ort, an dem sie einmal gestorben war.

Um jetzt dort zu leben.

Nachwort

Das Blut meines Geistes

Wir, die Spezies Mensch, haben eine Gesellschaft entwickelt – und das in einem Ausmaß, wie es bisher kein anderes Lebewesen auf der Erde geschafft hat –, weil wir zahllose Werte und Wertvorstellungen ausgebildet haben.

Werte, die aus einem Zufall entstehen und dann zu etwas Notwendigem werden, sind ein besonderes Merkmal der menschlichen Spezies und ihrer Art zu überleben.

Es geht darum, die Bedeutung des Zufalls zu untersuchen, danach zu planen, den Zufall zu wiederholen und zu einem »wert-volleren« Ereignis zu machen. Das ist der Weg vom Zufall zur Notwendigkeit.

Natürlich ist der Mensch nicht der Einzige, der eine eigenständige Art zu überleben entwickelt hat. Die Insekten haben ihre, ebenso die fleischfressenden Säugetiere, alle geben diese Art an ihre Nachkommen weiter.

Doch unter allen Lebewesen hat der Mensch die kompliziertesten Werte, die auch noch beständig weiterentwickelt werden. Menschen haben ihre Werte in Sprache, Bildern und Musik zum Ausdruck gebracht. Menschen haben ihre Werte wie eine Pause in einer Symphonie aufgenommen, untersucht, neu entdeckt, versiegelt, monopolisiert und dann verloren.

Dann hat der Mensch seine Werte auf einmal befreit, ihnen verschiedene Formen gegeben, »Höhe«, »Tiefe«, »Weite«, »Schärfe«, »Schwere«, »Leichtigkeit«, ließ sie flattern wie ein Derwisch seinen prächtigen Rock und stellte ihre Berechtigung in Frage.

Der Mensch bemüht sich, seinen Werten zu genügen, und scheitert dabei fortwährend. Selbst das Scheitern erlebt der Mensch als einen Wert. Und selbst wenn er es vergisst, bleibt es eine vage Erinnerung.

Das ist die Würde des Menschen. Ganz gleich, was für erbärmliche kleine Individuen wir sind, wir sonnen uns immer im Glanz unserer Werte, die unsterblich sind.

Ich hatte diese Geschichte aus dem einfachen Motiv »Das Mädchen als düstere Antiheldin und ihr Partner« entwickelt. Und irgendwann fiel mir auf, dass ich wegen dieser Geschichte ziemlich viel über die Menschheit an sich nachgedacht hatte, ohne dass es mir wirklich bewusst war.

Warum ich das getan habe? Das hatte vermutlich mit meinem eigenen Wert zu dieser Zeit zu tun.

Natürlich erwartet so etwas kein Redakteur von einem Romanautor, oder besser gesagt: von einem jungen Mann bei seinem ersten Buch, von dem man noch nicht mal genau weiß, ob überhaupt mal was aus ihm wird als Autor.

Wenn du dein erstes Buch nicht schnell veröffentlichst, bekommst du auch kein Geld dafür. Die Leser vergessen dich. Und im schlimmsten Fall vergisst du selbst, dass du Autor sein wolltest.

Das haben mir viele gesagt, und das oft. Ich akzeptierte es als einen Teil meiner Wertvorstellungen und habe weiter an meiner Geschichte gearbeitet. Ich bin den ganzen Marathon gelaufen, um den letzten Schritt zu tun, die letzte Zeile zu schreiben. Während ich schrieb, habe ich keine einzige Sekunde daran geglaubt, dass ich talentiert sei. Es war nicht wichtig. Ich habe die Geschichte geschrieben, ganz unabhängig davon, ob ich dafür begabt bin oder nicht. Ich habe es geschrieben, mit meinem ganzen Herzen, so gut ich es eben konnte.

Als ich bei einer bestimmten Szene ankam, war ich mit den Nerven dermaßen fertig, dass ich mich in ein kleines graues Business-Hotel eingeschlossen habe, um weiterzuarbeiten, ohne dass mich jemand dabei stört.

Es war die Black Jack-Szene von Balot und Ashley.

Der Kampfgeist der beiden hat sogar mich mitgerissen. Dann stieg mir etwas aus dem Magen hoch. Ich drehte mich hektisch zur Seite und habe mich dann mächtig übergeben. Ich saß vor dem ganzen Erbrochenen, das ich auf Bett und Teppich gekleckert hatte, und habe laut gelacht.

In diesem Moment dachte ich, dass ich wahnsinnig werde. Das Kotzen war nicht das Problem.

»Die Geschichte, die ich schreibe, ist wirklich gut«, sagte ich mir, als ich das Zeug roch. Das einzige Mal.

Und sogar an solchen wirklich höllischen Tagen gibt es Momente, die einen für alles entschädigen.

Ich erinnere mich noch gut daran. Es passierte, kurz nachdem ich die Szene fertig hatte. Völlig geistesabwesend rauchte ich eine Zigarette, der Fernseher lief. Ich sah ein bekanntes Gesicht – zufällig hatte ich ein Interview mit Jet Li angeschaltet, dem berühmten Shaolin-Kung-Fu-Star.

»Wenn man Ying meistert, wandelt es sich in Yang. Yang verwandelt sich in Ying, wenn man es gemeistert hat. Etwas zu verlieren kann dasselbe sein, wie etwas zu bekommen. Ich habe durch meine Schauspielerei viel gewonnen und verloren, und den Gewinn und den Verlust schätze ich gleichermaßen.«

Das hatte Jet Li im Fernsehen gesagt.

Ich war ganz seiner Meinung. Der Mensch findet selbst im Geruch seines eigenen Erbrochenen noch einen Wert.

Wenn es etwas gibt, das einen nach dem Schreiben einer Szene oder eines ganzen Buches aufrechthält, dann ist es das Selbstvertrauen, das nächste Buch zu schreiben und nichts sonst, außer der Liebe zu allem anderen.

Am nächsten Morgen fühlte ich mich seltsam erfüllt und verließ das Hotel; dann habe ich weitergeschrieben.

Mittlerweile habe ich verstanden, dass das eine Geschichte über »Mädchen, Waffen und Feinde« ist.

Wir bilden unsere Gesellschaft, indem wir dem gleichen Menschen oft verschiedene Konzepte anpassen.

Eines dieser Konzepte ist das »Mädchen«. Das ist eine ziemlich neue Idee, die erst vor wenigen hundert Jahren entwickelt wurde. Es geht um Mädchen in einer bestimmten Phase ihrer Entwicklung, wenn ihre Rolle in der Gesellschaft noch ziemlich unklar scheint.

Auf die Frage, was denn jetzt die »Ära des Mädchens« ist, hat die [japanische] Gesellschaft momentan nur die Antwort: »Zieht ihnen Schuluniformen an und schickt sie zur Schule.« (Das ist zwar jetzt nebensächlich, aber als ich Balot zuerst entwickelte, war das »Enjo Kousai«-Problem – eine euphemistische Bezeichnung für Kinderprostitution in den 90er Jahren – noch nicht aktuell. Viele haben mir damals gesagt, dass Schulmädchenprostitution völlig unrealistisch sei.)

Und auf der anderen Seite gibt es das Konzept des »Feindes«. Feinde gab es schon immer, noch bevor der Mensch die Gesellschaft wirklich gebildet hatte. Vielleicht war das die eine Idee, die für die Bildung einer Gesellschaft sorgte. Der Mensch hat seine Feinde selbst geschaffen, die Definitionen sind unterschiedlich.

Es ist wirklich überwältigend, wie dehnbar, intensiv, allgemeingültig die menschliche Vorstellung wird, wenn jemand als »Der Feind« angesehen wird, manchmal verliere ich dabei fast den Glauben an die Menschheit.

Gegen den »Feind« nutzt die menschliche Intelligenz die »Waffe«. Eine Waffe ist nicht die Macht des Menschen, sondern vielmehr der Zeiger eines Kompasses, der anzeigt, wohin diese Kraft gerichtet werden soll.

Es gibt ein altes japanisches Sprichwort: »Den Speer richtig ausrichten« (mit dem man sagt, dass man jemanden als Ziel seines Angriffs gewählt hat). So ist es die Waffe, die jemanden als Feind definiert, der vorher kein Feind war. Das ist im wahrsten Sinne des Wortes dann ein Richtungspfeil.

Darum habe ich es auch so aufgezählt: »Mädchen, Feinde und Waffen«, genau wie »Sex, Lügen und Video«. Die relativ moderne Idee des Mädchens habe ich zusammen mit den uralten Wurzeln der menschlichen Kultur – Feinde und Waffen – in einen Topf geworfen. Damit fing alles an.

Ab einem bestimmten Punkt konnte ich den Teil des Glücksspiels im Casino nicht mehr aus der Geschichte kriegen. Ich konnte es nicht mehr verhindern, schließlich habe ich ja geschrieben, dass der Wert etwas Notwendiges ist, das zufällig entstanden ist. Aber ich wusste gar nicht, was ich wie schreiben sollte, also entschloss ich mich, es einfach zu tun, ich hatte schließlich Hunger.

Poker, Roulette und Black Jack waren für mich beim Schreiben allesamt Synonyme für »Albtraum«. Ich habe ganze Tage damit verbracht, die Karten anzustarren. Als meine Folter dann ihren Höhepunkt erreichte, habe ich mich, wie schon erwähnt, übergeben. Aber es ist auch etwas Gutes dabei rausgekommen. Als ich damit fertig war, dachte ich, dass ich jetzt endlich wieder Science Fiction schreiben kann, weil ich mit den Casinoszenen fertig war.

Dank der Hilfe von vielen Menschen konnte ich bis zum Schluss die Nerven behalten und mein Buch zu Ende schreiben.

Und danach fing der zweite Marathon an. Ein Weg voller Hindernisse und Schwierigkeiten: die Suche nach einem Verlag.

Hatte das, was ich da geschrieben hatte, überhaupt einen Wert? Das fragte ich mich manchmal selbst.

Ich habe viele Jahre nach einem Verleger gesucht, aber manchmal war die Länge der Geschichte ein Problem, oder das Thema, oder die wichtigen Szenen und so hatte ich einfach keine Chance.

Trotz allem waren S. vom Ascii-Verlag, N. von Chuokoronshinsha, I. von Tokuma Shoten und viele andere Redakteure wirklich sehr nett zu mir, obwohl sie sonst viel zu tun hatten. S. von Fujimi Shobo hatte sogar die radikale Idee, meine Geschichte als Manga-Roman herauszubringen.

Schließlich hat H. von Kadokawa Shoten mir dann den Chefredakteur des Science-Fiction-Magazins von Hayakawa Shobo vorgestellt. Dann ging es plötzlich nur noch darum, alles für die Veröffentlichung fertig zu machen, und mein langer Marathon war endlich vorbei.

Ich kann mich immer noch an diesen Sommer erinnern, den Sonnenschein, der enorme Stress, wie glückselig ich war und der ewige Kampf zwischen der Hoffnung und dem Wunsch, sich besser keine zu großen Hoffnungen zu machen.

Alles hatte sich nach einem einzigen Anruf gelohnt. So eine Zeit war das.

Dann machte ich mich auf zu meinem dritten Marathon.

Ich musste die 1.800 Seiten überarbeiten.

Die Redakteure im Verlag wären überrascht, wenn sie wüssten, wie viel Arbeit das war.

Bei einer Besprechung unten im Café von Hayakawa Shobo war der Tisch voll mit Papier, sodass wir erst Platz für den Kaffee machen mussten.

Es gibt nur ganz wenige Menschen, die die Verantwortung für eine so ungeheure Menge Text tragen möchten.

Ich war unglaublich dankbar, als mir jemand sagte, dass sie gern versuchen würden, mein Buch zu veröffentlichen. Als der Chefredakteur allerdings fragte: »Was halten sie von einem Taschenbuch und einer Veröffentlichung im dreimonatlichen Rhythmus?«, habe ich ihn schon etwas erschreckt angesehen. Ich war ja daran gewöhnt, durch die Hölle zu gehen, aber ich war ehrlich überrascht, dass er das so seelenruhig über die Lippen brachte, denn das entsprach meiner Vision von der Hölle schon sehr.

Um ehrlich zu sein, war mein dritter Marathon für mich ziemlich einfach. Körperlich war die Bearbeitung des Textes zwar sehr anstrengend, aber psychisch fiel mir nichts leichter, als auf eine Veröffentlichung hinzuarbeiten. Früher bin ich mit verbundenen Augen an Krücken gegangen, heute musste ich nur noch im Sonnenschein geradeaus gehen.

Für den Redakteur und den Lektor muss alles enorm anstrengend gewesen sein. Die Casinoszene funktioniert wie Domino, wenn nur ein einziger Fehler passiert, geht gar nichts mehr und alles wird nur noch großes Chaos. Und das mussten sie alles Korrektur lesen, terminlich war das bei drei aufeinanderfolgenden Veröffentlichungen im Rhythmus von drei Monaten ziemlich eng. Das musste alles ganz schön schnell gehen.

»Was halten Sie davon, wenn Katsuya Terada das Cover macht?«, wurde ich gefragt und ich war von diesem Angebot angenehm überrascht.

[Terada ist in Japan berühmt für seine (Buch-)Covergirls, war verantwortlich für das Kostümdesign bei »Cutie Honey«, hat an zahlreichen Videospielen mitgearbeitet und viele Bücher mit Illustrationen veröffentlicht.]

Außerdem sagte man mir: »Wir haben Akira Kagami um die Erläuterungen für den zweiten Band gebeten«, das hat mich auch total überrascht. Ich war sehr dankbar, gleichzeitig fühlte ich mich aber auch beschämt und hatte Angst, so wie Balot, als sie im ersten Band »Ich bin jetzt hier« an die Wand schrieb.

Danach habe ich mich aber zusammengerissen, damit ich nicht auch einem Blutrausch verfiel wie Balot.

Und so endeten meine drei Marathons, der Schreibmarathon, der Verlagssuchmarathon und der Veröffentlichungsmarathon. Dieses Buch ist das Ergebnis.

Jetzt kann ich es ja auch sagen, weil ich es bis hier geschafft habe und nach der Veröffentlichung schon der nächste Marathon auf mich wartet: Ich frage mich wirklich, ob der Leser eine Geschichte lesen will, in der ein Mädchen immer weint, sich quält oder absurde Summen beim Glücksspiel verspielt.

Und vermutlich lautet die Antwort auf diese Frage »Nein«. Wer zum Teufel will denn so was lesen? Kein Verlag und auch kein Redakteur wollte so was haben.

Vom ersten bis zum dritten Band gibt es eine Menge perverser Szenen. Gut möglich, dass sich da einige denken: »Warum soll ich Geld ausgeben, um so was zu lesen?!«

Ich will jetzt nicht sagen, dass diese Szenen in Ordnung seien, weil die Wirklichkeit noch viel schlimmer ist. Ich glaube auch nicht, dass ich mir noch brutalere Dinge ausdenken muss, damit sie mit der Realität konkurrieren können. Ich habe mir einfach Mühe gegeben, aufzuschreiben, was ich in meinem Kopf gesehen habe.

Warum habe ich das geschrieben?

Ich wollte einem anderen nur einen Tropfen des Bluts meines Geistes zeigen, den ich damals in meinem Erbrochenen gefunden hatte. Ich wollte laut und deutlich sagen, dass in jedem Menschen dieser Funken brennt. Ganz egal, ob er krank ist oder gesund, der Mensch lebt nur wegen diesem Funken im Blut seines Geistes.

Entertainment und Literatur sind nichts anderes, als diesen Funken strahlen zu lassen.

Ich will nur einer der Soldaten an der Front sein, die für diesen Funken durch den Schlamm robben.

Mein Marathon geht weiter. Die Gegenwart gibt mir langsam neue Ideen und Inspirationen, andererseits glaube ich nicht, dass ein Roman von der Inspiration allein getragen wird, sondern vielmehr, dass er auch ein Medium ist, das die Ideen trägt. Ich möchte mein Leben voll und ganz meinem Beruf und der Literatur widmen.

Ganz am Schluss möchte ich noch dem Chefredakteur des Science-Fiction-Magazins, Katsuya Terada, Akira Kagami, meiner Familie, meinen Freunden und allen Lesern danken.

To Ubukata

Literaturangaben

»Utopia«, Thomas Morus
»Die Krankheit zum Tode«, Sören Kierkegaard
»Vom Gesellschaftsvertrag oder Prinzipien des Staatsrechts«, Jean-Jacques Rousseau
»Tousaku – Bizarr«
(dt. etwa: Pervers – Bizarr), Sodomania in Japan, erschienen bei Kobunsha Bunko
»Casino«
Juuichi Kurono, Shinchosha
»Tobaku, Bouryoku, Shakou – Asobi kara miru Europa«
(dt. etwa: Geldspiele, Gewalt und Gesellschaft – Europa und Glücksspiele)
Shuichi Ikegami, Kodansha
»Muhai no Tejun, Janki: Shuichi Sakurai no Kyuukyoku Ougi«
(dt. etwa: Der Weg zur Unbesiegbarkeit: Mahjong-Champion Shuichi Sakurai verrät seine ultimative Geheimtechnik)
Shuichi Sakurai, Takeshobo
»Bujutsu no Shiten Kojin no Shintai Souhou wo Ima ni«
(dt. etwa: Perspektiven der Kampfkunst – klassische Körperkontrolle neu entdeckt)

‹wired news› www.hotwired.co.jp/news/
(Die Adresse existiert noch, allerdings gibt es das oben erwähnte Magazin jetzt nur noch auf Englisch.)